Ariadnes Spezialität ist spannender Lesestoff mit literarischem und aufrührerischem Anspruch. Für uns muss ein Krimi folgende Kriterien erfüllen: Der Suspense soll auf mehreren Ebenen stattfinden. Also nicht nur: Wer hat gekillt bzw. wird er oder sie überführt?, sondern zusätzliche Rätsel, Fragen, Unklarheiten, Gefahren, Ängste und Nöte. Der Erzählkosmos darf keine heile Welt sein, die mit der Lösung des Falls wieder blitzsauber wird – vielmehr zieht ein guter Krimi seine Spannung auch aus den Lücken, Grauzonen und Fehlern herrschender Moral. Hier sehen wir die Herausforderung einer zeitgemäßen Krimikultur: eingängig und spannend Geschichten zu erzählen, die gesellschaftliche Widersprüche und Ungerechtigkeiten ausleuchten, Zweifel an kulturellen, moralischen, sozialen Selbstverständlichkeiten wecken, kritischen Argwohn gegenüber den gängigen Glücks-, Erfolgs- und Wohlstandsversprechungen schüren, zum Misstrauen gegen blinde Ideologien, Dogmen und Normen anregen. Ariadne Krimis neigen zum Subversiven. Dass Frauen darin die Hauptrollen besetzen, war vor 15 Jahren ein Skandal, heute stehen wir längst nicht mehr allein. Dass etliche unserer Protagonistinnen Sex mit Frauen bevorzugen, ist schon weniger gängig und entspricht dem Off-Mainstream-Anspruch. Viele Figuren in Ariadne Krimis rütteln an Rollenmustern und versuchen neue Wege zu gehen. Auch bei den deutschen Autorinnen suchen wir die, die mit dem Genre experimentieren, über den Tellerrand spähen, sich auf neues Terrain wagen. Krimis sind für uns eine Widerstandskultur. Das muss man natürlich nicht genauso sehen, man kann auch einfach die spannenden Bücher genießen.

Zu diesem Buch
Lisa Nerz und Staatsanwalt Richard Weber sitzen im Restaurant, als ein Anruf kommt: Vater Weber hat mit 84 Jahren das Zeitliche gesegnet. Richard fährt sofort nach Balingen. Lisa begleitet ihn und verfällt prompt seiner Kusine Barbara, die einen Hof besitzt und eine regional berühmte Herde wilder Kühe hält. Noch bei der Aussegnung der Leiche kommt die Kunde, dass die Herde ausgebrochen ist. Das kam schon öfter vor, doch als anderntags eine zertrampelte Leiche gefunden wird, wittert Lisa einen ›Fall‹ – und sticht ins Wespennest!

Christine Lehmann, Journalistin und Schriftstellerin, lebt in Stuttgart. Ihre Hardboiled-Heldin Lisa Nerz ist eine Grenzgängerin, die den Muff herkömmlicher Oben-unten- und Mann-Frau-Strukturen (samt frauenzeitschriftlichem Postfeminismus) aus den Bücherregalen bläst. www.lehmann-christine.de

Coverfigur *(Q in milch kannen ber muh da. ausschnitt aus einem ensemble. verschiedene materialien 12 x 15 meter)* von Wolfgang Thiel: *1951 in Zweibrücken, lebt in Stuttgart, bestückt seit den 80ern die Region mit quietschbunten Plastiken. War einst der Kunstlehrer der Autorin. Sein Thema ist der Mensch – meist Madonnen, Engel, Mannequins, Amazonen, Weibsbilder – und manchmal auch Hüte oder ein Tier, diesmal eine Kuh. www.atelier-thiel.de

Christine Lehmann

Allmachtsdackel

Ariadne Krimi 1169
Argument Verlag

Ariadne Krimis
Herausgegeben von Else Laudan
www.ariadnekrimis.de

Selbstverständlich gibt es in der Stadt Balingen auf der Schwäbischen Alb niemanden, der irgendeiner Person gleicht, die in diesem Kriminalroman ihr Unwesen treibt. Deshalb erübrigt sich auch fast der Hinweis, dass Ähnlichkeiten mit lebenden oder toten Personen völlig zufällig wären und in keiner Weise beabsichtigt sind.

Christine Lehmann bei Ariadne:

Vergeltung am Degerloch *(Ariadne Krimi 1165)*
Gaisburger Schlachthof *(Ariadne Krimi 1167)*
Harte Schule *(Ariadne Krimi 1157)*
Höhlenangst *(Ariadne Krimi 1161)*
Allmachtsdackel *(Ariadne Krimi 1169)*

Deutsche Originalausgabe

Glashüttenstraße 28, 20357 Hamburg
Telefon 040/4018000 – Fax 040/40180020
www.argument.de
Umschlaggestaltung: Martin Grundmann
unter Verwendung einer Plastik von Wolfgang Thiel
Lektorat & Satz: Iris Konopik
Druck und Bindung: CPI Moravia Books, Pohorelice,
Printed in Czech Republic
Gedruckt auf säure- und chlorfreiem Papier
ISBN: 978-3-88619-899-3
Zweite Auflage 2007

1

Ich hatte sie die Max-und-Moritz-Toten getauft. Damals in meinem ersten Artikel für die Sonntagsbeilagen als Schwabenreporterin Lisa Nerz kurz nach meinem Rauswurf beim *Stuttgarter Anzeiger*. Anfang der Sechziger war ein Bub in Weilstetten vom Mähdrescher zerdroschen worden, in den Siebzigern wurde ein Bursche in Balingen von der Schneckenwelle in die Stotzinger Mühle gezogen und zermahlen. In den Neunzigern hatte ein betrunkener Konfirmand in einer Hecke seinen Rausch ausschlafen wollen und wurde vom Hochleistungshäcksler eines Erzinger Bauern zerstückelt, und vor fünf Jahren versprühte ein Bauer in Heselwangen mit seiner Gülle Knöchlein auf dem Feld.

Ich löschte die alten Geschichten von meinem Computer. Es gab so Endzeittage, gerne freitags. Seit Wochen dörrte der Sommer Felder und Gehirne aus. Der Stuttgarter Kessel hustete Feinstaub und schwitzte Kohlendioxid. Die Glasfassaden der neuen Autohäuser, die zusammen mit dem Roten Kreuz den Bunker der Staatsanwaltschaft bedrängten, spiegelten erbarmungslos die Sonne in den Schacht der Neckarstraße. Nur Cipión wollte unermüdlich Gassi.

Ich fuhr nach Degerloch hinauf, aber auch der Wald versagte die Kühlung. Meinem Rauhaardackel hing alsbald die Zunge so weit aus dem Maul, dass ich befürchtete, er werde drauftreten. Ich kürzte über den Dornhaldenfriedhof ab, direkt an den RAF-Gräbern mit den beiden vaterlosen Söhnen und der Pfarrerstochter vorbei. Gott ja, dreißig Jahre war das jetzt auch schon her, dass man sie mit den Füßen voran aus der JVA Stammheim getragen hatte.

Viertel vor acht schlüsselte ich mich frisch geduscht und neu verschwitzt im silbergrauen Leinenanzug, rosafarbenem Seidenhemd mit hellgrüner Krawatte, braunweißen Golfschuhen und Diamantknopf im Ohr in die Wohnung von Dr. Richard

Weber, der in der Kauzenhecke 6B in nobler Halbhöhe am Haigst sein Stockwerk mit einem Bechsteinflügel und Jugendstilstuck teilte.

»Wozu habe ich eigentlich einen Spamfilter«, fluchte er und löschte. »Für so was bin ich zu prüde.«

Da hatte ich es als gelernte Katholikin leichter. Ein sündiger Blick und dann die Beichte. »Beide so offen und versaut wie andere Girls, nur dass sie Mutter und Tochter sind. Die schwanzgeilen Luder machen sich sogleich über den dicken Lümmel her.«

»Hoffentlich ist die Kleine nicht minderjährig!« Der Staatsanwalt witterte Straftatbestände und wurde nervös.

»Wann müssen wir dort sein?«, erkundigte ich mich.

»Um acht.« Richard klickte seinen Computer ins Aus. Er trug einen cognacfarbenen Anzug, ein cremefarbenes Hemd, eine kupferfarbene Krawatte und italienische Slipper.

»Dann aber hurtig. Wir kommen zu spät! Was ist denn heute los mit dir?«

Cipión hob den Kopf. Er lag, wie nur ein Hund sich betten konnte, zwiespältig und unbequem auf der Schwelle der Balkontür, den Hintern auf dem Teppich im Zimmer, den Kopf auf den Balkon und die Nase in den Lüften, die aus der Stadt heraufstrichen.

»Gehen wir zu Fuß?«, schlug Richard vor. »Ein bisschen Bewegung tut uns gut.«

Bis zum Restaurant waren es nur ein paar hundert Meter die Alte Weinsteige hinunter, an Zäunen und steilen Hangstücken entlang, begleitet vom Ausblick über den Kessel hinweg bis hinüber zu den Weinhängen des Schnarrenbergs mit der Esse der Müllverbrennungsanlage im Licht des Abends, der die Sonne nicht gehen lassen wollte. An der Haltestelle, an der zweigleisig die Begegnung der Zahnradbahnen geregelt wurde, duckte sich stadtseitig im Hang der Flachbau des Restaurants *Wielandshöhe.*

Das Entree war taktvoll gekühlt, das Lächeln der Empfangsdame sonnig. Vincent Klink materialisierte sich aus den Tiefen der Küche und begrüßte Richard per Du. Sicher nicht aus Freundschaft, sondern weil er wusste, dass zahlende Gäste den Wirt bieder haben wollten. Zu gegensätzlich waren ansonsten die beiden Männer, Richard mit seinem normativen Vertrauen in die Rechtsstaatlichkeit, die er vertrat, und Vincent, der nicht nur fürs Fernsehen kochte, sondern auch zuweilen kabarettistisch durch Szenekneipen tourte und sich für Motorradfahrten einlederte.

»Und«, erkundigte sich Richard, »hast du die Gänseleber wieder auf deiner Speisekarte?«

Vincent verneinte. Er habe noch keinen Betrieb gefunden, der die Gänse wie weiland seine Großmutter im Nördlinger Ries mit Brennnesseln und Teignudeln stopfte. »Und dass man ohne Gänseleber seinen Michelinstern verliert, das will ich einfach nicht glauben.«

»Sicher nicht«, sagte Richard.

Ich nickte dazu, als hätte irgendjemand Interesse an meiner Meinung. Cipión machte es besser: Er zerrte in Richtung Küche.

Vincent verabschiedete uns an einen Tisch am Fenster. Dort saßen schon Staatsanwältin Meisner und der frisch beförderte Hauptkommissar Christoph Weininger, drehten ihre Aperitifs, knabberten ihre Amuse-Gueule und versuchten so auszusehen, als schüchtere sie die Zahl der Kellner, Beistelltische und Weinkelche auf dem Tisch nicht ein.

»Pünktlich wie die Maurer«, bemerkte Meisner. »Guten Abend, Herr Dr. Weber, Frau Nerz. Wie elegant Sie wieder aussehen.«

Christoph stand auf. Wenn er und Richard sich die Hände gaben, sah es immer so aus, als hätten sie Reißnägel dazwischen. Cipión machte sich daran, schnüffelnd mein Stuhl- und ein Tischbein zu umrunden, bis ihn der Würgegriff der Leine zum

Hinlegen zwang. Eine Kellnerin forderte lächelnd erste Entscheidungen. Ich bestellte einen Martini. Richard schüttelte wie üblich den Kopf.

»Da muss erst ein Gebäudereiniger verknackt werden«, bemerkte Meisner, »damit ich mal in die *Wielandshöhe* komme. Dabei habe ich fast gar nichts dazu beigetragen.« Sie war eine rundliche brünette Person von undefinierbarem Alter, gehörte dem Dezernat für Tötungsdelikte an und redete gern. »Kalbsrücken vom Balinger Archerind?«, rätselte sie beim Studium der Karte. »Was ist das wieder für eine Rasse?«

»Ganz normales Fleckvieh«, antwortete Richard, der immer alles wusste. »Das Besondere ist, dass es völlig frei auf der Weide gehalten wird, Kühe, Kälber und Stiere, alle zusammen. Eine archetypische Rindergesellschaft gewissermaßen. Sie steht in Balingen.« Er beugte sich galant vor. »Geführt wird die Herde übrigens nicht von einem starken Stier, sondern von einer starken Kuh!«

»Darf man Sie so verstehen, Herr Dr. Weber, dass Sie das für ein gesellschaftstüchtiges Modell halten, beispielsweise für unsere Staatsanwaltschaften?«

»Aber, Frau Meisner«, erwiderte Richard liebenswürdig, »Sie werden sich doch nicht mit einer Kuh vergleichen wollen.«

Meisner lachte und hob ihren Sherry. »Auf die diskrete Unverschämtheit des Patriarchats!«

Christoph Weininger senkte die Nase in die Karte. »Feiern wir wirklich nur den Abschluss des Prozesses?«, erkundigte er sich flüsternd bei mir in der irrigen Annahme, ich müsste über Richards wahre Beweggründe Bescheid wissen.

»Wahrscheinlich auch deine Beförderung zum Hauptkommissar, Christoph.« Ich prostete ihm mit meinem Martini zu. Dessen Wermutbitter zog augenblicklich meine ausgehungerten Magenwände zusammen, während der Alkohol mein Hirn einlullte. Zusätzlich textete Christoph mich mit den Feinheiten der Vermögensabschöpfung zu.

»Die Gesetze stammen aus den Neunzigern. Man wollte die Gelder aus dem Drogenhandel abschöpfen. Außerdem sollte niemand ein paar Jahre Gefängnis auf einer Arschbacke absitzen und danach Jachten kaufen. Der Fehler war, dass man nur die Einnahmen einbehalten wollte. Deshalb mussten Staatsanwälte und Gerichte sich damit beschäftigen, wie viel ein Dealer wohl für den Kauf der Drogen, für Fahrtkosten und Rabatte an Kleindealer ausgegeben hatte, und das vom Reinverdienst abziehen. Seit ein paar Jahren gilt nun das Bruttoprinzip. Alles fällt an den Staat. Und jetzt haben wir das umgekehrte Problem. Wie hoch ist beispielsweise die Ersparnis für jemanden, der Giftmüll an die Elfenbeinküste schippert und dort in die Kanalisation kippt? Nicht ganz leicht auszurechnen.«

»Habe ich nie drüber nachgedacht.«

»Die Staatsanwaltschaft auch nicht. Baden-Württemberg soll aber Vorreiter werden. Deshalb hat man jetzt Hunderte Beamte zu Finanzermittlern ausgebildet, darunter meine Wenigkeit.« Er lächelte böse zu den Staatsanwälten hinüber. »Was aber dazu geführt hat, dass wir uns besser in der Materie auskennen als die Staatsanwaltschaften. Das konnte unser Freund Weber nicht auf sich sitzen lassen. Er hat sich prompt der Schwerpunktstaatsanwaltschaft für Vermögensabschöpfung angenommen. Bei allen Verfahren über 100 000 Euro muss er eingeschaltet werden, als Oberstaatsanwalt für Wirtschaftsstrafsachen beim Landgericht Stuttgart. Übrigens gibt es da gerade bei der Staatsanwaltschaft Hechingen einen interessanten Fall. Einen Hofverkauf in Balingen. Dabei geht es um den Verfall ordnungswidriger Einnahmen von einer Viertelmillion Euro.«

Die Ankunft eines weiteren Gastes unterbrach uns.

»Entschuldigen Sie, dass ich zu spät komme. Ein Unfall bei Tübingen hat mich aufgehalten.«

Statt uns den Neuankömmling vorzustellen, griff Richard sich hastig ins Jackett. Sein Handy brummte. Ein Blick auf das

Display zog ihm die Brauen zusammen. Er entschuldigte sich, stand auf und nahm, während er den Speisesaal Richtung Ausgang durchquerte, das Gespräch an.

»Nobel«, bemerkte der Neuankömmling, während er Platz nahm. »Weiß jemand, warum unser Oberherrgöttle uns solche kulinarischen Segnungen zuteilwerden lässt?«

Meisner hüstelte.

Daraufhin fiel der Blick des Neuen auf mich. »Oh, guten Abend, Frau Nerz. Sie sind doch Frau Nerz? Wir sind uns noch nicht begegnet. Klaus Kromppein ist mein Name, Staatsanwaltschaft Hechingen.«

»Angenehm«, log ich.

Kromppein war ein von der Ehe gemästeter und von seinen Kindern ermüdeter Mann in kariertem Jackett mit roter Krawatte zu weißem Hemd. Wenn er mich erkannte, ohne mich zu kennen, dann bewies das sein gespitztes Ohr für die über Land wabernden Gerüchte über die unpassenden privaten Neigungen des Oberstaatsanwalts für Wirtschaftsstrafsachen und mein extravagantes Benehmen samt der Narben einer geborstenen Windschutzscheibe in meinem Gesicht.

»Sie sind also die Schwabenreporterin Lisa Nerz. Ich habe Ihren Artikel in der Sonntagsbeilage übers Spätzleschaben gelesen. Meine Großmutter hat dabei übrigens immer Beethovens Fünfte gesummt. Da-da-da-daaa. Sie müssen ja einen Rhythmus beim Schaben kriegen, gell.«

Ich suchte nach einem konversationstüchtigen Synonym für Klugscheißer. Aber niemand wartete auf meine Antwort.

Kromppein schlug die Karte auf und wandte sich an Meisner. »Und noch ein Gutes hat die Sache. Ich bin einer Buchvorstellung im Zollernschlössle entkommen. Unser Gerichtsmediziner hat ein Buch geschrieben, leider über die Waagenindustrie von Balingen. Bemühte Reden, Honoratioren, aufgedonnerte Gattinnen und angetrocknete Lachsschnittchen, eine wahrhaft tödliche Mischung für den Magen!« Er lachte. »Und alle meinen, ich sei ein kostenloser Rechtsberater, der einen Kuhhandel nur abnicken muss, damit es vom Finanzamt keine bösen Überraschungen gibt.«

»Und mit mir wollen sie immer über den perfekten Mord reden«, plauderte Meisner. »Erstaunlich, wie viele Menschen glauben, ein Mord könnte begangen werden, um zu beweisen, dass es den perfekten Mord gibt. Das Agatha-Christie-Prinzip nenne ich es immer. Wir scheinen zu wünschen, dass Mord eine Leistung der Intelligenz sei. Dabei sind die meisten Morde Totschlag und die Folge atavistischer Gefühle wie Wut, Eifersucht und Herrschsucht. Vor allem Herrschsucht. Was nehmen Sie denn, Herr Weininger?«

Christoph dehnte ein Äh.

»Ah, es gibt Balinger Archerind!«, bemerkte Kromppein. »Garantiert BSE-frei.«

»Haben Sie Angst vor Hirnerweichung?«, erkundigte ich mich interessiert.

In diesem Moment kam Richard an den Tisch zurück. Seine milchkaffeebraunen Augen waren noch asymmetrischer als sonst. »Das war eben meine Mutter«, sagte er mit Verwunderung in seiner Stimme. »Mein Vater ist tot.«

Das klingelnde Karussell des Alltags und Alkohols stoppte in meinem Hirn.

»Oh, das tut mir leid!«, sagte Meisner geistesgegenwärtig. »Hat man denn damit rechnen müssen?«

»Nein, gar nicht. Er hat das ewige Leben, habe ich sogar vorhin noch gedacht.«

»Mein Beileid, Herr Doktor«, sagte Kromppein. Christoph hängte sich mit einem Gemurmel an.

»Dann hat er also nicht leiden müssen«, stellte Meisner mit ihrer weiblichen Konversationskompetenz fest, während die beiden Männer in ihren Mienen nach Mitgefühl suchten, ohne es zu finden.

»Er ist wohl einfach eingeschlafen«, antwortete Richard ungewöhnlich mitteilsam. »Während des Mittagsschlafs. Als meine Mutter vorhin nach ihm schaute, war er tot.«

»Wie alt war er denn, Ihr Herr Vater?«

»Fünf … äh, nein, vierundachtzig.« Richard entglitt der Blick durchs Panoramafenster in die Stadt hinab. »Tja, dann werde ich jetzt wohl nach Balingen fahren müssen.«

Der Hechinger Staatsanwalt zuckte zusammen. Balingen gehörte zu seiner Gemarkung, und ein unerwarteter Tod rief normalerweise einen Staatsanwalt auf den Plan. Aber das war nicht der Punkt. »Balingen?«, stieß er hervor. »Dann sprechen wir vom Herrn Dipl.-Ing. Martinus Weber? Das ist Ihr Vater? Sie sehen mich erschüttert!«

Für den Bruchteil einer Sekunde bohrte sich Richards Blick mit der gesamten aggressiven Intelligenz, die er sonst auf Sparflamme hinter langen Wimpern köcheln ließ, in die Augen seines Hechinger Kollegen, der verwirrt den Blick senkte. Ich ahnte plötzlich, wem es heute Abend in der *Wielandshöhe* hatte an den Kragen gehen sollen. Und zwar im Schutz einer Morddezernentin und eines Kriminalkommissars und in Anwesenheit der Presse in Gestalt meiner Extravaganz.

»Ja«, rief Meisner, »fahren Sie nach Balingen, Herr Dr. Weber. Ihre Mutter braucht Sie jetzt.« Sie griff nach ihrer Handtasche.

»Nein, bitte bleiben Sie doch, Frau Kollegin, meine Herren!« Richard panzerte sich wieder mit Dreiteilerhöflichkeit. »Lassen Sie sich den Abend nicht verderben. Genießen Sie Vincents Köstlichkeiten. Sie sind selbstverständlich von mir eingeladen, auch wenn ich bedauerlicherweise nun nicht dabei sein kann.«

Christoph Weininger konnte seine Befriedigung nur unvollkommen verbergen.

2

»Als ob ich's gespürt hätte«, sagte er, als wir in seinem diplomatendunklen Mercedes südwärts aus Stuttgart hinausfuhren. »Ich musste vorhin urplötzlich an meinen Vater denken. Die Glocke der Haigstkirche schlug gerade sechs.«

Das Übersinnliche widerstand dem Gebläse der Klimaanlage und baute sich zwischen uns auf.

»Er hat das ewige Leben, dachte ich. Wahrscheinlich hat Gevatter Tod Angst, dass er auf die Uhr tippt und ihn anfährt: ›Du kommsch zu spät, jetzt kriegsch mi nemme! Da hätsch bälder uffstehe müsse.‹« Er lachte.

»Hast du ihm verziehen?«, erkundigte ich mich.

»Ich wüsste nicht, was. Er war doch auch nur ein Gefangener seiner Weltanschauung. Wie wir alle.«

»Lieblosigkeit«, schlug ich vor. »Das könntest du ihm vorwerfen. Dass er sich nie für dich interessiert hat. Dass es ihm egal war, wer du bist und was du treibst.«

Richard knurrte. Seine eigenen Gefühle hatte er schon immer für zu nebensächlich gehalten oder für zu eindeutig, um darüber nachzudenken oder gar darüber zu reden. »Es war ihm nie egal, was ich tue. Im Gegenteil!«

Seine Hände lagen ruhig auf dem Lenker der schweren Limousine. Wir rasten über die Filderebene auf den dunkelblauen Riegel der Schwäbischen Alb zu. Die sinkende Sonne glühte mir durchs Seitenfenster ins Ohr und warf die Schatten der Bäume auf vergilbte Wiesen. Die Getreidefelder waren schon geschoren, der Mais stand noch, wenn auch kümmerlich infolge der Hitze, das Filderkraut spitzte sich schon.

»Wann warst du zuletzt bei deinen Eltern?«, fragte ich, als wir uns durch Tübingen fädelten, nicht weil es mich interessierte, sondern um den Mann am Reden zu halten, der andernfalls in autistisches Schweigen versunken wäre.

»Zu Pfingsten. Es war saukalt. Mein Vater hatte noch kein

Heizöl wieder gekauft. Der Kälteeinbruch hatte ihn überrascht. Und schon immer hat er das Öl im Sommer gekauft, ungeachtet aller Nahostkrisen.«

»Klingt nach Geizkragen«, bemerkte ich. »Leben nicht in Balingen die meisten Millionäre?«

»Nein. Und mein Vater wollte nie reich sein, er war nur sparsam.«

»Alte pietistische Schule. Man gönnt sich ja nix.«

»Nichts wider Gott, nichts wider das Gewissen und nichts wider die Liebe des Nächsten. Das war sein Lebensgrundsatz.«

Mir grauste.

»Er war ein Unternehmer alter Schule. Ein Patriarch. Geschafft hat er nicht für sich, sondern für die Firma. Das Geld, das ihm seine Leute erwirtschafteten, hat er wieder investiert. Bei Weber-Waagen gab es nie einen Betriebsrat. Mein Urgroßvater, Carl Weber, hatte Krankenversicherung und Acht-Stunden-Tag schon eingeführt, ehe Bismarck auf die Idee kam, mit seiner Sozialgesetzgebung den Sozialisten das Wasser abzugraben.«

»Und warum gibt es Weber-Waagen nicht mehr?«

»Mein Vater hat die Umstellung auf elektronische Waagen verpasst. Er war kein Tüftler wie mein Großvater Heinrich. Der hat nach dem Ersten Weltkrieg die Neigungsschaltgewichtswaage entwickelt. Du kennst sie von früher aus den Kaufläden: eine Platte, eine Grammskala und ein Schalter, mit dem man die Kilos umstellen konnte. Neu daran war, dass man das Gewicht der Ware direkt ablesen konnte. Doch weil die Gewichte verborgen waren, durfte man sie nicht öffentlich verwenden. Erst die Besatzungsmächte haben nach dem Krieg diese Regelung aufgehoben, und die Neigungsschaltgewichtswaage trat ihren Siegeszug über die Welt an. Dann kamen die elektronischen Waagen, und Anfang der Neunziger musste mein Vater dichtmachen.«

»Und was erbst du jetzt?«

»Lisa, er ist noch nicht einmal kalt!« Auf Geldfragen reagierte Richard noch kopfscheuer als auf Pornospams.

»Das Totenhemd hat keine Taschen«, bemerkte ich. »Irgendwas ist immer übrig, und wenn es ein Siegelring ist. Meine Mutter hat früher bei uns im Dorf die Toten gewaschen. Als ich ein kleines Kind war, musste ich immer mit. Wo hätte sie mich auch sonst lassen sollen? Ich habe dann das Geld gesucht, in Keks- und Zuckerdosen, in der Wäsche, unter der Matratze. Von dem, was ich fand, behielt meine Mutter den Zehnten. Den Rest gab ich bei den Verwandten ab, und wenn die mir Finderlohn gaben, dann sagte ich artig danke.«

Der Wagen wackelte kurz, denn Richard schüttelte sich.

»Tja, wir Katholiken haben halt doch ein lustvolleres Verhältnis zum Geld als ihr. Wir verschwenden es für Totenmessen und damit die Kirche funkelt, während ihr Pietisten es spart, damit Gottes Gnade ein bisschen glitzert.«

»Der Wohlstand auf der Zollernalb hat mit Pietismus nichts zu tun, sondern mit der Realteilung.«

»Aha. Und was wäre dann eine Irrealteilung?«

»Die heißt Anerbe, Lisa. Da kriegt den Hof nur einer der Kinder. Bei der Realteilung wurde der Hof dagegen aufgeteilt. Die Folge war eine heillose Zerstückelung von Land, bis es keinen mehr ernährte. In allen Gegenden mit Realteilung hat sich Handwerk entwickelt. Im Schwarzwald – erzkatholisch – die Uhrenindustrie, in der Pfalz die Schuhindustrie und auf der Zollernalb die Waagenindustrie. Als 1871 das Deutsche Reich gegründet wurde, kamen über achtzig Prozent aller geeichten Waagen von der Zollernalb. Auch in Frommern, heute ein Teilort von Balingen, hatte der Mechanicus Gottlieb Weber eine Werkstatt zum Bau von Balkenwaagen gegründet. Außerdem hat er ein Andachtsbuch geschrieben und Stunden gehalten.«

»Was?«

»Stunden! Das waren Zusammenkünfte zu Hause – nach Geschlechtern getrennt –, bei denen man die Predigt besprach, die Bibel las und betete. Auch mein Vater hat noch Stunden gehalten.«

»Nach Geschlechtern getrennt?«

»Eher für Jugendliche. Er kann die Bibel so anschaulich erklären, hieß es immer. Mit mir hat er sich da vielleicht weniger Mühe gegeben. Aber so ist das ja oft. Der Prophet gilt nichts im eigenen Haus.«

Hinter Hechingen tauchte in der Flucht der Schnellstraße zwischen zwei Tankstellen die Burg Hohenzollern auf. Sie saß mit sechs gespitzten Türmen auf ihrem bewaldeten Kegelberg wie eine Fregatte unter Segeln auf hoher See.

3

Balingen wurde von Autotrassen mit Leitplanken stranguliert. Wir passierten die weiße Wand des alten Fabrikgebäudes von Bizerba mit Türmchen und Mobilfunkantenne obenauf. Die Firma des einstigen Mechanicus Andreas Bizer in Balingen hatte die Umstellung auf elektronische Waagen geschafft. Wer auch immer in einem Supermarkt sein Beutelchen Äpfel auf eine Obstwaage legte und das Preisschildchen auf die Tüte klebte, hatte es mit einer Waage von Bizerba zu tun. Auch mal ein gutes Thema für Schwabenreporterin Lisa Nerz.

Die Schnellstraße entführte uns zwischen Hügel und Wiesen mit Pappeln. Leitplanken und querende Brücken verstellten den Ausblick auf die sich aufhügelnde Schwäbische Alb. Frommern empfing uns mit Flachdächern futuristischer Gewerbebetriebe. Ihnen folgten die Produktionsstätten zwischen Vorgestern und Annodunnemals. Ein Blechschild erinnerte an Möbel Erhard oder erinnerte nicht, sondern hoffte noch immer auf Kunden. An der Ecke das Backhaus Mahl mit Stehcafé. Alte Bauernhäuser, deren Fachwerk verputzt worden war, giebelten zur Dorfstraße hin, hier eine Betongarage mit Wellblech, dort ein Stapel Holz. Weiter drüben gipfelte der Ort in einer weißen Kirche mit einem massiven achteckigen Turm und roter Tüte. Richard blieb auf der Hauptstraße. Ein Komplex gestutzter Hochhäuser vom Charme randstädtischer Problemzonen beherrschte eine weitläufige Kreuzung. Wo die Landstraße dem nächsten Ort zustrebte, verfiel ein Fabrikgebäude. Die Fenster waren blind und zum Teil in Scherben. Zusammen mit dem schwärzlichen Putz fielen die verblasste Nachkriegsaufschrift »Weber-Waagen« und das Zeichen zweier ineinandergehäkelter Ws von der Wand und entblößten Ziegel. Auch ein späterer Schlossereibetrieb, der sich ein Blechschild geleistet hatte, war längst weggerostet. Etwas zurückgesetzt stand links daneben das Fabrikantenhaus. Der Vorgarten war mit Koniferen besetzt. Eine gepflasterte Einfahrt führte hinters Haus, links die Garage, rechts ein Gärtchen mit Rasen, Rosen, Oleandertöpfen auf einer Terrasse und einer Eibenhecke. Richard fuhr bis zum Zaun vor. Dahinter fiel ein Hang mit verwildertem Gebüsch hinunter in ein Tal, dessen Grund man nicht sah. Eine Reihe dunkler Pappeln markierte den Lauf der Eyach. Das Geblöke von Kühen quoll herauf. Mücken spielten in der Dämmerung. Es herrschte Land. Es war weniger heiß, aber kühl war doch anders.

Cipión begegnete den fremden Gerüchen der Welt, in die das Auto ihn versetzt hatte, indem er seine Duftmarke in eine Konifere pinkelte.

Das Haus hatte zwei Stockwerke, Erker und spitzbogige Fensterstürze aus Schwarzjurasandstein.

Richard klingelte.

Nach einer Weile öffnete ein kaum achtzehnjähriges Mädchen mit rotblonder Mähne, dunklen Knopfaugen und einem verwaschenen Mund.

»Hallo, Jacky«, sagte Richard.

»Hallo, Onkel Richard«, antwortete die Landschönheit mit einem halben Lächeln und naturspitzer Stimme. »So schnell sieht man sich wieder.« Sie drehte sich um und zeigte uns einen hübschen Hintern in hüftig verschlissenen Jeans.

Wir betraten ein Vestibül mit Schmuckparkett und Treppe. An den Wänden verloren sich eine Ablagekommode, eine Garderobe und ein paar Stühle. Es roch nach Pfefferminztee – oder bildete ich mir das nur ein? – und sauren Gürkchen.

»Richard ist da«, hörten wir Jacky irgendwo mit unwesentlich gedämpfter Schrillstimme vermelden. »Er hat eine Tunte mit Dackel dabei.«

Eine gebeugte magere Frau mit weißem Dutt und tief in den Höhlen funkelnden grauen Augen kam herbeigeeilt. »Richard! Du bist schon da!«

Mutter und Sohn gaben sich die Hände. Bereits das schien sie in Verlegenheit zu setzen. Familiäre Frigidität war mir als Unterschichtkind unverständlich. Meine Mutter hatte immer sofort zugelangt. Da wusste man, woran man war. Mit einem wie Richard konnte man womöglich jahrelang seine Scherze treiben im Irrglauben, ihm gefiele es, bis er eines Tages mit der Armeepistole seines Vaters auf einen abdrückte.

»Wir haben noch gar nicht mit dir gerechnet«, sagte die Mutter und musterte mich aus den Augenwinkeln. Im Grunde hatte sie sich ja auch reichlich Zeit gelassen mit ihrem Anruf.

»Ich bin natürlich sofort losgefahren.«

Ich hätte vielleicht doch nicht mitfahren sollen.

»Dann kommsch ja noch zurecht zur Aussegnung«, bemerkte sie. »Pfarrer Frischlin wird sie machen. Und du, was bisch du für einer?«, fragte die alte Dame mit dem Blick nach unten auf Cipión, der in Richtung Küche zerrte. »Wir hatten ja nie Dackel. Die graben nur die Blumen aus. Das steckt ihnen in den Genen. Erinnerst du dich an unsere Anka, Richard? Das Deutsche Kurzhaar? Ach nein, da warst du ja schon in Argentinien. Der ist doch stubenrein, oder?« Sie blickte ihren Sohn vorwurfsvoll an.

»Mama, das ist Lisa Nerz. Lisa, das ist meine Mutter, Lotte Weber.«

»Lisa? Was für ein komischer Name.«

Fand ich eigentlich nicht.

»Hasch dich im Dienstwagen bringen lassen?«, erkundigte sich Lotte bei ihrem Sohn. »Recht hasch. Der Vati braucht seinen ja nun nicht mehr, und ich kann ihn nicht fahren.«

Im Grunde konnte man ihr den Irrtum nicht verdenken. Ich hatte mich in der Hetze nicht mehr umziehen und eine Reisetasche packen können. Ich hatte nur meinen hellgrünen Schlips in die Jackentasche gesteckt.

»Uniformen sind wohl nicht mehr in Mode«, bruddelte sie. »Dabei hat das den Vorteil, dass man den Chauffeur nicht aus Versehen in den Salon bittet. Darf man Ihnen was zu trinken anbieten, bevor Sie wieder fahren? Wenn Sie einfach in die Küche durchgehen würden.«

»Mama, das ist nicht …«, versuchte es Richard müde.

»Ergebensten Dank, Frau Ingenieurin«, unterbrach ich ihn mit einer leichten Verbeugung.

Lottes Blick geisterte flüchtig über mich hinweg und nagte sich wieder an ihrem Sohn fest. »Und nun möchtest du sicherlich erst einmal zum Vati hinauf.«

Richard warf mir einen bittenden Blick zu. Also nahm ich Cipións Leine kurz und folgte den beiden die Treppe hinauf. Ein roter Teppich bedeckte die knarrenden Stufen. In den mit Tiffanyglas bestückten Rundbogenfenstern verlosch das Licht.

»Wir lassen ihn die Nacht voll hier«, erklärte Lotte. »Auch wenn ich nicht weiß, wo ich mich heute Nacht hinlegen werde. Ich habe Jacqueline gebeten, dein Bett zu beziehen.«

Hatte sie etwa all die Jahre, auch die, in denen Richard keinen Kontakt zu seinen Eltern gehabt hatte, sein Kinderzimmer konserviert?

»Bitte keine Umstände, Mama. Wir können auch in ein Hotel gehen.«

Sie ignorierte sein Wir. »Aber das macht doch keine Umstände! Sonst heißt es wieder, nicht einmal für den eigenen Sohn ist Platz im Hause Weber. Du weißt ja, wie die Leute sind. Immer drauf aus, etwas hineinzuinterpretieren. Und die Chaiselongue im Lesezimmer ist auch sehr bequem.«

Ein Gästezimmer besaß dieses Haus anscheinend nicht.

»Sie holen ihn dann morgen früh um acht. Ich habe das Bestattungsunternehmen Erdinger beauftragt. Die haben seinerzeit auch Tante Erika beerdigt. Erinnerst du dich? Ach nein, da warst du ja noch in Argentinien. Er selbst ist ja nun auch tot, letztes Jahr gestorben. Die Tochter führt jetzt das Geschäft.«

Im Gang oben stand ein Fenster offen, um dem vom Tag erhitzten Gebäude ein wenig Kühlung zuzufächeln. Doch es wehte nur das Gemuhe von Kühen herein. Die Sonne war untergegangen. Eine Deckenlampe brannte, aber noch war das Fensterviereck heller als der Gang. Ein äußerst fragiles Gleichgewicht. In der nächsten Sekunde würde unser Licht nach draußen fallen.

»Er soll übrigens eingeäschert werden. Du weißt doch, das hat er immer gewollt. Ist ja auch viel hygienischer.«

»Darüber reden wir noch, Mama.«

Im ehelichen Schlafzimmer stand ein gewaltiges Bett aus spiegelblankem Nussbaumholz. Am Kopfende bildete die Maserung sakrale Spitzbögen, am Fußende formte sie Tulpen. Schränke, Kommode und Nachttischchen bestanden aus demselben Gemaser. Alles peinlichst aufgeräumt, wie geleckt, dauerneu. Das Fenster wies ins östliche Violettblau der heraufziehenden Nacht. Es stand offen. Fledermäuse flatterten durchs Zwielicht. Ein dreiflügeliger Spiegel auf der Schminkkommode blitzte düster.

Automatisch rekapitulierte ich die Totenmagie meiner Mutter. Ein Fenster musste offen stehen, damit die Seele entweichen konnte. Als Fliege beispielsweise. Nur sollte sie dann nicht gleich von einer Fledermaus geschnappt werden. Alle Uhren mussten angehalten werden, was aber nicht für Armbanduhren galt. Wer hätte schon die Knopfbatterien herausgepult bekommen? Vor allem aber musste man die Spiegel verhängen. Sonst verirrte sich die Seele in der Geisterwelt der Reflexe.

»Ich hatte Jacqueline doch gebeten, Kerzen hinzustellen!«, fuhr Lotte auf, kaum hatten wir den dämmrigen Raum betreten. Wortlos drehte sie um und hastete hinaus.

Der Verblichene lag unter einer schweren braunen Wolldecke, deren Anblick mir den Hitzschlagschweiß unter die Achseln trieb. Wer so eine Decke aushielt, musste tot sein.

Richard trat nicht ans Bett, sondern an die Spiegelkommode, auf der farbenfrohe kleine Umschläge lagen.

»Was hat der Arzt denn angekreuzt? Natürlicher Tod?«, fragte ich.

Richard nahm das obenauf liegende, einmal gefaltete blaugraue Doppelblatt und nickte.

»Und woran ist er gestorben?«

»Die medizinischen Einzelheiten«, antwortete der Staatsanwalt, »stehen im vertraulichen Teil der Todesbescheinigung.«

Alle Umschläge waren zugeklebt und amtsdeutsch beschriftet: »Inliegend Todesbescheinigung – vertraulicher Teil – zum Verbleib bei der verstorbenen Person.« Drei Umschläge, drei Farben: Grau fürs Standesamt und für die Statistik, Gelb für die Obduktionsscheine und Rosa für … »Für die Feuerbestattung?«, fuhr ich auf.

»Ja, in diesem Fall muss ein weiterer Arzt den Toten begutachten.«

Richard legte das blaue Blatt auf die Umschläge zurück, ließ aber die Hand auf dem Stapel liegen, als fürchtete er, ich würde sonst die vertraulichen Teile aufreißen. Vielleicht hätte ich es tun sollen. Denn Richard hätte sich sicher viel lieber mit in mehrfachen Durchschlägen ausgefüllten Verwaltungsformularen beschäftigt als mit seinem toten Vater, der auf dem Bett ausgestreckt lag und unter der Wolldecke nicht mehr schwitzte.

Es war kein ausgemergelter Leib. Über der Brust, die kein Atem mehr hob und senkte, war ein Laken über die Wolldecke geschlagen. Darauf ruhten die gefalteten Hände auf einem schwarzen Holzkreuz. Sie waren prall, gelblich und fleischig und von Altersflecken gescheckt.

Mehr musste man vom Fußende des Betts, an das Richard getreten war, nicht sehen, wenn man nicht wollte. Die Jacke eines blaubeige gestreiften Schlafanzugs war dem Toten bis unter den Kehlkopf geknöpft. Das Gesicht war quadratisch und voll. Ein dickes Kissen zwang den Kopf mit dem Kinn aufs Brustbein. Die Lippen standen geringfügig offen.

»Nein, Lisa, nicht!«, warnte mich Richard ahnungsvoll.

Da hatte ich schon das Kinn des Entschlafenen angetippt. Früher, wenn meine Mutter zur Leiche gerufen wurde, hatte sie immer alles stehen und liegen lassen und war sofort losgelaufen. Zuallererst hatte sie mit einem Tuch das Kinn hochgebunden. Seit meiner Kindheit wusste ich, wie es sich mit der Leichenstarre verhielt. Sie begann am Kopf in den kleinsten Muskeln der Augenlider, betonierte das Kinn und kroch über Hals und die Schultern in den Körper.

»Lisa, bitte, geh da weg!«

Cipión machte vom Boden eine lange Nase das Bett hinauf. Seine Schlappohren zitterten. Die Rute hielt er gesenkt. Ich zog ihn weg und trat zurück. Keine Sekunde zu früh, denn die Tür ging auf und Lotte Weber erschien mit einem dreiarmigen Leuchter, aus dem, während sie die Tür schloss, die Kerzen purzelten. Ich bückte mich, hob sie auf, während sie den Leuchter auf den Nachttisch stellte, und reichte ihr die Kerzen.

»Danke, Herr Nerz.« Sie pflanzte die Kerzen wieder in die Leuchternäpfe. »Das sind die letzten, die ich noch in der Speis gefunden habe. Der Vati hatte ja nichts übrig für Kerzenlicht, nicht mal einen Adventskranz hat er geduldet, wegen der Brandgefahr. Immer diese Vorsicht und kein bisschen Gottvertrauen!«

Lotte fischte ein Streichholz aus der Schachtel und riss es an. Aber das Köpfchen zerbröselte. Im Augenwinkel sah ich

Richard ins Jackett nach dem Feuerzeug greifen. Aber ich war schneller.

»Vielen Dank, Herr Nerz. Wenn Sie das übernehmen würden. Ich kann mit diesen neumodischen Plastikfeuerzeugen nicht umgehen. Ich verbrenne mir immer die Finger.«

Richards wäre ein Zippo gewesen, ein Geschenk von mir.

Lotte drehte sich um. »Wir dürfen morgen die Streichhölzer nicht vergessen, Richard. Eigentlich sind wir ja immer Freitagvormittag nach Balingen einkaufen gefahren, der Vati und ich, denn samstags ist Markt, und da bekommt man keine Parkplätze. Aber heute Abend hätte ich eh nichts kochen müssen. Wir hätten nach der Buchvorstellung im Zollernschlössle was bekommen, wo der Vati das Grußwort hätte sprechen sollen. Und da er heute früh noch was zu schreiben hatte, haben wir gesagt, wir fahren erst morgen einkaufen.«

Hatte nicht Staatsanwalt Kromppein, der jetzt in der *Wielandshöhe* saß und Archerind aß, sich glücklich geschätzt, genau dieser Buchvorstellung entkommen zu sein? Ein Gerichtsmediziner hatte ein Buch über die Balinger Waagenindustrie geschrieben. Eine tödliche Mischung! Oder hatte Kromppein sich auf angetrocknete Gattinnen und aufgedonnerte Lachsschnittchen bezogen?

Ich vergewisserte mich, dass die Kerzen festsaßen, und ließ die Flamme springen. Aus den Dochten wuchsen Flammen.

»Hätte er nur was gesagt«, sagte Lotte vorwurfsvoll. »Wie hätte ich denn wissen sollen, dass er sich nicht wohlfühlte? Und ich bin wie jeden Freitag die Heidegisela im Heim besuchen gegangen. Sie sitzt im Rollstuhl seit ihrem Schlägele. Und die Tochter kommt auch nicht mehr, seit sie diesem Heiratsschwindler aufgesessen ist. Dann habe ich noch den Garten gegossen. Es vertrocknet ja alles. Um halb sieben bin ich in sein Arbeitszimmer gegangen, damit er sich fertig macht. Aber da war er nicht. Also bin ich hinauf. Und da lag er noch im Bett. Und wie ich ihn anpacke, merke ich, dass er tot ist.«

Richard schloss kurz die Augen.

»Da hat auch schon die Barbara angerufen. Ob der Arzt schon da gewesen sei. Wozu soll ich denn den Arzt anrufen, habe ich gesagt. Er ist doch schon tot.«

Ein Luftzug brachte die Flammen zum Wanken. Martinus lächelte. Sein Mundwinkel flackerte, der Nasenflügel bebte. Die arrogante Sparsamkeit dieses Lächelns kannte ich von Richard. Ähnlich auf einmal auch der kantige Dickschädel, das kampfbereite Kinn, die Sturheit auf der breiten Stirn.

Richard ließ sich auf den Stuhl sinken, der vor dem Schminktisch mit dem offenen Flügelspiegel stand. Lotte legte die Hand auf seine Schulter. Aber sie irrte sich, wenn sie glaubte, die Fassungslosigkeit habe ihren Sohn gefällt. Richard bekam immer weiche Knie, wenn er Leichen sah. Deshalb war er auch nicht Staatsanwalt für Tötungsdelikte geworden, sondern für Wirtschaftsstrafsachen.

Ich drückte ihm Cipións Leine in die Hand. Er griff dankbar nach dem zappeligen Tier und schob es zwischen seine Füße. »Sitz, Cipión!«

»Na, der gehorcht ja sogar«, bemerkte Lotte.

Ich ging ums Bett herum. Auf der rechten Seite sah der Entseelte anders aus. Der Mundwinkel verlief sich in den zum Ohr gesackten Falten eines Gesichts, das sich in Herrschsucht erschöpft hatte. Aus dem Augenwinkel krallten sich jene Falten in die Schläfe empor, die nicht beim Lachen entstanden, sondern wenn jemand in die Sonne blinzelte.

Ich bekreuzigte mich zeremoniell, ließ mich an der Bettkante auf die Knie nieder, rammte meine Ellbogen auf die Matratze und verschanzte mein Gesicht hinter gefalteten Händen.

»Wann wollte Pfarrer Frischlin hier sein?«, hörte ich Richard fragen. Ohne Zweifel schaute er dabei auf seine Uhr.

»So gegen 22 Uhr. Er kommt aus Tübingen, wo er im Stift noch irgendeine Veranstaltung hat.«

»Also eine Viertelstunde noch«, stellte Richard fest. »Dann könnte ich noch mal schnell … äh, zum Wagen hinunter und das … Gepäck … Und den Hund ins Auto tun«, fiel ihm im letzten Moment doch noch etwas Sinnvolles ein. »Da stört er nicht.«

Ich hörte Kleider rascheln und Cipións Krallen auf dem Parkett. »Komm, Mama«, sagte Richard. »Lisa kommt gleich nach.«

Die Türklinke knackte. Die Chance stand fifty-fifty, dass Richard seiner Mutter jetzt erklärte, dass ich nicht sein Chauffeur, sondern irgendwas zwischen Lebensabschnittsgefährtin und Störenfried war.

4

Warum wollte Richard keine Feuerbestattung? Etwa wegen der zweiten Leichenschau? Ich knipste das Licht an und nahm mir den Totenschein vor. Der Name des Arztes lautete Dr. Reinhold Zittel. Er hatte den Toten als ihm bekannt identifiziert, beim Todeszeitpunkt »etwa 18 Uhr« notiert und bei Punkt 5, natürlicher Tod, sein Kreuzchen gemacht. Ich drehte den grauen Umschlag fürs Standesamt in den Händen. Wie viele solcher Umschläge wurden wohl täglich von Unbefugten geöffnet, von Bestattungsunternehmen oder Friedhofsverwaltungen? In meinem Fall wäre es reine Neugierde gewesen. Ein Motiv, das ich als legitim betrachtete. Aber musste es sein?

Ich rechnete. Halb sieben hatte Lotte ihren toten Mann gefunden, dann hatte sie mit Barbara – wer auch immer das war – telefoniert. Danach erst hatte sie den Arzt gerufen, der dann vermutlich so gegen halb acht gekommen war. Von Leichenstarre war zu diesem Zeitpunkt praktisch noch nichts zu bemerken gewesen, aber im Nackenbereich hatten sich bereits

Totenflecken gebildet. Die erschienen nach etwa zwanzig Minuten, weil das Blut innerhalb des Körpers nach unten sickerte und die Unterhaut mit violetten Flecken füllte.

Wenn die Augen des Toten offen gestanden hatten, hatte Dr. Zittel außerdem eine Hornhauttrübung bemerkt und daraus geschlossen, dass Martinus seit mindestens einer Dreiviertelstunde tot war. Eine Temperaturmessung im Anus musste ihm Ähnliches beschieden haben.

Ich wandte mich dem Toten zu. Martinus' Gesicht war glatt rasiert. Am Kinn hatte er wie viele Männer eine kleine Narbe. Bei Kriegsausbruch war er dreiundzwanzig gewesen, ein Alter, in dem kein Mann der Wehrmacht entkam, es sei denn, er hatte seine Unentbehrlichkeit an der Heimatfront geltend machen können, als Ingenieur und Feinmechaniker beispielsweise, der nicht nur Waagen, sondern auch Verschlussfedern oder Auszieher für Pistolen produzieren konnte.

Ich knöpfte den Schlafanzugkragen auf. Druckstellen an Hals und Schlüsselbeinen waren nicht zu sehen. Ich ruckelte am Nasenbein. Nicht gebrochen. Kein Hinweis auf Ersticken. Auch keine roten Pünktchen um die Augen herum, also kein Hinweis auf einen Innendruck durch Erwürgen oder Erdrosseln. Braune Augen, leicht getrübt.

Ich knöpfte den Schlafanzug wieder zu und beschaute die Hände. Ein schmaler goldener Ehering war tief in den Ringfinger der rechten Hand eingeschmolzen. Die Fingernägel hätten mal wieder geschnitten werden müssen. Sie waren zwei Millimeter lang und nicht wirklich sauber. Mit einem Nagelreiniger aus Lottes Nachttischschublade grub ich etwas Dreck aus den Nägeln und faltete ihn in den Beipackzettel einer Schachtel Paracetamol aus derselben Schublade, den ich in meine Jackeninnentasche steckte.

Am mittleren Glied des Zeigefingers von Martinus' rechter Hand befand sich eine kleine frisch verschorfte Scharte, höchstens einen Tag alt. Am Handgelenk gab es Kratzer wie von Dornengebüsch. Aber daraus musste man nicht mehr schließen, als dass die Webers einen Garten mit Rosen hatten.

Ich hob Decke und Laken an und schlug sie hoch. Der Tote trug auch eine Schlafanzughose. Die Füße waren leicht geschwollen, die Haut an den Fesseln tendierte ins Gelbliche. Die Hornhaut war dick und rissig überall dort, wo Ferse, Ballen und Zehen auf die Schuhnähte und Sohlenkanten trafen. Die Kniegelenke waren schon ziemlich teigig, die Hüftgelenke vollständig steif. Ich rechnete. Die Totenstarre begann nach zwei Stunden in den Augenlidern. Nach vier Stunden war der Kiefer fest, nach sechs bis acht Stunden schließlich der ganze Körper. Warum sich die Muskulatur versteifte, war bekannt. Es ging ihr während des postmortalen Stoffwechsels das Energiemolekül ATP aus, das angespannte Muskeln wieder lockerte. Seltsam nur, dass es dem Körper am Kopf zuerst ausging und an den Füßen zuletzt. Und Martinus war noch keine vier Stunden tot. Dennoch war er steif bis zu den Knien. Vielleicht lag es an der Hitze, dass es schneller ging. Oder aber irgendetwas anderes hatte ATP bei ihm schon zu Lebzeiten reduziert. Zum Beispiel eine große körperliche Anstrengung.

Da er bretthart war, ließ er sich gut in Seitenlage aufstellen. Dabei gluckerte der Leib ein bisschen. Ich schob das Schlafanzughemd hoch. Das Blut, das großflächig in die Rückenpartie gesunken war, färbte die Haut dunkel. Vom Schlafanzug hatten ein paar Falten und der Hosenbund helle Streifen hinterlassen. Die Aufliegestellen der Schulterpartie und Pobacken waren hell. Alles, wie es sein musste. Die dunkle Masse ließ sich mit dem Daumen wegdrücken. Ob Martinus auf dem Rücken verstorben war oder ob Lotte oder der Arzt ihn auf den Rücken gedreht hatte, verrieten die Totenflecken nicht. Blut ist noch lange Zeit flüssig genug, um nach unten zu sinken, wo auch immer gerade unten ist bei einer Leiche.

Ich kippte den Körper zurück in Rückenlage und arrangierte Decke und Laken wieder. Blieb noch eine letzte Prüfung, um den Todeszeitpunkt einzukreisen. Ich blies die Kerzen aus, drehte eine nach der anderen aus der Halterung und balancierte sie mit dem flüssigen Wachshäubchen am Docht hinüber zum Fenster, wo ich sie draußen aufs steinerne Fensterbrett legte.

In der dörflichen Stille bullerte ein Motorrad. Die Kühe aber mussten inzwischen woandershin gezogen sein. Ihr Muhen kam aus weiter Ferne.

Ich fasste den Kandelaber am Stamm und schlug mit gemäßigter Kraft den Fuß des Leuchters auf den Bizeps des Seeligen. Die Hand an diesem Arm zuckte nicht mehr, aber der Wulst der postmortalen Muskelkontraktion ließ sich unter dem Stoff des Ärmels noch ertasten. Folglich war Martinus Weber unter sechs Stunden tot. Frühester Todeszeitpunkt 16 Uhr.

Ich stellte den dreiarmigen Leuchter zurück auf den Nachttisch, holte die Kerzen vom Fensterbrett, steckte sie wieder in die Halterungen, zündete sie erneut an und strich Decken und Laken glatt.

Martinus hatte es sich und seinen Nächsten leicht gemacht. Kein Krankenhaus und Siechtum an Schläuchen auf der Intensivstation, kein Koma an der Herz-Lungen-Maschine, kein Elend im Pflegeheim in geistiger Umnachtung und Windeln, begleitet vom schuldgefühlreichen Warten der Angehörigen auf Erlösung und das Erbe. Das alles hatte er sich und uns erspart.

Eine Türglocke gongte durchs Haus.

Ich ging ums Bett herum und zog die wandseitige Nachttischschublade auf. Darin eine Lesebrille, Fettcreme, fünf gespitzte Bleistifte, eine Lutherbibel, ein Büchlein mit Sudoku-Quadraten, die zum Teil ausgefüllt waren, und ein rotes Buch, auf dem *Die Losungen* stand. Es schlug von selbst den heutigen Tag auf.

»Ich habe mein Herz vor dem Herrn ausgeschüttet. 1. Samuel 1,15«, las ich. Darunter stand: »Jesus sprach zu Bartimäus:

Geh hin, dein Glaube hat dir geholfen. Und sogleich wurde er sehend und folgte ihm nach auf dem Wege. Markus 10,52.«

Na, wenn das kein guter Tag zum Sterben war!

Im Haus setzte ein dumpfes Knarren ein, das ich der Treppe zuordnete. Ich löschte das elektrische Licht.

5

Die mähnenhaarige Jacky, alias Jacqueline, geleitete eine gebeugte alte Frau mit Stock und schiefem Sommerrock herein, die ächzend auf dem Stuhl an der Schminkkommode Platz nahm. Zwei weitere Mädchen, beide mit rotblonden Mähnen und dunklen Knopfaugen wie Jacky, traten zur Tür herein und verdrückten sich in eine Ecke, die eine höchstens fünfzehn in Jeans, die so tief saßen, dass man die Beckenknochen und fast auch das Schamhaar sah, die andere Anfang zwanzig, breithüftig und mit dem Lebenstrotz dörflicher Frustrationen im Gesicht. Jacky stellte sich zu ihnen und faltete die Hände.

In schneller Folge huschten ein Dutzend Leute in das von den drei Kerzen mehr verdunkelte als erhellte Zimmer. Sie kamen auf Zehenspitzen, sie falteten die Hände, sie hatten graue Topfhaarschnitte, blasse Gesichter trotz des langen Sommers, trugen Brillen, die aus der Mode waren, und brachten den Brodem nach Schweiß eines geschaffigen Tages mit. Auch drei Männer waren darunter, zwischen sechzig und achtzig, die gern nach allen Seiten gelächelt hätten, wenn der Anlass es erlaubt hätte, und beflissen waren, Platz zu machen und beiseitezutreten.

Ein weiterer Mann, der allen den Vortritt gelassen hatte, aber keineswegs so gezähmt war wie die anderen, bahnte sich einen Weg zum Kopfende des Betts. Er war vergleichsweise jung, trug einen gepflegten schwarzen Bart und über einem T-Shirt mit

Fischsymbol einen eleganten dunklen Anzug aus leichtem Tuch: Pfarrer Frischlin.

Er stellte eine schwarze Tasche neben dem Bett ab und breitete auf dem Nachttisch ein Deckchen mit dem eingestickten Lamm Gottes aus. Darauf stellte er ein Kreuz aus hellem Holz mit abgerundeten Ecken, ein unerträglicher protestantischer Euphemismus verglichen mit dem Leiden Christi, das in meinem Mutterhaus mit spitzen Knien, zerschundenem Leib, vorstehenden Rippen und Dornenkrone im Herrgottswinkel blutete.

»Wir haben uns hier zur Aussegnung versammelt«, nahm er mit beeindruckend tiefer Stimme das Wort. »Der Friede Gottes sei mit uns allen. Amen.«

»Amen«, raunte es ihm vielstimmig entgegen.

Richard war an der Tür stehen geblieben.

»Herr, unser Gott, dein sind wir im Leben und Sterben. Du hast durch Jesus Christus dem Tod die Macht genommen.«

Richard lehnte sich gegen den Türrahmen.

»Wir bitten dich: Sei in dieser schweren Stunde bei uns mit deinem Trost und deiner Gnade. Amen.«

Ich musterte Füße, schief gelaufene cremeweiße Sandalen mit verrutschten fleischfarbenen Nylonsöckchen, gelochte braune Slipper an den Füßen eines der gezähmten Männer, rosafarbene Chucks unter den Jeans der jüngsten der drei Landschönheiten, Ethnozehensandalen an denen der ältesten. Am Fußende des Betts zuckten außerdem nackte Zehen in braunen Trekkingsandalen. Darüber, hochgekrempelt, ein Paar Jeans, gut gefüllt und glatt gerundet. Die kurzen Haare waren grausilbern wie Stacheldraht und akkurat auf Nackenkante geschnitten. Die Augen hatte sie, soviel ich von schräg hinten sehen konnte, nicht auf den Pfarrer gerichtet, sondern auf die sterblichen Überreste unter der Wolldecke.

»Guter Gott, nun liegt der Mensch leblos vor uns, herausgerissen aus unserer Mitte«, tönte Frischlin. »Wir hoffen zu dir, dass du unseren Gatten, Vater und Freund bergen wirst. Im Vertrauen auf deine Gnade übergeben wir ihn dir. Denn Christus ist von den Toten auferstanden. Wir danken dir für alles Gute, das Martinus an uns zu tun versucht hat.«

Richard straffte sich, sein Blick wanderte zu mir herüber. Er atmete tief ein.

»Wir bitten dich, hilf uns in unsrer Angst, dass wir wissen: Du meinst es gut mit dem, den du gerufen hast für immer. Denn du bist barmherzig. Auch mit uns meinst du es gut, denn du willst das Leben.«

»Amen.«

Frischlin holte den Blick aus den Ecken über unseren Köpfen und schaute uns an. »Jetzt kann ein persönliches Gebet gesprochen werden.«

Ich fühlte mich aufgerufen wie in der Schule und ebenso blank im Gehirn. Aber Gott sei Dank erwartete von mir niemand ein vernünftiges oder gottesfürchtiges Wort.

»Herr Jesus Christus«, nahm der gezähmte Mann mit den Lochschuhen unverzüglich das Wort, »hart trifft mich der Tod meines Cousins. Vergib mir, falls ich in meinem Herzen irgendeinen selbstgerechten Zorn hegen sollte. Amen.«

Es lief wie geprobt.

»Herr, Jesus Christus«, intonierte eine Frau mit großen blauen Augen, die Frischlin Hermine nannte, »hilf uns zu guten Gedanken. Amen.«

Mehr postmortales Mobbing ging auch kaum noch.

»Möchte noch jemand ein persönliches Wort sprechen?«, forderte Frischlin mehr als er fragte.

Die Frau mit dem Silberdrahthaar holte Luft.

»Ja, Barbara.«

»Tja, Onkel Martinus«, sagte sie mit um keinerlei weibliche Helligkeit bemühter Stimme. »Wir haben so manchen Strauß ausgefochten. Vermutlich hast du es gut gemeint. Aber verstanden habe ich dich nicht. Geh in Frieden.«

Aber geh!, ergänzte ich im Stillen.

Kurz blitzte mich aus grauen Augen ihr Blick an, eine Mischung aus Verschwörung, Spott und Geringschätzung. Mein Blutdruck fuhr hoch. Im nächsten Moment hatte sie die Augen abgewandt. Barbara!, durchrieselte es mich. Barbara!

»Der allmächtige Gott erbarme sich deiner. Er sei dir gnädig und nehme dich auf in sein ewiges Reich. Amen.« Frischlin segnete den Toten mit einer Geschmeidigkeit, als habe er als Bub nie vom Lokomotivführen geträumt, sondern nur vom Segnen. Liebevoll schlug er dann die Bibel auf. Die dünnen Seiten raschelten. Er las aus Hiob: »Ich hatte einen Bund gemacht mit meinen Augen, dass ich nicht lüstern blickte auf eine Jungfrau. Bin ich gewandelt in Falschheit, oder ist mein Fuß geeilt zum Betrug? Gott möge mich wiegen auf rechter Waage, so wird er erkennen meine Unschuld.«

Schon in meiner Kindheit hatte das Silbenrauschen der Bibel mein Denken beflügelt. Auf einmal wusste ich, was mir an der Leiche nicht gefiel. Martinus Weber hätte nicht im Schlafanzug stecken oder der Arzt hätte sein Kreuzchen nicht bei »natürlicher Tod« machen dürfen.

Frischlin klappte die Bibel zu und forderte die Anwesenden auf, ein persönliches Wort an den Dahingeschiedenen zu richten.

»Was soll ich jetzt noch sagen, wo du tot bist?«, stotterte Lotte. »Du warst immer so streng mit dir selbst und mit den deinen, die wir nicht so stark waren wie du.« Sie schluchzte.

Dass mir keine Träne auf den Toten fällt!, dachte ich. Sonst kehrte er als Wiedergänger zurück. Ich bekreuzigte mich hurtig, was mir scheele Blicke aus der Mädchenriege eintrug. Aber solche Reflexe saßen tief, auch der, mich im eingespielten Lauf fremder Rituale als Außenseiterin zu outen. Der vor allem!

»Und Sie«, wandte sich Pfarrer Frischlin unvermittelt an Richard, »möchten Sie Ihrem Vater nicht auch etwas mit auf den Weg geben? Etwas, wo Sie von ihm lernen durften. Aber auch, was offen geblieben ist. Auch dazu ist jetzt Raum.«

Man drehte sich um, reckte die Köpfe.

Richard musterte den Pfarrer mit asymmetrischen Augen. »Danke«, sagte er, »aber mein Vater hört mich nicht mehr.«

Frischlins Bart kräuselte sich in den Mundwinkeln. »Dann sprechen wir jetzt das Vaterunser.«

Alles ging im Gemurmel von »Vergib uns unsere Schuld, wie auch wir vergeben unseren Schuldigern« unter. Ich hatte vierzehn Jahre alt werden und Hunderte Male das Vaterunser aufsagen müssen, bevor sich mir das Rätsel des Wortes »Schuldigern« löste.

»… und führe uns nicht in Versuchung, sondern erlöse uns von dem Bösen. Denn dein ist das Reich und die Kraft und die Herrlichkeit in Ewigkeit. Amen.«

»Amen.«

Frischlin hob die Hand, um auch über uns den Segen zu sprechen. Ich räusperte mich. Alle blickten mich an.

»Sie möchten dem Verstorbenen noch etwas sagen?«, erkundigte sich Frischlin. Seine gotteslüsternen Augen glänzten mich an. »Sie sind …?«

»Lisa Nerz.«

Barbara wandte den Kopf, zog das Kinn an und lagerte ihren Blick auf mir ab.

»… Lisa«, fuhr der Pfarrer fort. »Sie möchten dem Verstorbenen noch etwas mit auf den Weg geben?«

Augen blitzten in Augenwinkeln. Ich schaute mich lieber nicht nach Richard um. Er wäre jetzt vermutlich gerne im Boden versunken, allerdings nicht ohne mich vorher auf den Mond geschossen zu haben.

»Ich frage mich«, sagte ich, »woran Martinus Weber so plötzlich und unerwartet gestorben ist.«

Stille.

»An Herzversagen«, ließ Barbara ihre tiefe Stimme in die Stille fallen.

»Jeder stirbt letztlich an Herzversagen.«

»Ach, was du nicht sagst!«

Unsere Blicke verhedderten sich und fuhren wieder auseinander.

»Ich bitte euch!«, rief Frischlin. »Dies ist eine Aussegnung, keine polizeiliche Ermittlung.«

»Außerdem«, ließ Richard sich vernehmen, »können wir uns alle Mutmaßungen sparen. Vor einer Feuerbestattung wird der Leichnam stets noch einmal von einem unabhängigen Arzt untersucht.«

Ein Ruck ging durch die Gesellschaft. Aber ich konnte nicht erkennen, wo er seinen Ausgang nahm. Vielleicht hatten auch nur die Kerzen geflackert.

»Martinus war doch herzkrank!«, fuhr Lotte auf. »Und einen zu hohen Blutdruck hatte er sowieso. Er hat sich ja auch über alles aufgeregt. Wenn ich es nicht tue, tut es keiner, hat er immer gesagt. Und die Sache mit den Bauplänen für den Fürsten, die hat ihm den Rest gegeben. Jahrelang Baulärm und Dreck. Wer soll denn das aushalten?«

»Es ist doch noch gar nichts geschwätzt«, warf Barbara mit Bruststimme ein. »Der Ortschaftsrat hat die Baupläne für den Fürsten lediglich in den Etat fürs kommende Jahr aufgenommen. Zunächst wird es eine Umweltverträglichkeitsprüfung geben. Den Baubeginn hätte Martinus sowieso nicht mehr erlebt. Er hat doch nur aus Prinzip Klage gegen alles geführt, was Stadt, Gemeinde und Ortschaftsrat geplant haben, nur weil er selbst nicht in den Gemeinderat gewählt wurde.«

»Bitte!«, rief Frischlin und hob die Hände. »Ich bitte euch! Das Totenreich ist aufgedeckt vor uns, und der Abgrund hat keine Decke. Gebt einander die Hand und wünschet euch Frieden auf allen Wegen!«

6

Plötzlich scharrten Füße, bewegten sich Hände, schwenkten Haarknoten herum. Aufbruch. Barbara bat die Anwesenden zu einem Imbiss in die gute Stube hinunter. Die Gesellschaft duckte sich zur Tür hinaus. Jacky zog die Alte vom Stuhl hoch und drückte ihr den Stock in die gichtige Hand. »Komm, Oma, es gibt Gürkchen.«

»Und desmal ka mi der Martinus net schoich anblicke, weil i z'viel ess. Fett ischer worre uff seine alde Dag!«

Ein Luftzug löschte die Kerzen.

Jacky warf ihre Mähne nach hinten und pulte mit zwei Fingern ein Feuerzeug aus ihrer Jeanstasche und reichte es der jüngeren Mähnenschönheit. Jetzt meinte ich doch, über der Gürtelschnalle den Kringel eines Schamhaars erkennen zu können.

»Und verbrenne wellet se ihn?«, fuhr die Alte fort. »Den Sarg und die Grabpflege schpare! Die alte Geizkräge!«

»Komm, Oma«, sagte Jacky mit einem ungeduldigen Flackern in der Stimme.

Ich trat hinter ihnen zur Tür hinaus.

Richard stand im Gang, neben ihm die Frau mit den grauen Drahthaaren und dem angespöttelten Blick, der meinen Kreislauf so ankurbelte.

»Lisa«, sagte er. »Darf ich dir Barbara vorstellen, meine Cousine.«

Ihr Händedruck war fest. »Freut mich! Wir sehen uns noch. Aber jetzt muss ich hinunter. Sonst wird das nichts mit dem Imbiss.« Sie eilte mit kurzen, zügigen Schritten davon.

»Was ist das für eine Sache mit dem Fürsten?«, erkundigte ich mich bei Richard.

»Jetzt nicht, Lisa.«

»Hat Frommern etwa noch einen Fürsten?«

Richard deutete ein nachsichtiges Lächeln an. »Der Fürsten ist ein Gelände in der Verlängerung der Fürstenstraße, die aus dem Altort Richtung Zeitental führt. Und das Zeitental, das ist das Tal unterhalb unseres … äh, dieses Hauses …«

Ich schmunzelte taktvoll auf den Teppich hinunter.

»… durch das die Eyach fließt. Barbara hat ihren Hof dort unten. Und sie hat meinem Vater vor einigen Jahren fürn Muggesäckele einen Acker auf dem Fürsten abgekauft, angeblich für ihre Rinder.«

»Angeblich?«

»Sie baut dort Luzerne an. Aber der Acker liegt zufällig genau dort, wo man eine Brücke über die Eyach schlagen müsste, um den Fürsten für den Autoverkehr zu erschließen. Und zufällig sitzt Barbaras Mann, Jürgen, im Ortschaftsrat, der solche Sachen beschließt.«

»Ach, und dein Vater hat gegen das Projekt Front gemacht, damit dein Bäsle Barbara nicht den Reibach macht, der ihm entgangen ist.«

»Ums Geld ging es ihm nicht!«

»Jaja, es ging ihm ums Prinzip.«

»Mein Vater hat sich, auf Deutsch gesagt, verarscht gefühlt, hintergangen, getäuscht, bestohlen. Nenn es, wie du willst.«

»Du verteidigst ihn auch noch?«

»Man kann schon die Frage stellen, ob Ortschaftsratsmitglieder Entscheidungen treffen dürfen, die ihnen selbst oder ihren Angehörigen einen geldwerten Vorteil bringen. Selbst wenn Jürgen sich bei den entscheidenden Abstimmungen der Stimme enthält, bleibt es problematisch. Barbara könnte von ihm von den Plänen erfahren haben, bevor sie veröffentlicht wurden, und ihren Wissensvorsprung ausgenutzt haben.«

»Richard, du denkst zu städtisch! Wenn dein Vater nicht gewusst hat, dass in diesem Fünftausendeinwohnerkaff über eine Baumaßnahme nachgedacht wird, die auch sein Grundstück betrifft, dann war er gesellschaftlich isoliert.«

»Das war er nicht. Meine Mutter hat immer geklagt, wie viele Verpflichtungen sie hatten.«

»Und wann hat deine Mutter dir das immer so geklagt?«

»Wir telefonieren einmal die Woche. Meistens, wenn mein Vater seine Spaziergänge macht … gemacht hat.«

»Ich wusste gar nicht, dass du so ein Muttersöhnchen bist.«

»Musst du alles wissen?«, knarzte Richard humorlos und wandte sich ab.

Das Wohnzimmer entzog sich meinem Fassungsvermögen. Eichenschrankwände wären mir vertraut gewesen, Ledersofas und der gekachelte Eichentisch. Aber wie schon im Schlafzimmer spiegelte der Lack auf den Möbeln, als hätte man sie mit Wasser übergossen. Die Türen der Anrichte und des Bücherschranks waren geschwungen wie aufgeschlagene Buchseiten. Der Couchtisch sah aus wie eine erstarrte Wippe. Seine polierte Platte ruhte auf einer offenen Halfpipe aus Holz. Auch Sessel standen herum. Sie waren wie aufgeschnittene Tulpenkelche geformt, mit aprikosenfarbenem Leder bezogen, an den Schnittkanten mit Holz verbrämt und saßen auf einem kreisförmigen Holzsockel. Die Couch war nach demselben Prinzip geschnitten, nur dass sie in die Breite gezogen war wie eine halbe Tulpe im Zerrspiegel auf dem Jahrmarkt. Das alles strahlte eine verzweifelte Moderne aus, alt und doch nicht veraltet.

Das Klavier, das gegenüber der offenen Terrassentür mit seinen sachte wehenden Gardinen stand, war rabenschwarz. Sein Aufbau war mehrfach getreppt und mit silbrigen Metallintarsien versehen. Der Tastenblock saß auf zwei verchromten Röhren, die besser unter einen Tisch gepasst hätten. Jugendstil?, fragte ich mich, Art déco? In solcher Konsequenz hatte ich so etwas noch nie gesehen. Ein Haushalt, der in den dreißiger Jahren seine Erneuerung gestoppt hatte.

Während die Trauergäste sich auf den Stühlen und Sesseln verteilten, klappte Richard den schwarzen Klavierdeckel hoch und ließ die Fingerspitzen über die Elfenbeintasten gleiten, ohne sie anzuschlagen. Im Kopf klimperte er zweifellos die Etüden ab, die er als Kind gespielt hatte. Die Musik als Übungsqual und Flucht aus der Enge des Vaterhauses.

Jacky brachte noch Stühle. Die Oma sank in einem der Tulpensessel in sich zusammen. Auf dem Strecktulpensofa reihten sich Damen. Hermine, die mit den blauen Augen, sagte zu Lotte: »Wer hätt au denkt, dass es so schnell goht. Erst am Mittwoch hemmer uns zur Schtund gsähe. Da ischs au um Hiob gange. Sind wir nicht alle wie Hiob, wenn wir auf unser Leben zurückblicken? Vermögen weg, Kinder weg.«

Aus den Augenwinkeln schickte sie einen Blick zu Richard hinüber, der sich auf die Pianobank gesetzt hatte und den Gespenstern den Rücken zukehrte.

»Hiob verliert Hof, Gesinde, die Söhne, die Frau, die Töchter, weil Gott dem Satan freie Hand lässt. Aber wer denkt eigentlich an die Opfer, die Frau und die drei Töchter, habe ich zu Martinus gesagt. Die sind tot und kein Hahn kräht danach. Für die Herren der Schöpfung sind wir halt doch nur eine Strafe Gottes, gell, Herr Pfarrer?« Sie lachte.

Pfarrer Frischlin strich sich den Bart. Der Cousin mit den Lochschuhen raunte unnachgiebig auf ihn ein. »... den Männern wieder Zugang zu ihrer Spiritualität schaffen«, wehte sein Geflüster in Böen zu mir herüber. »... kirchliche Männerarbeit ...«

»Ja, Herr Pfarrer«, rief Hermine hellhörig, »Ihre Männergottesdienste scheinen ein echter Erfolg zu sein.«

Richard schlug einen Akkord an.

Schweigen fuhr unter die Gesellschaft wie eine Sturmbö und wehte die Gesichter in seine Richtung. Richard ließ die Finger nach Tönen suchen, fand, was er suchte, konzentrierte sich plötzlich, vergaß die Welt, in der er lebte, und spielte sich virtuos in eine Melodie hinein, die mir wie ein Requiem vorkam, weil es nahe lag und Richard sich üblicherweise an die Etikette hielt.

Da ich zu Männergottesdiensten und Requiems nichts zu

sagen hatte, ging ich, wie es sich für den Chauffeur gehörte, die Küche suchen. Sie war von bequemer Größe, aber wie geschleckt. Die Spüle blitzte, die Gewürze im Regal standen alle mit den Schildchen nach vorn. Nur Schalen mit belegten Broten störten die ungastliche Leere. Richards Cousine Barbara verteilte saure Gürkchen. Jacky nahm eine Platte nach der anderen und schichtete sie sich wie eine Kellnerin auf den linken Unterarm. »Platz da!«, schrillte sie mich an und eilte hinaus.

Barbara warf mir einen prüfenden Blick zu. »Ist das Rocky, ich meine, Richard, der da spielt? Er kann's also noch.«

Ich nickte. »Rocky?«

»So habe ich früher zu ihm gesagt. Wir hatten einen amerikanischen Comic. Keine Ahnung, wie wir an den gekommen sind. Er war das fliegende Eichhörnchen Rocky, und ich war Bullwinkle der Elch. Wir mussten die Welt vor den pottsylvanischen Schurken retten. Und du bist also die berühmte Lisa Nerz.«

»Wieso berühmt?«

»Na, Richards Ripp, die ausgeflippte Freundin. Was hast du denn gedacht, warum du berühmt bist?«

»Hätte ja sein können, dass Sie Zeitung lesen.« Ich fragte mich, warum es mir misslungen war, sie ebenfalls zu duzen.

»Ich bin Analphabetin. Trittst du auf, oder was hätte ich über dich in der Zeitung lesen sollen?«

»Als was sollte ich auftreten?«

Bullwinkle musterte mich von oben bis unten. »Als … wie heißt das? Transvestit?«

»Das sind die andersherum«, erklärte ich. »Männer in Frauenwäsche. Wer sagt überhaupt so was?«

Sie zuckte mit den Schultern und holte ein Glas Mixed Pickles aus der Speisekammer.

»Nur Lotte scheint noch nichts von mir gehört zu haben.«

»Natürlich nicht! Im Hause Weber wird doch über so was nicht gesprochen!« Barbara schob mir das Glas Mixed Pickles hin. »Kannst du? Ich habe mir vor zwei Monaten das Handgelenk gebrochen.« Sie rieb sich die rechte Handwurzel.

Ich stemmte mich gegen das Vakuum, bis sich der Deckel mit einem Pfupp löste. Saure Möhren, Blumenkohlstücke und Perlzwiebeln kullerten in eine Kristallglasschüssel, die Barbara mir hinstellte. Der Essig trieb mir Kindheitserinnerungen in die Nase. Ich schnaubte.

»Ist was?«

»Das Zeug enthält Benzoesäure. Ein Konservierungsmittel für saures Gemüse. Ich bin dagegen allergisch.«

»Na so was!«

Sie holte Apfelmost aus der Speisekammer und zwei Bierflaschen aus dem Kühlschrank. Jacky kam zurück, nahm die Mixed Pickles und die Flaschen und verschwand erneut.

»Und was«, fragte Barbara, »wolltest du bezwecken mit deiner Anspielung: plötzlich und unerwartet verstorben!«

Es war auf einmal sehr still im Haus. Richard hatte sein Requiem beendet.

»Du wolltest doch nicht andeuten, dass jemand Martinus ins Jenseits befördert hat?«

»Nein, ich wollte andeuten, dass Sie es waren.«

Sie lachte.

»Er könnte es natürlich auch selbst getan haben.«

»Ist Selbstmord nicht eine Sünde?«

»Nur, wenn wir das Gebot ›Du sollst nicht töten‹ auf uns selbst anwenden. In der Bibel gibt es kein direktes …«

Ein Handy klingelte. Meines war es nicht.

Barbara griff sich in die Hosentasche. »Binder!«, sagte sie mit tiefer Stimme, die mir unter die Haut kroch.

»Jürgen, ja, was gibt's? … Die Rinder? … Wo? … Ich komme!« Eine Schrecksekunde kannte sie offenbar nicht. Schon war sie aus der Küche gelaufen. »Jacky!«, rief sie, dass es durchs Haus hallte. Jacky erschien stumm wie ein Vorwurf in der Wohnzimmertür. »Die Herde ist im Altort«, sagte Barbara.

»Schitt!« Auch Jacky kannte keine Schrecksekunde. »Ich gehe Samanta holen.« Sie lief durchs Vestibül und stürzte hinaus. Die Haustür fiel mit einem Rums ins Schloss.

»Wo ist eigentlich Maxi?«, fragte Barbara und schaute mich an.

»Wer ist Maxi?«

»Meine Jüngste.«

Oh! Dann war Barbara die Mutter der drei rotblonden Mähnen. »Oben, glaube ich.«

»Sag ihr, sie soll die Oma nach Hause bringen. Und entschuldige mich bei den anderen.«

Auch Maxi hatte Licht im Sterbezimmer gemacht. Sie hockte an der Bettkante und betrachtete Martinus' Profil von der ironischen Seite. Zwischen Top und Hosenbund lagen viel samtig braune Haut und die rosafarbene Triangel des Stringtangas bloß. Eine leises Klimpern umwehte sie. Es rührte von einem Bettelarmband her, an dem neben einer Hasenpfote Osterhasenglöckchen, ein Rosenkranzkreuz und durchbohrte Steinchen baumelten.

»Auf der anderen Seite sieht er ganz anders aus,« bemerkte sie. »Er hat zwei Gesichter.«

»Und welches war seines im Leben?«

»Keines von beiden. Es fehlt die Seele.«

»Das liegt daran, dass er nicht mehr reagiert. Unsere Seele besteht aus Muskelspannungen.«

Maxi lächelte. »Glaubst du wirklich, dass er ermordet wurde?«

»Hätte jemand einen Grund gehabt?«

Maxi zuckte mit den Achseln und stand leise klimpernd auf.

»Übrigens, ich soll dir von deiner Mutter ausrichten, dass die Rinder im Altort sind und dass du die Oma nach Hause bringen sollst.«

»Warum ich? Das kann Henry doch machen.«

»Henry?«

»Henry heißt eigentlich Henriette und ist meine älteste Schwester. Sie hat sich in Hamburg ein Kind machen lassen und lebt mit dem Kipf wieder bei uns. Jacky heißt eigentlich Jacqueline und ist meine zweitälteste Schwester. Ich bin die Jüngste und heiße Maximiliane, aber alle sagen Maxi zu mir. Außerdem habe ich noch einen Bruder. Er heißt Victor, aber wir nennen ihn Vicky. Er kommt nach Henry und vor Jacky und studiert in Hohenheim Biologie. Er schreibt seine Diplomarbeit über unsere Rinder. Es sind nämlich ganz besondere Rinder. Sie leben wie früher die Auerochsen: Kühe, Kälber, Stiere, alles durcheinander.«

»Die Archerinder?«, fragte ich. »Das sind eure?«

Maxi lächelte und nickte. »Hat Onkel Richard dir nichts von uns erzählt? Du bist doch seine Freundin, oder nicht?«

»Wie man es nimmt.«

»Aber entstellt bist du nicht.« Sie musterte mich fast enttäuscht. »Man sieht deine Narben ja kaum.« Ihr Blick wanderte über meinen silbergrauen Leinenanzug und gewann an Glitzer zurück. »Es heißt, du trägst Männeranzüge und gehst in Klubs.«

»Wer sagt das?«

Maxi zuckte mit den Schultern und ging zur Tür. »Die Leute. Papa.«

»Geht er in solche Klubs?«

Sie feixte abgeklärt. »Er hat es von jemandem im Ministerium. Papa ist Lehrer im Schulzentrum Längenfeld. Er ist Fachbereichsleiter für Mathe und muss wegen der Lehrplanreform oder so manchmal nach Stuttgart. Er sagt, wegen dir musste der Kultusminister zurücktreten, weil er in einem Klub erwischt wurde. Die Kerzen blasen wir lieber aus. Nachher passiert noch was.«

Im Wohnzimmer saßen immer noch die Gespenster und pickten mit gezügelter Gier Mixed Pickles, kauten Brote und unterhielten sich über Chorproben und die Verlorenheit der Jugend. Richard saß, dem Zimmer zugewandt, auf der Pianobank, die Hände auf die Knie gelegt, die Miene in sich gekehrt. Vermutlich dachte er darüber nach, wo er eine Zigarette rauchen konnte. Das Haus roch, als würde es dann zu husten anfangen.

Maxi blieb in der Tür stehen. »Wo ist Oma?«

Alle blickten zu uns herüber. Die blauäugige Hermine antwortete vom Strecksofa her: »Henriette ist gerade los mit ihr. Das Kipf ist scheint's ganz alleine daheim. Da ist schnell ebbes passiert!«

Im Zimmer geisterte tadelndes Schweigen von einem verkniffenen Mund zum andern. Maxi drehte wortlos um.

»Ich soll Barbara und Jacqueline entschuldigen«, sagte ich. »Die Herde ist ausgebrochen.«

»Schon wieder?«, fragte der gezähmte Mann mit den Lochschuhen. »Da muss man wohl mal ebbes tun mit den Zäunen. Eh noch ebber zuschaden kommt.«

Auch ich drehte mich auf dem Absatz um und durchquerte das Vestibül. In der Garderobenecke hingen Mäntel und Jacken, darunter eine rehbraune Herrenlederjacke mit ausgebeulten Taschen. Wann würde Lotte sie abhängen? Als mein mir nur kurz angetrauter Mann, Todt Gallion, vor vielen Jahren nach unserem Autounfall beerdigt wurde, während ich halb gelähmt im Krankenhaus lag, hatte mein einziger Akt des Abschieds darin bestanden, Wochen später die Kleider zu entsorgen, aus denen er herausgestorben war. Der Geruch in seinen Jacken konservierte sich bis heute in meinem Gedächtnis. Jedes Kleidungsstück, das ich in Altkleidersäcke stopfte, war ein Tötungsakt.

Richard holte mich an der Haustür ein. »Du willst doch nicht etwa mit! Da sind Stiere dabei.«

»Richard. Ich komme vom Land!«

»Bei euch hat man die Stiere einzeln gehalten und am Nasenring zur Kuh geführt. Aber in dieser Herde laufen an die sechzig Stiere mit! Damit ist nicht zu spaßen!«

»Als ob es mir immer nur darauf ankäme, Spaß zu haben!«

»Ach, Lisa!«

Ich ließ ihn stehen, wenngleich mich ein Flöckchen Mitleid anwehte. Schließlich war ich mitgefahren, um ihm beizustehen.

7

Ein Dorf war nachts um elf wirklich stockfinster. Auch von Stuttgart sagte man, es klappe um zehn die Bürgersteige hoch. Vor allem seit der Eurodepression. Aber Autos fuhren immer, es gab Leuchtreklame, es taumelten Betrunkene über die Straßen, rasten Fahrradfahrer ohne Licht heimwärts. Und jetzt am Freitagabend sowieso, da füllte sich gerade die Partymeile entlang der Theodor-Heuss-Straße.

Ich holte Maxi dort ein, wo die Zivilisation ganz aufhörte. Falter sausten um die Straßenlaterne. Zwischen Hang und Abhang, Busch und Baum tappten wir ein steiles Sträßchen hinunter. Die Häuser von Frommern blieben oben auf der Kante hocken. Maxi warf klimpernd die langen Beine. Ich knirschte auf Golfschuhen hinterher. Eine Straßenlaterne beleuchtete eine überraschend hohe Felswand, unter der ölschwarz die Tümpel der sommerdürren Eyach glitzerten. Haariges Grünzeug, um diese Stunde silberschwarz wie Tang, hing die Felswand herab.

»Hier soll die Brücke her, wenn der Fürsten da drüben Bauland wird«, erklärte Maxi. »Und jetzt, wo Martinus tot ist, machen sie das sicher.«

»Kommt das öfter vor, dass eure Herde ausbricht?«, fragte ich.

»Nur, wenn sie jemand rauslässt. Zuletzt im Juli.«

»Hat da jemand was gegen euch?«

»Könnte sein.«

»Und wer?«

Sie zuckte mit den Schultern. »Derselbe, der auf die Rinder schießt, nehme ich an.«

»Bitte?«

»Zweimal letztes Jahr. Eine Kuh mussten wir notschlachten. Ihr steckte eine Neunmillimeterkugel in der Lunge.«

»Von einer USP von Heckler & Koch aus Oberndorf am Neckar, auch bekannt als P8?«, schlug ich vor.

»Oder von einer Parabellum«, antwortete Maxi prompt. »So einer wie Martinus sie hat … hatte. Sagt Baba.«

»Soll das heißen, dass Martinus auf eure Herde geschossen hat?«

»Keine Ahnung. Baba sagt, damit er uns wegen Tierquälerei verklagen konnte. Das hat er nämlich letztes Jahr. Weil ein krankes Tier auf der Weide stand.« Sie warf das Haar nach hinten.

»Aber heute Abend kann er die Rinder definitiv nicht rausgelassen haben.«

»Keine Ahnung. Ich mag das sowieso nicht, dass alle über alle anderen herziehen.«

Der Felsen endete, die Straße schwenkte über die Eyach zwischen die Häuser eines alten Dorfkerns. Maxis Schritt stockte fast sofort. Schulter an Schulter drängte sich auf schmaler Dorfstraße ein knappes Dutzend gehörnter Tiere. Sie hatten gelocktes Haar auf den Nasen und Stirnen.

»Hi«, gurrte Maxi. »Na, geht's euch gut, ja? Keine Angst, wir tun euch nichts. Wir sind schon wieder weg.« Sie winkte dem glotzenden Vieh zu und ging ein paar Meter rückwärts, ehe sie den Tieren den Rücken zuwandte. »Das sind Jungbullen. Da kommen wir nicht durch. Wir müssen den Kopf der Herde finden. Ich schätze, sie sind zum Fürsten hoch und am Friedhof lang in den Altort, und jetzt stecken sie bei der Kirche und im Fronhof fest.«

Also zurück, den ganzen Weg über die Brücke, am Felsen entlang, das Sträßchen hinauf, dann die ganze lange Hauptstraße entlang, die Richard und ich vor zwei Stunden im Auto gekommen waren. Maxi schlenkerte die Beine, ich keuchte hinterher und sagte fast gar nichts mehr. Das Gebrüll unzufriedener Kühe schwebte über den Dächern und kreiste um den Turm von St. Gallus. Wir steuerten den Altort über eine andere Brücke an.

»Scheiße, der Papa!«

Bei Barbara stand ein langer Mann, von dessen Gliedern ein Kordanzug herabhing. Doch was mir den Atem verschlug, war nicht Maxis Papa, sondern das Gewoge von Hörnern und braunweißen Leibern zwischen schmucken Dorfhäusern die ganze Straße hinauf.

»Die müssen hier weg!«, sagte der Mann gerade mit einer leicht verwaschenen Artikulation.

»Jürgen«, antwortete Barbara. »Spiel nicht den Dorfpolizisten. Das regeln wir schon.«

»Wenn nur einer zuschaden kommt, dann war's das mit deiner Herde, Barbara! Dann kann ich nichts mehr für dich tun.«

»Was hast du denn je getan? Wir haben alle Auflagen erfüllt, wir haben Schlösser an allen Toren. Wenn du uns wirklich helfen willst, Jürgen, dann sorg dafür, dass deine Skatbrüder bei der Polizei den finden, der unsere Zäune durchschneidet.«

Jürgen Binder strich sich über das graue Haar. Unter den buschigen Brauen glitzerte ein Paar dunkler Knopfaugen. Eindeutiger hatte sich kaum jemand als Vater dreier hübscher Töchter ausgewiesen.

»Hallo, Papa!«, grüßte Maxi.

Der Vater musterte sie missmutig. »Und du kommst jetzt mit mir nach Hause.«

»Es sind doch Ferien, Papa!«, jaulte Maxi.

»Du bist vierzehn Jahre alt und darfst …«

»Jürgen!«, donnerte Barbara. »Deinen Familiensinn hättest

du vorhin beweisen können, bei der Aussegnung. Aber anscheinend warst du bei der Buchvorstellung unabkömmlich.«

»Martinus hätte es so gewollt. Du weißt, wie wichtig ihm das Buch war. Und als Dr. Zittel kam und uns berichtete, dass er Martinus eben gerade die Augen zugedrückt hatte, da war es wie eine Feier, ihm zu Ehren. Es waren alle da, die ihn gekannt haben. So, und nun schafft mir die Viecher von der Straße!«

Sein Blick huschte finster über mich hinweg, dann warf er seine Glieder herum und zog von dannen mit dem gleichen langbeinigen Schritt, den Maxi vorgelegt hatte.

Ein böser Schauer versickerte klebrig auf meinem Rücken.

Die Rinder standen völlig ruhig, Schulter an Schulter eingepfercht zwischen den renovierten und verputzten Bauernhäusern um geparkte Autos herum. Ein Gelockter war in den vorderen Reihen nicht zu erkennen. Es waren Kühe. Die Reihe Hörner, Flözmäuler und vorgeklappter Ohren bildete eine exakte Kreislinie in drei Metern Abstand zu einem schwarzen Neufundländer, der mitten auf der frisch asphaltierten Straße stand und mit dem Schwanz wedelte. Hin und wieder fuhr eine Zunge ins eine oder andere Nasenloch und ein Schnauben ertönte. Eine Kuh hatte größere Hörner als die anderen. Jacky stand seitlich an einer blauen Mülltonne.

»Und was haben sie für ein Problem?«, fragte ich.

Barbara blickte mich an. »Alice schämt sich. Sie hat ihre Herde hierher geführt und weiß nun nicht mehr weiter. Von uns möchte sie sich nicht helfen lassen. Aber vielleicht lässt sie sich ja von Samanta helfen.«

Ich begriff, dass Alice die Leitkuh war und Samanta die schwarze Hündin und dass Barbara, alias Bullwinkle, Tierseelen deutete.

»Treiben kann man sie nicht. An den Flanken stehen die Stiere und hinten der stärkste. Sechshundert Kilo!«

Ich sah vor meinem inneren Auge Cowboys riesige Herden über die Prärie treiben.

»Und so eine Herde in Panik zu versetzen, ist erstens gar nicht so leicht und zweitens wollen wir es nicht. Zweihundert Tiere im Galopp durch die Gassen, das wäre tödlich. Auf so was warten unsere Feinde doch nur.«

Einige Feinde hingen bereits in den Fenstern der sanierten Häuschen und hatten sich an der Brücke versammelt.

»Und am Halfter und Strick führen geht auch nicht«, ergänzte Maxi mit dem Vergnügen Halbstarker an mitternächtlichen Katastrophen. »Unsere Rinder sind nicht mehr führig.«

Inzwischen hatte die Neufundländerhündin Samanta sich gesetzt. Sie blickte überallhin, nur nicht zu den Kühen.

Jacky schlappte zu uns herab. »Alice benimmt sich komisch«, berichtete sie. »Sie traut nicht einmal mehr Samanta.« Sie zog eine Packung Drehtabak aus ihrer Gesäßtasche und musterte mich unter den Augenbrauen hervor. »Und was will die hier? Das ist kein Streichelzoo.«

»Ich komme vom Land, von da, wo die Misthaufen am Straßenrand dampfen. Heute noch!«

»Und, hilft dir das irgendwie weiter?« Sie zupfte ein Blättchen aus dem Briefchen, rollte knisternd den Tabak, leckte das Papierchen, klappte es über den Zeigefinger und drückte es fest.

Ich fühlte mich alt und widerlich weise. Mit meiner einst vom Saftfabrikantensohn Todt Gallion geerbten halben Million auf dem Konto wäre es albern gewesen, wieder zu drehen, nur um mich wie siebzehn zu fühlen. Und so schön war mein Leben als Siebzehnjährige auch nicht gewesen. Ich hatte mich ausgerechnet in die frömmste meiner Mitschülerinnen verliebt, abgesehen von meiner Dauerschwärmerei für die vollbusige hölzerne Madonna auf meiner Kommode.

Doch gerade jetzt summte wieder dieses pubertäre Verlangen knapp über meinem Schambein. Barbara stand fest auf beiden Beinen und musterte mit angelegtem Kinn die Herde. Etwas Jungfernhaftes schwebte in dieser Figur, wenn ihr auch die Beckenknochigkeit der Töchter fehlte, die sie geboren hatte. Mit einem kleinen Ruck in den Schultern korrigierte sie die Aufrichtung ihrer Wirbelsäule. Unter den Wimpern hervor schoss mich plötzlich ihr Blick an, Spott auf den leicht vorgeschobenen Lippen.

Ich blinzelte woandershin. Jacky fischte mit zwei Fingern in der knappen Jeanstasche nach ihrem Feuerzeug, aber vergeblich. Sie hatte es vorhin Maxi gegeben, damit sie die Kerzen im Totenzimmer wieder anzündete, und die hatte es auf dem Nachttisch liegen lassen. Ich half Jacky mit meinem aus, um mich wenigstens als Kavalier zu fühlen.

»Danke«, sagte sie mit angespitzter Stimme, befeuerte ihre Tüte und blies den Rauch an geschlitzten Augen vorbei in den Nachthimmel.

»Ja, wenn Vicky hier wäre, mit seiner Trompete«, sinnierte Maxi.

Ein Paar Scheinwerfer kam über die Brücke. Die Schatten der Gaffer geisterten die Straße entlang. Barbara drehte sich hastig um.

Es war ein Polizeiwagen.

»Licht aus!«, rief Barbara und stürzte sich die Straße hinunter in die Scheinwerfer. Der Wagen hielt mit einem Ruck.

»Die Bullen haben uns gerade noch gefehlt!«, schnaubte Jacky und schaute mich an, als hätte ich sie bestellt. Dann drehte sie sich um und stapfte die Straße wieder hinauf, wo sich Samanta inzwischen hingelegt hatte.

Die Scheinwerfer verloschen.

»Was macht Vicky mit seiner Trompete?«, erkundigte ich mich bei Maxi.

»Das heißt eigentlich Flügelhorn. Das klingt weicher als eine Trompete, sagt Vicky. Er lockt damit die Rinder. Sie mögen das.«

»Und wo ist das Flügelhorn?«

»Zu Hause. Wieso? Kannst du Flügelhorn spielen?«

»Nein. Aber Richard vielleicht.«

»Onkel Richard?« Maxi lächelte versonnen.

Ich zog mein Handy aus der Jacke und drückte die 7, Richards Kurzwahlziffer. Er war sofort dran. »Lisa! Alles okay?«

»Bestens. Wo bist du?«

»Mit Cipión Gassi.« Hatte er also endlich die Ausrede gefunden, seine Zigarette zu rauchen.

»Kannst du Flügelhorn spielen?«

»Warum?« Richard gehörte zu den Männern, die nie auf einfache Fragen antworteten.

»Wir stehen hier im Altort, Auge in Auge mit störrischen Kühen, und Maxi meint, mit dem Flügelhorn von Vicky könne man sie in Bewegung setzen.«

»Gib sie mir mal.«

Ich gab das Handy weiter. Das Kind lauschte und lächelte und antwortete schüchtern wie ein Teenager nur mit Ja und Nein. »Alles klar«, sagte sie schließlich und gab mir das Telefon zurück. »Ich geh es holen.« Und schon hatte sie ihre Beine Richtung Brücke geschwungen. Dort stieß der Polizeiwagen auch gerade rückwärts. Tochter und Mutter begegneten sich, Barbara kam herauf. Sie hatte einen kurzen, lockeren Schritt, flüssig und leicht. Ein Kribbeln explodierte in meinem Bauch.

»Sie sperren die Balinger Straße«, teilte sie mit. »Und Maxi geht das Flügelhorn holen? Kannst du das spielen?«

»Nein, aber Richard.«

Ein halbes Lächeln huschte über ihre Lippen. »Das sollte er allerdings können. Es hat ja mal ihm gehört. Martinus hat Vicky das Flügelhorn zur Konfirmation geschenkt. Bei ihm hätt es ja nur rumgelegen, hat er gemeint, und das sei schade drum.« Sie lachte düster. »Rocky …« Sie unterbrach sich. »Ich kann mich an Richard einfach nicht gewöhnen.« Sie blickte mich skeptisch an. »Du weißt, was mit ihm los war?«[1]

[1] Deutlicher will offenbar niemand werden, was die Besonderheiten von Richards Existenz betrifft. Ausführlich erzählt er es selbst in *Gaisburger Schlachthof*, Ariadne Krimi 1167.

Ich nickte.

»Und wenn nicht, sollte ich es dir wohl auch nicht auf die Nase binden.« Sie lachte. »Man hat eigentlich gedacht, Rocky würde Musiker werden. Ich jedenfalls. Aber da habe ich mich gründlich geirrt. Wie in so vielem. Nach der Konfirmation musste er nach Stuttgart aufs Gymnasium, als ob es hier keins gegeben hätte. Und dann studiert er ausgerechnet Jura! Sein Vater war schon so ein Gerechter, da hätt's das bei Rocky nicht unbedingt gebraucht, finde ich. Aber die Webers haben halt einen Hang zu in Stein gemeißelten Regeln. Wahrscheinlich brauchen sie das, weil sie sonst Massenmörder werden oder Sexorgien veranstalten würden.«

Mir gebrach es momentan an Verstand, um gegenzuhalten.

Es war ein hübsches Paar, das endlich über die Brücke kam. Richard und Maxi gingen Schulter an Schulter, der nicht sonderlich große, aber athletische Mann mit einer selbstsicheren Ruhe in den Bewegungen an der Seite des schlanken schwankenden Mädchens mit den wilden Haaren. Sie blickte bewundernd zu ihm hinüber. Er hielt die Trompete in den Händen.

Meine Andacht dauerte nur kurz, denn Hundekrallen knallten auf Asphalt. Erst jetzt sah ich, dass Richard Cipión dabeihatte. Der trabte mit wippenden Schlappohren an seinen italienisch beschuhten Fersen.

Jacky schrie: »Nein! Hier, Samanta!«

Aber die Hündin galoppierte mit schwarzer Wucht an mir vorbei.

Cipión erstarrte. Mir blieb das Herz stehen. Lauf doch!, dachte ich und wusste zugleich, dass das ein tödlicher Fehler gewesen wäre. Cipión war klüger. Er wurde dünn und steif und schaute angestrengt woandershin, während Samanta aus vollem Lauf bremste, sich über ihn hermachte und ihn mit steil gereckter Dominanzrute abschnüffelte.

»Na«, schmunzelte Barbara. »So blöd ist er gar nicht.«

Maxi lächelte erleichtert.

Nur Richard sah so aus, als hätte es zum Kurzzeitherzstillstand keinen Anlass gegeben. Er war ein Mann. Entweder er merkte nicht, wenn neben ihm jemand in Not geriet. Oder er vertraute auf die Spielregeln.

»Und nun?«, erkundigte er sich, während Cipión und ich wieder zu atmen wagten. »Was muss ich tun?«

»Du musst das *Bergecho* spielen«, antwortete Jacky, die zu uns herabgekommen war und Richard überraschend kirre anlächelte. »Kannst du das?«

Richard grub eine steile Falte zwischen seine Brauen und kramte in seinem gut aufgeräumten Elefantengedächtnis, sichtlich beflügelt vom Lächeln der Mädchen und den zwei Paar Knopfaugen, die zutraulich an ihm hingen. Dass Barbara ihn eher scheel anblickte, merkte er nicht. Er hatte die Hemdsärmel hochgekrempelt. Seine Unterarmmuskeln spielten unter der glatten Haut, als er die Finger auf die drei Ventile legte und das Instrument an die Lippen hob. Ein Ton hallte durch die Nacht. Er quietschte etwas. Richard setzte ab, leckte sich die Lippen und setzte das Flügelhorn erneut an. Keine Ahnung, ob es das *Bergecho* war, was er blies, aber es echote gewaltig in den Häusern.

»Sie kommen«, flüsterte Maxi. »Sie kommen! Voll krass!«

Ein leises Trappeln erfüllte die Luft. Die ersten Reihen setzten sich in Bewegung, angeführt von der Alphakuh Alice mit den großen Hörnern.

Im nächsten Moment waren Jacky und ich allein. Ein undurchdringliches Gewoge kantiger Kruppen und gespitzter Hörner zog an uns vorbei, gemütlich wie nicht von dieser Welt.

»Geh da rüber«, keifte Jacky mich mit ihrem Diskantcharme an. »Pass auf, dass die nicht in den Garten ausbrechen. Los, geh!«

Wie? Ich schaute mich um. Welcher Garten? Die sinnliche Müdigkeit des Stadtlebens machte mich zum Tölpel. Meine

Ohren waren schon lange außer Dienst gestellt, alle anderen Sensoren sowieso. Es war Sache einer Sekunde. Ich sah plötzlich ein Paar Hörner auf mich zukommen. Todesangst schoss mir in den Darm. Dann gab es eine Lücke im Zeitkontinuum. Plötzlich fand ich mich auf dem Boden wieder mit einer blauen Mülltonne über mir. Die Kuh rammte ein Horn in die Tonne, Zeitungen und Kartons purzelten über den Fußweg. Ich rollte mich weg. In ein Beet Geranien.

Dann war alles vorbei. Die Kuh war im Zug der Rinder verschwunden. Oder war es ein junger Stier gewesen? Ich rappelte mich auf. Meine Rippe spürte ich sofort, meinen Ellbogen etwas später.

Jacky feixte. »Ich dachte, du kennst dich aus mit Kühen!«

»Nimm dich in Acht! Noch so was, und du kriegst ein Brett, dass dir die Zähne ins Hirn rutschen. Klar?«

Sie wandte sich lachend ab.

Gegen eins schlenderte der letzte große Stier durchs Tor auf eine Weide tief in einem stockfinsteren Tal hinter den Pappeln. Barbara schloss das Tor und drehte an den Zahlenrädern eines Vorhängeschlosses. Zumindest hörte es sich so an, denn sehen konnte ich in der Dunkelheit kaum etwas.

»Das Loch in der Westweide suchen wir morgen«, sagte sie.

Richard reichte Maxi die Trompete, deren Klängen wir anderthalb Stunden lang zusammen mit der Herde durch ganz Frommern bis ins Tal gefolgt waren. Maxi hauchte: »Danke.« Und Jacky fügte mit einem kirren Lächeln in der Stimme an: »Gut gemacht, Onkel Richard.« Sein sparsames Herz trieb Blüten, kleine, aber ungemein hübsche. Ich sah es nicht, aber ich hörte es am vergnügten Unterton seiner Stimme, als er antwortete.

»Und Lisa, wo schläft sie heute Nacht?«, fragte Barbara nüchtern. »Wie ich Lotte kenne, hat sie kein Gästebett mehr frei.«

»In Balingen wird man doch sicher noch ein Hotel finden, das offen hat«, bemerkte Richard.

»Wozu der Umstand? Lisa kann auch bei uns schlafen«, antwortete Barbara. »Oder hast du etwas dagegen?«

Was hätte Richard dagegen haben sollen? Vernünftigerweise nichts. Und er war ein vernünftiger Mann.

8

Ich wachte in einem Verschlag auf, der nicht breiter war als das Fenster und nicht tiefer als das Bett, auf dem ich lag. Etwas lief unrund. Neben mir schlängelte sich der Schlauch eines Staubsaugers auf nackten Brettern. Der Saugkörper stand in der Ecke neben einem schiefen Sekretär, den ich mit der Hand vom Bett aus berühren konnte und der einen kratzigen Geruch nach Wachs und Holzschutzmitteln verströmte. Unter dem Fenster hatte sich Cipión auf meinem silbergrauen Leinenanzug zusammengerollt.

Ich hustete. Mein Hirn kam nur holpernd in Gang. Der Gedanke, dass etwas in die falsche Richtung rollte, verflüchtigte sich. In der Dachrinne unmittelbar über dem Fenster stritten sich tschilpend Spatzen. In der Nacht hatten auch Katzen geschrien. Es hatte geklungen, als würde ein Baby ermordet.

Ich befand mich auf dem Zeitentalhof. Ja, richtig.

Und eine Rippe schmerzte, weil mich gestern eine Kuh erwischt hatte. Und mein Herz fühlte sich an, als hätte man etwas herausgerissen. Dabei hatte ich doch nur Richard am Weidentor zurückgelassen und war mit Barbara mitgegangen.

»Du hast doch nicht erwartet«, hatte sie unverzüglich begonnen, mich zu vereinnahmen, »dass Rocky sich mit seiner Mutter anlegt, um seiner katholischen Freundin Gastrecht zu verschaffen?«

Ich hütete meine Zunge. Nachtgespräche im Niemandsland

waren gefährlich. Am andern Morgen bereute man alles. Aber Barbara hatte keine Antworten erwartet.

»Rocky war nie der Typ«, sagte sie, »der zu Hause Aufstand gemacht hat. Mit mir hat er sich heimlich getroffen. Unsere Feinde waren die pottsylvanischen Schurken, nicht unsere Eltern. Martinus hatte eigentlich sieben Söhne haben wollen, einen fürs Pfarramt, einen Nachfolger für die Firma, einen, der Jurist wird, einen, der für die Fußballnationalmannschaft das WM-Tor schießt, einen, der Banker wird, und einen Lehrer. Wie die zwölf Söhne Israels, hat Lotte mir einmal erklärt, Levi der Priester, Juda der König, Dan der Richter und so weiter.«

»Immerhin ist Richard Jurist geworden.«

»Einen Musikanten gibt es wohl nicht unter den zwölf Söhnen Jakobs.«

»Nein, nur Krieger, Schiffer, Ackerbauern und einen guten Läufer, Naftali, der das WM-Tor hätte schießen können.«

»Pech für Rocky, dass Lotte keine weiteren Kinder bekommen hat. Vermutlich, weil sie nicht konnte, denn in den Fünfzigern gab es die Pille ja noch nicht. Sie hat auch scheint's mehrere Fehlgeburten gehabt, bevor Rocky kam. Martinus hat jedenfalls den ganzen Katalog von Erziehungsgrundsätzen an seinem einzigen Kind abgearbeitet. Disziplin, Pünktlichkeit, Aufrichtigkeit, Demut und so weiter. Rocky musste ein Pflicht- und Sündenbuch führen, das wurde jeden Abend abgehakt und die Buße für den andern Tag festgelegt. Nach dem Nachtgebet hat sich dann aber keiner mehr um das Kind gekümmert. Rocky ist aus dem Fenster gestiegen und zu uns auf den Zeitentalhof gekommen. Er hat Steinchen gegen mein Fenster geworfen, und dann sind wir losgezogen. Irgendwann hatte er dann auch die alte Armeepistole seines Vaters dabei, eine Parabellum 08. Damit haben wir Hasen und Rebhühner geschossen. Heilandsack, konnte Rocky schießen!«

Das hatte er mir nie erzählt.

»Sonst gab's ja damals nichts auf dem Land. Keine Disko,

kaum Fernsehen. Wir waren den ganzen Tag draußen. In den Sommerferien trafen wir uns nachmittags am Fluss. Damals hatte Martinus gerade viel zu tun in seiner Firma und weniger Zeit zum Erziehen. Er musste das Wirtschaftswunder mit aufbauen helfen. Rocky und ich bauten Dämme, fingen Krebse, tranken Blutsbruderschaft und schworen uns ein Leben lang Treue.«

Das lose Ende enttäuschter Hoffnungen flatterte in der von Glühwürmchen wundersam durchlöcherten Nacht.

»Irgendwann bekam Martinus Wind davon. Jemand im Dorf hatte ihm erzählt, dass er Rocky mit mir zusammen gesehen hatte, dem Heckenkind vom Zeitentalhof.«

Ich gab ein fragendes Geräusch von mir und spürte, wie Barbara mich von der Seite musterte. »Rocky hat dir nie von mir erzählt, nicht wahr?« Sie schnaufte ein paar Schritte ab. Dann tauchte sie in die Annalen.

Lotte und Anna waren die einzigen Töchter des Schreinermeisters Eckenfelder gewesen. Lotte, die jüngere der beiden, wollte höher hinaus und angelte sich den Fabrikantensohn Martinus Weber. Sie war eine schöne Frau, sanft und anlehnungsbedürftig, aber gänzlich unbegabt. Ideal für einen Tyrannen wie Martinus. Der war während des Kriegs irgendwo verschüttet worden, hatte sich vom Saulus zum Paulus gewandelt und war an die Heimatfront zurückgekehrt.

Lottes Schwester Anna hatte andere Ziele. Sie wollte keinen Mann, sie wollte einen Hof. Doch ohne Mann kam eine Schreinermeisterstochter nicht zu einem Hof. Der, den Anna sich ausgeguckt hatte, der einzige Sohn auf dem Zeitentalhof, musste gleich nach der Hochzeit in den Krieg, und in der Hochzeitsnacht hatte er auch nichts zuwege gebracht. Nach vierzehn Tagen an der Ostfront war er tot. Seine Eltern überlebten den Krieg auch nur um wenige Monate. Seitdem regierte Anna den Hof.

In den Hungerzeiten nach dem Krieg hatten Lotte und

Martinus nichts gegen eine Bäuerin in der Verwandtschaft einzuwenden gehabt. Anna stieg allerdings mit einem französischen Besatzungssoldaten ins Bett. Das Ergebnis war Barbara. Von ihrem Vater wusste sie nicht viel mehr als seinen Vornamen, René. Ans Heiraten dachte Anna nicht. Sie hatte, was sie wollte: einen Hof, auf dem ihr niemand dreinschwätzen konnte, ihre Schweinemast und Milchwirtschaft, ihre Hühner und Gänse und eine Tochter. Das war nun allerdings ein Skandal in der Zeit der gebrochenen Väter auf der Suche nach dem verlorenen Patriarchat und der Frauen, die an den Herd zurückkehrten und mit Dr. Oetker Pudding kochten.

In dem Maß, wie sich Martinus von seinem Verschüttungstrauma erholte, wuchs auch der Paulus in ihm. Er arbeitete an der Zeugung eines Nachkommen, am Aufstieg von Weber-Waagen zur Weltfirma mithilfe der Neigungsschaltwaage seines Vaters und an der christlichen Orientierung der Jugend. Die familiären Vertraulichkeiten zwischen Frommern und dem Lotterhof vom Zeitental wurden auf die hohen christlichen Feiertage reduziert. Denn eine alleinstehende Frau mit drei Knechten, so was konnte nicht ohne Unmoral abgehen.

»Aber wir hatten viel Spaß daheim«, sagte Barbara. »In der Schule war ich allerdings das Heckenkind vom Zeitentalhof. Im Schulbus wollte niemand neben mir sitzen. Zum Glück war da Rocky, auch so ein Außenseiter, mit dem sich niemand abgeben wollte. Wir hatten sieben tolle Jahre, die wir zusammen auf die Sichelschule in Balingen gingen. Rocky und Bullwinkle gegen den Rest der Welt.«

Aus der Schwärze des Tals reckten sich vor uns Tannenspitzen in den Sternenhimmel. Ich ahnte die Gebäude des Hofs.

»Dann ging er fort. Über dreißig Jahre habe ich ihn nicht gesehen und nichts von ihm gehört. Vor ein paar Jahren tauchte er dann plötzlich wieder hier auf.«

Daran war ich nicht ganz unschuldig gewesen.

»Meine Kinder durften endlich ihren Onkel Richard kennenlernen. Und sie bewundern ihn. Vor allem Jacky. Und Vicky hat sich, glaube ich, regelrecht mit ihm angefreundet. Rocky kann überraschend gut mit jungen Menschen.«

Ich schwang die Beine aus dem Bett. Cipión hob den Kopf und gähnte quietschend. Irgendwo im Haus schrie ein Säugling. Vielleicht war das heute Nacht doch keine Katze gewesen.

»Schlaf gut«, hatte Barbara zu mir gesagt, als sie mich in dem Kabuff ablieferte, und ihre Worte waren mir zwischen die Schenkel gepurzelt.

Ich zupfte meinen silbergrauen Leinenanzug unter Cipión hervor, der mich vorwurfsvoll anschaute. Die Falten, die er in den Stoff geplättet hatte, verschlimmerten den Gesamtzustand nur unwesentlich. Mein Kampf mit der Kuh hatte grünliche Flecken hinterlassen, die sich nur unvollkommen ausklopfen ließen. Das rosafarbene Seidenhemd war verschwitzt.

Beim Versuch, in die Golfschuhe zu schlüpfen, behinderten mich mein morgendlicher Mangel an Koordination und die Schnürsenkel. Ich kippte den Schuh über Kopf, damit die Senkel herausfielen. Aber es fiel auch etwas Achtbeiniges heraus. Der Schock hieb mir unverzüglich den Schuh aus der Hand. Das Tier hatte neben acht Beinen auch zwei Arme mit Krabbenscheren und einen hochgerollten Stachelschwanz. Einen Wimpernschlag später war es unterm Bett verschwunden.

Du spinnst! Ein Skorpion, hier?

Cipión guckte mich fragend an. Irgendwas hätte er doch bemerken müssen. Mit spitzen Fingern hob ich den zweiten Schuh auf und drehte ihn um.

Wieder einmal voller Zweifel an meinem Geisteszustand verließ ich das Kabäuschen, das, wie mir Barbara erklärt hatte, aus Zeiten der Kinderaufzucht mithilfe von Au-pair-Mädchen stammte. Man hatte das Ende des Gangs im ersten Stock mit einer Pressspanplatte verschlossen. Der Sekretär hatte den armen Mädchen als Schrank und Heimwehbriefunterlage gedient, und der Staubsauger störte ja nicht wirklich beim Schlafen. Hier oben lagen auch die Zimmer von Oma Anna, der ältesten Tochter Henriette und der beiden Eheleute, Jürgen und Barbara, die in getrennten Betten und Räumen schliefen.

Die Küche befand sich unten. Es war eine große Bauernküche mit zweiter Tür nach draußen und einem langen Tisch mit Eckbank und Stühlen für acht Personen. Barbara war dabei, Henrys Kipf von der Flasche zu überzeugen. Das Kipf war weiblich und stand in Windeln auf dem Stuhl, klammerte sich an die Lehne und brüllte. Das Problem war, dass es zwar Hunger hatte, aber keine Milch mit frisch in der Schnitzermühle gemahlenem Weizen mochte.

»Dann musst du eben warten, bis deine Mama geruht aufzustehen«, bemerkte Barbara entnervt. »Willst du duschen?«, fragte sie mich über die Lungenzüge des Kipfs hinweg und deutete auf die zweite Tür.

Cipión folgte mir besorgt. Wir traten in einen Gang mit Regalen, Waschmaschine, Toilette und Badezimmer. Eine weitere Tür öffnete sich zum Wäschetrockenplatz. Der sonnige Morgen wehte das Versprechen herein, dass es heiß werden würde. Im Regal befand sich neben Putzmitteln und Körben mit Dreck- und Bügelwäsche auch ein Sack Hundefutter. Ich legte Cipión ein paar Brocken auf den Betonboden und begab mich ins Badezimmer. Im Waschbecken trockneten Flecken ein, die nach Blut aussahen. Am Haken für den Duschkopf hing ein Kleiderbügel mit zwei braunrot verfärbten, zu kleinen Schlingen geknüpften Stricken.

Ich beschloss die blutigen Signale unheimlicher Rituale zu ignorieren, fand für meine Klamotten eine Lagerstatt auf dem Fensterbrett. Die Waschbeutelkultur gehörte nicht zu meiner. Was ich brauchte, gab es in jedem mitteleuropäischen Badezimmer.

Als ich in die Küche zurückkehrte, kroch das Kipf auf dem Boden herum, lutschte an einem trockenen Brötchen und versuchte gleichzeitig, einen Zipfel von Samantas Schlafkorbfell in den Mund zu bekommen. Außerdem war Jacky erschienen und hatte mit einem Becher Kaffee und dem Päckchen Feinschnitt am Tisch Platz genommen, auf dem zweiten Stuhl von der Tür aus. Die Uhr über der Tür zeigte kurz nach halb acht.

»Alles gut?«, erkundigte sich Barbara.

Nichts war gut. Barbara war, bei Morgenlicht betrachtet, eine kitzlige Mischung aus bäurischem Geläuf und mädchenhafter Grazie. Das Untergestell steckte in patinierten Jeans aus den Neunzigern, die Füße in Trekkingsandalen, das T-Shirt verriet einen zierlichen Knochenbau und erprobte Brüste, und in den sehnigen Armen steckte Kraft. Sie trug keinen Schmuck, nicht einmal einen Ehering. Das schwarze, von Silber aufgemischte Haar war kompromisslos burschikos geschnitten. Und doch gab es kaum etwas unmittelbar Weiblicheres als diese Frau.

»Kaffee?« Sie deutete auf die Kaffeemaschine. »Brot?«

Auf dem Tisch lag eine Tüte mit Vollkornbrot aus dem Supermarkt zwischen einer Milchtüte, einem bis zum Grund ausgekratzten Glas Nutella, einer Tüte Zucker, Scheren, Heften, einem Kalbhalfter, einem Brotmesser, einer Fernsehzeitschrift und einem Tischstaubsauger.

Während Cipión rückwärts ging, weil das Kipf auf ihn zukroch, stand Jacky auf, ging zum Herd, holte aus dem Backofen ein aufgebackenes Brötchen, das sie, weil es glühend heiß war, auf den Tisch warf, wandte sich zur Küchenzeile und fischte sich aus den Schubladen Messer und Brettchen zusammen und kehrte mit Butter aus dem Kühlschrank zu ihrem Platz zurück. Bahn frei für mich. Ich holte mir ebenfalls Messer, Brettchen und Kaffee und setzte mich an die Kurzseite des Tischs auf die Bank gleich neben der Tür. Uff!

Vor meiner Nase lag der *Zollern-Alb Kurier* von gestern. Hauptschlagzeile: »Zweiter Verdächtiger im Kofferbombenfall gefasst.« Darunter: »Wieder zwei vergiftete Bussarde gefunden.

Polizei ermittelt in Taubenzüchterkreisen.« Auf der dritten Seite ein Bericht über das österreichische Mädchen, das einem Mann davongelaufen war, der es acht Jahre lang gefangen gehalten hatte. Das Foto zeigte das zehnjährige Kind aus den Neunzigern zum Zeitpunkt ihrer Entführung. Daneben das Foto eines mageren Mannes von heute mit Hasenzähnen. Er hatte sich in Wien vor den Zug geworfen, kurz bevor die Polizei ihn hatte festnehmen können.

»Acht Jahre«, kommentierte Barbara, »und kein Nachbar hat was gemerkt! Niemand hat sich gewundert, dass ein alleinstehender Herr im Supermarkt Tampons kauft.«

Jacky säbelte mit dem Brotmesser ihr Brötchen auf. »Auch deiner Neugierde entgeht mal was, Baba«, bemerkte sie. Dabei warf sie mir einen blitzkurzen Blick zu, nur so ein Glusen unter Wimpern hervor, aus der Drehung der Augäpfel in Richtung Brötchen heraus. Barbara lachte. Doch auch ihre Augen blitzten kurz zu mir herüber.

Auf dem Tisch sprangen Punkte umher, kleine schwarze Punkte. Produzierte mein Schlafmangel jetzt schon Mücken in der Hornhaut? »Wer hat die Rinder nun eigentlich rausgelassen?«, fragte ich, mich mit der Zeitung ablenkend.

»Die Filserbuben aus Stockenhausen«, sagte Jacky.

»Und?«, erkundigte ich mich. »Habt ihr schon die Atombombe scharf gemacht?«

Jacky würdigte mich keiner Antwort. Bedächtig kratzte sie eine Locke von der Butter und bestrich hauchdünn ihre Brötchenhälften. Ich blätterte weiter und gelangte zum Wochenendprogramm: Kino, Notrufnummern und Ausstellungstermine. Eine Claudia Murschel zeigte Bilder in der Praxis eines gewissen Dr. Zittel in der Neuen Straße.

»Der Filserbauer«, erklärte Barbara, »ist der Bruder einer Cousine meiner Mutter. Er hat zwei Söhne. Der eine ist schon erwachsen, der andere, Jannik, geht mit Jacky in eine Klasse.«

»Voll der Hundeficker«, bemerkte Jacky.

Barbara runzelte die Stirn. »Der alte Josef Filser betreibt auf seinem Hof in Stockenhausen konventionelle Tierhaltung. Und er hat einen Bullen, dessen Samen er verkauft. Deshalb muss er ab und zu seine Kälber vaterlos stellen.«

Ungern, aber ich musste zugeben, dass ich nicht wusste, was das hieß.

»Wenn sein Bulle daheim im Stall schlechte Kälber zeugt, dann kann er den Samen nicht verkaufen. Also muss er behaupten, seine schlechten Kälber seien nicht von seinem Bullen. Und da kommt ihm zupass, dass wir sechzig Stiere haben. Dann ist das Kalb halt von einem von unseren.«

»Ist das nicht Betrug?«

»Macht jeder Bauer so. Der alte Josef braucht dazu allerdings Löcher in unseren Weidezäunen. Und unsere Ostweide, wo die Rinder jetzt stehen, grenzt direkt an eine seiner Weiden. Deshalb stellen wir unsere Kühe in der Zeit, wo die Kühe bullig werden, lieber auf die Westweide, wo sie gestern standen. Man muss das ja nicht noch fördern.«

»Aber ein Gentest würde doch beweisen, ob das vaterlose Kalb von seinem Bullen ist oder von einem von euren.«

»Wenn man einen macht, schon. Aber das kostet halt auch alles Geld.«

Jacky hatte inzwischen begonnen, das Nutellaglas auszukratzen. »Wo steckt eigentlich Henry?«, keifte sie mit ihrem Normalcharme. »Wieder mal Migräne? Aber ich passe nicht auf das Kipf auf, dass das klar ist.«

»Dann bringst du es eben zu Oma hinauf. Ich muss jetzt jedenfalls los, das Fleisch holen«, sagte Barbara und blickte auf ihre klobige Armbanduhr.

Mein Kaffee schlug Wellen. Ein schwarzer Punkt paddelte darin herum. Er hatte eine Tropfenform und Beinchen.

»Und wo steckt Maxi?«, fragte Barbara.

Jacky zuckte mit den Schultern und biss ab. »Mit Samanta draußen, nehme ich an.«

Ich zog das Brot zu mir heran. Da gab es plötzlich Radau auf dem Küchenboden. Cipión kreiselte um sich selbst und machte Jagd auf sein Hinterteil.

»Ein Floh!«, sagte Jacky vergnügt.

Das Krabbelkipf nutzte die Gelegenheit, da Cipión sein Fell mit den Zähnen durchpflügte, um sich in seine Ohren zu hängen. Cipión fuhr herum, seine Zähne blitzten. Barbara, Jacky und ich schauten stumm zu. Ich, weil ich gar nicht schnell genug reagieren konnte, die beiden Frauen mit eher wissenschaftlicher Neugierde. Doch nichts geschah. Mein junger Rüde biss nicht zu, sondern entzog sich vorsichtig dem Griff des Kipfs und schlich auf Krallenspitzen davon.

Und immer noch besser, Flöhe auf dem Tisch als Mücken in den Augen.

»Dieses Jahr ist es besonders schlimm. Die Hitze.« Barbara stieß sich von der Küchenzeile ab, langte ein Herrenportemonnaie von einem hohen Schrank herab und steckte es in die Gesäßtasche. »Lisa, kannst du einen Sprinter fahren?«

Jacky lachte glockenhell. »Einen Blöden findet sie immer!«

»Wohin soll es denn gehen?«

»Nach Albstadt ins Kühlhaus, Fleisch holen. Wir lassen unsere Rinder dort von einem Betrieb zerlegen. Wie du vielleicht schon bemerkt hast, haben wir einen kleinen Hofverkauf.«

Hatte ich nicht bemerkt.

»Wir haben nur am Wochenende offen.«

»Auch sonntags?«

Barbara feixte. »Verboten zwar, aber nicht strafbar. Hin und wieder kommt die Polizei vorbei. Dann kriegen wir einen Bußgeldbescheid über 45 Euro. Den bezahlen wir pünktlich, damit alles seine Ordnung hat, und gut ist.«

Eine Erinnerung schwappte aus einer anderen Welt zu mir herüber. Was hatte Christoph mir gestern in der *Wielandshöhe* erzählt? Irgendetwas von einem Hofverkauf in Balingen, der bei der Staatsanwaltschaft Hechingen anhängig war. Eine Viertelmillion Euro aus ordnungswidrigen Einnahmen sollten an den Staat fallen.

»Also? Was ist?« Barbara klimperte mit dem Autoschlüssel. »Ein Stündchen wird Richard doch wohl noch auf dich verzichten können. Und vergnügungssteuerpflichtig wird das ohnehin nicht bei den Webers.«

Ich zündete mir eine Zigarette an.

Jacky lachte freudig. »Pass auf, Baba! Die ist noch cooler als du.«

Wenn es so einfach gewesen wäre. Ich überlegte, ob Jacky mich auslachen würde, wenn ich versuchte, die Flöhe auf dem Esstisch mit der Zigarettenglut zu erstechen. Wem wollte ich es hier eigentlich recht machen, dem Biest oder der Mutter? Und seit wann kam es mir darauf an, es irgendwem recht zu machen? Jacky stand auf, öffnete das Küchenfenster, holte einen Aschenbecher vom Fensterbrett, schloss das Fenster wieder, kehrte zum Tisch zurück, setzte sich und löste den Klebestreifen von ihrer Packung Drehtabak.

In diesem Moment sprang die Tür auf und Henry kam mit wehender Mähne herein, nur im Hemd, das die Milchbrust kaum fasste, und im labbrigen Schlüpfer. Sie hieb mir die Zigarette aus der Hand, griff nach dem Aschenbecher und holte aus. »Keine halbe Stunde kann ich das Kipf bei euch lassen!«

»Stopp!«, rief Jacky und stellte sich mit erhobenen Händen vor ihre ältere Schwester. »Stopp! Warte!«

Barbara riss das Küchenfenster auf. Jacky sprang beiseite, und Henry schleuderte den Aschenbecher in einem Schweif von Asche und Kippen zum Küchenfenster hinaus.

Barbara hustete.

Ich hatte noch nicht einmal angefangen zu staunen, da schnappte Henry schon ihr Baby vom Boden, riss ihm das nass gelutschte Brötchen aus der Hand, feuerte uns vernichtende Blicke aus glühend dunklen Augen zu und rauschte hinaus. Das Kipf brüllte wie abgestochen!

Ich sammelte meine Zigarette wieder ein. Sie hatte ein Loch in die Brottüte gefräst.

Barbara schloss das Fenster und sagte: »Immerhin wartet sie jetzt, bis wir das Fenster aufgemacht haben.«

9

Der Fluss mit seinen Pappelreihen schirmte den Zeitentalhof gegen den Höhenzug von Frommern ab. Im Westen verengte ein Wald den Blick. Dahinter stieg der Fürsten zum Altort an. Auf der anderen Seite verloren sich Weiden zwischen bewaldeten Höhenzügen in Richtung Stockenhausen.

Eine Blautanne, die hier nicht hergehörte, überragte das Wohnhaus aus den Sechzigern mit konisch geschnittenem Windfang aus gelbem Glas, das genauso gut in einem Vorort Stuttgarts hätte stehen können, wo man samstags die Kehrwoche machte. Im alten Fachwerkbauernhaus direkt am Fluss war der Laden untergebracht. Davor fünf Kundenparkplätze. Auf der anderen Seite des Wohnhauses standen eine Remise und die Neubauruine einer Halle ohne ersichtlichen Verwendungszweck.

»Das hat uns der Neffe vom Filserbauern eingebrockt!«, bemerkte Barbara. »Der hätte einen neuen Stall bauen sollen. Aber er ist erst pleitegegangen und dann mit unserem Geld und dem von anderen nach Mallorca abgehauen. Wegen ihm haben wir die Rinderherde überhaupt nur.«

Barbara öffnete das Tor eines Garagengebäudes, in dem ein Traktor und allerlei spitzes und spießiges Gerät wie Heuwender, Madenwerfer und Ballenpresse standen. Daneben parkte ein weißer Sprinter, auf dessen Hecktüren in orangefarbener Schrift *ArcheRind – Zeitentalhof Frommern* prangte.

»Meine Mutter hatte einen Boxenlaufstall mit modernen

Melkständen haben wollen. Aber, wie gesagt, der Filserneffe hat uns betrogen. Die Kühe mussten den ersten Winter draußen bleiben, mit Zufütterung und Unterstand. Vierzig Kühe waren es damals. Wir haben gedacht, wir kriegen den Stall im zweiten Sommer fertig, wenn alle zusammen helfen. Der Filserbauer wollte auch mitmachen und Knechte schicken. Aber daraus wurde nichts, weil seine Frau Heidrun mit Jannik schwanger war und es Komplikationen gab. Sie musste liegen und fiel auf dem Hof aus. Unsere Kühe blieben das ganze Jahr auf der Weide. Da wir sie draußen nicht melken konnten, ließen wir die Kälber bei den Kühen. Ich war damals gerade mit Jacky schwanger und hatte schon zweie. Mir war es ganz recht, dass ich nicht auch noch das Geschäft mit dem Reintreiben und Melken hatte. Die verwildern euch, hat der alte Josef Filser uns vorhergesagt. Bei Rindern geht das ganz schnell. Und ich sag dir was: Er hatte Recht. Die ersten Bullenkälber wurden geschlechtsreif und deckten die Kühe. Und ab da war Schluss mit Reintreiben oder Am-Halfter-Führen. Aber damals hatten wir andere Sorgen. Meine Mutter musste sich an der Galle operieren lassen. Meine Kinder machten die Kinderkrankheiten durch. Wir haben alle Tiere abgeschafft, die Schweine, Hühner und Gänse. Du weißt ja, was die Viecher für Geschäft machen. Was habt ihr für einen Hof?«

»Autos«, sagte ich. »Mein Vater war Gebrauchtwagenhändler, bis er an einem Herzinfarkt starb.«

»So?« Barbara wandte sich einem Stapel von blauen und roten Plastikkisten zu, der an der Wand stand. »Zum Glück hatten wir Jürgens Gehalt als Lehrer. So kamen wir über die Runden. Wenn es nach mir gegangen wäre, hätten wir auch die Rinder abgeschafft. Aber Jürgen wollte nicht. Er kommt aus einer Karlsruher Lehrersfamilie und hatte sich immer einen Hof gewünscht. So kam es, dass wir auf einmal eine urwüchsige Herde hatten. Kühe, Kälber, Stiere, die nach uraltem Rhythmus leben, grasen, wiederkäuen, buhlen und sich paaren, wohlgeordnet, zufrieden und gesund. Die diversen Rindergrippe-epidemien gingen spurlos an ihnen vorüber. Mit vierzehn hat Vicky die wissenschaftliche Bedeutung der Herde entdeckt und angefangen, sich mit ihr zu beschäftigen. Wochen und Monate verbrachte er auf der Weide. Er meinte, so müssten die Auerochsen gelebt haben. Von denen ist das letzte Exemplar im siebzehnten Jahrhundert gestorben. Inzwischen gibt es in Tierparks wieder Nachzuchten. Aber sie leben nicht wild wie unsere. Wir haben zwar nur ganz normales Fleckvieh, Milchkühe ursprünglich, aber Vicky hat es Archerind getauft. Nach der Arche Noah, auf der immer zwei Tiere einer Gattung die Sintflut überlebt haben. Bei unseren Rindern hat die alte Sozialstruktur überlebt, die wilde Seele, wie er das nennt. Allerdings gab es ein Problem. Die Herde durfte nicht in dem Tempo weiterwachsen. Sie brauchte einen natürlichen Feind. Und zwar uns. Wir mussten schlachten!«

Barbara öffnete die Rücktüren des Sprinters und begann, die Plastikkisten auf der Ladefläche zu stapeln.

»Aber mach das mal, wenn du keine Kuh am Strick rausführen kannst, und einen Stier schon gar nicht. Und Cowboys sind wir leider nicht.«

»Abschießen«, schlug ich vor.

»Schlachtvieh durfte bis vor ein paar Jahren nur mit dem Bolzenschussapparat getötet werden. Den setzt man direkt auf dem Schädel auf. Der sogenannte Kugelschuss auf der Weide war verboten. Ende der Neunziger gab es dann eine Novelle des Tierschutzschlachtgesetzes. Aber für den Kugelschuss auf der Weide brauchten wir eine Sondergenehmigung, und die wollten uns die Behörden nicht geben. Es gab im Kreisbauernverband viele, die gegen uns gearbeitet haben. Wir mussten durch alle Instanzen prozessieren. Dann hatten wir die Genehmigung, aber nix war's. Wenn du schießen willst, brauchst du auch noch einen Waffenschein. Und den lehnte man uns im Ordnungsamt in Balingen prompt ab.«

Ich färbte meine Stimme mit Entrüstung. »Warum das denn?«

Barbara hatte inzwischen alle Container mit Spanngurten befestigt und langte nach den Türen des Transporters.

»Man hielt uns für Schlamper. Sekundäre Verwilderung nennt man das, was mit unseren Rindern geschehen war, und die Fachleute sind sich einig, dass so was auf Nachlässigkeit des Tierhalters zurückzuführen ist. Mit artgerechter Tierhaltung, so die einhellige Meinung, habe das nichts zu tun. Leute wie wir, die zu faul sind, ihre Viecher in die Melkstände zu treiben, Kraftfutter zu schaufeln und Gülle abzufahren, besitzen nicht die geistig-seelische Reife, um eine Schusswaffe zu führen. So einfach war das.«

»Also doch Cowboys mit Lasso«, bemerkte ich. »Wenn ihr mal Hilfe braucht, dann fragt mich.« Zugegeben, es war etwas plump.

Barbara drehte sich um. »So siehst du gar nicht aus.«

»Wie sehe ich denn aus?«

Sie rasterte mich so eingehend ab, dass ich meine Existenz bereute. »Ziemlich verpeilt siehst du aus«, stellte sie fest. »Du hast ein bisschen Angst, hm?«

Jetzt aber! »Wenn schon diese Bloch'sche Scheiße«, rätzte ich, »dann Verzweiflung, denn sie erst, nicht die Angst, ist wirklich bezogen auf das Nichts.«

»Bitte?« Sie schlug die Türen des Sprinters zu und deutete auf mein Schlappohrgespenst. »Den willst du doch nicht etwa mitnehmen zum Fleischholen!«

»Wenn er bleiben muss, dann bleibe ich auch.«

Sie lachte. »Du hast wohl Schiss, dass Samanta ihn frisst.«

»Und was«, kläffte ich, »ist der Unterschied zwischen Schiss, Angst und Furcht? An welcher Stelle steht Schiss in der Reihe unserer Wachträume vom Höllenhaften?«

Barbara runzelte die Stirn und schüttelte den Kopf.

»Hätte ich Schiss, dass Cipión in der Küche von Flöhen gefressen wird? Hätte er Furcht, dass Samanta ihn, um die Flöhe zu töten, auffrisst? Hättet ihr schließlich Angst, dass ich dann den Zeitentalhof in die Luft jage? Passt das so?«

Barbara kannte doch eine Schrecksekunde. »Nun gib mal nicht so an!« Dann reichte sie mir den Autoschlüssel. »Wenn er sich benimmt, kann er mit. Ein hübscher Kerle ist er ja«, fügte sie an, als wir im Sprinter saßen – ich hinterm Lenker – und mein Stummelbeiner sie aus haselnussbraunen Augen anschaute, den Schnauzbart freundlich gesträubt, die Schlappohren aufmerksam nach vorn geklappt, was bei Dackeln nicht unbedingt dazu führte, dass sie besser hörten, verdeckte doch der Hautlappen den Gehörgang, statt ihn zu trichtern.

»Wie heißt der? Thippionn!«, sprach Barbara mir nach.

»So heißt einer von zwei Hunden, denen Cervantes die Gabe verliehen hat zu sprechen. Cervantes ist der, welcher auch Don Quijote erfunden hat.«

»Der mit den Windmühlen«, antwortete Barbara. »Ich habe auch Abitur.«

»Das habe ich zum Beispiel nicht.«

»Ach, tatsächlich?« Zum ersten Mal musste sie zugeben, dass sie sich grundlegend in mir geirrt hatte.

»Allerdings«, erklärte ich, »spricht Cipión nicht. Er bellt nicht einmal. Ich habe ihn vor einem Jahr aus einer Tiefenhöhle gerettet. Ich schätze, er ist traumatisiert.«

»Ah, so.« Sie wirkte sogar geringfügig eingeschüchtert, was meiner verflohten Seele zur Aufrichtung verhalf. Der Motor des Sprinters sprang röchelnd an. Während ich den Wagen rückwärts aus der Garage stotterte, fragte ich, was aus dem Waffenschein geworden war.

»Ach so, ja.« Barbara kam schnell wieder ins Kohlhaas-Fahrwasser. »Wir haben Widerspruch eingelegt. Das ging bis zum Verwaltungsgerichtshof Baden-Württemberg. Gerettet hat uns das Gutachten eines Hohenheimer Professors. Er fand es unzumutbar, aus einer Herde von zweihundert Stück einzelne Rinder auszusondern. Dagegen sei es sinnvoll, ein Tier herauszuschießen. Gefahr für Leib und Leben des Schützen bestehe nicht, denn ein Rind besitze nicht das Abstraktionsvermögen, bei einem schlechten Schuss, der es nicht betäubt, seine Schmerzen dem Schützen zuzuordnen und ihn anzugreifen. Ebenso wenig seien Panikreaktionen der ganzen Herde zu erwarten, denn große Pflanzenfresser besäßen kein genetisch verankertes Fluchtverhalten.«

Ich jodelte den Sprinter über den Hof. »Und mir hat man immer eingeschärft, das Pferd sei ein Fluchttier. Und das ist doch auch ein großer Pflanzenfresser.«

»Tja«, schmunzelte Barbara auf ihre Hände hinab, die zwischen den Knien lagen, »was werde ich einem Professor widersprechen! Der Richter hat uns jedenfalls nicht mehr für verantwortungsloses Gesindel gehalten. Seit vier Jahren schlachten wir jetzt mit Kugelschuss auf der Weide. Wir schießen vom Traktor aus und ziehen das betäubte Rind in einen Schlachtkasten auf den Traktoranhänger, wo wir es ausbluten lassen. Zerlegt wird es dann in einem Zerlegebetrieb in Albstadt. Dort haben wir auch unser Kühlhaus, in dem wir das Fleisch abhängen lassen. Bei Rind ist die enzymatische Reifung essenziell. Zu früh verkauftes Fleisch zieht Wasser, wird trocken und schmeckt fad. Wir verkaufen ausschließlich bei uns im Laden. Da vorn rechts.«

Ich schwenkte auf das Sträßchen ein, das wir gestern Nacht entlanggewandert waren. Wir fuhren in die Sonne hinein, die es gerade so über die umliegenden Berge der Zollernalb geschafft hatte. Bewaldete Hänge führten den Blick ins Tal gen Stockhausen, aus dem, begleitet von Pappeln, der Schalksbach herbeigurgelte. Die Straße bog über ihn hinweg, an der Stelle, wo er in die Eyach mündete und sich das Baumwerk zur Düsternis verdichtete. Wir rollten hinauf ins Dörfliche zwischen Tannen.

»Fahr mal rechts«, sagte Barbara, obgleich es nach Albstadt eigentlich links gegangen wäre. »Ich will noch schnell zum Supermarkt.«

Ein Schild markierte das Ende von Dürrwangen und den

Beginn von Frommern. Und wieder ging es über eine Brücke, diesmal über die Eyach, die von Osten kam, durchs Zeitental mäanderte, durch Balingen floss und schließlich zum Neckar entschwand. Das Restaurant und Internetcafé *Bergblick* wachte am Hang überm Zeitental. Bis zum Weber'schen Haus durfte es meinem Gefühl nach nicht mehr weit sein.

»Langsam! Halt, Moment. Stopp mal!«, rief Barbara plötzlich.

Der Sprinter kam ruckzuck zum Stehen. Cipión purzelte tief in den Fußraum.

»Da sind Maxi und Samanta.«

Eine wehende Gestalt kam eine steinige Fahrspur aus dem Tal herauf. Es waren nicht nur Maxis kupfrige Haare, die flatterten, sie trug außerdem einen langen schwarzen Rock und winkte. Barbara kurbelte das Fenster hinunter.

»Fünf Pfosten an der Kurve«, sagte Maxi. »Umgelegt.« Sie zögerte. »Außerdem … außerdem liegt da einer.«

»Wie? Da liegt einer?«, fragte Barbara.

»Im Wasser. Total zermatscht. Man erkennt es gar nicht gleich.«

»Ich bitte dich, Maxi!«

Das Kind lächelte versonnen. Barbara stieg aus. Ich auch. Cipión stürzte sich hinterher.

»Wo genau liegt er?«, fragte Barbara. »Zeig es mir.«

Barbara voran, Maxi hinterher, dann ich, dann die beiden Hunde, eilten wir den Steilweg hinunter. Schon nach ein paar Schritten befanden wir uns in grüner Wildnis. Kein Haus war mehr zu sehen. Fliegen summten. Die Pfähle mit Elektrodrähten waren bis in die letzten Winkel der Wiese gesteckt, die zwischen dem Hang von Frommern und der Eyach klemmte. Die 12-Volt-Batterie, die den Zaun mit Strom versorgte, tickte nicht mehr.

»Sie war aus«, sagte Maxi.

Die Hunde mit ihrem Gespür fürs Wichtige hielten sich eigenartig zahm hinter uns. Hier und dort büschelte auf dürrer Grassohle der giftige Hahnenfuß. Ein Graureiher erhob sich und flog über die Pappeln hinweg. Die Eyach kurvte in Bögen durchs Tal, der Elektrozaun folgte mit seinen weißen Seilen dem Ufer. Der Fluss stockte schließlich in einem U-Bogen zwischen Ölschieferbänken und zerfiel in Pfützen und Lachen, auf denen die Wasserläufer hin und her huschten. Beide Ufer waren verwüstet, als wäre eine Herde Rinder über sie hinweggetrampelt. Die Zaunpfähle waren aus dem Boden gebrochen, die Elektroseile von zweihundert mal vier Paarhufen in den Staub gestampft, ins Wäldchen dahinter war eine Schneise getrampelt.

Das Wasser ölte schwärzlich zwischen dunklem Schiefer und Geröll. Es war von Blasen zersetzt. Die Blasen waren aus Stoff. Ein ekliges Summen lag in der Luft.

Barbara griff Samanta ins Halsband. Cipión stand wie festgewurzelt, die Nase erhoben, die Ohren unbehaglich zurückgelegt und die Rute gesenkt. Es war das zweite Mal innerhalb von vierundzwanzig Stunden, dass er den Tod roch. Er gefiel ihm nicht. Da ähnelte er Richard.

Fürs menschliche Auge war er gar nicht so leicht zu erkennen. Aus dem von Kühen zertrampelten Amalgam aus Schiefer und Wasser ragte ein Ast, der eigentlich ein Knochen war, dessen Blätter aus Fleischfasern bestanden. Eine halbe Hand hing herab. Was aussah wie Rinde, war eigentlich ein zersplitterter Schädel. Gedärm schillerte grünlich und rötlich im Wechsellicht von Sonne und Schatten. Das Wasser hatte eine bräunliche Farbe angenommen, die in Schlieren Richtung Altort fortzog. Eindeutig war nur die Kuppe eines Bikerstiefels, die aus dem Wasser ragte.

»Ich hab's erst an den Fliegen erkannt«, sagte Maxi. »Er ist voller Fliegen. Wenn man einen Stein wirft, dann …« Sie bückte sich.

»Nicht!«, riefen Barbara und ich gleichzeitig.

»Es waren unsere Rinder«, bemerkte Maxi. »Sie haben ihn überrannt, als er den Zaun aufgemacht hat.«

»Wer ist es?«, fragte ich.

Maxi druckste. Barbara schlitzte die Augen.

»Wer könnte es sein?«

Maxi zog den Kopf ein. »Jannik Filser, der hat solche Stiefel, glaube ich.«

»Mach mich nicht schwach, Maxi!«, stieß Barbara hervor. »Das überlebt der alte Josef nicht. Er hat doch schon seinen kleinen Bruder verloren.« Sie schaute mich an und fügte hinzu: »Er wurde von einem Mähdrescher zerstückelt.«

»Was?«

»Das ist vierzig Jahre her, aber der Josef hat es nie verwunden. Er hätte damals auf seinen kleinen Bruder aufpassen sollen. Und jetzt … nein! So was denkt sich Gott nicht aus.«

»Aber das wäre der Beweis«, saget Maxi, »dass die Filsers unsere Herde rauslassen.«

»Wer braucht diesen Beweis? Du, Maxi? Ich nicht.« Barbara zog ihr Handy aus der Hosentasche. »Außerdem kennt Jannik sich aus mit Rindern. Er hätte sich nicht von einer Herde überrennen lassen!«

»Vielleicht wollte er sie aufhalten?«, schlug ich vor.

»Wenn er den Zaun aufgemacht hat, warum hätte er sie aufhalten wollen? Und verdammt, hier ist genug Platz, er hätte einfach beiseite gehen können!«

»Vielleicht wollte er, ist aber gestolpert und gefallen.«

Barbara überlegte, dann schüttelte sie den Kopf. »Janniks Mutter hätte mich angerufen, wenn er heute Nacht nicht nach Hause gekommen wäre.«

»Warum gerade Sie?«, fragte ich.

»Nicht nur mich, Lisa. Eine Mutter telefoniert bei allen Nachbarn herum, wenn das Kind nicht heimkommt. Und was geht uns Weiber die Politik unserer Männer an?« Sie kniff weitsichtig die Augen zusammen und begann ins Handy zu tippen.

»Was für Politik?«, fragte ich.

Barbara ließ das Handy sinken. »Was wohl? Bauspekulation.«

Sie deutete über den Fluss, wo hinter einem Wäldchen Felder zum Altort anstiegen. »Darum geht es. Um den Fürsten. Ich habe dort einen Acker.«

»Von Martinus.«

Sie hängte ihren Blick in meinen. »Was hat dir die Weberblase erzählt? Dass ich Martinus, dem Gerechten von Frommern, vor ein paar Jahren seinen Acker abgeschwatzt habe, um ihn teuer zu verkaufen, wenn der Fürsten Bauland wird? Herrgottsack, ich habe im Traum nicht daran gedacht, dass das mal Bauland wird. Kann ja sein, dass man im Ortsrat schon darüber geredet hat, aber Politik interessiert mich nicht. Und Martinus hat ja nun wirklich alles getan, damit wir alle, übrigens auch der alte Josef Filser, der da drüben ebenfalls Äcker hat, in nächster Zeit keinen Schnitt damit machen. Und der alte Josef braucht das Geld dringender als ich, das kann ich dir sagen. Er hat nämlich gebaut. Und jetzt ist er sauer auf mich, weil ich die Nichte von Martinus bin … oder war? Oder bin? Egal. Jedenfalls glaubt Josef, dass ich mehr hätte tun können, damit Martinus einsichtig wird und mit seinen Einsprüchen und Eingaben aufhört. Und jetzt lass mich endlich die Polizei anrufen.« Sie tippte und legte sich das Handy ans Ohr.

Maxi drehte sich eine der rotblonden Strähnen um den Zeigefinger. Ihr Blick verlor sich zwischen Ufer und Kadaver. Wir hätten sie nicht mitnehmen dürfen, dachte ich. Das hier war erst ab sechzehn und immer noch was anderes als ein Snuff-Video auf einem Handy.

»Sieht man eigentlich das Weber'sche Haus von hier?«, fragte ich.

Maxi drehte sich zum Hang um. Man sah überhaupt keine Häuser, bestenfalls deren Dachfirste. »Es ist da drüben«, sagte sie und deutete ziemlich weit nach links. Während ich dort oben gestern Abend meine Neugier auf die sterblichen Überreste von Richards Vater konzentriert hatte, war hier unten ein Mensch von Tonnen von Fleisch zermalmt morden. Es musste ungefähr um dieselbe Zeit gewesen sein. Erst hatte ich die Rinder ziemlich nahe muhen gehört, dann auf einmal sehr viel weiter weg.

»Wenigstens wissen wir nun«, sagte Barbara, die das Telefongespräch beendet hatte, »warum unsere Leitkuh Alice gestern so durch den Wind war. Sie hat einen Menschen getötet.«

Ich konnte nicht verhindern, dass Zweifel aus sämtlichen Narben in meinem Gesicht herausblühte.

»Kühe sind keine gefühllosen Fleischberge«, belehrte mich Barbara. »Sie trauern, wenn man ihnen ihre Kälber wegnimmt, sie suchen und brüllen. So manche Kuh verwindet es nie. Sie schließen untereinander Freundschaften fürs Leben. Und sie haben ihren Stolz. Alice grämt sich, dass sie sich von einem Menschen hat verführen lassen, ihre Herde von der Weide in die Sackgasse des Altorts zu führen.«

»Aber sie grämt sich nicht, dabei einen von uns getötet zu haben!«, protestierte ich.

»Bist du dir da so sicher, Lisa?«

»Ja.«

Barbara lachte. »Jedes Säugetier kann zwischen Leben und Tod unterscheiden. Raubtiere wissen, wann sie töten. Ein Löwe, der die Nachkommen eines Konkurrenzmännchens totbeißt, weiß, dass er Existenzen beendet. Rinder wiederum töten nicht. Ihnen ist jedes Individuum so kostbar, dass auch die Rangkämpfe unter den Stieren ritualisiert sind, damit keiner zu Tode kommt. Und unsere Samanta hat gestern Abend genau gespürt, dass Alice verunsichert ist und sich selbst und uns Menschen nicht mehr traut.«

»Und warum ist sie uns dennoch gefolgt?«

»Weil sie nicht blöd ist und selber weiß, welchen Weg sie nehmen muss, um die Herde zur Weide zurückzuführen. Und da wir ihr genau diesen Weg vorgeschlagen haben, ist sie uns gefolgt.«

10

Die Terrassentür stand offen. Still blühten die Tulpensessel im Wohnzimmer vor sich hin. Tiefer im Haus murmelten Stimmen. Ich nahm Cipión hoch, ehe er mir abhaute, und durchquerte den Salon zum Vestibül.

»Was willst du? Katholiken lügen!«, hörte ich Lotte mit erhöhter Stimme eine Wand weiter sagen. »Du weißt doch, wie das mit Onkel Alfons lief. Als er bettlägerig war, hat seine Gerda eine Polin ins Haus geholt. Die hat dreimal am Tag den Rosenkranz gebetet, und wie er tot war, gehörte der Gerda nur noch der Pflichtteil und sie musste das Haus verkaufen, um das polnische Ripp auszuzahlen. Ich will ja nichts sagen, aber …«

»Dann sag auch nichts, Mama!«, antwortete Richard.

»Eine Frau kennt man nie, Richard! Und Männer in deiner Position müssen schon a bissle aufpassen!«

»Mama, Lisa hat viel mehr Geld als ich!«

»So? Woher denn?«

Ich setzte Cipión auf den Boden. Er rannte um die Ecke, ich folgte hüstelnd.

Lotte stand in der nächsten Tür mit Dutt und Rücken zu mir. Cipión wetzte an ihr vorbei und rannte mit fliegenden Ohren auf Richard zu, der auf einem Schreibtischstuhl saß und sich der Tür zugedreht hatte. Lotte fuhr herum. Sie war ganz in Schwarz, einschließlich schwarzer Nylons und Lackschuhe. Ihre grauen Augen flackerten. »Ah, das Fräulein Nerz.«

»Guten Morgen, Frau Diplomingenieurin.«

Sie spitzte ihren Blick in meinen. »Sie haben es ja gestern ganz lustig mit mir gehabt, was? Tut man das da, wo Sie herkommen, sich über eine frischgebackene Witwe lustig machen, wenn die Leich noch droben liegt?«

»Und Sie, behandeln Sie alle Freundinnen von …«

»Lisa«, warnte Richard leise, »du sprichst mit meiner Mutter!«

Ich holte tief Luft, sehr tief … und brach ab. Wenn Richard leise sprach, dann war es akut.

Lotte kniff einen winzigen Triumph in die Mundwinkel, hob das Kinn, straffte ihre osteoporöse Gestalt und ging mit lauten Absatzschlägen an mir vorbei aus dem Zimmer.

Richard hatte sein schlappohriges Begrüßungsbündel inzwischen beruhigt und blickte zu mir hoch, auf den Lippen ein kaum sichtbares Lächeln.

Es war ein Arbeitszimmer, in das ich getreten war. Man blickte hinaus ins Tal, hauptsächlich auf Bäume. Der Schreibtisch war ein leicht gebautes Möbel mit an den Enden nach vorn gebogener Platte aus edelstem dunklem Holz und spiegelnd poliert. Darauf stand, fremdartig bunt, ein Computerflachbildschirm. Er zeigte in gängiger XP-Umgebung eine Passwortabfrage. Auf dem Tisch stapelten sich aufgeschlagene und ineinander geschobene Aktenordner. Sie hatten ein altmodisches Feder- und Tintenset aus Messing an den Rand gedrängt.

Auch hier standen Schränke und Sideboards mit jenen seltsamen Buchseitenschwüngen in den Türen und silbernen Beschlägen wie Blumenstiele. Die Bretter waren dunkel, die Kanten hell furniert. Die waagrechten Flächen wirkten wie abgeräumt. Es stand buchstäblich nichts auf ihnen.

In der Ecke neben der Tür gruppierten sich Sitzmöbel aus der Familie der Tulpensessel und ein Tisch mit wilder Maserung auf einem wie ein Ast gegabelten Bein. Darüber hing an der Wand ein Gerät aus Eisen und Blech mit Zahlen, das ich als Waage identifizierte, obgleich es keine Ähnlichkeit mit den mir bekannten Balkenwaagen hatte. Der Wägearm ragte einseitig schräg in die Höhe. Daran eine Schale. Hinter einem Viertelkreis aus Blech mit Skalen knicke die andere Hälfte des Wägearms ab. Daran hing ein festes Gewicht. Zog man an der Waagschale, dann lief ein Zeiger über den gelb und rot lackierten Viertelkreis aus Blech und eine unübersichtliche Menge von Zahlen hin.

»Die berühmte Neigungswaage, die der Pfarrer und Erfinder Philipp Matthäus Hahn aus Onstmettingen vor ungefähr zweihundertfünfzig Jahren entwickelt hat.« Richard stand auf und kam heran. »Das Neue war, dass man keine Gegengewichte mehr auflegen musste und das Gewicht des Gegenstandes anhand der Neigung des Arms auf der Skala ablesen konnte. Die hier hat noch eine Besonderheit. Sie ist noch aus der Zeit, als das württembergische Pfund 467 Gramm wog, 33 Gramm weniger als heute.« Richard stockte, blickte verwundert in die weit offen stehende Tür seiner Erinnerung und fuhr in fast nostalgischem Ton fort: »Für meinen Vater war die 33 eine bedeutsame Zahl. Sie steht für das Alte und das Neue Testament, denn Alt und Neu bestehen jeweils aus drei Buchstaben.« Er stockte wieder kurz. »Das Wort Testament hat 9 Buchstaben, was wiederum das Produkt von 3 mal 3 ist. Schreibt man 3 und 9 hintereinander, ergibt sich die Anzahl der Bücher des Alten Testaments: 39. Und nimmt man 3 mit 9 mal, so ergibt sich die Anzahl der Bücher des Neuen Testaments: 27.« Sein Blick kehrte in die Gegenwart zurück. »Ein wertvolles Stück. Ich dachte, mein Vater hätte sie dem Waagenmuseum überlassen, so wie die anderen alle.« Er ließ den Blick über die leeren Anrichten gleiten. »Bis Pfingsten stand hier auch noch der Prototyp der Neigungsschaltgewichtswaage, die mein Großvater Wilhelm mit eigenen Händen gebaut hatte und die nach dem Krieg unser Verkaufsschlager war. Da man vor 1921 Waage nur mit einem a geschrieben hat, steht bei ihr sogar noch *Weber Wage* auf der Skala.«

»Vielleicht wollte dein Vater dir doch eine Kleinigkeit vermachen. Wenigstens ein Waage«, frotzelte ich. »Dir ist doch klar, dass du mich Ripp nie wiedersehen würdest, wenn du nichts erbst.«

»Sei nicht zu streng mit meiner Mutter. Sie kommt selbst aus kleinen Verhältnissen. Sie hat's nicht anders gelernt.«

»Hast du schon ein Testament gefunden?«

»Ich habe nicht danach gesucht, Lisa.« Richard ging hinüber zu dem mit Aktenordnern überladenen Schreibtisch und langte nach der Zigarettenschachtel neben dem Aschenbecher, in dem sich schon einige Kippen krümmten. Mütter verboten ihren Söhnen doch nichts. Außer unpassenden Freundinnen. Richard trug zu korkfarbenen Hosen ein violettes Poloshirt, unter dem sich sein Waschbrettbauch erahnen ließ, den er seit Jahrzehnten pflegte, unter anderem eben mit Nikotin.

»Was wird das dann hier?«, fragte ich mit Blick auf die Ordner.

»Versicherungen, Krankenkassenabrechnungen, Kontoauszüge. Viel ist nicht mehr da, aber er hat eine großzügige Lebensversicherung zugunsten meiner Mutter abgeschlossen.«

»Zur Not kann sie ja die Möbel verkaufen, falls sie wirklich original Art déco sind.« War es eigentlich Zufall, fragte ich mich plötzlich, dass Richard in Stuttgart eine Jugendstilwohnung gemietet hatte? Würde er eines Tages die Möbel aus seinem Elternhaus dort hineinstellen? »Allerdings wäre es das Letzte, was ich deinem Vater zugetraut hätte: Art déco mit seiner Sinnlichkeit und Farbigkeit und seinen kostbaren Materialien.«

»Die ganze Einrichtung stammt noch von meinem Großvater Wilhelm.« Richard deutete ein Lächeln an. »Zum Glück war mein Vater zu sparsam, neue Möbel anzuschaffen, solange es die alten noch tun. Und es war auch nicht mein Großvater, der das Haus eingerichtet hat, sondern meine Großmutter Eulalie. Sie hat die Möbel in den Zwanzigern aus Paris mitgebracht. Sie war Opernsängerin. Sie soll eine sehr schöne, kluge und musische Frau gewesen sein, Sopranistin und Sozialistin. Leider starb sie bald nach dem Krieg, und ich habe sie nicht mehr kennen gelernt.«

»Oje! Frommerner Waagenbauer statt Cabaret und Oper.«

»Täusch dich nicht! Mein Großvater liebte das Theater, er veranstaltete Bälle, zu denen man sogar aus Stuttgart anreiste.«

»Und wie hat er den Krieg überstanden? Mit oder ohne Parteibuch?«

Richard runzelte die Stirn. »Im Widerstand war er jedenfalls nicht. Aber die Operation Wüste hielt er für Schwachsinn.« Richard genoss es immer wieder, mich mit seinem soliden Wissen auszubremsen.

»Wie bitte?«, fragte ich artig.

»Der Ölschieferabbau zur Produktion von Flugbenzin. Dazu hat man noch kurz vor Kriegsende unter anderem in Bisingen bei Hechingen und hier in Frommern Konzentrationslager eingerichtet mit Häftlingen aus Polen und Skandinavien. Sie brachen Tonnen von Schiefer mit bloßen Händen. Der wurde in Meilern erhitzt und schwitzte alle fünf Minuten ein Tröpfchen Öl aus, das bestenfalls für den Lanz-Bulldog taugte, den Traktor aus Mannheim mit Glühkopf, aber nicht für Flugzeuge. Dreitausend Häftlinge mussten dafür sterben. Das hielt mein Großvater Wilhelm für Schwachsinn.«

»Und was hat er gemacht?«

»Wir Webers sind Diplomaten, Lisa. Er hat geredet. Briefe nach Berlin geschrieben. Aber er war kein Attentäter. Nichts wider Gott, nichts wider das Gewissen und nichts wider die Liebe des Nächsten.«

»Eine Unart der Webers, wie mir scheint.«

»Mag sein. Wahrscheinlich habe ich einfach nur Glück gehabt, dass ich in einem demokratischen System groß geworden bin.« Sein Blick wanderte zum Schreibtisch hinüber. Vor allem war es ein Glück für ihn, dass er in einer Kultur groß geworden war, die reichlich Akten und Aktenordner produzierte. »Und«, setzte er hinzu, »da meine eigene Biografie so wechselhaft war, bin ich auch nie in Versuchung gekommen, das Andere zu verdammen.«

Und wieder dieser nach innen verlorene Blick.

»Gibt es eigentlich schon einen Termin für die Beerdigung?«, fragte ich.

»Nächsten Freitag.« Richard zündete sich eine Zigarette an. »Wir müssen nachher nach Balingen, mit dem Bestattungsunternehmen alles besprechen. Die Leiche haben sie schon geholt.«

»Feuerbestattung oder Erdbestattung?«

Richard nagelte seinen asymmetrischen Blick herausfordernd in meine Augen. »Meine Mutter will eine Erdbestattung.«

»Ach, nun doch. Auf wessen Anraten denn?«

»Beerdigungen richtet man eigentlich für die Hinterbliebenen aus, nicht um den Verstorbenen zufrieden zu stellen. Und mein Vater hat nicht schriftlich niedergelegt, wie er beerdigt werden wollte. Nur seine Grabrede habe ich gefunden.«

»Bitte, was?«

Richard nahm einen verschlossenen Umschlag vom Schreibtisch, auf dem handschriftliche Krakel flatterten, die mir wie Sütterlin vorkamen. »An Pfarrer Frischlin. An meinem Grabe zu öffnen und vorzutragen«, las Richard vor.

Ich musste lachen. »Und was schreibt er?«

»Zu öffnen an seinem Grabe, Lisa.« Richard legte den Umschlag mit nachsichtigem Kopfschütteln auf den Tisch zurück. »Übrigens hat Pfarrer Frischlin meiner Mutter zur Erdbestattung geraten. Er meinte, es sei leichter, von einem plötzlich und unerwartet Verstorbenen Abschied zu nehmen, wenn man hinter dem Sarg her zum Grab gehe und den Sarg sich in die Grube senken sehe.«

»Ein raffinierter Psychologe, der Mann.«

»Lisa!«

»Ja?«

»Du bist hier nicht als Vertreterin des investigativen Journalismus, und ich bin nicht der zuständige Staatsanwalt, den du ärgern kannst. Du verletzt nur die Gefühle von Menschen, die einen Angehörigen verloren haben.«

»Deine?« Ich war verblüfft.

»Vor allem die meiner Mutter.«

»Muttersöhnchen! Pass auf, Richard! Nicht dass dich der Staatsanwalt in den Arsch beißt, wenn du wieder in Stuttgart bist. An dem Totenschein von Dr. Zittel stimmt etwas nicht.«

Richard inhalierte tief und ließ sich auf den Schreibtischstuhl sinken. »Was stimmt an der Todesbescheinigung nicht? Wobei du dich ausschließlich auf den nicht vertraulichen Teil beziehen kannst.«

Ich lachte. »Du hast natürlich überprüft, ob ich den vertraulichen Teil geöffnet habe.«

Richard nickte, als gehöre sich das so.

Ich kramte meine eigene Schachtel aus den Taschen und zündete mir auch eine an. »Brauchte ich gar nicht. Zittel hat *natürlicher Tod* angekreuzt. Folglich muss dein Vater an einer unmittelbar lebensbedrohlichen Krankheit gestorben sein. Nehmen wir an, es handle sich um Herzinsuffizienz. Dann hat dein Vater sich hingelegt, sein Herz geriet ins Kammerflimmern und blieb stehen. Folglich ist er im Schlaf gestorben.«

»Hm.«

Ich stippte meine Asche an Richards Oberarm vorbei in den Aschenbecher, der neben der Tastatur stand. »Allerdings hat der Arzt den Todeszeitpunkt auf 18 Uhr festgesetzt.«

Richard nahm einen weiteren Zug von seiner Zigarette.

»Das deckt sich auch mit deinem telepathischen Gedenken an deinen Vater beim Glockenschlag der Haigstkirche.«

»Die natürlich keineswegs aussagekräftig ist.«

»Der Arzt dürfte sich an den ersten Leichenerscheinungen orientiert haben: Totenflecke, Körpertemperatur. Und wenn nicht, wäre er schlampig gewesen und der Totenschein schon deshalb fragwürdig.«

Richard stauchte die Kippe in den Aschenbecher. »Lisa, wo ist das Problem?«

»Ich vermute, dass in einem grundsoliden bürgerlichen Haus wie diesem die Essenszeiten konventionell geregelt sind.«

Richard deutete ein Lächeln an. »Mittags um halb eins,

abends um sieben. Frühstück morgens um Viertel nach sieben, sonntags um acht.«

»Perfekt! Nehmen wir also an, deine Eltern waren gestern um eins, spätestens Viertel nach eins mit dem Mittagessen fertig. Dein Vater begibt sich nach oben ins Schlafzimmer.«

Richard nickte.

»Dort entkleidet er sich bis aufs Adamskostüm und zieht sich den Schlafanzug an. Eigentlich ein ziemlicher Aufwand, vor allem bei der Affenhitze. Da hätt sich's besser im Hemdchen geschlafen.«

»Ein Ritual, Lisa. Mein Vater hat sein Leben in Rituale gebaut. Gegessen wird am Tisch, geschlafen wird im Bett. Und keinesfalls in Unterwäsche wie die Proleten. Dann wird gebetet und so weiter.«

»Okay. Ich schätze, trotz aller Rituale und auch wenn er noch die Bibel gelesen und/oder eine Reihe Sudoku-Quadrate ausgefüllt hat, dürfte er gegen zwei gelegen und geschlafen haben.«

»Hm.«

»Aber vier Stunden?«

Richard fuhr sich über die Haare.

Ich löschte meinen Zigarettenstummel. »Hat dein Vater jemals einen ganzen Nachmittag verpennt?«

»Nein. Höchstens zwei Stunden. Seinen Wecker habe ich als Kind bis in mein Zimmer rasseln hören.«

»Einen Wecker? Ich habe keinen Wecker gesehen im Schlafzimmer.« Das fiel mir erst jetzt auf. »Keine einzige Uhr.«

»Meine Mutter hat die Uhren von den Nachttischen genommen. Funkuhren inzwischen. Sie lehnt zwar diesen Aberglauben mit den Spiegeln und dem Uhranhalten ab, aber sie hat es dann doch nicht sehen können, wie die beiden Wecker auf dem Nachttisch tickten. Sie hat sie heute Morgen wieder hingestellt, mit der Bemerkung übrigens, dass der Vati …« Über Richards Gesicht zuckte ein gequältes Lächeln. »… dass mein Vater seinen ja nun nicht mehr brauche.«

»Ja, deine Mutter hat es faustdick hinter den Ohren!«

»Lisa, bitte!«

»Sorry. Langer Rede kurzer Sinn: Dein Vater wäre also spätestens um vier wieder aufgestanden.«

Richard seufzte. Cipión hob den Kopf und leckte ihm die Fingerspitzen der zwischen den Knien herabhängenden Hand. »Gestorben ist Martinus aber erst um sechs. Stellt sich die Frage: Was ist in diesen zwei Stunden geschehen? Warum ist er nicht aufgestanden? Konnte er nicht? Vielleicht sollten wir doch in die vertraulichen Teile der Totenscheine gucken. Wo sind sie übrigens?«

»Bei der Leiche, wie es sich gehört. Der Bestatter wird sie an die zuständigen Behörden weiterleiten.«

»Okay, dann müssen wir uns selbst behelfen, bis wir Zittel befragt haben.«

»Den wirst du nicht befragen!«

»Schon gut. Also nehmen wir an, dein Vater fühlte sich schlecht. Warum hat er nicht nach deiner Mutter gerufen?«

»Meine Mutter war nicht zu Hause. Sie hat eine Freundin im Pflegeheim besucht. Und später war sie im Garten.«

»Haben deine Eltern keine Handys?«

»Doch.«

»Dann hätte dein Vater deine Mutter anrufen können. Gehörte er zu denjenigen, die so ein neumodisches Glump wie ein Handy auf dem Nachttisch liegen haben?«

Richard zuckte mit den Schultern.

»Wenn nicht? Dann muss er versucht haben, sein Bett zu verlassen, falls er zum Telefon gewollt hat. Vielleicht ist er auf dem Weg zur Tür zusammengebrochen. Dann hätte deine Mutter ihn allerdings nicht im Bett finden können und hätte gelogen.«

»Vielleicht hatte er sein Handy auf dem Nachttisch.«

»Und wo ist es jetzt?«

Richards Blick schwenkte suchend über den Schreibtisch.

»Hier.« Er entzog es mir und tippte sich selbst durchs Menü. »Der letzte Anruf ging an das Handy meiner Mutter. Allerdings vor zwei Tagen.« Er warf das Handy auf den Schreibtisch zurück.

»Also kein letzter Anruf in Todesnot«, konstatierte ich. »Aber warum ist dein Vater im Bett liegen geblieben und hat zwei Stunden lang wie ein Lamm mit offenen Augen auf den Tod gewartet? Hat ihn am Ende jemand daran gehindert aufzustehen?«

»Ein Schlaganfall?«, schlug Richard nüchtern vor. »Vielleicht war er gelähmt und konnte nicht telefonieren.«

»Seine Pupillen waren aber nicht unterschiedlich geweitet.«

»Was genau willst du mir sagen, Lisa?«

»Entweder der Todeszeitpunkt stimmt nicht, Richard, oder dein Vater ist nicht im Bett gestorben. Für einen früheren Todeszeitpunkt, beispielsweise gegen vier Uhr am Nachmittag, spricht, dass die Leichenstarre weit fortgeschritten war. Das könnte allerdings auch andere Gründe gehabt haben, die Hitze, eine große körperliche Anstrengung. Beispielsweise könnte dein Vater gleich wieder aufgestanden sein. Dann muss er sich aber auch wieder angezogen haben. Oder neigte dein Vater dazu, im Schlafanzug durch die Wohnung zu schlappen?«

Unnötig zu sagen: »Nein.«

»Wenn er aber nicht im Bett gestorben ist, warum sollte es so aussehen, als sei er friedlich im Bett eingeschlafen? Und es sollte für uns alle so aussehen. Der Arzt muss nämlich den Toten vollständig entkleiden. Danach hätten Barbara und Lotte ihm zur Aussegnung etwas Feierlicheres als den albernen Schlafanzug anziehen können.«

»Vielleicht hat der Arzt die Leiche nicht entkleidet.«

»Allerdings wäre Martinus dann tatsächlich im Bett gestorben. Und das bezweifeln wir ja gerade.«

»Du bezweifelst das. Aber wer hätte ihn denn wieder ins Bett hieven sollen? Meine Mutter jedenfalls nicht.«

»Barbara könnte ihr geholfen haben.«

»Warum hätte sie sollen?«

Außerdem bekam Barbara wegen eines vor kurzem gebrochenen Handgelenks derzeit kein Vakuumglas auf, fiel mir ein. »Sie haben immerhin auffällig lang gebraucht, bis sie den Arzt verständigt haben, und erst dann hat deine Mutter dich angerufen.«

»Lisa, du wirst jetzt aber nicht einen Mordverdacht gegen meine Mutter konstruieren und meine Cousine zur Helferin erklären!« Richard stand unwillig auf und trat ans Fenster.

Ich setzte mich auf den frei gewordenen Stuhl an den Bildschirm mit der Passwortabfrage, tippte das Wort »Lotte« als Sternchen in die Passwortmaske und drückte auf Datenfreigabe. »Falsches Passwort.«

Richard straffte sich am Fenster und reckte den Hals. »Was ist denn da los?«

Ich trat neben ihn. Von seinem bloßen, leicht gebräunten Arm ging eine vitale Hitze aus, die die Härchen auf meinem nackten Arm gegen den Strich bürstete.

»Polizei«, bemerkte er.

Zwischen von der Trockenheit halb entlaubten Büschen am Hang sah man die erste Kurve des steilen Sträßchens, das Maxi und ich gestern Nacht hinunter- und dann wieder hinaufgeeilt waren. Von dort blinzelte das Silbergrün eines Polizeiwagens durch die Blätter. Auch ein Absperrband flatterte. Und man sah eine Figur in weißem Ganzkörperanzug über die Böschung entschwinden.

»Da unten ist die Stelle, wo gestern Abend Barbaras Herde ausgebrochen ist«, erklärte ich.

»Und da treibt die Kriminaltechnik einen derartigen Aufwand?«

»Das ist wohl eher, weil Maxi dort heute Morgen…« Ich blickte Richard von der Seite an. »Nun, weil sie dort eine Leiche gefunden hat.«

Sein Profil blieb ausdruckslos.

»Ich habe mich davongemacht, ehe die Polizei kam. Ich dachte, es ist besser, wenn ich nicht sogleich wieder unangenehm auffalle. Wahrscheinlich ist es ein tragischer Unfall. Dafür ist Balingen ja prädestiniert«, konnte ich mir nicht verkneifen anzufügen.

Er reagiert nicht.

»Barbaras Herde hat vermutlich einen überrannt, einen Bauernjungen hier aus der Gegend.«

Richards Augen zuckten zu mir herüber. »Wen?«

»Den Sohn eines Bauern aus Stockenhausen.«

»Von Josef Filser?«

Ich nickte. »Maxi meint, es könnte Jannik sein, der Jüngste. Er muss so siebzehn gewesen sein.«

»Dann … dann gnade uns der Himmel!«

»Warum?«

Richard atmete nur. Aber unterhalb von Verstand und Vernunft, in Höhe meiner Schenkel, tippten seine Finger gegen meinen Handrücken und umschlossen gleich darauf meine Hand.

»Lisa!«

»Was ist los, Richard?«

»Ich … ich weiß es nicht. Hilf mir! Ich habe das Gefühl, als würde sich … als würde sich der Boden unter mir … Wie Eisschollen auf einem reißenden Strom. Ich habe … ich habe das Gefühl, als entglitte mir der Boden unter den Füßen.«

»Und das kann schnell gehen bei der Hitze!«

Er versuchte zu lächeln. »Lisa, ich möchte dich um etwas bitten.«

Eine düstere Ahnung befiel mich.

»Ich möchte dich bitten, nach Hause zu fahren. Ich werde bis zur Beerdigung hierbleiben. Ich beantrage Urlaub. Und du hast doch sicher noch was anderes zu tun.«

»Was sollte ich zu tun haben? Meine Schwabenreportagen, auf die niemand wartet, kann ich überall schreiben.«

Sein Griff wurde fester. »Trotzdem. Sei so lieb, ausnahmsweise! Ich muss das hier alleine … regeln.«

»Richard, du bist im Begriff …!«

»Scht. Sei einmal still. Es ist … ich bin … ich weiß nicht …« Er ächzte. »Wie soll ich das ausdrücken?«

»Ich störe deine Degeneration zum Muttersöhnchen«, schlug ich vor.

»Hör auf! Es ist schwierig genug, auch ohne dein Supervising.«

Ich zog ihm meine Hand weg und trat einen Schritt zurück.

»Bitte, Lisa, versteh es doch! Es hat nichts mit dir zu tun!«

»Mit wem dann?«

Er antwortete nicht.

»Mann!«, fluchte ich, was ihm stets unangemessen schmeichelte. »Du schickst mich weg. Ist das die Art, wie ihr euch unsere Hilfe vorstellt? Als sentimentale Adresse im Kopf, an die ihr aus eurem Krieg eure Feldpost schreiben könnt?«

»Ach, lass doch deinen Amazonenfeminismus stecken, Lisa. Ich dachte, das hätten wir hinter uns.«

»Wieso? Was hat sich denn geändert seitdem?«

»Tut mir leid, aber ich sehe mich momentan nicht in der Lage, das mit dir auszudiskutieren.«

»Na schön.« Ich drehte mich auf dem Absatz um und verließ das Zimmer.

Wenn Cipión mir nicht hinterhergedackelt wäre, hätte es mich nur noch bestätigt in meinem Zorn auf das, was immer stärker war als ich. Die Hengstherden, Wolfsrudel und Tennisclubs.

11

Was meinen Grimm noch steigerte, war, dass Richard keinen Gedanken daran verschwendet hatte, wie ich nach Stuttgart kam. Darum, liebe Mädchen, fahrt nie mit einem Mann mit. Er denkt nur an den Hinweg. Ja klar, es fuhren Züge. Der Waagenindustrie sei Dank, war Balingen seit über hundert Jahren ans Eisenbahnnetz angeschlossen, sogar Frommern!

Das Sträßchen von gestern Nacht lenkte meine Schritte unverzüglich hinunter zum Fluss. Dort standen Polizeiautos hinter Absperrbändern. Auch etliches Volk hatte sich versammelt, Sommerferienkinder mit Fahrrädern, herumlungernde Jugend mit Kapuzenshirts und erhobenen Handys, Frauen mit Einkaufstauschen und Untätige. Keiner sprach. Mitten in die Stille rasselte mein Handy. Ich schaute aufs Display. Es war Richard. Ich drückte ihn weg und stellte den Rufton auf Rütteln.

Aber ein Mann, der zwischen Uniformierten und Zivilen am Polizeikastenwagen stand, drehte sich um. »Ja, hallo!«, rief er, warf den Arm hoch und kam zur Absperrung. Er trug ein quer gestreiftes T-Shirt und Sommerjeans, was seine schwammigen Massen betonte. »Frau Nerz. So schnell sieht man sich wieder.«

»Herr Staatsanwalt Kromppein!«, fiel mir gerade noch rechtzeitig ein.

Er reichte mir eine feuchte Hand übers Absperrband. »Und die Presse ist wieder mal schneller, als die Polizei erlaubt. Wie geht es Herrn Dr. Weber?«

»Bei einem Todesfall gibt es immer viel zu regeln«, antwortete ich, während eine Nebenstelle in meinem Hirn sich fragte, wo ich den Satz »So schnell sieht man sich wieder« erst vor kurzem gehört hatte. Er hatte ebenso unpassend geklungen wie Kromppeins Versuch, in die Presse zu kommen.

»Schade, dass Sie gestern nicht bleiben konnten. Wirklich

exzellent das Essen bei Vincent Klink. Der versteht's! Ganz vorzüglich, der Hummer.«

Ja, Kromppein war so einer, der bei teuer immer nur auf Hummer kam.

»Und ich hätte mich wirklich gerne ein bissle ausführlicher mit Ihnen unterhalten. Sie sollen ja ein interessantes Leben führen.« Mit seinen blassen Augen blickte er mich an wie ein Mann, der meinte, ich gehörte nur einmal ordentlich durchgefickt, und zwar von ihm, damit ich erkannte, wie schön es war, Röcke zu tragen. »Aber nun ja, ein andermal. Richten Sie doch bitte Herrn Dr. Weber noch einmal mein aufrichtiges Beileid aus.«

Ich nickte artig und blickte den Hang hinab, wo die weiß Gekleideten von der Kriminaltechnik im Flussbett hockten.

»Ja, eine scheußliche Sache«, nahm der Hechinger Staatsanwalt meinen Blick auf. »Zweihundert Rinder lassen nicht mehr viel übrig. Dem ersten Anschein nach ein tragischer Unfall. Mehr kann ich Ihnen noch nicht sagen, Frau Nerz. Die Obduktion wird dauern. Rufen Sie mich heute Abend oder morgen an. Denn wie heißt wieder mal der Bereitschaftsstaatsanwalt? Klaus Kromppein!« Er lachte. »Es trifft halt immer dieselben, gell.«

»Wo kommt die Leiche hin?«

»Nach Tübingen in die Rechtsmedizin. Und glauben Sie mir, vergnügungssteuerpflichtig wird das nicht.«

Gab es oder hatte es jemals in Deutschland eine Vergnügungssteuer gegeben? Das musste ich Richard mal fragen. Richard! Ein schwarzer Stift zog einen dicken Strich durch meine Seele. Kromppein täuschte sich, wenn er meinte, er müsse höflich zu mir sein, weil ich der Durchschlupf ins Netzwerk des Stuttgarter Oberstaatsanwalts und Duzfreundes des Generalstaatsanwalts sei.

Und plötzlich gab mein freigeräumtes Hirn auch das andere Déjà-vu frei: Es war Jacky gewesen, die, als sie uns gestern Abend die Tür öffnete, zu ihrem Onkel Richard gesagt hatte: »So schnell sieht man sich wieder!« Dabei hatte Richard mir auf der Hinfahrt kurz zuvor auseinandergesetzt, er sei zum letzten Mal zu Pfingsten bei seinen Eltern gewesen, in einem eisigen Haus, in dem er sich den Arsch abgefroren habe, weil der alte Martinus sich weigerte, Heizöl nachzukaufen. Mir an Lottes Stelle hätte das als Grund genügt, dem Tyrannen den Garaus zu machen. Männer! Nicht einmal ein Passwort war der Name seiner Frau Martinus wert gewesen. Warum merkten wir das immer erst, wenn uns nichts anderes mehr übrig blieb, als uns zu fügen oder zu gehen oder beides?

»Na, ich muss wohl wieder«, weckte mich Kromppein. »Aber wir müssen das unbedingt nachholen, unser Essen. Meine Frau und ich würden uns freuen, wenn Sie uns einmal besuchen würden. Sie sind doch sicherlich noch länger hier.«

Ich nickte. Er begab sich zu seinen Hilfsbeamten zurück. Die Frommerner Schaulustigen, Gaffer, Untätigen, Kinder, Mütter und Rentner starrten mich an.

»Wo ist der Bahnhof?«, fragte ich die Nächststehende.

»Nix wissen«, antwortete sie lächelnd. Auch das war Frommern, das Migrantenproblem.

Ich änderte meinen Plan. Unter sich erhitzender Sonne wanderte ich die Balinger Straße zurück. Meine Rippenprellung von der nächtlichen Begegnung mit der Kuh pochte bei jedem Schritt. Hinter dem Weber'schen Haus stand Richards Limousine nicht mehr, wie ich mich nicht enthalten konnte zu erspicken. Sie waren wohl losgefahren zum Bestattungsinstitut Erdinger. Was mich enttäuschte und erleichterte, konnte er mich doch demzufolge auch nicht vom Fenster aus erblicken und mir hinterhergerannt kommen, um irgendwelche Erklärungen vorzutragen.

Ich tastete in meiner Jackentasche nach meinem Pickset, wie wir vom Verein der Sportsfreunde der Sperrtechnik unsere Dietriche nannten, die man selbstverständlich niemals verwendete, um eine Tür zu öffnen, sondern lediglich dazu, um ein Schloss zu knacken. Jetzt wäre das Haus leer gewesen. Keine Lotte, die hinter einer Tür lauerte, um mir das Muttermesser zwischen die Rippen zu rammen.

Aber was wollte ich eigentlich? Nur ein Passwort knacken oder das Geheimnis des Patriarchen aufdecken? Vermutlich hatte er keines, das über das Rätsel jeder Familie hinausging: die Lieblosigkeit. Und nur weil ich mich von Richard nicht nach Hause schicken lassen wollte, musste ich nicht in sein Elternhaus einbrechen. Es reichte, wenn ich zum Zeitentalhof zurückkehrte.

Ich passierte eine Bushaltestelle, eine Fußgängerampel, das Internetcafé *Bergblick* und die Brücke. Aus der Balinger Straße wurde die Ebinger Straße, von der endlich die Zeitentalstraße abzweigte, die sich hinzog. Da es sich beim Gehen gut reden ließ, suchte ich die Privatnummer von Hauptkommissar Christoph Weininger in meinem Handy. Bethe nahm ab. Sie und Christoph hatten letzten Sommer geheiratet, und zwar im Schlosshotel Monrepos in Ludwigsburg mit hundert Gästen, Menü, launigen Reden, Babybildersammlungen, Walzer und Torte. Jetzt war Bethe schwanger. »Du willst Christoph sprechen? Der ist in der Garage. Geht's gut?« Ich hörte an ihrem Atem, dass sie mit dem Telefon durchs Haus ging.

Bethe war eine zierliche brünette Schönheit. Wir hatten uns auf höfliches Desinteresse geeinigt. Einmal wenigstens hatte sie mich sehen müssen, um sich sicher zu fühlen, dass Christoph nie was mit mir gehabt haben konnte und nie etwas haben würde. Wobei sie dem grundsätzlichen Irrtum schöner Frauen erlag, dass Männer auch im Bett Ästheten waren. Alles laufe gut mit der Schwangerschaft, erzählte sie, während Treppenstufen ihre Stimme durchschüttelten, er bewege sich viel. Dass es ein Er war, hatte der Ultraschall bereits verraten. »Dann gebe ich dich mal weiter, tschüss!«

»Hallo, Lisa«, meldete sich Christoph.

»Und, läuft es wieder?«, fragte ich.

»Was?«

»Dein Auto.«

»Ich bin am Kinderwagen. Den haben wir bei ebay ersteigert. Aber ein Rad ist schief. Worum geht's?«

»Wie war es gestern Abend noch mit den Staatsanwälten?«

»Nicht vergnügungssteuerpflichtig.«

»Wer kriegt eigentlich die Tantiemen für dieses Wort?«

»Es ist Kromppeins Lieblingswort. Vor allem für seinen schweren Job in Hechingen.«

»Deshalb rufe ich an«, sagte ich. »Du hast mir etwas von einem Fall erzählt, der im Zuständigkeitsbereich des Landgerichtsstands Hechingen Probleme macht. Ich glaube, es ging um eine Viertelmillion.«

»Der Sonntagsladen in Balingen, ja.«

»Wo genau?«

Christoph holte Luft. »In Balingen-Frommern betreibt eine Landwirtin einen Hofverkauf, der ...«

»Barbara Binder.«

»Lassen wir die Namen mal außen vor.«

»Geht nicht! Barbara Binder ist Richards Cousine.«

Christoph nahm sich eine Schrecksekunde. »Oh, Scheiße! Aber dann verstehe ich nicht ...« Er unterbrach sich.

»Oh doch, du verstehst, Christoph. Du bist immer der Erste, wenn es darum geht, deinem Freund Richard Weber eine Mauschelei vorzuhalten. Und deshalb sei so gut und erzähl mir die Einzelheiten. Damit ich es auch kapiere.«

»Kromppein hat es übrigens nicht kapiert«, seufzte Christoph. »Meisner und ich haben den halben Abend versucht, es ihm zu verklickern. Allerdings wussten wir nicht, dass die betroffene Person Webers Cousine ist.«

»Aber Kromppein muss es gewusst haben.«

»Gesagt hat er nichts. Aber es würde erklären, warum er sich so begriffsstutzig stellte. Er will Weber nicht an den Karren fahren, indem er dessen Cousine schröpft.«

»Aber Sonntagsverkauf ist doch nur eine Ordnungswidrigkeit.«

»Auch bei Ordnungswidrigkeiten können die Behörden unrechtmäßig erlangtes Vermögen einziehen. Es soll ja niemand einen Vorteil daraus ziehen, dass er die Gesetze bricht.«

Zwischen meinem Ohr und dem Handy hatte sich ein glitschiger Schweißfilm gebildet. Ich hörte, wie sich Christoph eine Zigarette anzündete.

»Folgendes«, begann er. »Der betroffene Landwirtschaftsbetrieb betreibt seit Jahren einen Hofverkauf. Der fiel den Behörden schon einmal auf, weil man dort eine junge Frau aus dem Ort beschäftigte. Sie wurde abends bar aus der Kasse bezahlt. An Steuern und Sozialabgaben hat man dabei nicht gedacht. Der zuständige Bußgeldsachbearbeiter bei der Gemeinde Balingen hat daraufhin ein Bußgeld von 5000 Euro verhängt. Die Landwirtin legte Widerspruch ein. Die Sache ging zum Staatsanwalt.«

»Kromppein?«

»Der war bereit, jede noch so abenteuerliche Argumentation gelten zu lassen, woraufhin sich das Bußgeld auf wundersame Weise auf 250 Euro verminderte. Der Landwirtschaftsbetrieb akzeptierte und zahlte. Man beschäftigte die Hilfskraft nicht weiter und verkürzte die Öffnungszeiten des Hofverkaufs. Letztes Jahr im Sommer unternahm der zuständige Bußgeldsachbearbeiter mit seiner Familie an einem Sonntag eine Wandertour über den Lochenstein und das Hörnle bis nach Frommern hinab. Dabei fielen ihm ungewöhnlich viele Autos mit auswärtigem Kennzeichen auf, die in die Straße abbogen, die zu dem betreffenden Landwirtschaftsbetrieb führt. Der Bußgeldsachbearbeiter beschloss, einen kurzen Abstecher dorthin zu unternehmen.«

»Kurzer Abstecher ist gut«, bemerkte ich. Die Häuser waren verschwunden, Tannen kletterten die Hänge hinauf, Hummeln baumelten über den Unkräutern der Straßenböschung. »Woher weißt du das?«

»Er hat es mir erzählt, als wir uns auf meiner Fortbildung zur

Vermögensabschöpfung trafen. Auf dem Hof angelangt, stellte er fest, dass der Laden geöffnet war. Und es wurde keineswegs nur Milch und Fleisch aus eigener Erzeugung angeboten, wofür man zur Not Ausnahmegenehmigungen hätte finden können. Es handelte sich vielmehr um ein regelrechtes Biomarktangebot, von Müsli bis zu Obst und Gemüse. Auch die Frau des Bußgeldsachbearbeiters hätte gerne Bärlauchnudeln mitgenommen, aber der Bußgeldsachbearbeiter erlaubte nicht einmal seinen Kindern eine Biolimonade. Übrigens bedienten die Töchter der Familie. Der Bußgeldsachbearbeiter war noch ziemlich angefressen von der Schwarzarbeitssache, in der er sich gegen Kromppein nicht hatte durchsetzen können, und witterte seine zweite Chance. Allerdings beträgt das Bußgeld für einen Verstoß gegen das Ladenschlussgesetz höchstens 500 Euro. Doch unser Sachbearbeiter hatte bereits davon gehört, dass man auch einen Verfall anordnen könne. Er erwarb auf eigene Kosten den Büttner, *Ermittlungen illegaler Vermögensvorteile*, verinnerlichte die Fallstudien und hoffte, dass jemand den Betrieb anzeigte, damit es nicht so aussah, als führe er seinen persönlichen Rachefeldzug. Die Anzeige kam Ende letzten Jahres.«

»Von wem?«

»Das weiß ich nicht, Lisa. Es spielt auch keine Rolle. Der Bußgeldsachbearbeiter beschloss, für vier Sonntage ein Bußgeld von insgesamt 2000 Euro festzulegen und dazu noch einmal 3000 Euro Gewinnwegnahme, also insgesamt 5000 Euro. Der Landwirtschaftsbetrieb legte dagegen erwartungsgemäß Widerspruch ein, und die Sache ging wieder zum Staatsanwalt.«

Eine Hummel bumste mir gegen die Stirn und summte geschäftig weiter.

»Und wieder war Kromppein damit befasst. Gestern Abend vertrat er vehement die Ansicht, es gelte, einheimische Betriebe und regionale Erzeuger zu unterstützen. Die Bürokratie in Deutschland dürfe unternehmerisches Engagement nicht immer gleich zunichte machen. So die Art. Deshalb befand er, dass es sich bei der Sonntagsöffnung um eine Dauerordnungswidrigkeit handle, die nur einmal bebußt werden könne. Darüber hinaus erkannte er eine Ordnungswidrigkeit von lediglich geringer Bedeutung und errechnete ein Bußgeld von 45 Euro. Gewinn, so Kromppein, könne auch nicht abgeschöpft werden, denn es sei keiner entstanden, da Personalkosten – also der Lohn für die Töchter – so hoch seien, dass nichts übrig bleibe.«

Ich vermisste auf einmal das Geräusch von Cipións Krallenpfoten auf Asphalt und drehte mich um. Der Dackel lag mit hängender Zunge platt auf dem Grasstreifen. Ich kehrte um.

»Und wieder«, fuhr Christoph fort, »war unser Bußgeldsachbearbeiter mit seinem Rechtseifer an der Hechinger Staatsanwaltschaft gescheitert. Er war gefrustet, bekam Streit mit den Kollegen, fühlte sich gemobbt und fing an zu trinken. Zum Glück hat er eine kluge Frau, die ihn überredete, sich für eine Fortbildung zur Vermögensabschöpfung anzumelden, die er auf eigene Kosten und in seiner Freizeit besuchte. Und zwar Anfang dieses Jahres mit mir zusammen.«

Vorwurfsvoll blitzte mich das Weiße in Cipións haselnussbraunen Augen an.

»Noch einmal stellte er persönlich fest, dass der Landwirtschaftsbetrieb den Laden am Sonntag geöffnet hatte und der Verkauf mehr denn je brummte. Und jetzt kommt's: Finanzermittler fanden bei einer Buchprüfung sonntägliche Umsätze von durchschnittlich 2000 Euro.«

Ich schob die Hand unter Cipións hechelnden Brustkorb, hob den Hund hoch und klemmte ihn mir unter den Arm.

»Verstöße gegen das Ladenschlussgesetz verjähren zwar nach drei Jahren, aber für die zurückliegenden drei Jahre konnte der Bußgeldsachbearbeiter folglich einen Verfall von 250 000 Euro errechnen.«

»Sauber!«

»Die Sache kam erneut zum Staatsanwalt. Kromppein hob

den Verfall auf und legte das übliche *angemessene* Bußgeld von diesmal immerhin 1500 Euro fest.«

»Der hat Nerven!«

»Er darf das. Bei einem Bußgeldverfahren gibt es, anders als im Strafverfahren, keinen behördlichen Verfolgungszwang. Es ist also auch keine strafbare Strafvereitelung im Amt, wenn der Staatsanwalt oder eine Bußgeldbehörde eine Tat nicht verfolgen, wenn Widerspruch eingelegt wurde. Nur sogenannte sachfremde Überlegungen dürfen dabei keine Rolle spielen. Also Freundschaft oder Verwandtschaftsgrade.«

»Und nun?«

Christoph schnaufte. »Keine Ahnung, Lisa. Weber muss davon Wind bekommen haben. Er ist der Dezernent für Vermögensabschöpfung bei der Staatsanwaltschaft des Landgerichts Stuttgart und muss bei allen Verfallssachen über 100 000 Euro eingeschaltet werden. Vielleicht hat der Bußgeldsachbearbeiter ihn informiert.«

»Oder die Cousine selbst hat sich Hilfe suchend an ihn gewandt, den Juristen in der Familie.«

»Oder das.«

12

Durstig nach Schatten wankte ich unter die Blautanne des Zeitentalhofs, die hier nicht hergehörte, und setzte Cipión ab, der sich sofort an den Brunnen stürzte, seinen Bart ins Wasser hängte und schlappte, wobei er sich fast erdrosselte, weil der Rand des Steintrogs zu hoch war für einen mit so kurzen Beinen.

Abgründe!

Hatte Richard mich weggeschickt, damit ich seinen vollständigen moralischen Zusammenbruch im Einflussbereich seiner

Sippe nicht mit ansah? Womöglich war er seiner Base Bullwinkle was schuldig, seiner Jagdgefährtin aus dunklen Kindertagen, die ihm nachtrug, dass er sie verlassen hatte und nicht Musiker geworden war. Außerdem war Blut allemal dicker als Wasser.

Nein, Richard hatte Kromppein gestern während des privat anmutenden Essens nicht den Rost runtermachen wollen. In der Runde einer Staatsanwältin mit Gleichberechtigungsambitionen, seines alten Feindes Hauptkommissar Weininger und meiner Wenigkeit mit dem ausgefransten Nimbus der Presse hätte das Gespräch um die Frage kreisen sollen, ob man im Fall dieses Sonntagsverkaufs wirklich alle juristischen Register ziehen musste, die doch eigentlich dafür gedacht waren, Drogendealern, Gebäudereinigern und anderem Gesocks das Absahnen schwerer zu machen. Irgendwann hätte Richard offenbart, dass es seine Cousine war, um die es ging. Wäre der Abend in der *Wielandshöhe* nach Plan verlaufen, dann hätte Richard sich beim Kaffee im Glanz eines Mannes zurücklehnen können, der sich widerstrebend von unabhängigen Juristen im Angesicht der Presse hatte überzeugen lassen, dass es einem Verfolgungswahn geglichen hätte, sein Bäsle mit der ganzen Härte des Gesetzes zu überziehen. Wir hätten alles daran gesetzt, ihm klarzumachen, dass er Barbaras Vergehen nur deshalb als Todsünde behandeln zu müssen gemeint habe, weil er selbst nicht in Verdacht geraten wollte, seine Verwandtschaft zu schützen. So hätten wir ihm seine Cousine gerettet und ihn selbst vor Gewissensnöten bewahrt. Nichts wider das Gewissen, nichts wider Gott, nichts wider die Liebe des Nächsten.

Mir trielte der Schweiß zwischen den Brüsten hindurch. Ich wäre gern aus der Haut gefahren, wenigstens aber aus den Klamotten, und beneidete Cipión um die Einfachheit seines Daseins. Auch wenn die Flöhe ihm zusetzten. Aber gegen Flöhe konnte man was tun, zumindest ich. Ich musste ihm dringend ein Flohhalsband besorgen. Aber wie? Und wo? Es blieb doch alles an mir hängen.

Auf einem Holzstapel hockte eine Katze und blinzelte Friedensangebote in die Gegend. Stille und Idylle. Niemand konnte vernünftigerweise wünschen, dass dieser Hof vernichtet wurde. Aber eine Viertelmillion bezahlte man nicht eben mal aus der Betriebskasse. Sie würden verkaufen müssen. Dann war Schluss mit dem einmaligen Experiment mit einer Herde sekundär verwilderter Rinder.

Ich zog das Jackett aus, wedelte Luft unter mein Hemd, kühlte mir das Gesicht mit Brunnenwasser und wischte mit den Hemdzipfeln das Gesicht ab.

Neben der Haustür kühlte knisternd ein Motorrad ab, eine Yamaha, alt, aber gut gepflegt. Auf dem Lenker steckte ein Navigator. In der Küche saßen Jacky, Maxi und ein junger Mann und schwiegen schlagartig. Samanta knurrte dagegen aus ihrem Korb heraus.

Der junge Mann hatte heuschreckenlange Beine mit dunklen Härchen, die unten in Boots und oben in kurzen Hosen steckten. Andernfalls hätte er wie Jesus ausgesehen mit seinen dunklen Locken und seinem melancholischen Bart. Er erhob sich, reichte mir eine Hand, deren Finger wie eine Trauerweide nach unten hingen, und stellte sich als Victor Binder vor.

»Und du bist die Lisa! Onkel Richard ist sicherlich froh, dass du ihm beistehst in dieser schweren Stunde. Er hat sehr an seinem Vater gehangen.«

Ich überlegte, ob ich lachen sollte.

»Es ist Gott«, sagte er, an einem roten Insektenstich auf seinem Arm herumdrückend, »der durch Jesus das Gericht über den Schuldigen auf sich nimmt. Er stirbt den Tod, den wir verdient haben. Vergebung ist keine unberechenbare Gnadenlaune.«

Ich warf mein Jackett in die Bank, setzte mich auf meinen Platz von heute Morgen, gleich neben der Tür, und blickte in die Glanzaugen eines unfroh Erleuchteten. Sie waren anders als die seiner Schwestern graublau wie die seiner Mutter.

»Was hat Martinus Weber eigentlich angestellt«, fragte ich,

»dass alle von Schuld und Vergebung reden? Gestern bei der Aussegnung auch schon.«

»Leider«, sagte Vicky und hypnotisierte mich mit seinem Täuferblick, »konnte ich nicht dabei sein. Ich war auf einer Tagung in München, als mich die Nachricht vom Heimgang unseres Großonkels Martinus erreichte. Ich habe mich heute früh sogleich auf den Weg gemacht.«

»Nur einer hat nicht von Schuld geredet: sein Sohn. Aber alle andern, einschließlich Pfarrer Frischlin …«

Über Vickys Gesicht flackerte eine leichte Röte.

»… haben sich mit der Vergebung abgeplagt wie mit Himbeerkernchen in den Zähnen nach einem Marmeladenbrot.«

Vicky kratzte seinen Insektenstich.

»Gehören die Himbeerkernchen zum üblichen sinnentleerten christlichen Pathos«, bohrte ich weiter, »oder verbirgt sich dahinter ein gelebtes Gefühl?«

Maxi spielte mit der Hasenpfote an ihrem klimpernden Bettelarmband und lächelte.

»Es gibt kein sinnentleertes christliches Pathos«, torkelte Vicky in die Falle. »Jedenfalls nicht für den, der im Glauben lebt.«

Studierte er in Hohenheim wirklich Biologie und nicht vielleicht noch heimlich Theologie in Tübingen?

»Darum frage ich, warum ihr bei Martinus zuerst an Schuld und Vergebung denkt. Da muss doch mehr dahinterstecken als ein ›Nicht einmal zur Konfirmation hat er Geld in die Hand genommen und mir ein Geschenk gekauft. Die abgelutschte Trompete von Onkel Richard habe ich bekommen.‹ Hm?«

»Vielleicht geht es dich nichts an«, sagte Jacky und häufelte Tabak auf ein Blättchen.

Aber Vicky ließ sich nicht gern etwas sagen, weder von mir noch von seiner kleinen Schwester. »Für unseren Großonkel Martinus«, er hüstelte sich die Kehle frei, »war Toleranz kein Freibrief für moralische Gleichgültigkeit. In seinem Eifer mag er auf uns oft unbarmherzig gewirkt haben. Es spricht aber der

Herr: ›Ich bin ein barmherziger und gnädiger Gott, langmütig, reich an Huld und Treue.‹«

»Dann war Martinus Gott?«, konstatierte ich. »Und dabei hat er sich mehr an das gehalten, was deinem kastrierten Zitat im zweiten Buch Mose folgt: ›Aber ungestraft lässt er niemand, sondern sucht die Missetat der Väter heim an Kindern und Kindeskindern bis ins dritte und vierte Glied.‹«

Jacky leckte ihr Blättchen.

»Tja«, protzte ich in Vickys graublaue Augen hinein. »Ich bin trainierte Katholikin und deutsche Meisterin im Bibelfechten.«

Maxi lachte. Vicky nicht. Von Humor stand genauso wenig in der Bibel wie über Toleranz.

»Und was konkret hat Martinus nun getan?«, fragte ich.

»Ist das ein Verhör oder was?«, blaffte der junge Mann.

»Komisch«, lächelte ich, »dass nach einem Todesfall Fragen immer gleich als Verhör verstanden werden. Aber ich bin nur neugierig. Eine Berufskrankheit. Ich bin Journalistin.«

Die beiden Mädchen sahen nicht so aus, als hätten sie eine konkrete Vorstellung von diesem Job. In dieser Hinsicht ähnelten sie mir. Vicky blickte verständiger drein. »Für welche Zeitung schreibst du?«

»Hauptsächlich für Sonntags- und Wochenendbeilagen. Als Schwabenreporterin Lisa Nerz berichte ich übers Spätzleschaben, den Rottweiler Narrensprung, die Waagenindustrie von Balingen oder über eure Herde.«

Der Täufer verschwand, die Augen des Wissenschaftlers glitzerten. »Über unsere Archerinder? Was denn?«

»Alles, was es über die wilde Seele des Fleckviehs von Frommern zu berichten geben könnte.«

»Voll krass, eh!«, entfuhr es Maxi. »Wir werden berühmt.«

Jacky warf ihrer jüngeren Schwester einen disziplinierenden Blick zu. Maxi senkte die Wimpern und begann, mit dem Tischstaubsauger die Flöhe einzufangen. Alle drei wirkten wieder verstockt.

»Dann«, sagte Vicky mit einem Rest Konventionalität über das Gesumm des Tischstaubsaugers hinweg, »willst du wohl mal auf die Weide, die Rinder sehen.«

»Wenn das geht.«

Auf dem Tisch lag immer noch der *Zollern-Alb Kurier* vom Freitag. Kino, Notrufnummern, die Bilder von Claudia Murschel in der Praxis von Dr. Zittel in Balingen in der Neuen Straße. Öffnungszeiten wochentags von bis und – da schau her! – samstags bis 14 Uhr. Ich betastete meine Rippenprellung, warf meine bisherige Planung um.

»Aber erst mal müsste ich kurz nach Balingen rein. Ein … ein Flohhalsband für Cipión kaufen und … äh, für mich ein bisschen Wäsche zum Wechseln.«

»Und eine andere Hose.« Jacky zündete sich die Zigarette an und musterte mich aus schmal gemachten Augen. »Deine macht einen total fetten Arsch.«

»Das ist mein Arsch. Damit kann ich machen, was ich will. Und welcher Mann schaut mir schon ins Gesicht?«

Jacky lachte laut heraus. »Kannst du kochen?«

»Warum?«

»Wir wollten Gulasch machen zum Mittagessen.«

Der Vorteil eines dicken Arsches war es, dass man die Grundlagen der Kochkunst intus hatte, sogar ich. »Aber ich muss wirklich erst einmal nach Balingen. Und ich habe keinen fahrbaren Untersatz.«

»Du kannst mein Mofa nehmen«, bot Jacky an. »Aber du kochst.« Sie riss den Kühlschrank auf, legte eine Tüte geschnittenes Rindfleisch auf die Arbeitsfläche und tat drei Paprika und eine ziemlich ausgequetschte Tube Tomatenmark dazu. »Was brauchst du noch?«

»Zwiebeln, Salz, Paprikapulver. Und was soll es dazu geben?«

Jacky runzelte die Stirn. »Spätzle? Die haben wir im Laden. Ich hol sie schnell.« Sie sprang hinaus.

Mit Maxis Hilfe fand ich einen Topf, stellte ihn auf den Herd, goss Öl hinein und drehte die Herdplatte hoch. Biorindfleisch aus Freilandhaltung zog genauso viel Wasser wie Mastfleisch aus dem Stall. Vermutlich war es zu frisch. Jacky kam mit einer Plastiktüte Spätzle wieder.

»War Richard eigentlich gestern schon mal hier?«, erkundigte ich mich, während ich die Tube Tomatenmark überm Fleisch ausquetschte.

»Ja«, sagte Jacky.

»Was wollte er?«

»Weiß ich nicht. Er hatte was mit Baba zu besprechen. Frag doch ihn.«

»Wann wollt ihr essen?«

»Um eins.«

»Dann lasst das auf kleiner Flamme köcheln. Gulasch kann gar nicht lang genug kochen.« Die Uhr über der Tür zeigte halb elf. »Ich muss jetzt wirklich los. Wo steht das Mofa?«

»Wenn du eine Yamaha fahren kannst«, sagte Vicky, »kannst du meine nehmen.« Er legte den Schlüssel auf den Tisch.

Cipión mit seinem Gespür für Aufbruch eilte zur Tür.

»Du bleibst da!« Aber wo? Vor Samantas knurrigem Maul? Oder besser oben im Kabuff? Aber nein! Der bloße Gedanke jagte mir Eiszapfen in die Wirbelsäule. »Kann ich ihn solange hier lassen? Unter meinem Bett ist nämlich ein seltsames Viech!«

Jacky kicherte. »Eine Spinne, iiiiih! Die Schickse hat Angst vor Spinnen!«

»Nur wenn sie Scheren und einen Stachel haben.«

»Maxi!«, donnerte Jacky. »Pass auf deine Skorpione auf! Du weißt, was Papa gesagt hat!«

Maxi duckte sich grinsend, rutschte mit dem Tischstaubsauger in der Hand aus der Bank heraus und schlenkerte ihre Beine unter wehendem Rock zur Tür hinaus.

13

Ich schnappte mir Vickys Motorradschlüssel und meine Jacke und folgte ihr. Sie öffnete eine Tür am Fuß der Treppe in einen Regenwald. An den Wänden standen Aquarien und Terrarien unter Infrarot- und Tageslichtlampen, darin Tropenfische, Lurche und Gehupfe.

Maxi schüttelte die springenden Punkte aus dem Tischstaubsauger in ein großes Aquarium. Bunte Fische schwirrten nach links und rechts.

»Clownfische?«

Maxi nickte. »Wenn sie klein sind, sind sie übrigens alle Jungs. Kauft man zwei, wird einer ein Weibchen. In einem Aquarium gibt es immer nur ein Weibchen. Es ist der größte und aggressivste Fisch. Wenn es stirbt, dann wird aus dem größten Männchen ein Weibchen. Deshalb müssen die Clownfische nie ihre Anemonen verlassen, um neue Partner zu suchen.«

»Interessant«, würgte ich, denn mein Angstauge hatte das Terrarium mit den Skorpionen entdeckt. Sie hatten die Farbe von auskristallisiertem Waldhonig. »So einer war das.«

»Ich hole ihn gleich.«

»Wie kommt der überhaupt da raus?«

Maxi zuckte arg gleichgültig mit den Schultern.

»Giftig?«

»Tut höchstens ein bisschen weh. Vicky hat mir einen aus Brasilien mitgebracht. Jetzt sind es fünf. Sie heißen Tityus serrulatus. Sie vermehren sich einfach so, ohne Männchen.«

»Was?«

»Parthenogenese heißt das.« Gelassen sprach sie ein kompliziertes Wort aus. »Vicky sagt, ein Exemplar, das in einer Obstkiste irgendwohin kommt, reicht und bald gibt es dort keine anderen Skorpione mehr. Das ganze Such- und Paarungsgedöns fällt für die ja flach. Und das«, sie lenkte meinen Blick auf zackig gemusterte Winzlinge, die mit breiten Pfoten an den

Terrarienscheiben klebten, »ist ein australischer Gecko. Von denen hat man überhaupt noch nie ein Männchen gefunden. Die rein Weiblichen sind auch viel fitter als Geckolinien, die sich geschlechtlich vermehren. Die schwächeln. Und die Marmorkrebse«, Maxi trat an eine Reihe von Aquarien, in denen lebhaft marmorierte Schalen-Antennen-Scherentierchen herumschwebten, »die machen überhaupt alles platt. Niemand weiß so genau, wo sie herkommen. Man hat sie erst vor zehn Jahren in einer deutschen Aquarienhandlung entdeckt.«

»Ups!«

»In freier Natur hat man sie noch nicht gefunden. In Nordamerika gibt es so ähnliche Krebse, aber eben als Männchen und Weibchen. Ich denke, die hier sind erst in Gefangenschaft entstanden. Ein einziges einsames Weibchen hat in einem Aquarium diese Linie von Marmorkrebsen gegründet. Und sie vermehren sich wie verrückt. Alle acht Wochen legt eines zweihundert Eier. In der Schweiz sind sie schon verboten. Die Leute haben sie ins Klo geschüttet oder ausgesetzt. Und jetzt verdrängen sie die einheimischen Flusskrebse.«

»Und was machst du mit dem Nachwuchs?«

»An die Fische verfüttern und Krebssuppe.«

Mir kamen vorübergehend alle Fragen abhanden.

»Mein Biolehrer sagt, der Marmorkrebs sei keine Art. Es gibt ihn nicht, weil man eine Art nur anhand von Männchen bestimmen kann.«

»Guter Mann! Der macht seinen Weg.«

Maxi lächelte. »Vielleicht gibt es eines Tages auf der Welt nur noch Mannlose. Vicky sagt, bei der Parthenogenese macht ein chemischer Stoff den Eiern vor, dass sie befruchtet seien. Dann findet eine Zellteilung statt, bei der auch der Chromosomensatz geteilt wird, und dann verschmelzen sofort zwei Kerne, sodass man wieder den doppelten Chromosomensatz hat.«

Alle Achtung!

»Ich studiere auch mal Biologie. Und dann werde ich beweisen, dass die Jungfrauengeburt möglich ist! Ich meine, die von Jesus.«

Ach, du meine Güte. »Wozu das denn?«

»Dann kann sich niemand mehr darüber lustig machen, über die, wo das glauben und so.« Finstere Entschlossenheit flackerte zwischen ihren Brauen.

»Wer hat sich denn darüber lustig gemacht?«

»Alle.«

Gott! Das Kind war in der Schule ausgelacht worden. Ich ahnte die Dimensionen.

»Ich werde beweisen, dass es geht, auch beim Menschen.«

»Aber müsste Jesus dann nicht eine Frau gewesen sein?«

Maxi musterte mich in meiner ganzen abgehalfterten Anzugpracht. »Weiß man das immer so genau? Außerdem, vielleicht war Maria ja auch ein Mann.« Sie blickte versonnen ins Leere.

»Aber wie hätte sie dann …?«

»Es gibt Menschen, die sind erst Frauen und dann Männer«, erklärte mir das Kind.

Wem sagte sie das! »Aber«, wandte ich ein, »das geht nicht ohne einige Operationen ab.«

»Solche meine ich nicht. Vicky sagt, sie werden als Mädchen geboren. Jedenfalls sehen sie aus wie Mädchen. Aber sie haben ein X- und ein Y-Chromosom. Bei ihnen wird nur irgendwie durch einen Fehler das männliche Hormon unterdrückt. Sie haben einen Pimmel und Hoden, aber sie haben auch eine Gebärmutter, weil immer, wenn das männliche Hormon fehlt, sich das Weibliche durchsetzt. In der Pubertät fließt dann mehr davon durchs Blut. Deshalb kriegen sie keinen Busen, sondern einen Bart und so. Dann operiert man sie meistens, gibt ihnen weibliche Hormone und macht sie zu Frauen.«

Mir blieb die Spucke weg.

»Wenn Maria so eine XY-Frau gewesen ist, dann hätte sie Jesus kriegen können.« Sie hob herausfordernd das Kinn. »Und wenn ich herausfinde, wie es geht, dann können wir auf die Männer scheißen.«

In mir erzitterten kurz die Gene, Nerven und Neuronen, in denen ein Wissen verankert war, das nur wir hatten, egal wie alt, wie erfahren, egal ob erlebt oder erzählt: das Wissen von der Unheimlichkeit der Welt, in der wir lebten, aber nie zu Hause waren. Hatte man Maxi … war sie … gehörte sie zu denen, die …? Brüder, Väter, Onkel, Männer gab es immer, und überall setzten sie unseren Träumen Schranken.

»Sehr interessant, aber ich muss jetzt leider los«, fiel mir ein.

Beim Umdrehen streifte ich mit einem Körperteil, vermutlich meinem fetten Arsch, einen Stapel Comics, Hefte, Schulbücher und Zeugs zu Boden, der auf der Ecke eines kleinen Schreibtischs gerade so Platz gehabt hatte.

Nicht mit heruntergestoßen hatte ich eine DVD mit dem Titel *Die Abenteuer von Rocky & Bullwinkle.* Ein Elch elchte schaufelbreit auf dem Cover, und das fliegende Eichhörnchen spitzte seine Hasenzähne unter einer Pilotenmütze.

»Und?«, fragte ich. »Wie ist der Film?«

»Voll übel!«, bemerkte sie anerkennend.

Die beiden Knollenschnauzen mussten Amerika vor drei pottsylvanischen Schurken retten, die es geschafft hatten, aus der Welt der Comics in die reale Welt zu wechseln, um sie sich zu unterwerfen und die Menschen in Zombies zu verwandeln. Einer von ihnen wurde von Robert de Niro gespielt. Männer und ihre Träume von der Weltherrschaft. Ich legte die DVD auf den Tisch zurück und bückte mich nach den Büchern. Das Mathebuch lag aufgeschlagen und entblätterte ein Foto. Maxi schnappte danach, aber ich war ausnahmsweise schneller. Es zeigte einen hübschen jungen Burschen mit rötlich blonden Locken und aufgeworfenem Mund. Auf der Rückseite stand, von einem Herzchen umrahmt, in lila Tinte das Wort: Jannik. Tja, manchmal war mein Arsch halt intelligenter als ich.

»Jannik Filser?«

Maxi nickte.

»Er ist es, den Vickys Rinder totgetrampelt haben.«

Maxi nagte an der Unterlippe. »Aber komisch daran ist, dass Jannik eigentlich gerade Wildwasserfahren in der Schweiz ist.«

»Und das hier?« Ich winkte mit dem Foto.

»Das … das weiß ich auch nicht, wie das in mein Mathebuch kommt.« Sie schwadronierte wie eine zur Rede gestellte Schülerin. »Er war halt mal total verknallt in mich. Keine Ahnung. Aber ich nicht in ihn. Voll tragisch, aber ich kann es nicht ändern.«

»Manchmal auch gefährlich«, bemerkte ich.

»Wieso?«

»Männer töten gern auch mal, was sie lieben.«

»Dann ist es keine Liebe.«

»Aber tot bist du trotzdem.«

»Jannik war nicht so einer!«, sagte Maxi.

»Das weiß man nie vorher, ob einer so einer ist.«

»Der nicht!«

»Warum bist du so sicher?«

»Darum.«

14

Und wenn die drei Binderkinder den Filserbuben einfach umgebracht hatten, weil er Maxi vergewaltigt oder bedroht hatte?

Auf Vickys alter Yamaha bullerte ich, angefüllt mit Fragen, durchs Grün. Der Navigator auf dem Lenker löste die Frage nach dem Wohin. Balingen hielt sich hinter der aus Alt und Neu zusammengebauten Zentrale von Bizerba eine renovierte Innenstadt mit Samstagsmarkt, Rathaus, Schmuckpflaster und einer spätgotischen evangelischen Kirche mit einem über sechzig Meter hohen oktogonalen Turm, dessen ziemlich unspektakuläre Sonnenuhr immerhin einst der Pfarrer Philipp Matthäus Hahn aus Onstmettingen konstruiert hatte, der mit der Neigungswaage im Arbeitszimmer von Martinus.

Während ich Vickys Bock durch die Gassen lenkte, über die mit Tüten und Taschen Paare schusselten, die miteinander mehr oder minder alt geworden waren, sehnte ich mich kurz und heftig nach irgendeiner Identität, damit Mütter wie Lotte mich nicht als katholisches Ripp diffamierten, Weiber wie Barbara mir nicht vorhielten, ich sei verpeilt und hätte Angst und Tussen wie Jacky nicht über meinen fetten Arsch und meine Maskerade grinsten. Normalerweise warf ich mich bei Identitätskrisen in einen Anzug und ging Sally beim Kellnern im *Tauben Spitz* stören. Aber erstens war es noch nicht Abend, zweitens war Stuttgart weit und drittens hatte ich schon einen Anzug an.

Zum Glück! Denn die Praxis von Dr. Zittel erwies sich als urologische Privatklinik – erektile Dysfunktion, Impotenz, Azoospermie – mit Notfallversorgung und Dialyse. Mein Spermienmangel war allerdings kein hinreichender Grund, an einem Samstag ein solches Institut aufzusuchen. Und meine Rippenprellung konnte ich auch nicht vorbringen. Eine kleine Unstimmigkeit auf dem Praxisschild hätte mir eigentlich auffallen müssen, aber in meinem Kopf hatten sich die Mannlosen vermehrt und mit der Verstocktheit der drei Bindergeschwister zu der Frage verklumpt, was eigentlich los war in Barbaras Familie und mit mir.

Ich stellte die Maschine ab, klickte den Navigator aus der Halterung am Lenker und zog die Krawatte aus meiner Jackentasche, um sie mir auf dem Weg zum Eingang in den Hemdkragen zu binden.

Labor- und Diagnosetechnik vom Feinsten, dekoriert mit Marmor, edlen Hölzern und Palmen. Die Gemälde an den Wänden offenbarten, dass Claudia Murschel jung war, entweder an Jahren oder an künstlerischer Entwicklung. Es waren Aktstudien junger Männer im Akademiestil: Kontrapost, Embryonalstellung, Denkerhaltung, schraffiertes Muskelspiel, Männerhintern mit Schattenwurf. Ob der Anblick des ewigen Adonis aber der angejahrten Kundschaft gefiel? Es sei denn, sie war schwul.

Das Labyrinth der Altbausanierung leitete mich an eine Theke aus Holz und Chrom. Dahinter saß eine junge Frau mit schwarzen Mandelaugen in weißem Kittel mit Telefon und Bildschirm. »Haben Sie einen Termin?«

»Nein.« Ich presste meine Stimme. »Aber Schmerzen.«

Die junge Frau löste ihre Mandelaugen vom Computerbildschirm und blickte mich an.

Ich quälte mir ein Schmerzlächeln aufs Gesicht.

Sie lächelte geschäftsmäßig zurück. Auf ihrer linken Brust wackelte ein Schildchen mit dem Namen, Fr. Murschel. »Was für Beschwerden haben Sie denn?«

»Unterleibsbeschwerden.«

Sie zog die Brauen hoch. Falsches Vokabular. Männer hatten keinen Unterleib, sie hatten einen Unterbauch. Aber waren Urologen nicht vielleicht auch für Frauen zuständig? Das vermochte ich momentan leider nicht zu klären. Also weiter im Text. »Ich meine, ich habe Schmerzen beim … beim Wasserlassen. Reicht das?«

»Wofür?« Fr. Murschel ließ schon mal die Finger über die Tastatur gleiten.

»Damit Dr. Zittel mich drannimmt«, sagte ich.

Offenbar reichte es. »Welche Krankenkasse?«

»Privat!«

Die schönen geschwungenen Brauen zuckten leicht, aber befriedigt. »Name?«

»Nerz.«

»Vorname?«

»Lisa.«

Die Mandelaugen tasteten schon fast interessiert meine hoppelige Mimik ab.

»Das ist indianisch«, lächelte ich narbengesichtig, »und heißt Krieger der Sonne. Meine Mutter hatte es leider mit den Hopi-Indianern, und ich habe jetzt den Ärger damit. Übrigens, schöne Bilder. Die sind doch von Ihnen?«

Das Lächeln der Sprechstundenhilfe entblößte eine unübersehbare Menge schneeweißer Zähne. »Sie sind der Erste, der das bemerkt.«

»Ich habe es in der Zeitung gelesen. Um die Wahrheit zu sagen, die Ausstellung hat mich bewogen, hierher zu kommen. Ich lebe in Stuttgart und bin nur ein paar Tage in Balingen. Ein Todesfall im Familienkreis.«

»Oh, das tut mir leid.«

»Und jetzt hat mich auch noch irgendein Infekt erwischt. Und da dachte ich, wenn ich schon mal hier bin, dann frage ich gleich mal, ob Dr. Zittel Zeit für mich hat.«

»Ich denke, das hat er«, antwortete Claudia, offensichtlich zufrieden mit meiner dümmlichen Mischung aus Lässigkeit und Schmerznot, holte unter ihrem Tisch einen Plastikbecher hervor, schrieb mit Filzschrift »Nerz« darauf und stellte ihn auf die Theke. »Mittelstrahl.«

Was? »Äh!«

»Sie urinieren erst in die Toilette, dann in den Becher, und den Rest wieder in die Toilette«, erklärte sie routiniert.

Wie bei den Hunden. Immer was in der Blase haben, für den Fall der Büsche. Aber gleich einen Strahl? »Äh, ich fürchte, ich war gerade!«

Claudias Brauen zuckten fatalistisch. Offenbar gab es reichlich zivilisierte Rüden, die leer erschienen. »Jetzt probieren Sie es halt. Ein bisschen was brauchen wir schon für den Befund.«

Angst flackerte durch meinen Bauchraum. Die werden doch nicht was finden! Ich ergriff den Becher. Jetzt nur nicht die falsche Tür nehmen! Wozu brauchte eine Urologie eigentlich ein Damenklo? Ich marschierte am Pissoir vorbei in die Kabine.

Es war nicht wirklich anders als beim Gynäkologen. Auch das Türchen in der Wand fehlte nicht, auf dessen Sims man das mit körperheißer Brühe vollgetröpfelte Becherchen stellte.

Im Wartezimmer saß ein älterer Herr, die Beine übereinandergeschlagen, die Füße in Socken und Sandalen, und las in einer Auto-, Sport- und Motor-Zeitschrift. Eine Gegensprechanlage rief ihn alsbald ins Sprechzimmer 1. Ich hatte Zeit, meiner prinzipiellen Neugierde nachzugeben, zog Vickys Navigator aus der Jackentasche, knipste ihn an und tippte mich durch die Menüs. Der Verlauf legte die Vermutung nahe, dass Vicky das Gerät seit knapp einem Jahr besaß. Seine erste Fahrt damit hatte ihn in die Avenue Maurice-Troillet in Chippis, CH, geführt. In Zürich hatte er wenig später die Zähringerstraße angesteuert, und von dort hatte er sich von seinem Navigator auf den Zeitentalhof und dann in die Paracelsusstraße in Stuttgart-Hohenheim lotsen lassen. Eine Freundin in Zürich? Oder doch eher in München? Und was hatte er in Wehingen, Oberheim, Meßstetten, Nürtingen oder Ehestetter Hof gesucht? Vor zwei Wochen war Vicky erneut in Chippis gewesen. Anderntags war er zum Flughafen Zürich gefahren. Vor einer Woche hatte ihn sein Navi dann aus Zürich nach Frommern und anschließend nach München gelotst, zu einer der immer wiederkehrenden Adressen. Die Fahrt heute früh von München zum Zeitentalhof hatte er sich nicht vom Navi berechnen lassen. Bekannte Strecke.

Claudia Murschels Lautsprecherstimme bestellte mich in Sprechzimmer 2. Dr. Zittel war ein großer Mann mit Metzgerhänden, auf dessen glatten Backen das Vergnügen an seinem Job glänzte wie Fettcreme. Sein Händedruck war knochenbrecherisch, seine Stimme tief und wattiert. Das Sprechzimmer drohte mit einem Gynäkologenstuhl, der hier vermutlich anders hieß, und einer Liege. Aber ich durfte zunächst auf dem Stuhl am Schreibtisch Platz nehmen. Auf der Ecke lag die Samstagspost.

»Wie kann ich Ihnen helfen?«

»Ich habe Schmerzen beim Wasserlassen«, sagte ich.

Er blickte auf die Unterlagen auf seinem Tisch. »Ihr Urinbefund ist negativ.«

Ich fühlte mich erleichtert.

»Dann«, sagte er, »darf ich Sie bitten, sich frei zu machen.« Er knetete sich die Finger für den Tasteinsatz in meinem Unterbauch.

»Ich dachte, Sie verschreiben mir was gegen Blasenentzündung.«

»Sie haben keine Blasenentzündung.« Die Fettcreme ärztlicher Lust glänzte auf seinen Backen. »Deshalb würde ich Sie gern mit Ultraschall untersuchen.«

»Ich bin doch nicht schwanger!«

Ein schwaches Lächeln zitterte auf Zittels Backen. »Sind Sie sicher?«

»Na hören Sie!«

»Sind Sie denn operiert?«

»Was?«

»Herr Nerz, organisch sind Sie eine Frau!«

»Behandeln Sie nicht auch Frauen?«

»Sie haben sich aber als Mann angemeldet. Oder soll ich sagen, ausgegeben? Meiner Sprechstundenhilfe haben Sie extra dargelegt, Ihr Vorname sei eigentlich ein Männername aus der Hopi-Sprache.«

Ich lächelte gewinnend. »Sie glauben ja gar nicht, wie leicht man es mir immer wieder macht. Wir stellen im täglichen Miteinander stets zuerst die Hypothese auf, dass wir es mit einem Mann zu tun haben.«

»Aber Sie gehören nicht zu den durchgeknallten Feministinnen des Balinger Weiberstammtischs, nein?«

»Nein, ich reiche mir allein für durchgeknallte Aktionen. Die Wahrheit ist, Herr Dr. Zittel, ich muss dringend mit Ihnen sprechen.«

Er legte die Metzgerhände auf dem Schreibtisch übereinander. Eine gewisse Neugierde unterblutete die Cremeschicht auf seinem rasierten Backenfleisch.

»Ich bin die Schwabenreporterin Lisa Nerz. Sie haben sicher schon was von mir gelesen.«

Zittel fand es unnötig, so auszusehen.

»Derzeit arbeite ich an einem Artikel über den Ingenieur und Waagenbauer Martinus Weber. 150 Jahre Weber-Waagen, der Patriarch alter Schule und so weiter. Und nun erfahre ich, dass Herr Weber gestern Abend plötzlich verschieden ist. Und Sie haben die Leichenschau vorgenommen.«

»Wie kommen Sie darauf?«

»Sie haben den Totenschein unterschrieben.«

»Ach! Wer hat Ihnen denn die Todesbescheinigung gezeigt?«

»Informantenschutz! Sie wissen schon.«

»Dann haben Sie sicherlich auch schon von der ärztlichen Schweigepflicht gehört. Übrigens, wenn Sie tatsächlich über die Waagenindustrie schreiben, dann sollten Sie unbedingt mit meinem Vater reden. Er hat ein Buch dazu verfasst und es gestern Abend im Zollernschlössle vorgestellt.«

»Ach du liebe Scheiße!« Ich lachte haltlos. »Dr. Reinhold Zittel ist Ihr Vater! Der Gerichtsmediziner mit dem Waagenbuch, der direkt von der Leiche Webers zu seiner Buchpräsentation kam. Oje!«

Zittel feixte cremig.

»Tja, dann bleibt mir nur, mich errötend zurückzuziehen.« Ich stand auf. Er auch.

»Wie kommt es übrigens«, fragte ich noch schnell, um meine Ehre durch eine halbwegs vernünftige Frage zu retten, »dass Sie auch am Samstag offen haben?«

»Wir sind eine Klinik mit Dialyseeinheit und Notfallversorgung. Und die Labortiere müssen auch gefüttert werden.«

»Sie haben ein Forschungslabor?«

»Ja. Wir wollen doch die Nobelpreise nicht immer den Amerikanern überlassen, nicht?«

»Und was forschen Sie?«

»Unsere Forschung ist sehr speziell.«

»Aha, und was genau machen Sie?«

»Frau Nerz! Ich sagte doch gerade …«

»Ich kriege es sowieso raus.«

»Nun, von Ihren Recherchefähigkeiten haben Sie mir ja eben einen eindrucksvollen Beweis abgelegt. Aber gut. Es ist kein Geheimnis. Wir arbeiten zusammen mit Studenten aus Hohenheim an einer Methode, Spermien – bei Mäusen – in männliche und weibliche zu trennen. Dies wird allerdings in gewissen Kreisen nicht unbedingt mit Sympathie gesehen. In feministischen Kreisen zum Beispiel.«

»Wieso?«

Der junge Arzt lächelte nachsichtig. »Nun, in Indien herrscht jetzt schon Frauenmangel, weil die Mütter die weiblichen Feten abtreiben lassen. Für sie wäre es natürlich noch besser, sie könnten sich gleich mit rein männlichen Spermien befruchten lassen, nicht? Aber ich versichere Ihnen, wir denken ausschließlich an die Tierzucht.«

»Und offenbar gibt es noch jemanden, dem Ihre Forschung missfällt.« Ich deutete auf den Packen Post. Obenauf lag eine Karte. Quer über eine Wüstenlandschaft stand geschrieben: »Und Gott der HERR baute das Weib aus der Rippe, die er vom Menschen nahm. Moses 2,22.«

»Ach das!« Er nahm die Karte, zerriss sie und ließ die Schnipsel in den Papierkorb schneien. »Wenn wir immer auf religiöse Fanatiker Rücksicht nehmen würden, wäre die Welt heute noch eine Scheibe!«

Ich ließ den Schlips aus meinem Kragen zischen und passierte die kulturschwangere Zehntscheuer. Die Neue Straße endete an Reiterhaus und Zollernschloss, einem rustikalen Gebäudepaar mit Fachwerkaufsätzen. Ein Schild offenbarte, dass im Schloss das Museum für Waagen und Gewichte untergebracht war.

Offen hatte es allerdings nicht. Es hatte überhaupt nur an jedem zweiten Tag der Woche und nur an jedem ersten Samstag im Monat für zwei Stunden offen. Nicht so der Hit.

Ich bog ins Städtchen hinein ab und schlenderte die Friedrichstraße entlang. Die Marktstände täuschten mehr Leben vor, als die Läden dahinter für einen normalen Wochentag versprachen. Ich kursierte durch die Gassen und kaufte ein Flohhalsband für Cipión, Unterwäsche, Zahnbürste und ein T-Shirt. Der Sitz des *Zollern-Alb Kuriers* protzte mit viel Glas in der Fassade. An den Schaukästen stand ein Herr in korkfarbenen Hosen und violettem Poloshirt. Schon drehte er sich um, gleich würde mich ein Paar asymmetrischer Augen anpfeilen. Hatte Richard eigentlich nichts Besseres zu tun, als wie ein alter Mann mit Durchblutungsstörungen die neueste Ausgabe des *ZAK* hinter Glas zu lesen, statt mit seiner Mutter bei Erdinger Sarg und Blumenschmuck auszusuchen?

Ein Buchladen gewährte mir gnädig einen Fluchtweg. Ich durcheilte Regalschluchten mit Heften, Mappen und Kugelschreibern und erklomm den ersten Stock. Ruhe, Tische, Gemurmel. Buchläden waren mir zuwider. Zu viele Bücher. Sie forderten Entscheidungen. Von *Wie Männer ticken* über *Warum Frauen nie verstehen wollen, was Männer wirklich machen* bis zum *3-Stufen-Programm zur Beseitigung von vorzeitigem Samenerguss* stapelten sich das Leben und seine Probleme, über die ich nichts wusste, aber mehr wissen sollte.

In einem zentralen Regal lehnten nebeneinander mit dem Cover nach vorn mehrere Exemplare eines Buchs mit dem Titel *Das Gleichgewicht der Welt – eine kleine Geschichte der Waagenindustrie von Balingen* von Reinhold Zittel. Auf dem Umschlag erkannte ich die Neigungswaage von Philipp Matthäus Hahn aus Martinus Webers Arbeitszimmer.

»Kaum ein hoch entwickeltes technisches Produkt hat eine so lange Entwicklungsgeschichte wie die Waage. Heute ist Balingen die bedeutendste Waagenstadt Deutschlands. Die Unternehmen Bizerba und Kern & Sohn sind im Bereich des Laden-, Industrie- und Laborwaagenbaus die ältesten im Familienbesitz befindlichen Betriebe Deutschlands. Im heutigen Stadtteil Ostdorf begründete David Hahn diese Tradition. Der Bruder des berühmten Mechanikerpfarrers Philipp Matthäus Hahn baute dort die erste Wand-Neigungswaage.«

Aber die Neigungswaage in Martinus Webers Arbeitszimmer war doch vom Mechanikerpfarrer selbst gewesen, oder sollte Richard sich da geirrt haben? Abgründe!

Bezahlen musste ich unten. Ich spickte durchs Geländer der Treppe, um mich zu vergewissern, dass Richard mit seinem sechsten Sinn für meine unerwünschte Anwesenheit nicht gerade Kugelschreiber ausprobierte oder Umschläge mit Trauerrand aussuchte. Durch die Nebenstraßen kehrte ich in die Neue Straße zurück, wo ich Vickys Yamaha abgestellt hatte.

Aber es gab kein Entkommen. Sonne blitzte auf Glas, die Tür der urologischen Privatklinik öffnete sich und – ! – Richard trat heraus. Ich konnte gerade noch durch einen schmalen Durchgang zwischen Zehntscheuer und Nachbarhaus zu einer Treppe entwischen, die zum Mühlkanal abstürzte, einem gallgrünen Rinnsal am Fuß der Stadtmauer, auf der im blauen Himmel Scheuer, Reiterhaus und Schlössle thronten. Der Kanal kam von einem Wehr her, über das die Eyach breit herunterstürzte. Dort stand ein runder Turm, der durch einen Holzsteg mit dem Schlösschen verbunden war. Die Insel zwischen Kanal und Eyach gehörte dem Café *Klein Venedig*. An den Tischen auf der Terrasse am Wehr wurde eifrig gefrühstückt, in Gruppen, zu Paaren und alleine.

Gute Idee!

Ich übersah eine Stufe nach unten, stauchte mir die Hüfte ins Becken und ächzte mich auf einen Stuhl. Auch die Karte war nicht harmlos. »Nicht eben zufällig wurde der Kaffee auch arabischer Wein genannt«, las ich. Deshalb musste ich mich nun entscheiden zwischen dem Guatemala Antigua, mit Schokoladen-Kakaotouch und eleganten Bitternoten, dem Äthiopischen Sidamo Mokka, einem halbwilden Kaffee mit dunkler, rassiger Tasse, dem Mexico Maragogype, einer Riesenbohne, aber weich und mild, und dem Java mit seiner feinen, filigranen Säure. Schwierig. Und gleich würde der Terror freundlicher Bedienung beginnen. Was darf ich Ihnen bringen? Ich würde antworten müssen. Rat suchend blickte ich auf.

Richard stand genau vor mir.

»Tja, so schnell sieht man sich wieder.«

Er griff nach dem zweiten Stuhl am Tisch. »Darf ich?«

»Hast du nichts Besseres zu tun?«

Er nahm Platz. »Hab ich mir's doch gedacht. Das ist Victors Yamaha vor der Praxis von Dr. Zittel. Was wolltest du dort? Darf ich raten?«

»Mit seiner hübschen Sprechstundenhilfe flirten. Ist dir aufgefallen, dass es ihre Bilder sind, die überall in dieser Klinik hängen?«

»Was für Bilder?«

Ich musste schmunzeln. »Kein Blick für hübsche Männerhintern? Was wolltest du denn dort?«

»Mir erklären lassen, dass Lisa in der Sprache der Hopi-Indianer Krieger der Sonne heißt. Du hast also wirklich geglaubt, es sei der Urologe gewesen, der den Totenschein ausgestellt hat. Dabei hättest du nur den Namen am Praxisschild lesen müssen: Felix Zittel, nicht Reinhold Zittel.«

»Ich wusste doch, ich hatte da was übersehen.«

»Offenbar hast du auch übersehen, dass kein Dr. Zittel der Welt dir sagen wird, woran mein Vater gestorben ist. Oder wolltest du dich als mein unehelicher Halbbruder ausgeben, der von der Familie ausgegrenzt wird?«

Richards Miene ließ keinen Zweifel daran, dass ich damit meine Grenzen auf unverzeihliche Weise überschritten gehabt hätte. Ich hob den Kopf und schwieg in seinen Blick hinein. Der freundliche Serviceterror nahte in Gestalt breithüftiger blonder Jugend.

»Ein Java, bitte«, sagte Richard.

Der Serviceterror lächelte. Sie lächelten immer, wenn Richard sie anblickte mit dieser unnachahmlichen Mischung aus Jäger und Kultur. Ich schämte mich kurz meines ramponierten Anzugs und meines Mangels an Identität und bestellte in meiner Entscheidungsnot die mexikanische Riesenbohne, weich, mild und hochfein im Geschmack, der Kaffee der Ladys und Damen der Oberschicht im neunzehnten Jahrhundert.

»Sehr gern«, lächelte der Serviceterror und ging davon, die Stufen hinauf, die ohne Zweifel gemacht waren, um jemanden wie mich der Länge nach zwischen die Tische und Stühle zu hauen.

Richard zog die Zigarettenschachtel aus der Brusttasche seines Poloshirts. »Du hast dir Zittels Buch über die Waagen gekauft, wie ich sehe.«

»Vielleicht schreibe ich was über die Waagen von Balingen. Übrigens treibt Zittel junior in seinem Labor brisante Dinge. Er trennt Spermien in männliche und weibliche. Nur für die Tierzucht, sagt er.«

Richard inhalierte tief und schlitzte die Augen.

Der blonde, breithüftige und junge Serviceterror brachte unseren Kaffee in zwei gläsernen Pressstempelkannen. Richard folgte der jungen Frau, als sie ging, mit den Augen. Ein Männerblick auf Halbhöhe.

»Warum hast du mir nie von deiner Base Barbara erzählt, Richard, von deiner Jugendfreundin Bullwinkle?«

Er langte nach dem Schieber und drückte ihn durch die schwarze Brühe im Glas nach unten.

»Und außerdem hast du mich angelogen!«

Seine Augen wurden sehr asymmetrisch.

»Du warst gestern schon mal hier, Richard.« Ich stauchte meinen Schieber durch den Kaffee, dass der schwarze Gries aufwirbelte. »Und mir erzählst du, du hättest deine Eltern zuletzt zu Pfingsten besucht.«

»Eigentlich, Lisa, habe ich nicht die geringste Lust, dir auf so was zu antworten.«

»Auf was Sowas?«

»Lisa, hör bitte auf, dir aus Dingen, die nichts miteinander zu tun haben, einen Krimi zusammenzureimen. Ich schulde dir kein Alibi. Mein Vater ist gestorben, weil er krank war. Er hatte einen irreversiblen Leberschaden.«

»Ah, daher das Gluckern in seinem Leib. Leberzirrhose im Endstadium. Dein Vater scheint nicht so enthaltsam gewesen zu sein, wie es sein gottesfürchtiger Lebenswandel glauben machen sollte.«

»Nicht immer ist Alkohol die Ursache einer Leberzirrhose.«

Mir wäre es eigentlich egal gewesen, ob Martinus Weber zu den stillen Alkoholikern gehört hatte oder Quartalssäufer gewesen war. Aber Richard war es nicht egal. Das konnte sogar ich verstehen. Er hatte sein problematisches Verhältnis zum Alkohol schon vor vielen Jahren auf leberschonende Weise gelöst.

»Ich habe es nicht gewusst«, fuhr er fort. »Ich habe es erst heute seinen Krankenkassenabrechnungen entnommen. Hätte ich auch nur geahnt, wie ernst es um meinen Vater stand, dann wäre ich gestern nicht heimgefahren, ohne meine Eltern besucht zu haben. Ja, es stimmt, ich war hier.«

»Warum?«

»Das lass dir am besten von Barbara erklären, Lisa.« Schon immer hatte er sich in meinem wirren Kopf besser ausgekannt als ich. »Es hat mit dem Tod meines Vaters jedenfalls nichts zu tun.«

»Ich wünschte, du würdest es meinem eigenen Urteil überlassen, was womit zu tun hat.«

»Hier geht es nicht um dein Urteil, Lisa. Es gibt nichts zu recherchieren. Nach meinem Gespräch mit Barbara bin ich zu meinen Eltern hinübergefahren und habe geklingelt. Es war so gegen halb fünf. Aber es war anscheinend niemand zu Hause. Also habe ich mich auf den Heimweg gemacht. Gegen halb sechs war ich zu Hause.«

»Und hast beim Sechsuhrschlag der Haigstkirche darüber nachgedacht, warum dein Vater nicht stirbt.«

»Wenn du es so ausdrücken willst. Demzufolge entspricht es der Wahrheit, dass ich meine Eltern zuletzt zu Pfingsten gesehen habe. Und nichts anderes habe ich gesagt.«

»Aber du hast geklingelt. Und das sagst du mir erst jetzt?«

»Bin ich dir in dieser Sache Rechenschaft schuldig?«

Ich schluckte. »Richard, in Zweierbeziehungen gibt es keine Rechenschaftsberichte. Man redet einfach miteinander. Ich darf dich daran erinnern, dass wir erst vor drei Stunden über das Sterben deines Vaters gesprochen haben. Und da ging es auch darum, ob er nach vier Uhr wach und womöglich angekleidet gewesen war.«

Ein Funke finsteren Irrsinns zuckte durch Richards Mimik. »Lisa …«, sagte er tonlos, »begreifst du es denn nicht? Wenn ich irgendetwas geahnt hätte, wenn ich mich nicht wieder ins Auto gesetzt hätte und weggefahren wäre, dann hätte ich meinen Vater vielleicht noch … noch retten können.«

Ich Idiot! Schuldgefühle! Diese überflüssigste Krake seit Erfindung der Menschheit hielt ihn im Würgegriff!

»Retten? Wozu denn, Richard? Damit er heute oder morgen oder in einer Woche im Krankenhaus gestorben wäre?«

»Immerhin hätte ich mich dann von meinem Vater verabschieden können, Lisa. Geht das in deinen gefühllosen Schädel denn nicht rein?«

Gefühllos! Ich war gekränkt.

Aber kein Vergleich zu ihm. Richard zog seinen vergrätzten Blick von mir ab, schaute auf die Uhr, löschte seine Zigarette, zog seinen Geldbeutel, klemmte einen Fünf-Euro-Schein unter seine Kaffeetasse und legte eine Zwei-Euro-Münze darauf. »Ich muss los. Ich bin mit meiner Mutter bei Erdinger verabredet.«

»Wo ist sie jetzt?«

»Sie meinte, sie habe nichts anzuziehen für die Beerdigung.«

Frauen! Uns war doch jede Chance recht, den Kauf eines Kleidungsstücks zu rechtfertigen, das wir eigentlich nicht brauchten.

»Und, Lisa …«

Ich unterbrach ihn. »Cipións Leine muss noch bei euch sein. Darf ich sie nachher holen?«

Er seufzte.

15

Ich goss den Rest aus Richards Kanne Java in meinen etwas krümelreichen Mexico Maragogype. Die Auskunft besorgte mir die Telefonnummer von Dr. Reinhold Zittel. In seiner Praxis ging, wie es sich an einem Samstag gehörte, niemand ran. Aber eine Bandansage verriet mir die Privatnummer für Notfälle. Zittels Frau beschied mir, ihr Mann sei nicht zu Hause. Er habe in die Gerichtsmedizin nach Tübingen müssen. »Wer sind Sie überhaupt?«

»Schwabenreporterin Lisa Nerz.«

»Dann rufen Sie an wegen seinem Buch? Seine Handynummer kann ich Ihnen geben. Aber ob Sie ihn da jetzt erreichen.«

Ich erreichte ihn nicht. Volle Pulle heizte ich nach Frommern zurück. Vor der Haustür zog ich mir, beglotzt von einer Katze, das Knitterhemd aus und das frisch gekaufte T-Shirt an. Cipión begrüßte mich mit überschwänglicher Erleichterung. Ich würgte ihm das Flohhalsband über die Ohren. Er schüttelte sich angewidert. Samanta knurrte.

Vicky saß am Tisch und las in einer Zeitschrift mit Fotos von

Landmaschinen. Ich wusch mir die Hände und guckte in den Topf. Das Fleisch war mit der Paprika zu einer rötlichen Masse verpampt.

Die Küchenuhr zeigte halb eins. Höchste Zeit, das Wasser für die Spätzle aufzusetzen. Ich füllte einen Riesentopf und hievte ihn auf den Herd. Bis es kochte, konnte ich mich noch ein Weilchen auf meinem Bankplatz gleich neben der Tür ausruhen. Ich fühlte etwas Hartes unter meiner Arschbacke. Es war der Navigator in der Tasche der Jacke, die ich auf die Bank geworfen hatte. Ich schoss ihn Vicky über die Länge des Tischs zu. »So ein Navi enthält ja praktisch das Bewegungsprofil eines Menschen.«

Vicky schob die Unterlider in seine Augen.

»Hat Martinus euch wegen des Sonntagsverkaufs angezeigt?«, erkundigte ich mich.

»Spielt das jetzt noch eine Rolle?«

»Wenn eure Mutter sich weiterhin stur stellt, könnte man euch pfänden.«

»Das kriegt Mama schon geregelt.« Er sagte nicht Baba wie seine Schwestern. »Dann räumt sie halt der Frau des Staatsanwalts noch mehr Rabatt ein, und die verklickert ihrem Gatten dann schon, was Sache ist.«

Da sprach er einen großen Vorwurf gelassen aus.

»Warum muss es unbedingt der Sonntag sein?«

»Da verkaufen wir am meisten. Ob du es glaubst oder nicht. Die Leute reisen aus München und Mannheim an, um unser Rindfleisch zu kaufen. Und außerdem ist Mama Anarchistin. Sie lässt sich von niemandem vorschreiben, was sie zu tun und zu lassen hat. Schon gar nicht von Martinus. Mit dem hat es immer Krach gegeben, seit ich denken kann.«

»Hat er auf eure Rinder geschossen?«

»Mama und Jacky glauben das.«

»Was hätte er damit bezwecken sollen?«

»Er hat uns mal verklagt wegen Tierquälerei. Eine Kuh war uns über Nacht während der Geburt eines Kalbs verendet und lag einen halben Tag tot auf der Weide. Während des Prozesses, letztes Jahr, wurden zwei Kühe durch Schüsse verletzt. Aber wir wurden freigesprochen.«

»Was hatte er eigentlich gegen euch?«

Vicky zuckte mit den Schultern. »Er fand, dass Mama uns keine anständige christliche Erziehung angedeihen lässt. Und Mama hat auch eine sehr provozierende Art.« Er lachte auf. »Ich weiß noch, wie sie einmal mitten im Gottesdienst aufstand und eine Quotenregelung für den Himmel beantragte. Es gehe nicht an, dass Gott keine Tochter habe und Jesus keine Schwester, und überhaupt werde es Zeit, dass an der Spitze mal eine Göttin stehe. Erst dann werde sie ihre Töchter konfirmieren lassen. Das war, kurz bevor ich in den Konfus sollte. Da mussten wir uns vorher öfter im Gottesdienst zeigen.«

Ich musste lachen.

Er grinste schief. »Voll peinlich! Aber bei uns war überhaupt alles peinlich. Als ich klein war, hat sich Oma noch jeden Morgen da drüben am Wasserhahn rasiert, mit Seife und Pinsel. Und sie hatte nicht nur so einen kleinen Damenbart.« Er lachte. »Inzwischen benutzt sie ihren Braun oben in ihrem Bad. Den nächsten Krach hat Mama wegen der Trompete angezettelt. Dabei hatte ich sie mir von Martinus zur Konfirmation gewünscht. Aber Mama hat sich tierisch aufgeregt. Andere schenken Sparbücher, und er schenkt etwas, was ihm nicht einmal gehört. Damals habe ich zum ersten Mal von dem Martinus sein Früchtle gehört, das es daheim nicht ausgehalten habe und auf und davon sei, verschollen in Argentinien. So die Version von Oma. Die hatte sich wegen ihrem Schnallentreiber und weil Mama ein Heckenkind ist auch viel anhören müssen. Mama hat erzählt, dass es, als sie Kind war, kaum Kontakt gegeben hat und dass das Weber-Kind nicht mit ihr spielen durfte. Aber als Mama dann selber Kinder bekam, hat Martinus sich wieder interessiert. Kinderseelen für Jesus retten, sagt Mama. Er hat Stunden abgehalten, und alle Konfirmanden mussten hin, sonst hat er einen zu Hause besucht und den Eltern ins Gewissen geredet. Er hatte das Gemeindeleben total im Griff. Das halbe Gemeindeblatt hat er geschrieben. Erst Frischlin hat in den letzten Jahren versucht, ihn etwas zurückzudrängen. Martinus musste auch kürzertreten, wegen seines Herzens. Der Arzt hat ihm viel Bewegung verordnet. Das führte dann allerdings dazu, dass Martinus wegen jedes überfüllten Papierkorbs, den er bei seinen Spaziergängen entdeckte, an die Stadt geschrieben hat.«

»Tja, das ist der Querulant, der in jedem Weber steckt!«

Vicky blinzelte. »Letztes Jahr hat er dann angefangen, sich für Maxi zu interessieren. Er tauchte verschiedentlich hier auf dem Hof auf, und zwar immer nur dann, wenn Mama nicht da war.«

»Der alte Schwerenöter!«

Vicky quälte sich ein Lächeln ab. »Maxi war allerdings auch ein bisschen naiv. Andererseits, woher hätte sie wissen sollen, was sie auslöst? Sie hat ihm das mit ihren Viechern erklärt.«

»Die Jungfernzeugung?«

Das Wasser dampfte, wie ich erst jetzt bemerkte, schon eine Weile unterm Topfdeckel hervor. Ich sprang auf und schüttete die Spätzle aus der Tüte hinein.

»Wir wissen nicht, was genau passiert ist«, fuhr Vicky fort. »Maxi schweigt sich darüber aus. Martinus muss sie sehr gekränkt haben. Als Mama heimkam, fand sie Maxi in Tränen aufgelöst vor. Sie hatte fest damit gerechnet, dass ihr Großonkel es toll findet, dass sie die Jungfrauengeburt Jesu beweisen will. Stattdessen muss er die ganze Apokalypse über sie ausgeschüttet haben, mit der Hure Babylon und Höllenschlund und allem.«

»Himmel.«

»Die Jungfrauengeburt Jesu ist eben ein singuläres göttliches Ereignis. Martinus war Lutheraner. Sola gratia, sola fide, sola scriptura, solus Christus.«

»Ich hatte nie Latein.«

Ein glückliches Lächeln kräuselte Vickys melancholischen

Bart. »Nur die Gnade, nur der Glaube, nur die Schrift und nur Christus. Nicht durch unsere Handlungen gelangen wir zu Gott, sondern durch unseren Glauben, und nur durch die Gnade Gottes, der in Jesus für uns gestorben ist, werden wir errettet.«

Vicky gehörte zu den Menschen, die »Gott« und »Jesus« mit verhaltenem Atem aussprachen, leise und bedeckt und mit gesenkter Stimme, so wie man im Gespräch peinliche Worte von intimer Größe behandelte, etwa »meine Muschi« oder »die Vorhaut«.

»Dann gibt es bei euch Gnade auch für den Massenmörder«, konstatierte ich, »wenn er nur inbrünstig genug glaubt.«

Vickys Täuferblick bohrte sich gelangweilt in meinen. »›Du sollst nicht töten‹, steht in der Bibel. Das gilt.«

Damit stand er auf, räumte die Milchtüten und alles, was senkrecht stand, auf seitige Ablageflächen und schob den Restmüll vom Tisch in die Bankecke. Dabei segelte eine Postkarte weit in die Küche. Sie zeigte Südseewasser und eine Felsküste. Darauf war ein Bibelspruch gedruckt. »Aber das Tor, das zum Leben führt, ist eng und der Weg dahin ist schmal und nur wenige finden ihn. Matthäus 7,13/14.« Brr!

Auf der Adressseite klebte keine Marke und stand kein Absender, aber Maxis voller Name. »Was ist das?«

»Ein Mahnkärtchen.« Vicky hatte begonnen, Teller zu verteilen, und schien nichts weiter sagen zu wollen. Als ob Bibelspams völlig normal wären. In was für eine schaurige Gegend war ich da geraten?

»Wie ist das eigentlich mit der Parthenogenese?«, fragte ich und legte die Messer, die er ausgeteilt hatte, mit der Schneidekante zu den Tellern.

»Die Parthenogenese ist bei Käfern und Wechselwarmen weit verbreitet.«

»Und was für einen Vorteil bringt sie?«

»Sie ist nur dann von Vorteil, wenn ein Lebensraum schnell von einer Art besiedelt werden soll. Wenn sich ein Lebensraum schnell ändert, hat wiederum die geschlechtliche Fortpflanzung einen Vorteil, der genetischen Varianz wegen.«

»Andererseits«, gab ich zu bedenken, »leben wir Menschen in einem Lebensraum, der sich kaum verändert. Und wenn er sich verändert, fangen wir das mit Technik ab. Wir könnten also langsam zur Parthenogenese übergehen.«

»Was nichts anderes ist als das Klonen«, sagte Vicky widerstrebend. »Und da sind die Biologen überall auf der Welt dran.«

»Vielleicht sogar einer in Balingen? Ein gewisser Felix Zittel in seinem urologischen Labor?«

»Ausgeschlossen! In Deutschland ist ja schon der bloße Gedanke daran verboten.«

»Das kannst du als Christ doch nicht bedauern!«

Er druckste. »Letztlich würde man nur einen Menschen kopieren, nicht aber einen neuen schaffen, vor allem keinen perfekten oder künstlichen! So wie es die Marmorkrebse mit ihrer natürlichen Fähigkeit machen, sich zu klonen. Ich frage mich manchmal durchaus, ob wir es uns nur verbieten, weil wir es im Reagenzglas machen. Aber dann müsste man die Befruchtung im Reagenzglas auch verbieten.«

»Logisch.«

»Und vielleicht brauchen wir tatsächlich irgendwann kein Reagenzglas mehr dazu.« Plötzlich flackerte das Feuer wissenschaftlicher Leidenschaft in seiner Stimme und in seinen Augen. »Dazu muss man wissen, dass die Parthenogenese neben dem stabilen Lebensraum noch eine Voraussetzung braucht: die Wechselwärme des Individuums.«

»Wie das?«

»Wechselwarme passen ihre Körpertemperatur der Außentemperatur an und können ihren Stoffwechsel bei Kälte auf null reduzieren. Das ist, wie es scheint, die Voraussetzung für Parthenogenese. Man kann Eizellen von Säugern zur Teilung anregen, indem man sie plötzlich herunterkühlt und außerdem in eine alkalische Lösung setzt.«

»Das heißt, ich werde nur deshalb nicht ungewollt von mir selbst schwanger, weil meine Körpertemperatur stabil ist.«

Er schaute mich an. »Und weil der PH-Wert deines Bluts immer gleich bleibt. Sein Säuregehalt müsste sich drastisch senken.«

Ein Schauer huschte mir den Rücken hinunter.

16

Kurz vor eins kamen Barbara und Jacky aus dem Laden und Maxi aus ihren Geheimnissen. Ich schüttete den Inhalt des Gulaschtopfs in zwei Schüsseln. Jacky kreischte und stürzte sich auf einen Lappen, um die Spritzer von den Kacheln zu wischen. Die gebutterten Spätzle rutschten stiller. Maxi stellte die dampfenden Schüsseln auf den Tisch. »Das könnten wir eigentlich öfter machen«, sagte sie voller Wohlgefallen.

Ich spürte Barbara angespannt ausatmen.

Henry kam herein, angetan mit einem Bananenrock, der die Siebziger überlebt hatte, und einem feuchten Trägershirt, das trotz BH den Muttermilchbrüsten heillos unterlegen war. Sie stellte das Kipf, das in einer Babytrage schlief, auf dem Boden ab, umrundete mit laszivem Hüftschwung und der Last des heißen Sommers in den Schenkeln den Tisch und schob ihre Hinterbacken an der Langseite auf die Bank. »Gulasch?«

»Lisa hat gekocht«, sagte Maxi.

Henriette blickte mich an, als hätte ich mich selbst gekocht und auf den Tisch gestellt.

»Es ist nicht ansteckend«, sagte ich.

»Was?«

»Meine Krankheit.«

»Was denn für eine Krankheit?«

»Morbus Nerz. Ein neurologischer Defekt, der eine Daueridentitätskrise bewirkt.«

Sie lachte. »Mit ein bisschen Make-up könnte man durchaus was aus deinem Gesicht machen. Wenn du willst, dann zeige ich es dir. Ich bin Maskenbildnerin, wenn auch abgebrochene. Woher hast du die Narben eigentlich? Hat dich dein Freund geprügelt?«

»Henry, es ist gut, ja!«, mahnte Barbara.

Maxi lächelte versonnen, Jacky trotzte Desinteresse auf ihre verwaschenen Lippen, Henry starrte mich an. Eine Erklärung war unumgänglich.

»Es war eine Windschutzscheibe.« Ich musste rechnen. »Bald fünfzehn Jahre ist das jetzt her. Mein Mann ist mit seinem Porsche frontal gegen einen Birnbaum gefahren. Er war sofort tot, ich nicht.«

»Du warst verheiratet?« Die Frage brach mit derartig inbrünstigem Unglauben aus Barbara hervor, dass ich lachen musste.

»Jedem Menschen sind im Leben zwei Irrtümer gestattet.«

»Und welcher ist der andere?«, fragte Henry.

»Hat jemand Oma Bescheid gesagt?«, fistelte Jacky mit allen Anzeichen von Eifersucht dazwischen. »Maxi, geh doch mal schnell.«

»Geh selber!«

»Ich glaube, Vicky holt sie schon«, bemerkte Barbara.

Anna, die sich an diesem Morgen etwas nachlässig rasiert hatte, war großmutterwarm angezogen. Sie trug eine langärmelige Bluse, Rock und Unterrock und fleischfarbene Stützstrümpfe. »So, was feiret mer denn?«, fragte sie, während sie am Stock zu ihrem Stuhl ging. »Hasch dich endlich verlobt, Vicky? Wird au Zeit. Man hat ja scho sonscht ebbes denkt!«

Vicky errötete. Vermutlich trug er seinen Jesusbart wegen seiner Neigung zu erröten.

»Aber a bissle hübscher hen i mir dei Freindin scho vorgschtellt.«

Maxi kroch unter dem Tisch hindurch und tauchte auf der Bank an der Wand zwischen Henry und einem Berg Müll vom

Tisch in der Bankecke wieder auf. Ein Platz, der dem Nesthäkchen einerseits Schutz davor bot, herumgeschickt zu werden, aber andererseits etwas von Strafbank hatte. Vicky residierte am kurzen Ende des Tischs. Neben ihm am Eck saß Oma Anna. Auf den nächsten Stuhl setzte sich Barbara, zögernd, so als stellte sie sonst die Füße nicht unter den Familientisch. Jacky saß auf dem zweiten Stuhl von der Tür aus, ihrem Stammplatz. Nur zwei Plätze waren noch frei, der an der kurzen Seite vom Tisch neben der Tür, wo ich mich schon gewohnheitsmäßig hinsetzte, und der Stuhl über Eck neben mir an der Langseite.

Auftritt Jürgen Binder. Als hätte er gewartet, bis wir alle saßen. Er kam durch den Waschküchengang, blieb im Türrahmen stehen, die Hand auf die Klinke gelegt, den Bauch vorgeschoben, ein Bein entspannt, das andere belastet, und begutachtete den Tisch unterm Dampf der Spatzen- und Gulaschschüsseln. »Victor«, sagte er mit der leisen Artikulation derer, die wussten, dass man ihnen trotzdem zuhörte, »dein Motorrad steht im Kies. Wir haben ein Kleinkind auf dem Hof und Publikumsverkehr! Bei grober Fahrlässigkeit zahlt keine Versicherung.«

Vicky warf mir über den Tisch einen fragenden Blick zu. Ich holte Luft. Aber ich war nicht dran.

»Henriette!«, nuschelte Jürgen. »Wir besitzen eine Waschmaschine und können uns Waschpulver leisten!«

»Jürgen!«, sagte Barbara. »Rein oder raus!«

Er schlenkerte seine langen Beine in die Küche und schloss die Tür. »Maximiliane! Ich habe dir schon mal gesagt, wenn ich noch einmal einen Gecko irgendwo an der Wand kleben sehe, dann ist Schluss mit deinem Zoo!«

Dann erwähnte ich den Skorpion in meinem Schuh wohl besser nicht.

»Weißt du eigentlich, was ich für den Strom bezahle, den du für Beleuchtung und Beheizung brauchst? Willst du das künftig von deinem Taschengeld bezahlen?«

Maxi duckte sich.

»Den Strom zahle ich«, pampte Barbara.

»Und du willst den Laden also tatsächlich wieder am Wochenende aufmachen. Hat Richard dir nicht erst gestern erklärt, dass du dir die Gesetze nicht selbst backen kannst?«

»Jürgen! Wir wollen essen! Lisa hat gekocht.«

Seine dunklen Augen knöpften sich an mir fest. »Sie sind also Lisa Nerz.«

Ich überlegte, ob er sich erst setzen würde, nachdem er auch mich abgekanzelt hatte, und erwog zuzugeben, dass ich Vickys Maschine auf unsicherem Kies abgestellt hatte.

»Na dann, willkommen«, sagte Jürgen, plötzlich zum harmlosen Trottel mutiert, dem der Hemdzipfel unterm Bauch aus dem Gürtel hing. Er setzte sich auf den einzig freien Platz über Eck neben mir. Er roch nach Stammtischpolitik am Vormittag, nach Schweiß, Zigaretten und Bier.

Vicky bremste das Reinhauen, indem er die Hände faltete und »Komm, Herr Jesus, sei unser Gast und segne, was du uns bescheret hast« aufsagte.

»Amen.«

Jürgen nahm sich. Unter seinem Arm hindurch begegnete ich Barbaras Blick. Sie saß mit halber Arschbacke auf der Kante im Unglück der Kompromisse, zu denen das Leben sie gezwungen hatte. Ein Schauer surrte mir das Rückgrat hinunter und versickerte in meiner Arschfalte. Meinte sie wirklich mich?

»Journalistin«, hörte ich Vicky sagen. »Sie will über unsere Herde schreiben.«

»Für welche Zeitungen schreiben Sie?«, fragte mich Jürgen Binder überfallartig. Ein Mann, der ohne Zweifel Zeitungen las.

»Für diverse Sonntags- und Wochenendbeilagen. Als Schwabenreporterin Lisa Nerz. Manchmal auch über Verbrechen.«

»Verbrechen? Waren Sie nicht beim *Stuttgarter Anzeiger?*«

»Da bin ich rausgeflogen, wegen erwiesener Unfähigkeit.«

Er lachte. Abgehakt.

Wieder begegnete ich Barbaras Blick. Die Ähnlichkeit mit

ihrer Mutter war unverkennbar: die gleichen grauen Augen, der gleiche bullige Zuschnitt von Brauen und Stirn, nur dass im Gesicht der Alten der Eigensinn längst eingeschlafen war.

»Kennen Sie das Schwabenabitur?«, überfiel mich Jürgen erneut, nachdem wir Schüsseln und Teller geleert hatten. Maxi kicherte sich gemütlich auf ihrer Bank ein. Jacky lächelte, Henry grinste.

Jürgen stand auf, holte Papier und Stift aus einer Schublade und setzte sich wieder zu mir. »Also, passen Sie auf. Ich zeichne hier ein Quadrat mit zwei Strichen.« Er strichelte ein Quadrat und zog kreuzweise die Diagonalen.

»Ja«, sagte ich.

»Falsch. Das sind vier Dreiecke.«

Barbara erhob sich, ging zur Spüle, füllte ein Glas unterm Wasserhahn, nippte daran und blieb mit gekreuzten Armen an die Spüle gelehnt stehen.

»Nächste Frage. In Roßwangen bringt der Storch fünf Kinder, in Dotternhausen sieben. Wie viele Kinder hat der Storch insgesamt gebracht?«

»Vierzehn, äh … zwölf.«

»Falsch. Der Storch bringt keine Kinder.«

Maxi kicherte. Jacky schmunzelte in ihren Beutel Tabak hinein, in dessen Krümeln sie sich eine Zigarette drehte.

»Dritte Frage. Passen Sie gut auf! Ich schreibe hier ein kleines I mit einem Punkt. Sehen Sie das?«

»Ja.«

»Falsch. Ein kleines I hat immer einen Punkt. Ein kleines I mit Punkt müsste zwei Punkte haben.«

Die Kinder gackerten glücklich. Jürgen lehnte sich zufrieden zurück. »Ein Witz«, sagte er aufgeräumt.

»Jürgen, bitte!«, rief Barbara von der Spüle her.

»Also …«

»Jürgen!« Barbara stellte das Glas mit einem Klong in die Spüle. »Du weißt, dass ich das nicht ausstehen kann.«

Jacky legte ihre gedrehte Zigarette in den Tabaksbeutel und fing an die Teller zusammenzustellen. Ihr Gesicht war hart. In einer Familie nahm immer nur eines der Kinder die Konflikte seiner Eltern auf sich. Vermutlich war Jacky in eine Lebensphase ihrer Eltern hineingewachsen, in der es mehr als davor und danach gekracht hatte.

Jürgen holte Luft. »Also, was ist der Unterschied …«

»Jürgen!«, sagte Barbara mit angelegtem Kinn. »Wenn du diesen Witz erzählst, dann kündige ich dir meine Freundschaft auf.«

Jacky ließ die Teller scheppern, und Henry maskierte ihre Lippen mit einem Lächeln. Sie kannte ihre Eltern am längsten und besaß als Erstgeborene das Recht auf ein oder zwei veritable Neurosen. Vicky popelte an seinem Insektenstich herum. Er hatte sich im Harem seines Vaters in die intellektuelle Parallelwelt des Forschens und Glaubens zurückgezogen und spielte den Unberührbaren. Die kleine Maxi betrachtete ihren Vater mit blankäugiger Neugierde. Er war so auf seine Pointe konzentriert, dass ihm völlig entging, dass er gerade seine Ehe riskierte.

»Also, was ist der Unterschied zwischen …«

Mit zwei Schritten war Barbara zur Tür hinaus.

»Was ist der Unterschied zwischen einem Schwulen und einem BigMac?«

Niemand erwartete, dass ich die Antwort gab.

Jürgen beugte sich vor. »Der BigMac furzt nicht, wenn man die Gurke rauszieht.«

Henry lachte ein überlautes Tochterlachen, bis zum Rand gefüllt mit Kumpanei, die vom Vater nie erwidert werden würde. Jacky kicherte gegen ihren Willen. Maxi lachte, weil alle lachten, und Vicky künstelte ein Lächeln auf seine Lippen.

17

»Es gibt zwei Hierarchien nebeneinander«, erklärte er, »die Bullen- und die Kuhhierarchie. Die Herde wird von einer Leitkuh angeführt, unserer Alice, da drüben.«

Vertrocknete Kuhfladen staubten unter unseren Tritten. An der Flanke des Tals zogen sich die Pappeln des Schalksbachs und dunkler Wald entlang bis zu den Häusern von Stockenhausen oben auf dem Bergrücken. Die Rinder standen und lagen verstreut in Gruppen beisammen und käuten wieder, zwischen ihnen Kälber. Samanta hechelte uns im gemütlichen Passgang voraus, Cipión schnüffelte im Zickzack.

»Die Hunde signalisieren den Kühen, dass wir als Freunde kommen«, behauptete Vicky. »Rinder haben es nicht so mit dem Menschen. Sie können bis zu siebzig Artgenossen unterscheiden, aber nur zwei bis drei Menschen.«

Zwei Dutzend feuchte, nackte Mäuler, flankiert von Ohren und Hörnern, hatten sich uns zugewandt. Fliegen umschwirrten wie Satelliten die Köpfe, zuweilen zu Wolken getrieben, wenn eine Kuh den Schädel schüttelte. Meine Rippe erinnerte mich an die bereits gehabte Begegnung mit der Kuh.

Vicky rieb sich das Kinn und bemerkte verwundert: »Aber wir sind nicht willkommen.«

»Vielleicht wegen Cipión?«

»Ach was, Rinder fürchten sich nicht vor kleinen Raubtieren.« Er machte zwei lange Schritte zur Seite, und die Hörner und Ohren schwenkten synchron mit. »Außerdem schauen sie uns an, nicht die Hunde.« Er steckte die Hände in die Taschen seiner Shorts und zog die Schultern hoch. »Man sollte es nicht meinen, aber Kühe sind viel gefährlicher als Stiere. Sie greifen ohne Vorwarnung an, wenn sie ihre Kälber verteidigen.« Er pfiff nach Samanta und wandte sich ab ins Gelände.

»Die Bullenherde«, erklärte er, »wird von einer Handvoll Bullen angeführt. Unser Alphabulle heißt Zeus. Sie stehen da drüben am Waldrand. Für die Kälber gibt es Kindergärten, wo sie miteinander spielen. Sie bilden Gangs und Seilschaften. Wie im richtigen Leben. Es gibt fünf oder sechs Führungsbullen, die in der Herde ganz bestimmte Positionen besetzen, zum Beispiel die des Schlussstiers. Immer wieder versuchen Jungbullen, einen Alten von seiner Führungsposition zu vertreiben. Das geschieht nach festen Regeln. Sie stellen sich auf und zeigen sich in ihrer Kraft. Dann kommt der Angriff. Entscheidend ist, wer von beiden genügend Kraft und Ausdauer besitzt, den anderen vom Platz zu schieben. Wobei dem Jungbullen seine Jugendfreunde zu Hilfe kommen wie Knappen.«

Die Bullen interessierten den jungen Mann sichtlich mehr als die Kühe.

»Siehst du die beiden da drüben?« Er streckte den Arm zu einem Bullen und einem Kalb aus. Der Lockenkopf käute wieder, was seinem Gesicht einen Ausdruck tiefster Zufriedenheit verlieh. Das Kalb döste vertrauensvoll zu seinen Füßen.

»Niedlich!«

»Solche Beziehungen untersuche ich in meiner Diplomarbeit. Tolerierte Abartigkeiten in tierischen Sozialverbänden. Es ist nicht üblich, dass ein Bulle mit einem wenige Wochen alten Kalb Freundschaft schließt und dabei gewissermaßen eine Mutterrolle übernimmt.«

»Aber Milch hat er nicht.«

Vicky deutete ein Lächeln nicht einmal an. »Zum Trinken geht das Kalb zu seiner Mutter. Meine These ist, dass in allen großen Verbänden abnormes Verhalten vorkommt und toleriert wird, solange es nicht den Gesamtfrieden stört. Jede Art hält sich auf diese Weise einen Vorrat an genetisch bedingtem Verhaltenspotenzial, das gebraucht werden könnte, wenn sich die Umweltbedingungen ändern und andere Überlebensstrategien notwendig sind.«

»Aha.«

»Ja«, ereiferte er sich. »In Ameisenstaaten gibt es beispielsweise Exemplare, die über ihre eigenen Artgenossen herfallen und sie totbeißen. Die Gesamtheit könnte einzelne abartige Ameisen leicht vernichten, tut es aber nicht. Da in der Natur nichts überlebt, was nicht sinnvoll ist, muss man davon ausgehen, dass der Ameisenstaat sich autoaggressive Exemplare vorhält, für den Fall, dass man sie eines Tages braucht.«

»Wofür sollte man die brauchen?«

»Beispielsweise wenn ein Virus den ganzen Staat dahinzuraffen droht. Dann wäre es sinnvoll, wenn es Exemplare gibt, die kranke Artgenossen töten können.«

»Von einer Übertragung auf die menschliche Gesellschaft bitten wir abzusehen.«

Vicky lächelte, wenn auch zögernd. »Du erinnerst dich an den Problembären Bruno, der im Frühjahr in Bayern jede Nacht Schafe gerissen hat und dann abgeschossen wurde?«

Ich nickte.

»Drei Dinge hat er anders gemacht als unter Bären üblich: Er ist dem Menschen sehr nahe gekommen, hat mehr Schafe gerissen und ist niemals an denselben Ort zurückgekehrt. Ideal, wenn eine Population sich neue Reviere erschließen will. Bruno hat seine Existenz riskiert und verloren. Er wurde von uns abgeschossen. Aber jede Population braucht solche Eroberer.«

»Und Homosexuelle«, vollendete ich.

Vicky blickte sich verwundert um und entdeckte, was er für mein Missverständnis hielt. »Auch homosexuelles Verhalten, ja. Aber das da drüben ist nur eine bullige Kuh. Kühe in der Vorbrunst reiten auf ihre Artgenossinnen auf. Vermutlich dient das Verhalten dazu, die Aufmerksamkeit der Bullen zu erregen.«

Mit Heuschreckenbeinen stand er vor mir, befingerte die Knöpfe seines Hemds und dozierte: »Die eigentliche Brunst dauert nur zwanzig Stunden. Dann muss klar sein, wer sie kriegt. Schade, dass die Herde momentan ruht. Die Kämpfe der

Stiere um eine bullige Kuh sind interessant. Sie richten regelrechte Kampfplätze ein, meistens etwas abseits der Herde. Drei oder vier gehen aufeinander los und versuchen einander aus dem Feld zu schlagen.«

»Und der Sieger kriegt sie dann.«

»Im Prinzip, ja. Aber letztlich wählt die Kuh ihren Partner aus. Nicht anders als bei uns. Da entscheidet ja auch die Frau, ob's klappt, nicht?« Er grinste schief. »Jedenfalls, nicht jede Kuh zieht mit dem Sieger zum Deckakt ins Gebüsch. Und es ist auch nicht immer der Größte und Kräftigste, der ihr gefällt. Wir wissen nicht, was da noch eine Rolle spielt, aber es ist anzunehmen, dass auch genetische Sympathien mitspielen. Allerdings besteht für die Kuh, die den Sieger ausschlägt, ein gewisses Risiko. Wenn der stärkste Stier nicht zum Zuge kommt, stürzen sich nämlich alle anderen auf sie.«

Ich erkannte darin einen gewissen Widerspruch zur Wahlfreiheit der Kühe, der Vicky nicht aufzufallen schien. Aber die Welt der Frauen gehörte, wie mir schien, ohnehin nicht zu den Bezugsgrößen seines Gefühlslebens.

»Kommt es dann zur Gruppenvergewaltigung?«

Vicky runzelte die Stirn. Nein, mit dem würde ich auch an einem noch heißeren Tag nicht warm werden.

»Sie verfolgen und belästigen sie nur«, sagte er. »Aber bespringen kann sie keiner, wenn die Kuh nicht will. Dazu muss sie ja stehen bleiben.«

»Na dann!«

»Du würdest dich wundern, wie zärtlich die Stiere mit ihrer Auserwählten umgehen. Keine Spur von wildem Stier. Ganz im Gegenteil: Gerade die Stiere pflegen ein im Grunde sehr kultiviertes Miteinander. Rangkämpfe, Konkurrenzkämpfe, Werbung und Begattung unterliegen strengen Regeln. Eine perfekte Ordnung. Jeder weiß, wo er steht. Und dennoch ist die Ordnung nicht statisch. Jeder Stier kann aufsteigen, wenn er bereit ist, sich mit Stärkeren zu messen.«

Ich zog Cipión aus dem Mauseloch, das er zu einem Krater ausgebuddelt hatte. Er fiel, kaum hatte ich sein Halsband losgelassen, in den Krater zurück und buddelte weiter. Eine eher sinnlose Leidenschaft, denn das Loch war längst verschüttet, aber vielleicht war es ja zu was gut.

Als wir weitergingen, kam er uns doch hinterhergerannt.

18

Maxi hätte ein Motiv gehabt, Martinus zu töten, dachte ich. Aber das gehörte nicht hierher. Wir saßen mit zusammengepressten Knien auf dem Strecktulpensofa bei Lotte, klimperten mit Kaffeelöffeln und stocherten im Himbeerkuchen. Die blauäugige Hermine und der Herr mit den Lochschuhen waren auch wieder da. Richard saß stumm mit übereinandergeschlagenen Beinen in einem Sessel. Cipións Leine hatte er mir wortlos überreicht.

Denn nur wegen der Leine hatte ich mich Jürgen und Victor angeschlossen, als sie mit dem Auto zum Kondolenzbesuch aufbrachen. Wenigstens ein Weg, den ich nicht zu Fuß machen musste. Ich hatte auch gleich wieder gehen wollen, aber Lotte hatte auch mich in den Salon genötigt. »Einen Kaffee trinken Sie doch noch.« Sie wollte die Kondolenztelegramme, -karten und Gebinde des Bürgermeisters, des Landrats, des Landtagsabgeordneten und verschiedener Firmenchefs zeigen. Und immer wieder konnte sie ihre Trauerbeute herumreichen, denn kaum waren die einen gegangen, kamen die nächsten Beileidsbesucher, die alle nicht lange bleiben wollten, sich dann aber setzten, mit den Zungen nach Himbeerkernchen in den Zähnen stocherten und in ihrer Erinnerung kramten. »Bald fünfzig Jahr jeden Donnerstag Jugendbibelkreis. Es war ein besonderer Geist in ihm. Sie haben ihn gemocht, obgleich er ihnen nichts hat durchgehen lassen. Ja, die Jugend braucht Orientierung und Ermutigung zum Glauben. Unsere Tochter ist kürzlich im Religionsunterricht ausgelacht worden, weil sie daran glaubt, dass Jesus vom Tod auferstanden ist.«

Ja, dachte ich, für ein halbwüchsiges Mädchen wie Maxi war Gelächter eine tödliche Kränkung. Zum Beispiel das Gelächter einer Klasse über ihren Glauben an die Jungfrauengeburt Jesu, die sie für bare Münze genommen hatte, weil so was bei Käfern und Kopfläusen normal war. Ob Maria denn eine Kopflaus gewesen sei, hatten die Buben gejohlt. Und Maxi hatte beschlossen, Biologie zu studieren und zu beweisen, dass die Parthenogenese bei Säugern möglich war. Von ihrer Jakobsleiter hatte sie geträumt. Doch der Gottvater, der die Hände nach ihr hätte ausstrecken müssen, hatte sie von der Leiter gestoßen. Der rechte Glaube brauche keinen naturwissenschaftlichen Beweis, hatte Martinus gedonnert. Allein der Gedanke sei Gotteslästerung und Schande. Was sie sich denn da anmaße! Kein Wunder bei der Mutter! Hammerschläge für eine kindliche Seele. Und über Gift verfügte Maxi reichlich.

Ich nippte am Kaffee und sah den entseelten Martinus wieder vor mir liegen mit den zwei kleinen Wunden an den Händen. Ritzer nur, wie sie bei Gartenarbeit entstanden. Oder rührten sie von einem Skorpionstachel her? Zu einer deutlicheren Wundschwellung war es womöglich nur deshalb nicht mehr gekommen, weil Martinus mit seinem schwachen Herzen sofort am Gift gestorben war.

»Ah, ehe ich es vergesse!«, fuhr Lotte plötzlich auf. »Victor, ich habe da was für dich. Richard, wo ist es denn?«

Richard begab sich, gefolgt von Cipión, ins Nebenzimmer und kam mit einem silbernen Flachmann wieder. Vickys lange Finger schlossen sich taktil verliebt um den glatten Körper, aus dem ein abgeschliffenes Relief hervorknubbelte, das ein Medusenhaupt darstellte.

»Ich weiß«, lächelte Lotte, »der hat dir immer gut gefallen, gell? Und Richard kann nichts damit anfangen, sagt er, und ich schon dreimal nicht.«

»Danke«, sagte Vicky artig und zufrieden bis hinter die Ohren. Er schüttelte das Fläschchen und genehmigte sich einen Schluck. »Hm, lecker«, schmatzte er. »Ein Magenbitter.«

»Und Vickys Schwestern bekommen nichts?«, platzte es aus mir heraus.

Die Gesichter fuhren herum, nur Richards nicht. Jürgen lachte, als hätte ich eine Quotenregelung für Erbschaften beantragt. Lotte staunte mich mit in Falten eingelegten blauen Äuglein an und gab kleine erschreckte Töne von sich.

»Ja, eigentlich hat sie Recht«, murmelte sie. »Was machen wir da jetzt? Was könnte den Mädchen denn gefallen? Richard, fällt dir da was ein? Die Briefwaage für Jacky, aber die jungen Leute schreiben doch heutzutage keine Briefe mehr. Oder das Schreibset? Ach, wissen Sie was, Fräulein Nerz, kommen Sie, wir gehen jetzt mal gucken.«

Vor mir her wuselte sie durch die Räume. Cipión hinterher.

»Sie müssen schon entschuldigen, dass ich Sie heute Morgen so garschtig angefahren habe. Ich bin halt a Schwertgosch, sagt Hermine immer. Also, hier finden wir nix. Die Neigungswaage, die ist für Richard. Alle andern hat Martinus ja nach Pfingsten dem Waagenmuseum gegeben. Damit es weg ist und niemand Begehrlichkeiten entwickelt, wenn er mal tot ist. Das sind ja unersetzliche Werte, hat Dr. Zittel behauptet. Ohne Martinus hätte er sein Buch nicht schreiben können. Schreib es doch selber, habe ich zu Martinus gesagt, aber er wollte nicht. Je mehr Worte, desto mehr Eitelkeit, fand er. Nur die Neigungswaage hat er behalten und dem Museum nur eine Kopie gegeben, die wo ihm die Gesellen zum Sechzigsten gebaut haben, bis aufs i-Tüpfelchen originalgetreu. Einen hübschen Ohrstecker haben Sie. Er ist doch echt? Ein halbes Karat? Ich kenne mich da nicht so aus. Martinus hatte es nicht mit Diamanten. Ist doch nur Kohlenstoff, hat er immer gesagt.

Er war überhaupt nicht romantisch veranlagt. Hat Richard Ihnen den geschenkt?«

»Nein, ich mir selbst.«

»Sie geben sich ziemlich unabhängig. Aber das ist wohl so heutzutage. Kann auch ziemlich… anstrengend sein. Hab ich Recht? Ich war ja nach dem Krieg gottfroh, dass ich nicht mehr alles selber machen musste mit den Ämtern und mit der Firma.«

Wir stiegen die Treppe in den ersten Stock empor.

»Ich habe eigentlich Krankenschwester gelernt. Ich war im Elsass. Was ich alles gesehen habe! Aber damals hat man selber zusehen müssen, wie man damit klarkommt. Man kam ja auch gar nicht so zum Nachdenken. Die Sorge um den Mann, der wo verwundet aus dem Krieg heimkommt und gepäppelt werden muss. Und dann drei Fehlgeburten. Damals sprach man über so was nicht. Geflüstert hat man, wenn man nur sagen wollte, dass man in anderen Umständen ist. Und Fehlgeburten! Am Ende hätte noch ebber gemunkelt, wer weiß, wofür das Gottes Strafe ist. Aber, was plappere ich Sie voll mit den Geschichten einer alten Frau? Nein, hier finden wir auch nichts. Dieser Flachmann ist ja eigentlich auch ganz schrecklich! So etwas Unchristliches! Ich hab ihn nie anfassen mögen, ich hatte immer das Gefühl, die Schlangen auf dem Kopf von dem Weib möchten zubeißen. Albern, ich weiß, aber ich bin alt genug, um mir ein paar Wunderlichkeiten zu erlauben. Allerdings, wenn ich mir Sie so anschaue … Aber ich sag lieber nichts, sonst schimpft Richard mich wieder aus. Ihm müssen Sie ja gefallen, nicht mir. Und Sie haben ja selber Geld und sind auf ihn nicht angewiesen. Ich will Ihnen nicht zu nahe treten. Aber das kennt man ja, wie so was läuft. Die Heidegisela hat auf die Weise alles verloren. Hat Hab und Gut an die Tochter überschrieben mit lebenslänglichem Wohnrecht, und ein Jahr später war das Haus überschuldet und weg, und alles wegen diesem Heiratsschwindler, den wo sie sich angelacht hat und der nur auf ihr Geld aus war, und die Heidegisela hat einen Schlaganfall bekommen vor Aufregung und ist pflegebedürftig geworden und sitzt im Heim. Ja, jetzt haben wir gar nichts für die Mädchen gefunden.«

19

Die Stufe in der Tür vom Waschküchengang zum Wäschetrockenplatz lud zu einer Zigarette im Schatten der Blautanne ein, die hier nicht hergehörte. Ich wählte die Mobilnummer von Dr. Reinhold Zittel. Sein Handyanbieter vertröstete mich auf ein andermal. Dafür stellte mich die Auskunft zu Frau Kromppein nach Hechingen durch, die mir bereitwillig die Handynummer ihres Mannes gab.

»Kromppein, Staatsanwaltschaft Hechingen«, meldete er sich.

»Schwabenreporterin Lisa Nerz. Ich rufe an wegen des Toten in der Eyach.«

Er fingierte einen Seufzer. »Was wollen Sie wissen?«

»Ist er inzwischen identifiziert?«

»Nein. Und einfach wird das nicht, bei dem Zustand, in dem sich die Leiche befindet. Zudem fehlt uns ein Vermisster, mit dem wir Genmaterial vergleichen könnten.«

»Was wissen wir im Moment?«

»Männliche Person, zwischen 15 und 18 Jahre alt, mitteleuropäischer Typ, rotblond. Augenfarbe unbekannt, da keine Augen mehr vorhanden sind. Die hat vermutlich der Fuchs geholt. Wollen Sie noch mehr hören, oder hat es Ihnen den Appetit verschlagen?«

»Den hat es mir schon vor Jahren verschlagen.«

»Entschieden besser für die Figur. Ich wünschte, bei mir wäre das auch so. Aber ich kann Ihnen tatsächlich nicht viel mehr sagen. Tod durch Ertrinken kann wohl ausgeschlossen werden. Ob Alkohol im Spiel war, muss noch geklärt werden.«

»Keine Anzeichen äußerer Gewalteinwirkung?«

Kromppein lachte. »Sie sind gut, Frau Nerz! Der Kadaver besteht förmlich aus Spuren äußerer Gewalteinwirkungen. Erwarten Sie, dass wir die Hufe zählen, die über ihn hinweggetrampelt sind?«

»Sie gehen von einem Unfalltod aus, Herr Staatsanwalt?«

»Nach derzeitigem Kenntnisstand, ja. Aber bitte schreiben Sie *auf Nachfrage*. Nicht dass mein Chef wieder meint, ich hätte Pressekonferenzen abgehalten. Und was ich Ihnen jetzt sage, bleibt *unter eins* ... Sie verstehen?« Jetzt verspulte er sich förmlich vor Professionalität. »Also nur für Ihren Hinterkopf ...«

»Sie meinen *unter drei*?«

Kromppein lachte. »Ich verwechsle das immer. *Eins* klingt doch viel mehr nach Geheimhaltung als *drei*, finden Sie nicht? Aber Sie haben das *unter drei*, *unter zwei* und *unter eins* ja auch nicht erfunden. Kommt sicher aus Amerika.«

»Nein, aus der Bundespressekonferenz.«

»Ach, äh ...«

»Die Bundespressekonferenz ist ein Verein von Journalisten, der Bundespolitiker zu Pressekonferenzen einlädt. Und die haben sich Regeln gegeben. *Unter eins* heißt: Feuer frei, zitieren, Namen nennen. *Unter zwei* heißt: Information verbreiten, aber keine Namen nennen. *Unter drei* heißt: Kameras und Mikrofone aus, Bleistifte hinlegen, zuhören und draußen über alles schweigen oder unter drei weitererzählen.«

»Man kann doch immer noch etwas lernen. Ja, also, was ich Ihnen jetzt sage, bleibt unter drei.« Er lachte sich in den Ernst zurück. »Bei einem Todesfall muss man sich immer fragen, ob es wirklich nur ein Unfall war. Und hier gibt es gewisse Hinweise auf gewisse Konflikte. Aber es ist noch zu früh ...«

»Dann handelt es sich also doch um Jannik Filser?«

Kromppein schluckte kurz. »Nun ja. Allerdings befindet sich

besagter Jannik Filser aus Stockenhausen laut Aussagen seiner Eltern auf einer dreiwöchigen Freizeit im schweizerischen Wallis mit Handyverbot und so weiter. Wir haben jetzt mal ein Amtshilfeersuchen an die Schweizer Behörden gestellt.«

»Hat man ein Handy bei der Leiche gefunden?«

»Völlig zertrümmert.«

»Na, solange die SIM-Karte noch halbwegs intakt ist!«

»Gemach, Frau Nerz! Wir sind eine Behörde, und es ist Samstag. Ich habe aber veranlasst, dass ein paar Beamte zu den Eltern des mutmaßlichen Geschädigten geschickt werden.«

Er meinte das Todesopfer, das war Juristendeutsch.

»Sie sollen sich ein paar Haarproben für einen Genabgleich geben lassen. Das Ergebnis haben wir frühestens am Montag. Mehr kann ich heute nicht tun.«

»Das sind doch schon sehr konkrete Ermittlungen«, konstatierte ich.

»Wir gehen von Amts wegen allen Hinweisen nach, Frau Nerz. Kleinstadtpolitik! Ich sage Ihnen, da wird mit harten Bandagen gekämpft. Da wollen die einen Bauland und die anderen Naturschutz. Da will ein Bauer seine Kälber vaterlos stellen. Da werden Zäune durchgeschnitten. Eine heikle Gemengelage.«

»Nicht zu vergessen, der Sonntagsverkauf im Hofladen von Frommern«, bemerkte ich.

Kromppein schluckte. »Woher wissen Sie das?«

»Informantenschutz. Allerdings kann ich Ihnen versichern, dass ich diese Information nicht aus dem Bereich der Stuttgarter Staatsanwaltschaft habe, die ja für alle Verfallssachen über hunderttausend zuständig ist.«

»So weit sind wir noch nicht, Frau Nerz. Wir befinden uns erst im Zwischenverfahren. Es liegt ein Einspruch der betroffenen Landwirtin vor. Eine Entscheidung ist noch nicht gefallen.«

»Wer hat die betroffene Landwirtin denn angezeigt?«

»Die Verwaltungsbehörde. Allerdings … Nun, es liegt auch eine Strafanzeige von privater Seite vor. Der Anzeigenerstatter hat gegen die Einstellung des Ermittlungsverfahrens gegen die betroffene Landwirtin Beschwerde bei der Generalstaatsanwaltschaft eingereicht und mit einem Klageerzwingungsverfahren gedroht. Da er allerdings nicht unmittelbar Geschädigter war, besteht keine Aussicht ...«

»Sie reden von Martinus Weber, nicht wahr?«

»Glauben Sie mir, ich hatte bis gestern Abend nicht den blassesten Schimmer, dass dieser – mit Verlaub – als eher querulatorischer Charakter bekannte alte Herr der Vater unseres geschätzten Oberstaatsanwalts Dr. Weber ist.«

»Und dass die betroffene Landwirtin, Barbara Binder, Dr. Webers Cousine ist, das wussten Sie natürlich auch nicht.«

Kromppein verschluckte sich und hustete. »Das höre ich zum ersten Mal.« Er fing an, angestrengt zu lachen.

»Unter vier, Herr Staatsanwalt«, sagte ich.

»Was ist das schon wieder?«

»Sie lügen!«

Es gab eine kurze Pause. »Sie sind ziemlich tough, Frau Nerz. Man hat mich ja gewarnt.« Er lachte. »Natürlich verwahre ich mich gegen diesen Vorwurf. Aber der Neugierde halber. Wie kommen Sie darauf?«

»Seit Jahren schlagen Sie jedes Bußgeldverfahren gegen Frau Binder nieder. Inzwischen ist eine Verfallssache daraus geworden, über die die Staatsanwaltschaft Stuttgart informiert werden musste. Und ich kann mir nicht vorstellen, dass Frau Binder Sie nicht ihrerseits darauf hingewiesen hat, dass sie mit einem Oberstaatsanwalt verwandt ist, der, wie Sie wissen, zufällig auch für solche Verfallssachen zuständig ist. Ich weiß ja nicht, worin Ihr Interesse an der Sache besteht, aber ich will nicht hoffen, dass Sie das Verfahren immer wieder niederschlagen, weil Ihre Frau in dem Laden Rabatt bekommt. Archerind ist ja nicht billig.«

»Wer behauptet denn so was?«

Ich schwieg bedeutungsvoll.

»Und, Frau Nerz, wenn Sie mir die Frage erlauben«, echauffierte er sich. »Was ist eigentlich Ihr Interesse an der Sache?«

»Ein rein journalistisches.«

»Ja, glauben Sie denn wirklich, damit sei der Gerechtigkeit gedient, wenn Sie mich in der Presse als korrupt hinstellen, nur weil ich mich nicht instrumentalisieren lasse von den Leuten, denen die Herde Archerinder ein Dorn im Auge ist und die diese Frau deshalb mit Strafanzeigen und Klagen überziehen? Oder wollen Sie Frau Binder vernichten?«

20

»Vermisst dich dein Richard nicht?«, fiel eine tiefe Frauenstimme mir in den Rücken und wirbelte meine Vitalfunktionen auf. Sie stand in der Tür, die nackten Füße in Trekkingsandalen, die Jeans hochgekrempelt, das T-Shirt im Gürtel. Mit einem schnellen Rucken der Schultern korrigierte sie die Aufrichtung ihrer Wirbelsäule.

»Er hat mich weggeschickt«, antwortete ich und klappte mein Handy zu.

»So? Gibt's Krach?« Sie zog die Hosenbeine hoch, wie das mein Vater und viele Väter meiner Schulkameradinnen früher getan hatten, um die Bügelfalte zu schonen, und setzte sich neben mich auf die Türstufe.

Die Lust am Verrat zuckte in mir, ein Gemisch aus Zorn und Blick zu neuen Ufern. »Zum Teufel mit ihm!«

Sie lachte.

Zwerghühner scharrten unter der Tanne. Ihr Gockel zweigte auf die Platten des Wäschetrockenplatzes ab. Mit jedem Ruck seines Kopfes nahm er den Schritt seines Krallenfußes vorweg. Zuweilen hielt er mit erhobenem Fuß, welken Zehen, zitterndem Hahnenkamm und gesträubtem Halsgefieder inne. Eine falsche

Bewegung, und er würde entweder angreifen oder aber davonlaufen.

»Ich fahre zurück nach Stuttgart«, verkündete ich.

Barbara atmete neben mir wie jemand, der Worte auf der Zunge zerdrückte, weil sie andernfalls Schicksal gespielt hätten. Der Hahn pickte auf der Platte nach einem fiktiven Wurm. Übersprungshandlung nannte man das. Fische, die fressen, weil sie sich nicht trauen, den andern anzugreifen. Bonobos, die miteinander vögeln, damit sie sich nicht prügeln müssen, wer zuerst den Baum voller reifer Früchte besteigt.

»Übrigens«, sagte Barbara, »ich habe mit Janniks Mutter telefoniert. Jannik ist auf einer Jugendfreizeit in Sierre in der Schweiz. Wildwasserfahren.«

»Dann hat man ihn telefonisch erreicht?«

Barbara blickte mich überrascht an. »Nein. Aber kein Grund zur Sorge. Es ist eine ganz fürchterlich christliche Freizeit mit Handyverbot für die Jugendlichen. Letzten Sonntag durfte Jannik mal telefonieren. Es gefällt ihm gut und so.«

»Na, wunderbar!«

»Also kann der Tote nicht Jannik sein. Damit sind auch meine Kinder außen vor.«

Mütter und ihre Ängste. »Sie haben doch nicht wirklich geglaubt, Ihre Kinder hätten den Filserbuben vor die ausbrechende Herde geschubst. Abgesehen davon, dass Vicky in München war und Maxi und Jacky zu diesem Zeitpunkt bei Martinus' Aussegnung die Hände gefaltet hatten.«

»Hm.«

»Oder?«

Barbara fuhr sich mit den Händen breit über die Schenkel.

»Oder was läuft da? Hat Jannik Maxi etwas angetan?«

»Um Gottes willen!«

»Wüssten Sie das?«

Barbara blinzelte. »Ich kann nur hoffen, dass meine Kinder mir das erzählt hätten. Aber ich denke, schon.«

»Warum waren sich Jacky und Maxi so sicher, dass es einer der Filserbuben war, der die Herde rausgelassen hat?«

»Das habe ich dir doch erklärt.«

»Der alte Josef Filser braucht eure freilaufenden Bullen, um seine Kälber vaterlos zu stellen. Aber sie sind gestern in den Altort gelaufen, und das ist doch nun ganz die falsche Richtung. Filser hat seinen Hof und seine Weiden doch in Stockenhausen, und das liegt genau entgegengesetzt.«

»Und genau da stehen sie jetzt!«

Der Zwerghahn setzte bedächtig seine mit Sporen bewaffneten Füße voreinander. Dabei drehte er die Zehen einwärts.

»Übrigens sind wir mal miteinander gegangen, der Josef Filser und ich.« Barbara lachte auf. »Das war, nachdem Rocky sich verkrümelt hatte. Josef ging schon in die Dreizehnte. Aber jeder kannte ihn wegen der Geschichte mit seinem kleinen Bruder Paul. Der ist da hinten am Hörnle von einem Mähdrescher zerstückelt worden.«

Sie deutete auf die Häuser von Frommern, die wie Zähne auf dem Steilhang saßen, und meinte eigentlich den Höhenzug, der sich unsichtbar dahinter aus der Schwäbischen Alb herausschob.

»Josef war für ihn verantwortlich gewesen, weil seine Eltern drei Tage weg waren, auf Beerdigung in Münster. Aber sie haben sich wohl zusammen volllaufen lassen. Josef hatte einen Filmriss, und Paul war weg. Zuerst hat man gedacht, der Josef selber hätte seinen kleinen Bruder beseitigt, aber er hatte ein Alibi. Glaub mir, Lisa, von so was erholst du dich dein Lebtag nicht mehr. Er war eine tragische Figur, zumindest in meinen Augen.« Sie lächelte schief. »Ich hatte ja auch jemanden verloren, und so haben wir uns zusammengetan. Alle dachten, wir würden heiraten. Doch dann habe ich Jürgen auf einer Maifeier in Onstmettingen kennengelernt. Ich sah ihn und wusste: Der soll der Vater deiner Kinder sein.«

Bullwinkle ohne Rocky.

»Das sind andere Kräfte. Naturkräfte. Vicky würde dir jetzt was erzählen vom limbischen System und dem Riechorgan. Und dass sich findet, was genetisch passt. Da ist was dran. Ich habe vier gesunde Kinder. Aber wirklich verstanden haben Jürgen und ich uns nie. Er hatte drei Brüder. Seine Mutter hat jeden Tag, den der Herrgott werden ließ, ein warmes Mittagessen auf den Tisch gestellt. Sonntags Braten. Der Vater bekam das beste Stück, und die Buben haben sich um den Rest gebalgt. Und bis heute macht er Stress, sobald bei uns ein warmes Essen auf dem Tisch steht. Er goscht alle an, der Reihe nach, und wenn allen der Appetit vergangen ist, dann setzt er sich vergnügt nieder und haut rein. Deshalb habe ich aufgehört zu kochen.«

Hundert Jahre Schweigen brachen sich Bahn. Naturgewalten und Schicksal bauten sich auf.

»Übrigens war der Witz …«

»Nein, Lisa! Ich will ihn nicht hören!« Sie zog unbehaglich die Knie an die zwischen den Beinen gefalteten Hände. »Ich bin gewiss keine Klosterschülerin, aber Zoten in der Küche …«

»Och, Sex nach dem Essen ist immer gut«, feixte ich. »Und danach Erdbeeren mit Sahne.«

Ein kurzer Blick aus den Augenwinkeln. »Die Erdbeerzeit ist vorbei!«

»Schade!«

Sie verzwickte ein Lächeln. »Jürgen tut das nur, um mich zu ärgern. Ich glaube manchmal, Männer unter sich erzählen sich keine Zoten. Sie tun es nur, wenn Frauen dabei sind. Damit sie sich überlegen fühlen können.«

»O nein! Männer unter sich zoten noch viel wüster!«

Sie spitzte amüsiert die Lippen. »Woher weißt du das? Erzählt dir Rocky so was?«

»Ich schlage hin und wieder mal selbst ein Pfauenrad!«

Barbara ließ den Blick von meinem am Morgen in Balingen gekauften T-Shirt mit den sommerüblichen Glitzerapplikationen und meine graue Anzughose bis zu meinen Golfschuhen hinabgleiten.

»Warum«, fragte ich, »war es ein Schwulenwitz, den Ihr Mann erzählt hat?«

»Das musst du meinen Mann fragen.«

»Kann es sein, dass Sie nicht wissen, dass Victor schwul ist?«

»Und woher willst du das wissen?«, fragte sie trocken. »Hat er es dir gesagt?«

Ich lächelte. »Man sieht es am Blick, Barbara.« Ich klappte mein Handy wieder auf. »Und er redet über Frauen mit ungefähr so viel innigem Verständnis wie der Papst. Haben Sie zufällig die Nummer der Taxizentrale von Balingen?«

»Wieso?«

»Ich will zum Bahnhof, und ich will nicht laufen.«

»Weißt du denn, wann ein Zug fährt?«

»Fahren sie so selten?«

»Nach Stuttgart jede Stunde.« Sie holte wieder Luft und sagte wieder nicht: Bleib doch.

»Ach, übrigens, Barbara, Sie brauchen Geld. Ungefähr eine Viertelmillion. Und zwar bald. Sie müssen Ihren Acker auf dem Fürsten schnell und so teuer wie möglich verkaufen. Wie gut, dass Martinus endlich tot ist. Er hätte am Ende bis vors Bundesverfassungsgericht geklagt.«

»Bitte?«

»Gegen Sie läuft eine Verfallssache wegen des Sonntagsverkaufs. Sie werden Ihren Hof verlieren, wenn Sie nicht zahlen können.«

»Hat Rocky das gesagt?«

»Nein. Seine Lippen sind versiegelt, wie immer. Aber die Stuttgarter Polizei spricht schon darüber.«

Sie lachte fast erleichtert. »Das hat sich erledigt. Richard war gestern Nachmittag deswegen hier. Ich werde meinen Widerspruch zurückziehen und die 1500 Euro Bußgeld zahlen. Und gut ist.«

Richard, Richard! Wie willst du dir jemals wieder ins Gesicht schauen? Und mir! »Und wenn die Presse das rauskriegt?«

»Unser Sonntagsverkauf ist keine Straftat, sondern nur eine Ordnungswidrigkeit.«

»Solche Feinheiten sind der Presse scheißegal.«

»Ach ja, auch du bist Journalistin.«

»Allerdings habe ich es nicht mehr nötig, Skandale auszugraben und mir den Sturz von Staatsanwälten ans Revers zu heften.«

»Was für ein Skandal denn?«

»Hechinger Staatsanwalt verschleppt Bußgeldverfahren gegen die Landwirtin, bei der seine Frau auf Rabatt einkauft. Vorteilsnahme im Amt heißt das. Darauf stehen für den Staatsanwalt drei Jahre.«

Barbara fuhr sich mit beiden Händen durch das silberdrahtige Haar. Endlich hatte sie es kapiert.

»Und da wüsste ich gleich noch ein Motiv für Sie, um dem alten Martinus den Tod gewünscht zu haben. Vielleicht hatte er den Brief an den *Zollern-Alb Kurier* schon geschrieben und wollte ihn gestern Abend bei der Buchpräsentation dem Chefredakteur persönlich übergeben. Alles über den Sonntagsverkauf im Zeitental, die Untätigkeit der Behörden und die Rabatte für Frau Kromppein. Und dann sind Sie dran, Barbara.«

Sie lachte. »Was hast du nur für eine kranke Fantasie, Lisa! Ich soll Martinus umgebracht haben, weil er der Zeitung schreibt und Kromppein in die Pfanne haut? Ist das dein Ernst?«

In ihren grauen Augen zuckten Punkte wie Kaulquappen in einem Teich. Auf ihren Lippen spielte ein halbes Lächeln, so eine gewisse Lust zu neuen Ufern, ein Gemisch aus Verrat und Hoffnung.

Ich schnippte die Kippe, die schon lange erkaltet zwischen meinem Daumen und Zeigefinger ausharrte, nach dem Hahn.

Er flatterte kieksend davon. Okay! Dann sei es so. Martinus war an Altersschwäche verendet, der Tote in der Eyach war nicht Jannik Filser. Es war alles ganz anders. Zeit zu gehen.

Ich nahm mir erneut mein Handy vor. »Was ist das eigentlich«, fiel mir dann doch noch ein, »mit diesen Mahnkärtchen. Maxi hat eines bekommen. Sie auch?«

»Aber sicher. Dutzende. Komm mit!«

Etwas kopflos folgte ich ihr durch die Küche über den Gang ins Büro.

Es enthielt graue Aktenschränke und einen grauen Bürotisch mit Computer. Landwirtschaft war zur Hälfte Schreibkram. Neben der Tür stand außerdem ein grauer Gewehrschrank mit Doppelbart- und Nummernschloss.

Barbara zog eine Schreibtischschublade auf und reichte mir von einem Stapel eine Postkarte, auf der quer über das Bild einer im Schlachthof aufgehängten halben Kuh stand: »Und ich sah das Weib trunken von dem Blut der Heiligen und vom Blut der Zeugen Jesu.«

»Und der Engel sprach zu mir«, orakelte, nein offenbarte ich, »ich will dir sagen das Geheimnis des Weibes und des Tieres, das es trägt und hat sieben Häupter und zehn Hörner und wird fahren in die Verdammnis.«

»Klingt ziemlich frauenfeindlich.«

»Das ist die Hure Babylon, die Gesamtheit aller falschen Götter und Gedanken.«

»Du meine Güte!« Barbara versuchte, der Apokalypse ein Lachen entgegenzusetzen. »So viel heiliger Zorn nur wegen eines albernen Vergehens gegen das Ladenschlussgesetz.«

»Wie bitte? Was sagst du da?« Ich registrierte am Rande, dass es mir endlich gelungen war, sie zu duzen. »Dann ist Martinus der Absender dieser Kärtchen … gewesen?«

»Ja. Ich habe ihn mal gesehen, wie er sie einwirft. Vor Jahren schon.«

»Warum hat er euch so gehasst?«

»Martinus Weber hat niemanden gehasst, Lisa. Er war ein Missionar. Wie heißt das in der Bibel mit dem Sündenpfuhl?«

»Erstes Buch Mose, Sodom und Gomorra. Gott schickt zwei Engel zu Lot. Die Einwohner von Sodom fordern ihre Herausgabe, um sie zu vögeln. Lot ist ein gottesfürchtiger Mann, die Gastfreundschaft ist ihm heilig. Nicht so die Selbstbestimmung seiner Töchter. Er bietet sie den geilen Sodomitern an, damit sie seine Gäste in Ruhe lassen. Zum Glück für die Töchter lehnen die Sodomiter das ab. Zum Lohn entgeht Lot der Vernichtung seiner Stadt.«

Barbara schüttelte den Kopf. »Und dieser Bibel verdanken wir unsere Kultur? Übrigens, wenn du immer noch die Telefonnummer der Taxizentrale brauchst ...« Sie nahm das Telefonbuch vom Schreibtisch.

»Barbara. Warum hast du gestern Abend Lotte angerufen? Genau zum richtigen Zeitpunkt.«

Sie senkte das Kinn. »Es lässt dir keine Ruhe, hm? Wovor hast du solche Angst, Lisa? Dass ich eine Mörderin sein könnte?«

Ich fand keine zivile Antwort. Barbara war, wie sie so vor mir stand, deutlich kleiner als ich; die Nachkriegsgeneration eben, die in den frühen Kinderjahren noch gehungert haben mochte, zumindest aber ohne vitaminoptimierte Hipp-Breie, mineralienreiche Fruchtzwerge und hochenergetische Pommes und Hamburger aufgewachsen war. Und ich wollte sie haben.

Doch sie schob wieder nur Spott auf ihre Lippen. »Na gut. Ich habe Lotte angerufen, um ihr zu sagen, dass Jacky nach den Sommerferien nicht mehr kommt und sie sich eine andere Putzhilfe suchen muss. Wenn wir sonntags nicht mehr öffnen dürfen, dann wird Jacky unter der Woche nach der Schule im Laden helfen müssen. Das wollte ich Lotte beizeiten sagen.«

»Und warum habt ihr den alten Dr. Zittel zur Leiche gerufen, nicht den Hausarzt?«

»Weil Zittel sein Hausarzt war, Lisa. Er hat zwar nur noch wenige Privatpatienten, aber Martinus war einer davon. Außerdem mussten wir ihm doch sagen, dass Martinus nicht mehr zu seiner Buchpräsentation kommen und keine Laudatio halten konnte. Zufrieden?«

»Nein.«

»Was noch?«

»Soll ich wirklich verschwinden, Barbara? Jetzt, sofort! Beunruhige ich dich dermaßen?«

Sie atmete ein und aus. »Mach dich nicht lächerlich!«

»Das ist das Einzige, was ich wirklich gut kann.«

Ich streckte meine Hand aus. Sie wich zurück. Ich rückte nach und fädelte meine Finger in ihre akkurat auf Kante geschnittenen Nackenhaare. Sie fühlten sich warm und fest an, weich, nicht drahtig. Sie kam mit dem Rücken am Gewehrschrank zum Stehen, korrigierte mit einem Ruck der Schultern ihre Haltung und verschanzte ihre gereiften Mädchenbrüste hinter dem Telefonbuch.

»Was soll das werden, Lisa?«

»Das soll das werden!« Ich beugte mich über das Örtliche und küsste sie. Spott schmeckte nach gesalzenen Maiglöckchen.

Und wahrlich, ich war nicht die erste Frau, die sie küsste. Ich wusste es sofort: Der konnte ich nichts mehr beibringen. Sie schlug über mir zusammen und schloss mich ein wie eine Auster eine Perle. Und spuckte mich im nächsten Moment aus, zurück ins grau getränkte Büro.

»Für Affären bin ich nicht mehr zu haben, Lisa.«

21

Am Computer versuchte ich, meine aufgeheizte Biologie herunterzukühlen. Maxis Skorpione hatten so ähnlich wie salatus geheißen. Google war mir gnädig und führte mich alsbald zum Tityus serrulatus. Was sein Gift betraf, hatte Maxi stark untertrieben, auch wenn der Stich zuverlässig nur Kinder, Alte und Kranke tötete. Man vermutete, dass die Giftwirkung von Tityus serrulatus auf der Freisetzung von Azetylcholin und Adrenalin basierte. Die Symptome: Erbrechen, eine Verlangsamung oder Beschleunigung des Herzschlags, Blutdruckabfall oder Blutdruckanstieg, Atemstörungen, Schock und Herzversagen. Treffer!

Und so könnte es gelaufen sein: Maxi überrascht Martinus beim Mittagsschlaf und streichelt ihn mit einer stechwütigen Titya serrulata. Martinus erwacht, kämpft kurz und fällt ins Koma. Maxi sagt es Jacky. Sie halten ihn für tot und richten ihn her, während Lotte ihr Besüchle im Altersheim absolviert. Als Onkel Richard sein Gespräch mit Barbara beendet und den Zeitentalhof verlassen hat, gestehen sie es ihrer Mutter. Barbara ruft im Stundenabstand im Hause Weber an. Gegen sieben nimmt Lotte ab. Jacky und Barbara eilen hinüber. Barbara stellt fest, dass Martinus nunmehr tot ist, und legt letzte ordnende Hand an die Leiche, während Jacky Lotte ablenkt. Dann wird der alte Zittel gerufen, der nicht Nein sagen kann, denn jeder Arzt ist gesetzlich verpflichtet, zur Leiche zu kommen, wenn man ihn ruft. Zittel hat keine Zweifel an der Altersschwäche seines Patienten und wenig Zeit, denn im Zollernschlössle versammeln sich zu dieser Stunde bereits Bürger, Bürgermeister, Presse, Prominenz und Gattinnen, um das Erscheinen des ersten, lang ersehnten Buchs über die Waagenindustrie in Balingen zu feiern.

Ja, so könnte es gewesen sein. Eine reine Hypothese.

Ein Motorrad bullerte vom Hof. Durchs Bürofenster sah

ich eine schwarze Gestalt auf der Yamaha in leichten Schlangenlinien den Feldweg Richtung Fürsten hinaufrollen. Mann und Maschine wurden vom Wäldchen geschluckt, welches das Zeitental begrenzte. Folglich musste Vickys Zimmer jetzt leer sein.

Ich schaute den Gang entlang. Es gab zwei Türen auf der Büroseite. Maxis Zimmer befand sich, wie ich bereits wusste, auf der andern Seite am Fuß der Treppe. Aber wenn ich Pech hatte, platzte ich bei Jacky rein und sie war nicht im Laden.

In der Küche schnarchte Samanta dick und schwarz in ihrem Korb. Cipión hatte sich tief unter die Küchenbank zurückgezogen. Mit warmer Nase kroch er hervor, um mich zu begrüßen. Das hörte Samanta, hob den Kopf und stellte mit einem Knurren die Rangordnung klar.

»Aus!«, fauchte ich und nahm mir vor, sie mit einem Küchenmesser abzustechen, falls sie auch meine Rangordnung infrage stellen würde. Meine Entschlossenheit war Samanta Warnung genug.

»Pass mal auf!«, sagte ich zu Cipión, der für die Erlösung aus der Gesellschaft Samantas vermutlich alles getan hätte. »Das sind Vickys Sandalen, merk dir den Geruch! Okay?«

Cipión schnüffelte gleichgültig über die ausgelatschten Treter hin, die Vicky am Tisch hatte stehen lassen, als er sich die Motorradkluft und seine Boots anzog.

»Und nun such!«

Cipión wandte sich dem zweiten Schuh zu und wedelte.

»Sehr gut.« Ich öffnete die Küchentür. »Und such!« Cipión trabte mit erhobener Rute hinaus. »So ist's brav! Such!« Er lief zügig auf die mittlere Tür im unteren Gang zu, stauchte seine Nase unter den Türritz, saugte Geruch und Staub ein und wedelte. »Brav!« Wir huschten hinein.

Socken lagen herum. Ein Tisch, ein Bett, ein Schrank halb offen. Auf dem Tisch stand ein Laptop zwischen Papieren, Büchern und Stapeln von Kopien und Computerausdrucken über die Effizienz kleinbäuerlicher Tierhaltung in Abhängigkeit vom Genpotenzial oder über die Verarbeitung und Verbreitung hochwertiger Agrarpodukte. Ich wühlte kursorisch auf und im Schreibtisch. Im Bücherregal lehnten sich allerlei biologische Atlanten und Grundlagenwerke aneinander. Neben dem Bett stand ein halb ausgepackter Rucksack.

Ich fingerte mich durch die Taschen und förderte eine Rechnung für ein Restaurant in Playa del Inglés zutage, dem bekanntesten Stadtteil von San Bartolomé de Tirana auf Gran Canaria. Dort konnten schwule Jungs ungeniert in aller Öffentlichkeit aneinander herumfummeln, wie mir mein einschlägig erfahrener alter Freund Krk unlängst ausführlich geschildert hatte. Gambas, chuletas de cordero, flan de la casa und vino tinto für zwei Personen. Lecker! In einer Seitentasche des Rucksacks fand ich dann den Rest einer Bordkarte für einen Rückflug von Gran Canaria nach Zürich am Sonntag vor einer Woche. Die Restaurantrechnung stammte vom Mittwoch davor. Wenn ich die Daten auf Vickys Navi richtig deutete, hatte er sich also eine Woche auf Gran Canaria aufgehalten. Und vermutlich nicht alleine. Am Samstag vor seiner Fahrt zum Flughafen Zürich vor zwei Wochen hatte er den mir unbekannten schweizerischen Ort Chippis angesteuert. Warum, wenn nicht, um dort seinen Begleiter für den Gay-Trip nach Gran Canaria abzuholen.

Zusammen mit Cipión kehrte ich in Barbaras Büro zurück und googelte nach Chippis. Der Ort lag im Wallis in unmittelbarer Nachbarschaft von Sidon und Sierre. Ein Raftingparadies. Mir wurde flau.

Ich klügelte eine Reihe zielführender Suchbegriffe aus und landete bei einem christlichen Jugendfreizeitveranstalter namens Natura Christi mit Sitz in Basel, der in Sierre ein Zeltlager unterhielt. Im Basler Büro meldete sich niemand. Es war Samstagnachmittag. Aber die Police Cantonale in Sierre verhalf mir zur Telefonnummer der Lagerverwaltung. Nach einer Weile ging dort auch tatsächlich jemand ran. Ich stellte meine Frage nach Jannik Filser auf Französisch. Wozu hatte ich mal Fremdsprachentippse gelernt. Ja, der sei am Samstag vor zwei Wochen angereist, aber am nächsten Tag bereits wieder abgereist, weil seine Mutter plötzlich krank geworden sei.

Das war jetzt kein Spiel mit Hypothesen mehr. Ich lehnte mich zurück. Jemand musste es den Müttern sagen. Janniks Mutter und Barbara. Welcher zuerst?

Im Laden im alten Bauernhaus herrschte Hochbetrieb, Maxi, Henry und Jacky bedienten zu dritt. Das Kipf schlief im Kinderwagen neben der Kasse. Eine Katze stolzierte mit hoch erhobenem Schwanz am Nudel- und Teeregal entlang. Das fand Cipión zu Recht nicht in Ordnung. Allerdings hatte auch er nichts unter der Fleischtheke zu suchen.

»Wo ist Barbara?«

»Sie wollte zum kaputten Zaun hinüber«, schrillte mir Jacky über die Köpfe ausgemergelter Naturapostel und ausgehungerter Bio-Frauen hinweg zu. »Nimm das Brett«, ergänzte sie überraschend zuvorkommend.

Es war ein stabiles Brett, das man hinter dem Laden über die Eyach gelegt und halbwegs befestigt hatte. Cipión war schneller drüben, als ich Angst haben konnte. Ich balancierte hinterher. Ein Pfad führte durchs Ufergebüsch direkt auf die Westweide. Auf der anderen Seite am Fuß des Hangs von Frommern kuschelte zwischen dornigen Schlehen und Hundsrosen ein Gartenhäuschen, das mir heute Morgen gar nicht aufgefallen war, als ich mit Maxi und Barbara längs durchs Tal eilte. Eine weinbergschmale Treppe führte von seinem Sockel senkrecht den Hang hinauf.

Ich wandte mich auf Kuhpfaden nach Westen, wo die Eyach ihren Bogen zurück zum Hang von Frommern schlug.

Die Spurensicherung hatte ihre Absperrbänder schon wieder abgeschnitten. Ziemlich voreilig! Die Eyach kroch grünlich über Geröll und Ölschiefer durch die Kurve. Alles, was an Säften aus dem Toten geflossen war, hatte sie mitgenommen. Nur die Fliegen wussten noch, wo er gelegen hatte. Und auch Cipión, denn er hatte die Rute gesenkt.

Wie Zähne aus einem parodontösen Gebiss waren die Zaunpfähle aus dem bröseligen Boden gebrochen worden. Barbara fußte im Staub und rammte einen Pfahl zurück ins Loch, aber er neigte sich, kaum ließ sie ihn los.

Die Sonne modellierte die Rundung reifer Weiblichkeit in den Jeans. Mittig zwischen den aufgesetzten Hintertaschen grub sich die Doppelnaht, begleitet von verzückten Fältchen, zwischen die Backen und schlüpfte unters Gesäß. Das hellgrüne T-Shirt war ihr hinten aus dem Gürtel gerutscht. Sie wischte sich mit der Hand den Schweiß aus dem Nacken und drehte sich langsam zu mir um.

»Was willst du?«

»Du willst doch auch!« Ich strich ihr hintenherum über die Hüften.

Sie wich aus. »Lisa, ich spiele nicht den Lückenbüßer, wenn es zwischen dir und Rocky gerade mal nicht rund läuft.«

Meine Muschi frohlockte. »Aber du spielst!« Ich fingerte mich schon mal unter den Saum ihres T-Shirts. Ihre Haut fühlte sich erwartungsweich und schneeweiß an, unberührt von indiskreter Sommersonne und Männerhänden. Ich riss das Shirt aus dem Gürtel und …

»Lisa, ich habe dir gesagt, für Affären bin ich nicht mehr zu haben.«

»Ja, ja!« Sie und ich, sie oder Richard, sie und mein Leben. Darunter tat sie es nicht. Doch sie ahnte nicht, dass all das marginale Probleme waren, Pillepalle und Pipifax, angesichts der Erkenntnis, die ihr unmittelbar bevorstand, nämlich dass ihr Sohn Victor eine mörderische Affäre mit Jannik Filser gehabt hatte.

Falls ich es ihr sagte. Aber musste ich es wirklich tun? Ich? Musste ich es herausgefunden haben?

»Mit Richard ist Schluss!«

»So?« Sie wurde etwas weicher in der Hüfte. »Lisa, du weißt doch gar nicht, was du tust!«

»Wenn ich immer wüsste, was ich tue, dann …«

»Wenn du nur Sprüche klopfen kannst! Lisa, ich habe vier Kinder.«

»Und einen Mann. Den müsstest du natürlich rausschmeißen.« Ich vertraute meine Hand der Doppelnaht an und ließ mich, mit dem Mittelfinger voran, zwischen die Backen entführen.

»Du Krabbe! Lass das! Nicht hier!«

»Dann komm!« Ich nahm sie bei der Hand. Ein Vogel flatterte durchs Gebüsch. Das ausgebleichte Gras raschelte unter unseren Füßen.

»Wohin denn?«, fragte sie mit einem kleinen Sträuben in Stimme und Hand. »Zum Gartenhäuschen? Das ist verschlossen.«

»Wem gehört es?«

»Der Witwe Mauthe. Sie wohnt da oben.«

Der Elektrozaun lief etwa zwei Meter vor dem Häuschen vorbei. Dahinter mischte sich trockenes Gras mit Klettenstauden und Disteln. Cipión schnüffelte einen deutlich sichtbaren Trampelpfad entlang, der zu einem aus vier Platten zusammengefügten Vorplatz führte. Die Tür war grob zusammengehauen, mit einem festen Riegel versehen und mit einem Hängeschloss gesichert.

»Ziemlich frisch geölt«, stellte ich fest und ruckelte am Hängeschloss. »Ein Abus N-45/50. Besser als die meisten Sicherheitsschlösser.«

»Was du nicht sagst!«

Ich fuhr herum. »Wirst du wohl aufhören, alles zu bespötteln!«

Was Gras und Kraut, was Stein und Holz und Farbe einer Tür, ja sogar das Messing eines Hängeschlosses und der eiserne Riegel nach einem Tag Sonne an Geruchsmolekülen absondern konnten, ergoss sich über mich mit solcher Wucht, dass mir die Besinnung abhandenkam. Doch eigentlich war ich betrunken von Barbaras geheimnisvollem Duft nach Mandeln und Maiglöckchen. Ihre Lippen verwandelten meine Nerven in Lunten, die an den verschiedensten Stellen meines Körpers Explosionen zündeten. Wir wälzten uns auf den Platten, und ich erkannte sie. Binnen Sekunden installierte sich die Liebe meines Lebens in meinem unordentlichen inneren Haus und sprengte die Wände. Ich würde umziehen müssen. Mit Sack und Pack in ein neues Leben.

22

Nicht grübeln! Ich saß auf der Weinbergtreppe am Gartenhäuschen der Witwe Mauthe. Barbara hatte mich verlassen, um Maxi im Laden abzulösen, eine halbe Stunde zu spät, und daran war ich schuld. Dabei war ich Barbara doch nur suchen gegangen, weil es jemand den Müttern sagen musste, denen von Jannik und Victor.

Und nun saß ich allein im menschenleeren Tal auf einer Treppe, die im blauen Himmel endete, und rauchte eine Lust-, Schuld- und Unfähigkeitszigarette.

Zum dritten Mal steuerte ich die Mobilnummer von Dr. Zittel an, dem Leichenfledderer von Balingen und Autor eines verdienstvollen Buchs über das *Gleichgewicht der Welt.*

»Zittel!«, meldete er sich, kaum dass es klingelte.

»Schwabenreporterin Lisa Nerz. Schön, dass ich Sie endlich erreiche. Ich bin Journalistin und …«

»Ah, es geht um das Buch«, lächelte die Stimme eines jung gebliebenen Endsechzigers. »Meine Frau sagte mir schon so was.«

»Herr Dr. Zittel, ich würde Sie gerne …«

»Ja, natürlich können wir uns treffen. Wo sind Sie? Schon in Balingen? Kennen Sie sich hier aus?«

»Das *Klein Venedig* kenn ich. Sagen wir, in einer halben Stunde.«

Der direkte Weg nach oben war die Staffel. Cipión streikte auf halber Strecke. Mit ihm auf dem Arm keuchte ich hinter einem Haus hervor, das sich zwischen Thujahecken eingekastelt hatte. Ich stieg vorne über den Zaun hinaus auf die Straße. Zum Weber'schen Haus waren es nur noch zwei Gartentörchen.

Richards Wagen stand erwartungsgemäß am Ende der Zufahrt. Der Rasen hinterm Haus war gut gewässert und grün. Eine saftstrotzende Eibenhecke verstellte den Blick auf die Fabrikruine. Neben der Garage buschte ein prächtiger Kirschlorbeer. In den Töpfen auf den Terrassenecken blühte der Oleander. All diese Giftpflanzen wurden noch getoppt vom Blauen Eisenhut, dessen dutzende Kerzen sich harmlos wie ein Unkraut am Zaun zum Tal reckten.

Cipión trabte direkt auf die Terrassentür zu, die immer noch offen stand. Ich trat hinter ihm ein und erschreckte Lotte Weber zu Tode. Sie hupfte aus dem Polster des Strecktulpensofas hoch und ließ sich mit der Hand auf dem Herzen wieder fallen. Das brachte Pfarrer Frischlin, der neben ihr saß, so ins Wippen, dass er mit einem Fliegenklatschenschlag nach dem Blöckchen haschen musste, das er auf den Knien liegen hatte.

»Jessus, Kind! Müssen Sie uns so erschrecken?«

Richard saß im Tulpensessel und musterte mich. Er sah mir immer alles an, Gewissen und Gewissenlosigkeiten.

»Ich brauche mal dein Auto«, sagte ich. »Guten Abend auch, Frau Weber, Herr Frischlin, und entschuldigen Sie die Störung.«

Frischlin nickte gnädig. Lotte lächelte erwartungsvoll.

Schweigend versenkte Richard seine Hand in der Innentasche seines Jacketts, während er mit der anderen Cipión hinter den Schlappohren kraulte, und zog sie mit seinem Autoschlüssel wieder heraus. Im Gegensatz zu seiner Mutter, deren Erwartung sich immer breiter in die Backen lächelte, wusste er, dass jegliche Frage nach meinem Woher und Wohin nur eine Front für Wortgefechte aufgemacht hätte, die er für sinnlos hielt.

Ich zupfte den Schlüssel aus seinen Fingern.

»Aber Sie sind doch zum Abendessen wieder hier, Kind?«, fragte Lotte. »Ich muss jetzt hier nur mit dem Pfarrer noch den Trauergottesdienst besprechen.«

»Äh!«

»Ja«, sagte Richard plötzlich und sprang auf. »Wir sind zum Abendessen wieder da.« Im nächsten Moment standen wir draußen auf der Terrasse. »Nimmst du mich mit?«

»Wohin?«

»Egal.«

»Möchtest du fahren?« Ich reichte ihm den Schlüssel zurück.

Ein Lächeln huschte über seine im Haus seiner Mutter ausgehöhlte Mimik. Am Steuer eines PS-starken Wagens regenerierte sich ein Mann stets am besten. Allerdings wäre er vermutlich lieber alleine gefahren. Zumindest schweigend.

»Ich bin im *Klein Venedig* mit Dr. Zittel senior verabredet«, erklärte ich, als wir die Hauptstraße entlang in die untergehende Sonne rollten. »Er hat ein hochinteressantes Buch geschrieben.«

Richard schickte einen ungläubigen Blick zu mir herüber. »Zumindest hat er sich große Mühe gegeben. Aber du willst dich doch nicht wirklich mit ihm über das Gleichgewicht der Welt unterhalten. Oder über Philipp Matthäus Hahns Idee einer Maschine, die einen Wagen allein durch Wasser und Feuer über Berge und Täler bewegen kann.«

»Worüber denn sonst?«

Die Flöhe, die es dank des Flohgifthalsbands nicht mehr in Cipións Fell aushielten, sprangen in meine Hosen und bissen mich in die Fesseln. Ich kratzte und ächzte: »Wenn du mir nicht glaubst, dann komm doch mit.«

Dr. Reinhold Zittel war ein agiler Mann im vollen Saft des Unruhestands. Seine Backen neigten wie die seines Sohnes zu fettigem Glanz, seine Halbglatze schillerte, seine Äuglein glitzerten unter buschigen weißen Brauen.

»Herr Weber! Es freut mich, Sie kennenzulernen«, sagte er, nachdem ich ihm Richard vorgestellt hatte. »Die Ähnlichkeit ist unverkennbar! Übrigens mein aufrichtiges Beileid. Wirklich tief empfunden, kann ich sagen. Ihr Vater war mir stets ein guter Freund und gestrenger Ratgeber. Es war einer der traurigsten Momente meines Lebens, als ich ihm gestern die Augen zudrücken musste. Richten Sie doch bitte Ihrer Frau Mutter noch einmal mein Mitgefühl aus.«

»Danke«, erwiderte Richard.

Wir nahmen auf der Terrasse Platz. Wendig paddelte Zittel auf seinem Redestrom um unsere Geräusche herum wie ein Champion auf der Wildwasserbahn um die hängenden Tore – ohne sie zu berühren!

»Ja, das Buch«, sagte er. »Auf einmal interessiert sich alle Welt für die Waagenindustrie von Balingen! Das Fernsehen hat sich auch schon angekündigt. Wer hätte das gedacht? Ich bin doch bloß ein kleiner Gerichtsmediziner, der die Geschichte als Hobby betreibt. Für welche Zeitung schreiben Sie? Frau …«

»Nerz.«

»Sie müssen schon entschuldigen, mein Namensgedächtnis! Sie haben den ganzen Nachmittag versucht, mich anzurufen? Leider musste ich ganz plötzlich in die Gerichtsmedizin nach Tübingen. Eine Wasserleiche aus Frommern. Gleich bei Ihnen um die Ecke, Herr Weber. Ein schwieriger Fall. Da hat man sich eines alten Pensionärs erinnert, zumal ich mich auch auf forensische Entomologie verstehe. Bei der Hitze entwickeln sich Schmeißfliegenmaden prächtig. So konnten wir feststellen, dass die Leiche bereits etliche Stunden im Wasser gelegen hatte, bevor zwischen 22 und 23 Uhr gestern Nacht die Rinderherde über sie hinwegtrampelte. Ja, da staunen Sie, Frau März! Was wir Gerichtsmediziner so alles feststellen können.«

Mein offenes Maul war allerdings weniger den Wundern der forensischen Insektenkundler geschuldet. Dann war es also gar nicht die Herde gewesen, die Jannik getötet hatte. Kein Unfall. Und dass Jacky und Maxi bei der Aussegnung die Hände gefaltet hatten, nützte ihnen nicht mehr als Alibi.

»Ja, eine Leiche ist ziemlich mitteilsam. Sie schwätzt noch mehr als ich!« Er lachte über die Terrasse hinweg. »Auch wenn der Tote aus Frommern kein Gesicht mehr hat und kein Organ an seiner Stelle sitzt, so hat er uns auch noch verraten, dass sein Tod in einem geschlossenen Raum eintrat, und zwar in der Nähe einer Ameisenkolonie. Wir haben Ameisenverbiss gefunden, aber keine Fliegenmaden in einem entsprechenden Entwicklungsstadium. Aber ich will Sie nicht langweilen. Wo bleibt die Bedienung? He, hallo, Fräulein!!!«

Die Blonde bewahrte sich ihr Lächeln.

»Ein Weizen für mich! Und ein … was nehmen Sie, Frau Herz? Ah! Ein Pils für die junge Dame. Und einen Kaffee für den Herrn.«

»Ein Java«, spezifizierte Richard grätig.

»Wahrscheinlich ging es um ein Mädchen«, redete Zittel nahtlos weiter. »Da erschlägt der eine den anderen. Auf dem Land ist es immer dasselbe: Inzest, Gewalt gegen Frauen, Eifersucht, Hass, all das, was der Schwermut des Menschen geschuldet ist. Die Gottferne der Jugend erzeugt Schwermut, und Schwermut erzeugt Hass auf andere und auf sich selbst und Gleichgültigkeit dem Leben gegenüber. Der Tod ist ohnehin der ständige Begleiter der Bauern. Kühe, Hühner, Gänse, alles wird gezogen, um zu sterben. Auf dem Land, da zeigt der Tod jeden Tag seine Fratze. Sie würden sich wundern, Frau Sterz, was für eine grausame Fratze zuweilen. Ich war noch ein blutjunger Gerichtsmediziner, 1964 war das, als ich es mit einem vierzehnjährigen Buben zu tun hatte, der komplett durch einen Mähdrescher gedreht wurde. Raus kam er im wahrsten Sinne gedroschen.«

Richard erhob sich, bat um Entschuldigung und begab sich ins Café hinein.

»Identifizieren Sie so was mal«, fuhr Zittel gemütlich fort, »ohne Gentechnik! Aber wir haben es geschafft. Mithilfe von achtzehn Zähnen, die wir aus dem Korn gesiebt haben.«

»Paul Filser?«

»Nach Namen dürfen Sie mich nicht fragen, Frau März. Wie gesagt, mein Namensgedächtnis ist eine Katastrophe.«

Die Bedienung brachte das Weizen, das Pils und den Kaffee.

»Meistens ist Alkohol im Spiel.« Zittel zog den gelben Saft unter dem Schaum hervor in den Schlund. Sein Adamsapfel sprang drei Mal. Dann setzte er das Glas auf den Tisch und wischte sich die Schnute ab. »1975, das war auch so ein Fall, da drüben in der Stotzinger Mühle. Wie bei Max und Moritz. Nur, dass der Junge unten nicht so hübsch herauskam, dass die Hühner ihn aufpicken konnten. Er muss sternhagelvoll gewesen sein. Sonst legt man sich nicht in der Schütte über der Schneckenwelle schlafen. Die armen Eltern. Der Junge war gerade eben konfirmiert worden. 1997 hatten wir wieder so einen Fall. Ein Hochleistungshäcksler in Erzingen erwischte einen Burschen, der sich betrunken ins Gebüsch schlafen gelegt hatte. Er kam in Fünfzentimeterstücken hinten raus. Meterweit verteilt. Es handelte sich um einen Sechzehnjährigen aus Erzingen, der schon etliche Tage vermisst gewesen war, per DNS-Abgleich identifiziert. Ich kenne die Eltern. Sie verstehen es bis heute nicht. Und dann die Geschichte mit dem Gülletank, 2001. Ein Bauer versprühte Knochen auf dem Feld. Er hatte für seine Anlage gerade ein starkes Tauchrührwerk gekauft, das auch die schweren Bodenablagerungen schaffte. Liter für Liter haben wir die Scheiße durchgesiebt. Schätzungsweise sechzig Prozent der Leiche haben wir zusammenbekommen. Ein Fünfzehnjähriger aus Roßwangen. Und letztes Jahr der Siloballen. Ende Oktober war dem Bauern aufgefallen, dass einer seiner Ballen auf dem Feld stinkt und seicht. Gras mit menschlichem Eiweiß gemischt ergibt nun einmal keine stabile Silage. Wie der Junge aus Heselwangen ins Schneidwerk der Rundballenpresse geraten ist, ließ sich nicht mehr rekonstruieren. Wo steckt eigentlich Herr Weber? Ihm wird doch nicht schlecht geworden sein?« Zittel reckte den Kopf in Richtung Café.

»Er hat eine tiefe Abneigung gegen Leichenerscheinungen in Unterhaltungen«, erklärte ich.

Zittel lachte gemütlich. »Kann man ihm nicht verdenken, wo sein Vater gerade verstorben ist. Herzstillstand bei kardialer Vorschädigung, Lebersymptome. Er ist zu Hause gestorben. Ein gnädiger Tod! Glauben Sie mir, da steht auch ein alter Leichenfledderer wie ich betroffen und faltet die Hände zum Gebet. Normalerweise sehe ich die Leichen auf dem Seziertisch und fluche über die Ärzte, die die Leichenschau vorgenommen haben. Manche überprüfen nicht einmal die Totenstarre. Ich finde sie an keinem Gelenk gebrochen. Und wenn Sie die Farbe der Totenflecken begutachten, brauchen Sie Tageslicht. Sie sind doch nicht zimperlich, Frau Herz? Wissen Sie, die meisten unentdeckten Morde – die perfekten Morde gewissermaßen – geschehen im Bett. Wenn Sie Ihren Erbopa umbringen wollten, dann sollten Sie es an einem Sonntag tun, wenn der Hausarzt nicht erreichbar ist. Auf dem Nachttisch bauen Sie die Herzmedikamente auf. Den Arzt möchte ich sehen, der Ihnen dann ins Gesicht sagt, die Todesursache sei nicht feststellbar. Und ein natürlicher Tod ist allein durch die Leichenschau praktisch nicht festzustellen. Aber ich habe auch schon Leichen auf dem Tisch liegen gehabt, wo *natürlicher Tod* angekreuzt war und die Stichverletzungen auf dem Rücken deutlich zu sehen waren. Was man doch alles übersehen kann an einem Sonntagabend in einem dunklen Zimmer, wenn der Enkel, der gerade einen Mord begangen hat, stark wie ein Stier hinter einem steht und mit finsterer Miene zuschaut! Wer zieht den alten Opa dann schon nackend aus und schaut ihm in den Anus? Wissen Sie, so mancher Arzt hat einfach Angst. Wer will ihm das verdenken. Langsam mache ich mir Sorgen um Herrn Weber. Er kommt gar nicht wieder.«

Ich fand Richard an der Bar. Er drehte ein Glas Wodka in den Fingern, noch voll.

»Ist er durch?«, fragte er.

»Mit den geschredderten Leichen, ja. Jetzt sind die perfekten Morde dran, die Alten, denen …«

Das Glas in seinen Fingern kam zum Stillstand. »Es ist gut, ja!« Er hob das Glas einen Millimeter vom Tresen. Mit geweiteten Nüstern. Die Flüssigkeit schwappte. Ich konnte nur wie gebannt zuschauen und abwarten. Wahrscheinlich war es sogar besser, wenn ich nichts sagte. Richard traf seine Entscheidungen gern allein. In der Tat, er stellte das gefährliche Glas wieder hin und schnaubte ein trostloses Lachen. »Mein Gott! Was habe ich früher gesoffen, um diese Bibelspruchleere auszufüllen.«

»Was darf ich Ihnen bringen?«, fragte die Dame zwischen Tresen, Waschbecken und Flaschen.

»Nichts!«, bellte ich. »Richard, komm, gehen wir!«, flötete ich hinterher.

Aber er ließ sich nicht lösen von Barhocker, Tresen und Wodkaglas. »Weißt du, ich habe meinen Vater für einen armen Trottel gehalten. Er denkt … er dachte wie eine Ratte im Labyrinth. Immer derselbe Weg und immer derselbe Ausgang: das Gebet um Gottes Gnade. Voller Angst vor dem Leben, dem er mit Starrsinn und biblischen Regeln begegnete. Nur nichts genießen, sich nie freuen, stets in Demut das Haupt gebeugt und das Leben Gott befohlen und verkniffen auf die Nachbarn gespickt, die sich nicht dran halten. Mein Vater war für sich selbst die größte Strafe, dachte ich manchmal. Ich konnte aus seinem Gefängnis ausbrechen, er nicht. Manchmal hat er mir sogar leidgetan. Aber weißt du was: Er war nie ein armer Tropf, er war kein harmloser Trottel. Er war … er war … er war böse.«

Der Kaffee in Richards Augen war schwarz geworden im Spiegelreflexlicht der Bar und funkelte.

»Weißt du, was ein wirklich böser Mensch ist, Lisa? Ich rede nicht von Massenmördern oder diesen vermeintlich genialen Verbrechern à la Dr. Mabuse, in denen wir so intellektuell verträumt dem Rätsel des Bösen zu begegnen meinen. Nein! Das Böse hat keinen Plan. Es hat nichts, was man definieren könnte als ein Ist. Es ist ein Mangel. Es ist die Abwesenheit des Du im Gefühlsleben. Es klammert sich stattdessen an eine Idee. Weißt du, wer auf der Welt stets das größte Unheil angerichtet hat? Derjenige, der es gut meinte mit der ganzen Welt. Der Weltverbesserer. Einer, der nicht in seinem Namen, sondern im Namen Hunderttausender handelt. Oder in Gottes Namen.«

Er hob das Glas im Reflex seines Elends, das über zwanzig Jahre zurücklag. Ich hielt den Atem an. Doch wieder setzte er es auf den Tresen zurück. »Willst du wissen, was ich meinem Vater wirklich vorwerfe, Lisa?«

Ich nickte.

»Ich werfe ihm vor, dass er nicht wollte, dass ich glücklich bin. Er hat mich nur angelächelt, wenn er zuvor mein Lächeln zerstört und Angst oder Scham in mein Gemüt gesenkt hatte. Stell dir einen Menschen vor, der die Kunst vollkommen beherrscht, ein Kind klein und schäbig und schuldig zu machen in jeder Minute, die es atmet. So sehr, dass der Gedanke an den Tod sein ständiger Begleiter wird und es mit der geladenen Armeepistole des Vaters unterm Kopfkissen schlafen geht – morgen bringe ich mich um, wenn mir die Lehrerin eine Sechs gibt, weil ich die Hausaufgaben nicht gemacht habe. So sehr, dass es sich später um den Verstand säuft, weil es zum Kopfschuss zu feige war.«

Er zog die Hand von seinem Wodkaglas.

»Mein Vater«, sagte er, »hatte für niemanden irgendein Gefühl, außer einem erzieherischen. ›Wen der Herr liebt, den züchtigt er, und er schlägt jeden Sohn, den er annimmt.‹« Er schob das Glas erst zögernd, dann entschlossen in meine Richtung.

»Wenn ich das gewusst hätte, Richard, dann hätte ich deinen Vater schon eher mal umgebracht.«

»Lisa, bitte!«

Ich zog das Glas zu mir herüber. »Alles wird gut. Dein Vater ist eines natürlichen Todes gestorben. Dem alten Leichenfledderer Zittel könnte man wohl keine Eisenhutvergiftung für ein Herzkammerflimmern vormachen.«

»Dann sind wir uns ja ausnahmsweise mal einig.«

Ich prostete ihm zu und kippte den Wodka. »Aix! Brr!«

Richard legte einen Schein auf den Tresen, rutschte vom Hochstuhl und seufzte: »Dann wollen wir mal hören, was Zittel über die Waagenbauer von Balingen zu sagen hat.«

23

»Ich darf wohl sagen, ohne Ihren Vater hätte ich das Buch in vorliegender Form kaum schreiben können.«

Richard rührte in seinem erkalteten Kaffee.

»Eine beeindruckende Familie! Was für Persönlichkeiten! Gottlieb Weber, der beinahe kindlich fromme Vervollkommner der Substitutionswaage, oder Carl, der den Achtstundenarbeitstag einführte, oder Ihr Großvater Wilhelm Weber, der in seinem Betrieb etliche Juden aus den Ölschiefersteinbrüchen über die letzten Kriegstage rettete.«

Das hatte Richard gar nicht ins Feld geführt, als ich nach dem Parteibuch seines Großvaters fragte. Wenn sich da nicht der dressierte Pietist offenbarte, der sich nie in Versuchung führen ließ, sich und die Seinen positiv herauszustreichen!

»Ja, die Webers waren groß denkende Männer«, übernahm Zittel das Lob, »und so gottesfürchtig. Das Tagebuch von Gottlieb Weber ist ein anrührendes Zeugnis tiefer Frömmigkeit und Herzenserforschung.«

»Sünde und Gnade, Sünde und Gnade und noch mal Sünde und Gnade«, murmelte Richard. »Ein Laufrad.«

»Und gerade darin steckte der Fortschritt, nicht wahr! Das Revolutionäre.« Mittlerweile war es Nacht geworden, und Zittel sprach über Theologie und Aufklärung. »Die genaue Beobachtung hilft, die Welt zu erkennen, und die Welt ist nichts anderes als der Spiegel von Gottes unbegreiflicher Weisheit.«

Richard lächelte verwundert.

»Wir verstehen uns!«, irrte sich Zittel. »Der Geist des Vaters lebt im Sohn weiter. Viele Menschen glauben ja, mit der Erforschung des Weltalls bis in die schwarzen Löcher hinein hätten wir Gott vertrieben. Umgekehrt wird ein Schuh draus. Je tiefer wir zum Beispiel in das Genom, den wunderbaren Bauplan allen Lebens, eindringen, desto mehr wird uns Gottes Weisheit bewusst, der unauflösliche Zusammenhang von Natur und Schrift. Gott offenbart sich uns stufenweise. Die biblischen Wunder werden uns nach und nach erklärlich …«

»Sogar die Jungfrauengeburt!«, gelang es mir einzuwerfen.

Zittels buschige weiße Brauen rückten über seine Nasenwurzel zu einem V ein. »Bitte?«

»Na«, feuerte ich ins Blaue, »Ihr Sohn macht in seinem Labor doch schon mit der Parthenogenese herum, oder nicht?«

»Das wüsste ich aber!« Zittel hustete Entrüstung aus der Lunge.

»Was wäre daran so schlimm?«, fragte ich blöde.

Der Doktor schüttelte den Kopf und wandte sich an Richard. »Die jungen Leute mit ihren Handys und Computern, und alles ist machbar und jede Krankheit muss geheilt werden!«

»Sie haben doch auch ein Handy«, sagte Richard. Keiner beherrschte wie er die Kunst, sich von einem Moment zum nächsten der Kumpanei zu entziehen, die ein sich um Kopf und Kragen redender Narr, Verbrecher oder Gestrauchelter mit ihm suchte.

»Das hieße«, knarzte Zittel mit zitternden Backen, »der Schöpfung ins Handwerk pfuschen.«

»Nun ja«, erwiderte Richard. »Verpfuschen kann man da nicht mehr viel.«

Zittel schnaubte. »Niemals«, dröhnte er über die nächtliche Terrasse, »kann und darf der Mensch so vermessen sein, es besser machen zu wollen als unser Schöpfer. Darüber brauchen wir nicht zu diskutieren, denke ich.«

Sämtliche Köpfe hatten sich gedreht. Weiße Gesichter leuchteten aus dem Dunkel zu uns herüber.

Richard beugte sich vor. »Mord und Totschlag«, sagte er ruhig, »Hunger und Elend, Terror und Tod, das haben wir schon alles, dazu Krankheiten, Schmerzen, Wahnsinn. Und sagen Sie nicht, sie seien Gottes Strafen für jene, die sich von ihm abgewandt haben. Wissen Sie, was ich nie verstanden habe? Diese Lust an der Prüfung, an der Strafe, mit der wir uns zwingen, in unserem Scheitern und Leiden einen Plan Gottes zu suchen. Was für eine perfide Idee zu glauben, Gott habe uns als seine Abbilder geschaffen, aber mit so vielen Fehlern und Mängeln ausgestattet, dass er Jesus schicken musste, um uns zu retten, was zudem misslungen ist. Ihr Glaube an das Tausendjährige Reich mit neuem Himmel und neuer Erde ist doch nichts anderes als das Eingeständnis, dass Gott einen zweiten Versuch braucht, weil sein erster schiefgegangen ist.«

Die Eyach rauschte übers Wehr, hier und dort klirrten Gabeln auf den Tischen, Stühle knarrten, und Zittel schnappte nach Worten. »Sie sind zu bedauern! Da bleibt mir nur, für Sie zu beten.«

Richard sprang pure Mordlust aus den Augen, gepaart mit Lust am Untergang. »Das …«, sagte er.

Ich warf rasch mein Bierglas um.

Zittel sprang auf, um seine hellen Hosen zu retten.

»... verbitte ich mir!«, vollendete Richard seinen Satz.

Zittel hörte nicht. Mit hastiger Hand wischte er Bier von seinem Hosenstall und polierte sich einen gelblichen Fleck in den Schritt.

24

Womöglich war das Glas Wodka, das Richard mir lammfromm hingeschoben hatte, nicht das erste gewesen, das ihm die Dame zwischen Tresen, Spüle und Flaschen hingestellt hatte. Wodka war das Getränk der heimlichen Trinker, weil es den Atem nicht mit Alkohol tränkte.

»Weißt du«, kicherte er, als wir die Treppe zur Zehntscheuer hinaufstiegen, »weißt du, was mir an dir von Anfang an gefallen hat, Lisa? Deine katholischen Augen. Nein, im Ernst. Ich habe euch immer beneidet. Ihr könnt freitags Maultaschen essen, denn euer Gott ist ein bisschen bescheuert und merkt nicht, wie viel Fleisch ihr Schelme unters Grün gemischt habt. Aber unserer, Lisa, unserer sieht alles, die gekreuzten Finger hinterm Rücken beim Schwur, jeden geistigen Seitensprung.«

»Ist ja gut!«, sagte ich. »Es ist vorbei, Richard.«

»Für uns ist es nie vorbei! Ihr habt die Beichte, wir schämen uns bis zum Tod. Schuld und Buße, das ewige Tretrad. Du kommst nie an.«

Wir bogen in die Gasse, wo mit dem Stern zur Fußgängerzone Richards Wagen parkte. Von wegen Samstagnacht. Hier war wirklich nichts los außer Kopfsteinpflaster.

»Weißt du übrigens, worüber Vicky seine Abschlussarbeit schreibt?«, bot ich Richard einen Ausweg aus seinem privaten Göpelwerk an.

»Über die Archerinder.«

»Und eigentlich über die Toleranz einer Gesellschaft, in diesem Fall einer Rinderherde, den Individuen gegenüber, die anders sind. Stiere, die die Rolle von Kühen spielen zum Beispiel.«

Richard streckte die Hand aus und ließ die Zentralverriegelung springen und die Blinker blinken.

»Mit großer Leidenschaft«, fuhr ich fort, »hat Vicky mir erklärt, dass es in Ameisengesellschaften Einzelne gibt, die ihre Artgenossen totbeißen. Doch der Ameisenstaat lässt sie am Leben, weil ihre genetische Abartigkeit eines Tages notwendig sein könnte.«

»Und weil der Ameisenstaat, um die Abartigen zu töten, wiederum Abartige bräuchte, die ihre Artgenossen töten«, bemerkte Richard leichthin.

Ich schluckte. Abgeschossen!

Cipión, der auf dem Beifahrersitz geschlafen hatte, wedelte sich das Hinterteil ab. Während ich ihn vom Sitz in den Fußraum schubste, damit ich mich setzen konnte, stieg Richard auf der anderen Seite ein.

»Wusstest du«, sagte ich, als er den Schlüssel ins Zündschloss steckte, eine Handlung, die er gewöhnlich mit großer Zielsicherheit und einer gewissen Zärtlichkeit ausführte, »dass Vicky schwul ist?«

Richards Hand stockte. »Hat er nicht eine Freundin in Hohenheim? Sie studiert Medienwissenschaften. Sie heißt Phyllis.«

»Eine Freundin kann man immer haben.«

»Und dass einer schwul ist, ist schnell geschwätzt.«

»Es ist doch nicht schlimm!«

»Aber es ist auch allein seine Sache zu entscheiden, wann, wie und mit wem er über seine sexuellen Neigungen redet.« Er startete den Motor.

»Vicky hat eine Woche lang auf Gran Canaria verbracht, und zwar in einem Schwulenparadies. Und sicher nicht allein. Sonntag vor einer Woche ist er zurückgekommen. Ich habe eine Bordkarte und eine Restaurantrechnung gesehen.«

Schweigend lenkte Richard, was ihm sichtlich Freude bereitete, das schwere Fahrzeug aus der Parkbucht.

»Und eine Woche davor, also vor zwei Wochen, ist er ins Wallis gefahren. Und zwar nach Chippis. Das liegt ganz in der Nähe von Sierre ...«

»Siders auf Deutsch«, schweifte Richard entschlossen in Bildung ab. »Der Alterssitz von Rainer Maria Rilke: ›O Orpheus singt! O hoher Baum im Ohr! / Und alles schwieg. Doch selbst in der Verschweigung / ging neuer Anfang, Wink und Wandlung vor.‹«

»Hübsch. Aber bei Sierre befindet sich heute ein christliches Ferienlager mit frühchristlichem Handyverbot. Jannik Filser hätte dort Raftingferien machen sollen. Er ist auch dorthin gefahren, vor zwei Wochen, aber am folgenden Tag schon wieder abgereist, angeblich wegen einer kranken Mutter. Gleichzeitig ist Vicky in Chippis angekommen. Tags darauf ist er zum Züricher Flughafen gefahren. Zumindest sind diese Ziele auf seinem Navigator programmiert.«

»Ein Navigator gibt keinen Aufschluss darüber, wie viele Personen das Fahrzeug transportiert hat.«

»Aber du musst zugeben, dass die Koinzidenz der Daten und Orte frappierend ist. Und Jannik ist mit Bikerstiefeln an den Füßen gestorben. Wohin fahren wir eigentlich?«

Wir rollten an einem gigantischen Gebäude entlang, das ich an versteckten, aber untrüglichen Zeichen als Schule identifizierte: viele Fenster von tödlicher Regelmäßigkeit, viele Bögen, ein Baum, Tischtennisplatten.

»Die Sichelschule«, klärte Richard mich mit Nostalgie in der Stimme auf. »Gebaut in den zwanziger Jahren, trotz Inflation und Backsteinmangel. Die Fassade ist übrigens Jugendstil.«

»Sehr schön.«

»Im Hof befindet sich ein Brunnen, der mir als Kind reichlich Kopfzerbrechen bereitet hat. Oben drauf steht ein Knabe mit einer Sau. Auf dem Rücken trägt er einen Rucksack, in dem offensichtlich ein Stein steckt. *Hans im Glück*. Wir hatten natürlich keine Märchenbücher daheim. Ich musste es in der Schulbibliothek nachlesen. Seitdem frage ich mich, warum der Künstler von all den Tieren, die der Knabe nach und nach eintauscht, ausgerechnet die Sau ausgewählt hat, obgleich es doch eigentlich ein Ferkel gewesen war.«

Wir fuhren an Bahngleisen entlang. Der Stadtkern mit dem Turm der Stadtkirche entschwand. Ganz falsche Richtung.

»Jedenfalls«, nahm ich meine Peilung wieder auf, »spricht viel dafür, dass Vicky und Jannik sich hinterm Rücken von Janniks Eltern im Wallis getroffen haben und gemeinsam nach Gran Canaria geflogen sind. Am Sonntag, als Jannik zurückkam, hat er den erlaubten Handyanruf vom Lager aus fingiert und seinen Eltern versichert, dass es ihm gut gehe.«

Wir bogen über eine Brücke. Der Turm der Stadtkirche schob sich wieder ins Feld der Windschutzscheibe, während sich Richard endlich entschloss, meinen Stier bei den Hörnern zu packen. »War Vicky nicht gestern Abend in München auf einer Tagung?«

»Wofür wir bislang nur sein Wort haben. Und selbst wenn, wo war er gestern Nachmittag? Die Leiche hat seit dem Nachmittag im Fluss gelegen. Gestorben ist Jannik dort auch nicht, sondern in einem geschlossenen Raum. Selbst wenn Jannik nicht mit Vicky eine Woche auf Gran Canaria war, stellt sich immer noch die Frage, wo er sich die letzten vierzehn Tage aufgehalten hat, während seine Eltern ihn im Lager in Sierre glaubten, so gut wie unerreichbar wegen des Telefonverbots. Ich glaube, dass Vicky und Jannik nach ihrem Gay-Urlaub noch eine Woche zusammen verbracht haben. In irgendeinem Versteck hier in der Gegend. Und dann ist irgendetwas passiert.«

»Lisa, du bist im Begriff, Barbaras Sohn zum Mörder zu machen. Und zwar aus purer Langeweile! Nur weil du aus dem Tod meines Vaters keinen Mordfall konstruieren konntest. Du spielst auf unverantwortliche Weise mit den Gefühlen anderer

Menschen. Deshalb halte ich es für dringend an der Zeit, dass du nach Hause fährst.«

Er bog links ab, und der Turm der Stadtkirche mit Philipp Matthäus Hahns unspektakulärer Sonnenuhr rückte erneut hinter uns.

Mein Blutdruck stieg. »Ich kann auch mit dem ermittelnden Staatsanwalt reden. Du kennst ihn. Er heißt Kromppein. Und wenn es den auch nicht interessiert, dann unterhalte ich mich eben mit Staatsanwältin Meisner über den perfekten Mord.«

»Was hat dir Vicky eigentlich getan?«

»Das ist doch nicht die Frage!«, schnaubte ich. »Richard, was ist mit dir los? Dein Vater ist gestorben, okay. Ich verstehe, dass dich das aus dem Tritt bringt. Aber wo ist der Jurist geblieben, der ohne Ansehen der Person ein Unrecht verfolgt, damit Justitia mit verbundenen Augen auf ihrer Waage Schuld gegen Unschuld abwägen kann.«

»Vorsicht, Lisa! Pass auf, was du mir unterstellst!«

»Ja, heidenei, Richard! Glaubst du, ich wüsste nicht, was du mit deinem Bäsle Barbara für ein Arrangement getroffen hast. Christoph Weininger weiß es, und Kromppein ebenfalls! Jetzt braucht nur noch jemand der Presse zu stecken, dass der Grasdackel Kromppein bei deinem Bäsle sein BSE-freies Fleisch auf Rabatt einkauft. Und flugs erklärt sich, warum er jedes Bußgeldverfahren niederschlägt, und das offensichtlich mit Billigung des Staatsanwalts beim Landgericht Stuttgart, der über alle Verfallssachen über hunderttausend Euro informiert sein muss und ist. Und hier geht es um eine Viertelmillion!«

»Und was muss ich da deiner Ansicht nach tun?«

Wir standen an einer roten Ampel auf einer Ausfallstraße zwischen Bahnhof und steinernen Zeugnissen zweifelhafter Stadtplanung.

»Du musst …« Mir stockte die Zunge.

»Ja, was, Lisa? Barbara vernichten? Ihr eine Viertelmillion Euro wegnehmen? Haus und Hof pfänden, wenn sie nicht zahlen will, weil sie nicht zahlen kann? Sie zum Verkauf der Rinderherde zwingen und damit ein einmaliges Experiment und eine wissenschaftliche Sensation vernichten? Ist das die angemessene Strafe für jemanden, der den Sonntag nicht heiligt?«

Er bog auf den Parkplatz am Bahnhof ein, rollte zum Bahnhofsgebäude vor und killte den Motor. Cipión wurde hektisch zwischen meinen Füßen. Die Bahnhofsuhr zeigte halb zehn.

»Aber du machst dich erpressbar, Richard.«

»Ich wüsste nicht, inwiefern. Bei einem Ordnungsgeldverfahren gilt der Grundsatz der Verhältnismäßigkeit. Bußgeld und alle weiteren möglichen Sanktionen dürfen nicht die wirtschaftliche Existenz des Betroffenen vernichten. Ziel des Bußgeldbescheids ist lediglich eine Verhaltensänderung des Betroffenen.«

»Aber ein Bußgeld von 1500 Euro! Bist du dir wirklich sicher, dass deine Bullwinkle da nicht arg glimpflich davonkommt?«

»Wer sagt denn so was?«

»Barbara. Darauf hättet ihr euch gestern Nachmittag geeinigt.«

Richard runzelte die Stirn.

»Und du hast für gestern Abend Kromppein nach Stuttgart in die *Wielandshöhe* eingeladen, nicht, um ihn wegen Vorteilsnahme im Amt rundzumachen, sondern um ihm zu bestätigen, dass er ruhig weiterhin beide Augen zudrücken kann, was deine Base Barbara betrifft.«

»Wie lange musst du eigentlich grübeln, um auf so einen Schafscheiß zu kommen?« Richard zog gekränkt den Zündschlüssel ab, für Cipión erneut ein Zeichen, im Fußraum verrückt zu spielen, denn für gewöhnlich gingen dann die Türen auf. Aber Richard blieb sitzen und fragte: »Warum hätte ich das denn in Anwesenheit von Frau Meisner, Herrn Weininger und dir tun sollen?«

»Damit wir heftig dazu nicken und dein Gewissen entlasten.«

Ein ungläubiges Lächeln huschte über Richards müde Züge. »Deine Sorge um mein Gewissen in Ehren, aber sie ist unbegründet. Ich kann dir über die Einzelheiten des Bußgeldverfahrens gegen Barbara keine Auskunft geben, zumal es in Kromppeins Zuständigkeitsbereich fällt. Die Entscheidung liegt ohnehin beim Amtsgericht. Nur so viel kann ich dir sagen: Es geht nicht um eine Verfallssumme im sechsstelligen Bereich, sondern lediglich im unteren fünfstelligen. Und dafür bin ich nicht zuständig. Das habe ich gestern versucht, Barbara zu erklären. Aber sie … sie hat mich hochkant rausgeschmissen.«

»Warum?«

Richard senkte die Lider. »Sie hatte wohl Absolution von mir erwartet und dass ich das Verfahren niederschlagen kann. Es fielen jedenfalls Worte wie: Arschloch und Allmachtsdackel, und du bist ja noch schlimmer als dein Vater! Der hat sich für Jesus gehalten, aber ihr Juristen seid alle Henker.«

Oje! Bullwinkle gegen Rocky.

»Und was das Treffen gestern in der *Wielandshöhe* betrifft«, fuhr er zu meinem Erstaunen ungefragt und ungepiesackt fort, »Kromppein neigt generell dazu, Ermittlungen vorschnell einzustellen. Beim Generalstaatsanwalt sind mehrere Beschwerden anhängig, die mit einem Klageerzwingungsverfahren vor dem Oberlandesgericht drohen, betreffend drei ungeklärte Todesfälle von Jugendlichen im Raum Balingen. Beschwerdeführer sind die Eltern. Aber es war … nun, es war mein Vater, der sie dazu angestachelt … äh … veranlasst hat. Denn er kannte die Jugendlichen aus seiner Bibelstunde. Nach Einschätzung von Staatsanwältin Meisner legen die Auffindungssituationen durchaus Ermittlungen in Richtung eines Gewaltverbrechens nahe.«

»Geht es da um die Toten im Gülletank, im Siloballen und im Häcksler? Ich habe mal einen Artikel darüber geschrieben. Allerdings hatte es da den Toten im Siloballen noch nicht gegeben. Dafür gibt es noch andere! Einen in einer Mühle und …«

»Ich weiß, ich kenne deinen Artikel. Du hättest gestern bestimmt irgendwann die Rede darauf gebracht.«

»Du arroganter Affe! Bin ich so berechenbar?«

Er verdrückte ein Schmunzeln. »Dann hätte Meisner bei Kromppein genauer nachgefragt. Er hat nämlich in den drei zur Rede stehenden Fällen auf Unfalltod erkannt, obgleich die forensischen Gutachten von Dr. Zittel das keineswegs nahelegten.«

Ich lehnte mich zurück. »Hat der General dich also mal wieder für interne Ermittlungen missbraucht.«

Richard griff schnell nach dem Türhebel und stieg aus. Er eilte um den Kühler herum und öffnete meine Tür. »Komm! In fünf Minuten geht dein Zug nach Stuttgart.«

Ich leinte Cipión an und stieg aus. »Nur zur Information, Richard. Zur Beerdigung deines Vaters bin ich ebenfalls persona non grata?«

»Bitte, versteh mich doch!«

25

Ich wartete hinter der Tür des Bahnhofsgebäudes, bis sich der diplomatendunkle Mercedes in dunkler Nacht in den Lichtreflexen der Straßenlaternen, Ampeln und Schaufenster aufgelöst hatte. Dann studierte ich die Busfahrpläne. Die Linie 14 fuhr auch nach Frommern. Und zwar geschickterweise in wenigen Minuten. Der weiße Stadtbus eines privaten Unternehmers passierte die gläsern glitzernde Stadtfassade von Bizerba, rollte ins Land, hielt einige Male in Weilstetten nahe dem dunklen Höhenzug mit dem Hörnle und dem Lochenstein und öffnete gegen zehn am Bahnhof Frommern für mich und Cipión und einen Jugendlichen mit Kapuzensweater die Tür. Der Junge verflüchtigte sich in leeren Straßen. Ich tappte nach dem Sternenstand Richtung Norden und kam auf Irrwegen am Firmengebäude von Kern & Sohn, Waagen und Gewichte, vorbei.

Wäre ich doch nach Stuttgart gefahren! Ich hätte Sally beim Kellnern im *Tauben Spitz* gestört. Später hätten wir beim Überqueren der Stadtautobahn vom Bohnenviertel ins Zentrum unser Leben riskiert, weil die neue Ampel an der Eberhardskirche für uns nicht grün wurde und für die Raser grün blieb. Dann hätten wir uns am Palast der Republik mit einem Caipi zwischen Hunderte auf den Boden gesetzt. Später hätten wir uns dem Zug der Gestylten angeschlossen und uns durch die Außenbestuhlung der Bars entlang dem Innenstadtring geschlagen und über die neueste Mode den Kopf geschüttelt: Jeans bis übers Knie hochgekrempelt über Leggins, die nur bis zur halben Wade reichten, und das bei der Hitze! Ich hätte Sally davon abgehalten, sich spontan in den falschen Kerl zu verlieben, und meine Welt wäre absolut in Ordnung gewesen. Ein Spiel mit Tarnkappen und Feuerzeugen.

Stattdessen war ich auf dem Weg ins Zeitental zu Barbara, unversöhnlichen Sinnes Richard gegenüber, damit meine Sinne offen waren für Barbaras köstliche Gaben.

Gewässerkühle kroch aus dem dunklen Tal herauf, in das die Zeitentalstraße führte. Die Nacht über den Tannen am Hang war schwärzer als in der Stadt, wenn auch bestirnter. Im Gebüsch am Wegesrand knackten die Gespenster unbegründeter Urängste. Hinter der nächsten Biegung lauerte ein Drache, hinter dem nächsten Baum ein Mörder. Als Cipión kurz vor der Brücke über den Schalksbach tatsächlich plötzlich die Ohren stellte, erschrak ich zu Tode. Da kam jemand. Es waren zwei. Mit Gewehr!

»Hallo!«, drang eine Mädchenstimme durch den Nebel meines letzten Stündleins in meinen Gehörgang.

»Mein Gott, habt ihr mich erschreckt!«

Maxi und Jacky kicherten. Samanta begrüßte Cipión überfallartig. Das Gewehr befand sich in Jackys Hand. »Kann dein Zippo apportieren?«, fragte sie.

»Was habt ihr vor?«

»Komm mit, dann weißt du's«, sagte Jacky.

»Aber ihr seid beide noch nicht achtzehn!«

Die beiden Mädchen schwiegen. In dieser Sekunde entschied sich, ob ich leben oder sterben würde. Nur dass ich beim besten Willen nicht wusste, wie ich mich entscheiden musste. Umkehren oder mitgehen? Sich nie vom Gegner entfernen!, spülte mir das Lehrbuch des Judokämpfers ins Bewusstsein. Stell dich neben den mit dem Gewehr, dann kann er nicht auf dich zielen.

»Darf ich dann auch mal?«

»Mal sehen«, beschied Jacky.

Wir wanderten durchs finstere Tal. Die Hänge und Pappeln beschnitten den Sternenhimmel, der Mond war längst untergegangen. Es war so dunkel, dass ich Samanta nicht sah, sondern nur hecheln hörte. Wir stapften über ein Stoppelfeld, über Gras, immer aufwärts. Auf einmal hockte Jacky sich nieder, holte eine Taschenlampe aus ihrem Rucksack, die sie Maxi gab, legte leise eine Blechdose mit Diabolos auf die Erde und füllte das Trommelmagazin des Luftgewehrs mit den Bleigeschossen.

Dann laueren wir nebeneinander auf der warmen Erde. Maxi hielt Samanta fest, ich Cipión. Wir atmeten kaum und löcherten mit unseren Blicken die Finsternis. Sobald irgendetwas raschelte oder hoppelte, knipste Maxi die Taschenlampe an. Ein Hase saß geblendet, Jacky drückte ab und wir ließen die Hunde laufen. Wenn der Hase getroffen war, hätten sie ihn kriegen müssen, behauptete Jacky. Die Hunde kamen ohne Hasen wieder, und wir wechselten den Standort. Mit Holzstöcken hielt Maxi die Elektrostricke des Weidezauns auseinander, damit wir durchsteigen konnten. Samanta kroch unter dem untersten durch und bekam doch eine gewischt.

Cipión hatte das Prinzip der Jagd verstanden, als wir uns nach längerem Marsch wieder hinlegten, und stemmte sich erwartungsvoll ins Halsband, in das ich meine Finger gehakt hatte. Ich sah und hörte nichts, aber plötzlich zuckte Cipión. Maxi ließ die Lampe aufflammen. Der Hase hockte kaum fünf Meter von uns entfernt, sein Auge glühte. Jacky drückte ab, das Gewehr klackte, der Hase machte einen Schleudersatz und fiel auf die Seite. Cipión sauste los und hieb seine Zähne in den Hals des Hasen, der keuchend stillhielt.

Auch Samanta startete durch, aber knurrend. Jacky schrie: »Aus!«

Cipión ließ den Hasen fahren, kniff den Schwanz ein und rannte los. Die Dunkelheit verschluckte ihn. Der Hase zappelte sich auf die Beine und torkelte in die Nacht. Auch ich sprang auf, ursprünglich um Cipión zu retten, der meine Hilfe schon nicht mehr brauchte, sah, wie Samanta den Hasen packte und wütend schüttelte, und stolperte. Während ich der Länge nach hinschlug, hörte ich das Klack des Abzugs. Etwas Glühendes fuhr mir überm Knie in den Schenkel.

Ich spürte Grashalme in meinem Nasenloch und sommertrockene Erde unter meinen Rippen und rollte mich zur Seite. Der Schein der Taschenlampe flackerte über den Boden und ließ die Schatten von Kuhfladen und Grasbüscheln springen. Wenn die nächste Kugel mich im Unterleib traf, war ich verloren. Ich suchte Boden unter den Füßen und sammelte mich zum Sprung.

»Lisa!«, tropfte Maxis Stimme verzagt durch die Nacht. »Bist du okay?«

Ich sprang auf. Das Lampenlicht schlug mir ins Gesicht. Ich hieb es beiseite. Jemand japste. Der Lichtkreis streifte das Gewehr am Boden. Dann hatte ich Jacky erwischt.

»Es war keine Absicht!«, kreischte sie.

Ich fegte ihr das Bein weg, warf sie auf den Bauch und mich obendrauf, rammte ihr meinen Unterarm ins Genick und drehte ihr den Arm auf den Rücken. Sie stellte sie tot wie ein Hase im Fang eines Hundes.

»Du hast gestern eine Kuh auf mich gehetzt. Du hast mir den Skorpion in den Schuh gesetzt! Das ist jetzt das dritte Mal. Jetzt bist du dran. Warum willst du mich loshaben? Rede, oder ich breche dir den Arm.«

Damit sie reden konnte, musste ich den Druck meines Unterarms in ihrem Nacken mildern. Ich spürte, wie sie Atem holte. Dann schrie sie gellend: »Samanta!«

Die Neufundländerhündin kam mit der Wucht einer Kanonenkugel und verbiss sich unter meiner Achsel ins Jackett. Ich erstarrte, damit sie nicht nachfasste und womöglich mein Fleisch erwischte, und sah zu, wie der Taschenlampenschein das Gewehr fand und Maxis schmale Hand mit den langen kräftigen Fingern den Schaft packte. Dann blendete sie mich.

»Samanta, aus!«, sagte Maxi. »Aus! Hierher!«

Die Hündin ließ mit zuckenden Kiefern los und trollte sich hinter das Blendlicht der Taschenlampe. Ich vermutete, dass Maxi das Gewehr auf mich gerichtet hatte. Sie vermutete wahrscheinlich, dass ich es sah, denn sagen tat sie nichts.

Langsam ließ ich Jacky los. Beim Aufstehen spürte ich zum ersten Mal, dass mit meinem Bein etwas nicht in Ordnung war.

Jacky fluchte. Maxi konnte nicht verhindern, dass mit ihren Augen auch das Licht auf ihre Schwester schwenkte.

»Du bist echt voll behindert!«, schrillte Jacky mich an. Sie hockte auf den Knien und rieb sich die Schulter. »Was soll der Scheiß?«

Das Licht sprang auf mich zurück, glitt an mir herab und verhielt auf meinem linken Knie. Auch ich hatte Gelegenheit zu sehen, dass mein Hosenbein im Blut klebte.

»Es war keine Absicht!«, sagte Jacky. »Irgendwas hat mich geschuckt. Wahrscheinlich du selber mit deinem fetten Arsch, als du plötzlich aufgestanden bist!«

Und dann geschah es. Cipión griff an.

Vermutlich hielt er sich für einen Tiger. Er kam lautlos, ich sah nur Ohren wehen. Woher er wusste, wer von den beiden momentan die Gefährlichere war, weiß ich nicht, aber er verbiss sich in Maxis Jeans und schüttelte den Schlag so wild, dass die

Taschenlampe in Maxis Hand wilde Muster auf den Weidenboden zeichnete. Sie lachte dazu.

Es gab nur wenige Hunde, die Gelächter mit Humor nahmen. Ein wüstes Knurren grollte in Samantas Kehle und überschlug sich. Sie warf sich auf Cipión, der erstmals, seit ich ihn kannte, einen Schrei ausstieß. Maxi fiel um, umgeworfen von Samantas uneleganter Wucht. Ich hörte Cipión losrennen. Samanta hinterher. Sehen konnte ich nichts, denn das Licht der Taschenlampe hatte meine Augen für die Nacht verdorben. Im Streulicht der Lampe sah ich nur das Gewehr auf dem Boden schimmern und trat auf den Lauf. »Au!«, schrie Maxi, die noch die Hand darunter hatte. Ich bückte mich und hob es auf.

»Wenn Samanta Cipión was tut, erschieße ich sie eigenhändig«, sagte ich.

Wir lauschten.

»Samanta! Hier!«, schrie Jacky mit ihrem tragenden Organ.

»Sie kommt«, hörte ich Maxi sagen. Der Schein der Taschenlampe fing zwei rote Augen ein. Samanta trabte mit hängender Zunge herbei.

Ich zielte.

»Nein!«, rief Maxi.

»Du kannst sie damit sowieso nicht töten«, bemerkte Jacky, wenn auch mit flackernder Stimme. »Deinem Zippo ist bestimmt nichts passiert. Er hat sich nur verkrochen und traut sich nicht hierher.«

»Dann verschwindet!«

»Aber …«, machte Maxi.

Ich schwenkte das Gewehr ins Blendlicht.

»Schon gut! Ganz ruhig!«, sagte Jacky. »Komm, Samanta! Los, Maxi! Wir …« Ich hörte, wie sie sich beinahe höflich an mich wandte. »Wir nehmen nur noch den Hasen mit. Okay?«

Mir fehlte es in diesem Moment an Souveränität, »Okay« zu antworten. Ich fand, sie hatten die Angst verdient, ob ich verrückt genug war, Blei in eines der hübschen Hinterteile zu senken, während sie, ihrem Lichtkegel folgend, den toten Feldhasen auflasen und von dannen zogen.

Ich hätte ihnen auch die Taschenlampe abnehmen müssen!

»Cipión!«

Meine Stimme hörte sich kläglich an. Wohin war er gelaufen in seiner Todesangst? Er musste zu mir kommen, denn ich würde ihn nicht finden können. Wenn er aber verletzt irgendwo lag? Hätte er nur Laut gegeben! Aber er sagte ja nie was, er bellte nicht, er jaulte nicht. Das war nur in einem Mietshaus mit Tierhaltungsverbot wie dem meinen von Vorteil. Ich hätte ihn längst mal zur Hundepsychologin in eine Traumabehandlung bringen müssen. Sally kannte da eine. Vermutlich gab es auch Hundelogopädinnen für solche, die beim Bellen lispelten oder unschöne Nebentöne von sich gaben.

»Cipión! Bitte, tu mir das nicht an!«

Die Schmerzen setzten schlagartig ein. Einen Streifschuss konnte man nur so lange als Kratzer abtun, wie man unter Adrenalin stand. Danach brannte er wie Hölle! Und er lähmte das nächstgelegene Gelenk, mein Knie.

Wenigstens hatte ich das Gewehr, um mich abzustützen. Ich wankte, jaulte und rief. Meine Welt hatte einen Radius von Hand vor den Augen nicht sehen. Der Blick zum Himmel offenbarte wenigstens Sterne. Blind war ich also nicht. Der Große Bär war zwar halb hinter den Hügeln verborgen, verriet mir aber doch noch, wo Norden war. Auch das war beruhigend.

»Cipión!«

Ich irrte in eine Richtung, die ich für Westen hielt. Doch etwas zwang mich, nach wenigen Schritten innezuhalten. Es war der Geruch nach Tier, das Geräusch eines fremden Atems. Beinahe wäre ich direkt in die Kuh hineingelaufen. Vermutlich hatte ich Glück, dass es ein Stier war, der nicht angriff, ohne sich vorher aufzumanteln. Mein Rückzug führte in einen Albtraum. Hinter mir waren auch Rinder. Sie guckten und raschelten. Meine Hinkeflucht seitwärts endete erneut vor der Ahnung von Hörnern und schnaubenden Flözmäulern. Wohin auch immer ich mich wandte, sie waren schon da. Manchmal durfte ich zwanzig oder dreißig Schritte machen, ehe ich wieder auf zwei bis drei Rinder stieß.

Hoffentlich geriet ich nicht in den Kindergarten der Kälber.

Das unheimliche Schweigen der Tiere machte kleinlaut. Ich konnte sie nicht fragen, was sie wollten. »Gott, hilf mir! Zeig du mir den Weg! Bitte! Wenigstens einmal!« Aber der redete auch nicht, schon gar nicht mit mir. Hatte er noch nie getan. »Göttin, dann hilf du mir halt!« Frauen schwatzten doch immer. »Na los!«

Zumindest neutralisierte Angst die Schmerzen.

Ich verscheuchte alle Gedanken und hoffte, dass sich in mir Sinne anschalteten, die ich nicht kannte. Wenn sie dich töten wollen, kannst du sowieso nichts ändern! Und was wäre daran auch so schlimm! Dich selbst kannst du ja nicht vermissen.

Der Boden knackte, die Sterne funkelten. Die Zeit hörte auf, eine Rolle zu spielen im geheimnisvollen Labyrinth der Rinder. Ein riesenhaftes Flugobjekt stieg lautlos vom Boden auf. Konnten Eulen Dackel schlagen?

Irgendwann stellte ich fest, dass ich schon eine Weile nicht mehr auf ein Rind getroffen war. Dafür raschelte und schnaubte es hinter mir. Einer folgte mir, womöglich ein junger Stier. Ich schlug eine andere Richtung ein. Das Tier blieb stehen. Gut. Ich suchte den Himmel erneut nach den drei relativ hellen Sternen im Westen ab und marschierte wieder los. Und wieder folgte mir der junge Stier. Ich schwenkte nach Süden, und wieder blieb das Geschnaufe zurück. Doch kaum hatte ich mich erneut gen Westen gedreht, kam es hinterher. Und alsbald war es ein vielfältiges Geschnaufe und Geraschel. Ein Dutzend massiger Gestalten folgte mir, schweigend und mit knackenden Gelenken und pfeifenden Schwänzen. Wenn ich stehen blieb, blieben sie stehen, wenn ich weiterging, kamen sie mir hinterher. Wenn ich meine Richtung änderte, warteten sie, bis ich wieder auf Westkurs war.

Und plötzlich hörte ich die Batterie für den Zaun ticken und stand am Weidentor.

Es war eines jener Wunder, die wir nie vergessen. Die Tiere hatten sich herabgelassen, mich zu leiten. Warum? Vermutlich hofften die Stiere nur, ich würde sie hinauslassen. Leider kannte ich die Zahlenkombination des Hängeschlosses am Riegel nicht, sonst hätte ich es getan.

Ich konnte das Tor übersteigen. Der Stoff der Hose riss dabei aus meiner Wunde, und ich fiel jaulend auf der anderen Seite auf den Feldweg. »Cipión!« Die Watte der Finsternis nahm meinen Schrei auf. Ich lauschte mir die Gehörknöchelchen aus den Ohren.

Aufs Gewehr gestützt, humpelte ich zum Schalksbach hinunter. Mäuse und Ratten raschelten im Unterholz am Ufer. Ein böser Tiefdruckwind fuhr in die Pappeln und ließ die Äste gegeneinanderknallen. Gänsehaut flutete meine Haut. Ein Frostanfall schüttelte meine Glieder. Ich rang das dringende Bedürfnis nieder, heulend Richard anzurufen. Früher war ich irgendwie härter im Nehmen gewesen, glaube ich.

»Cipión!«

So oder so ähnlich musste er vor gut einem Jahr seinen ursprünglichen Besitzern entschwunden sein. Er war durch ein Gitter im Waldboden in eine Schachthöhle gefallen und dreißig Meter in die Tiefe gerutscht. Vermutlich tagelang hatte er da unten gesessen, Wasser vom Tropfstein geleckt, gejault, gefiept und gewartet. Und jetzt? Vielleicht lag er irgendwo, blutend und zerbissen, und rechnete mit mir. Nur dass er keinen Ton sagte, vielleicht auch deshalb nicht, weil ein Tier nicht auf die Idee kam, dass es nötig war, auf mein »Wo bist du!« mit »Hier!« zu antworten. Unsere Geschwätzigkeit würde ihnen immer fremd bleiben. Sie hatten ihre Nasen, um einander aufzuspüren. Ich als Mensch konnte Cipión nicht helfen, ich musste ihn vorerst im Stich lassen. Typisch! Auf mich war kein Verlass. Mich brauchte keiner für sein Glück. Mein Mann war mir fortgestorben, ein

Dutzend Liebhaberinnen und Liebhaber hatten das Interesse verloren, Richard hatte mich verstoßen, ich war höllenmüde und Schmerzen raspelten sich durch mein Bein. Und jetzt Cipión! Ich heulte wie ein Schlosshund.

Irgendwann hoppelten vom Zeitentalhof her Scheinwerfer auf mich zu. Ich stellte mich so an den Straßenrand, dass sie weder das Gewehr noch mein blutiges Bein erfassen konnten. Aber die Lichter gehörten dem weißen Sprinter. Er hielt. Barbara sprang heraus.

Wir schlichen zur Vordertür ins Haus und die Treppe hinauf. Leise, denn Jürgen saß in der Küche. Fast hätten wir gekichert wie Partyheimkehrerinnen. Barbara führte mich in ein Badezimmer im ersten Stock. »Ich muss mich für meine Kinder entschuldigen«, sagte sie, während ich mir die Hose von den Beinen und aus der Wunde zog. »Ich hätte ihnen nie erlauben dürfen, mit Vickys Luftgewehr herumzuziehen.«

Die Wunde sah beeindruckend fürchterlich aus. Die Kugel war schräg von unten knapp über meinem Knie ins Fleisch eingedrungen, hatte einen kurzen Tunnel geschlagen und war dann wieder herausgekommen. »Ich kann dich auch ins Krankenhaus bringen, wenn du willst.« Aber die Ärzte hätten Fragen gestellt, und die hätten Barbara ihre Waffenbesitzkarte gekostet.

»Wenn wir Cipión gefunden haben«, entschied ich.

Mit routinierten Mutterhänden säuberte, desinfizierte und verband sie meine Wunde. Jedes Wort war überflüssig. Unnötig zu sagen, dass Jürgen von solchen Missgeschicken nichts wissen musste, weder von Gewehren noch von Skorpionen, auch nicht, dass ich künftig die Bedingungen stellte. Auch das erübrigte sich zu sagen. Barbara würde sich bedingungslos ergeben müssen, wenn wir heute Nacht die Schwelle überschritten. Für mich gab es nichts mehr zu entscheiden. Mir war ja schon alles abhandengekommen: Richard, Cipión und mein früheres Leben.

26

Jürgen Binder hob vom Brettchen auf dem Küchentisch mit beiden Händen ein Brot, das dick mit Butter bestrichen und mit Käse und einem halben Ei belegt war, und hieb seine auseinanderstehenden Vorderzähne hinein. »Wollten Sie nicht heute Abend zurück nach Stuttgart fahren, Frau Nerz?« Er kaute, dass die Kiefer knackten. Die andere Hälfte des Eis schaukelte in der Schale neben dem Brettchen. »Was ist eigentlich los heute? Keine Disko?« Kauend blickte er seine Töchter an.

Alle Binderkinder saßen am Küchentisch, keines gab ihm Antwort. Jacky drehte sich eine Zigarette, Maxi spielte mit dem Tischstaubsauger, Vicky betastete seinen zur roten Beule angeschwollenen Insektenstich auf dem Unterarm. Sogar Henry saß auf der Bank mit dem Kipf auf dem Schoß, das trotz der späten Stunde oder gerade deshalb äußerst munter das Kuhhalfter ablutschte und immer wieder nach dem Tischstaubsauger langte.

»Übrigens, der Tote aus der Eyach«, sagte Jürgen mit der Zunge zwischen Brotkrümeln und Käsestücken, »ist höchstwahrscheinlich Jannik Filser. Das hat mir Hans vom *ZAK* vorhin erzählt. Er hat's direkt vom Staatsanwalt. Der hat ihn aber gebeten, noch keine Namen zu nennen, wenn er was schreibt. Man will erst den Gentest abwarten, und das kann ein paar Tage dauern. Der alte Josef Filser soll einen Nervenzusammenbruch erlitten haben.«

Inzwischen lag der *Zollern-Alb Kurier* von heute auf dem Küchentisch. Offenbar holte sich Jürgen bei Freund Hans immer ein Restexemplar zusammen mit den Neuigkeiten von morgen ab.

»Der Josef ist doch geschlagen«, bemerkte Barbara, während sie aus dem Küchenschrank zwei starke Taschenlampen nahm. »Erst der kleine Bruder, dann der Sohn. Wer denkt sich so was aus? Und beide bis zur Unkenntlichkeit zerstört.«

Die Küche wankte auf einmal vor meinen Augen, Gläser, Milchtüten, verklebtes Besteck, Bierflaschen tanzten Walzer auf dem Tisch. Ich musste mich rasch auf die Bank neben der Tür setzen, wo der *ZAK* Zittels Buch über das Gleichgewicht der Welt halb verdeckte.

»Geht ihr jetzt gleich Zippo suchen?«, erkundigte sich Jacky. Sie hatte mir mit Jeans aus ihren Beständen ausgeholfen, und es hatte die Grundfesten ihrer Welt erschüttert, dass sie mir passten, wenn auch nur knapp. »Wir gehen mit Samanta auch noch mal los. Vielleicht nimmt sie die Spur auf.«

»Samanta ist kein Spürhund«, sagte Barbara. »Die brauchen jahrelanges Training.«

»Aber versuchen können wir es!«, keifte Jacky.

Ich spürte Wasser in meine Augen steigen. Sie saßen hier alle doch nur meinetwegen, besorgt und hilfsbereit. Eigentlich war es ein Familienrat. Nur musste er sich kunstvoll um Jürgen herumranken, der mit knackenden Kiefern sein Brot mit Käse und Ei vertilgte.

»Lasst mal«, sagte ich. »Samanta vertreibt ihn womöglich nur endgültig.«

»Der kommt schon wieder«, sagte Henry milchbrüstig. »Spätestens, wenn er Hunger hat. In Hamburg hatten wir einen Kater. Mein Ex hat ihn mitgenommen, als er nach Mailand abhaute, er hat überhaupt alles mitgenommen, in einer richtigen Nacht- und-Nebel-Aktion, zum Glück war damals das Kipf noch nicht da, sonst hätte er es vermutlich auch mitgenommen …«

Jacky und Maxi verdrehten die Augen.

»… und stell dir vor, Lisa, du wirst es nicht glauben, und ich würde es auch nicht glauben, wenn ich es nicht selbst erlebt hätte, eines Morgens, drei Monate später, höre ich es auf der Terrasse maunzen und miauen, ich denke, das klingt wie unser Tucker, und siehe da, er war's. Von Mailand bis nach Hamburg ist er gelaufen.«

»Wahrscheinlich hat ihn dein Ex auf dem nächsten Rastplatz hinter Hamburg aus dem Auto geworfen«, bemerkte Barbara trocken.

»Musst du einem jede Illusion nehmen, Baba? Alles redest du klein, alles machst du madig.«

»Kinder!«, mahnte Jürgen. Mit fettigem Brotkrümel im Mundwinkel zündete er sich eine Zigarette an.

»Muss das sein?«, trillerte Henry in den höchsten Tönen.

»In meinem Haus rauche ich, wann ich es will!«, entgegnete Jürgen seiner Tochter. »Ob es dir passt oder nicht, Henriette.«

Henry drückte das Kipf gegen ihre milchvolle Brust, holte Luft und schrie, sie sei ein vollgültiges Mitglied der Familie und habe es satt, dass man sich über ihre Wünsche hinwegsetze. Sie hatte einen richtigen Lauf.

Ich verankerte meinen Blick in den Spalten der Zeitung und blieb bei den Gottesdiensten hängen. »St. Gallus, Frommern, So. 11 Uhr. Männergottesdienst. Auch Frauen willkommen.«

Das Kipf fing an zu brüllen, während Henry den Frust ihres Lebens über den Tisch kübelte. Als Putzfrau und Kindermädchen habe man sie missbraucht. »Und dann kommt dieses Mensch aus Stuttgart, und alles dreht sich nur noch um die! Na, Maxi, hat sie dich schon angebaggert?«

Alles erstarrte. Ich kam mir vor wie in einem Wachsfigurenkabinett. Jacky mit dem Tabakbeutel in den Fingern, Maxi mit dem Bettelarmband, an dem eine Hasenpfote hing und die Glöckchen schwiegen, Barbara mit den Taschenlampen, Jürgen mit dem Krümel im Mundwinkel. Nur der Qualm seiner Zigarette drehte verspielt seine Pirouetten zur Lampe empor.

Vielleicht lag es auch nur an einem unerklärlichen neurologischen Absturz im Hirn, in dem zu viele Programme liefen, dass mir alles kalt und wächsern wurde. Vor allem Vicky sah monströs aus, weiß wie Stearin, das man mit Wasser übergossen hatte, sein Bart schien regelrecht zu tropfen, die Augäpfel waren gelb, die Lippen blau. Die Schlangen auf Medusas Haupt auf dem silbernen Flachmann wimmelten wie Regenwürmer um seine Finger.

»Mit wem«, fragte ich über die Länge des Tischs hinweg und unter Henrys Omegatiergeschrei hindurch, »mit wem warst du eigentlich auf Gran Canaria, Vicky?«

Urplötzlich war es still. Sogar das Kipf schwieg verwundert.

»Du warst auf Gran Canaria?«, fragte Barbara und drehte sich zu ihrem Sohn um. »Gott«, entfuhr es ihr, »wie siehst du denn aus, Victor? Ist dir nicht gut?« Mit der unnachahmlichen Geste einer Mutter drückte sie ihren Handrücken gegen Vickys Stirn. »Du hast Fieber!«

Vicky wedelte ihre Hand weg und versuchte zu lachen. »Das kommt von dieser Pestbeule.« Er strich über den roten Hügel auf seinem Arm.

Maxi schaute hinüber. »Eine Bremse?«

»Die bringen mich noch um!«

In meinem Hirn machte es Klick. Seit wann schwirrten in München Bremsen herum?

Vicky setzte den Flachmann an die Lippen. Sein Adamsapfel sprang.

»Was ist das denn?«, fragte Barbara alarmiert.

»Von Martinus. Habe ich geerbt. Ein Kräuterschnaps. Vielleicht hilft's.«

Er wollte den Deckel wieder auf das Silberfläschchen schrauben, doch es misslang ihm. Es verriss ihn förmlich, er hustete, keuchte und würgte. Ein Schweißfilm überzog seine grünliche Haut. Er taumelte stöhnend hoch und fiel in Krämpfen auf den Küchenboden.

»Was hat er denn jetzt schon wieder?«, fragte Henry. »Immer muss er die Aufmerksamkeit auf sich lenken, wenn wir gerade mal über etwas anderes reden als über seine Rinder oder ihn!«

Jürgen saß erstarrt, die Beine übereinandergeschlagen, die Bierflasche aufs Knie gestemmt, die halb abgerauchte Zigarette zwischen den Fingern, den Krümel im Mundwinkel, und starrte auf seinen sich in Krämpfen auf dem Boden windenden Sohn hinunter. Nur Barbara und Jacky kannten wieder keine Schrecksekunde. Barbara legte die Taschenlampen weg, fiel auf die Knie und hielt Vicky den Kopf. Ein epileptischer Anfall, dachte ich blöde, so also sieht das aus. Oder doch nicht? Jacky sagte: »Ich rufe den Notarzt«, und stürzte hinaus, hinüber ins Büro.

Das Kipf warf sich in Henrys Arm nach hinten und begann wie am Spieß zu schreien.

»Raus!«, schrie Barbara. »Schaff sie raus!«

»Es ist ein Baby, das schreit halt!«, kreischte Henry und warf sich erneut in Positur für den finalen Stoß im Kampf um ihr Recht, in diesem Haus respektiert zu werden. Aber Maxi schubste sie aus der Bank, weil sie selbst aufstehen wollte.

Vickys Zuckungen verebbten, seine Arme und Beine wurden lang und schwer in Barbaras Armen. Mit beängstigender Geschwindigkeit wich das Blut aus seinem Gesicht, das eine quittengelbe Färbung angenommen hatte.

»Er ist tot«, sagte Maxi mit ihrer klaren Stimme.

Aber er lebte noch, als die Sanitäter ihn zehn Minuten später intubierten, an den Tropf hängten und auf die Trage hoben. Barbara fuhr im Krankenwagen mit und Jürgen mit seinem Volvo hinterher. Zurück blieben Henry mit ihrem inzwischen schlafenden Kipf auf dem Arm und Maxi, Jacky und ich mit hohlen Augen und leeren Hirnen. Was in drei Teufels Namen war da eben passiert?

»Er hat aus dem Flachmann von Martinus getrunken«, sagte Maxi. »Und dann ist er umgekippt.« Sie langte nach dem Fläschchen.

»Nicht anfassen!«, sagte ich.

»Vielleicht ist Gift drin.«

»Welches Gift wirkt denn so schnell? Innerhalb von kaum drei Sekunden?«

»Zyankali«, schlug sie vor.

»Hört auf!«, rief Henry. »Hört auf!«

Ich beugte mich über das Fläschchen, das offen an Vickys Platz lag, so wie er es hatte fallen lassen. Ein Tropfen gelblicher Flüssigkeit war auf den Tisch gefallen. »Kein Bittermandelgeruch.«

»Die Hälfte der Menschen kann Blausäure nicht riechen«, bemerkte Maxi.

Ich gehörte zur anderen Hälfte. Massiver Alkoholgeruch biss mir in die Nase, begleitet von einem intensiven Kräuteraromengemisch: Anis, Fenchel, Wermut. Die Notration für Alkoholiker mit der offiziellen Diagnose Magenbeschwerden. »Habt ihr Plastiktüten, Gefrierbeutel oder so was?«

Jacky drehte sich zum Schrank um und riss von der Rolle Gefrierbeutel eine Tüte ab. Ihre Hände zitterten, ihre verwaschenen Lippen waren zu einem Strich geworden.

Ich versenkte, ohne ihn mit nackten Fingerkuppen anzufassen, den Flachmann samt Deckel in die Tüte, knotete sie zu und verstaute sie in der Innentasche meines Jacketts.

»Aber an dem Schluck eben lag es nicht«, sagte ich. »Vicky hat heute Nachmittag schon daraus getrunken. Bei Lotte.«

Und dann war er in leichten Schlangenlinien mit dem Motorrad zum Fürsten hinaufgefahren, wie ich mich erinnerte.

»Vielleicht eine allergische Reaktion auf seinen Bremsenstich«, versuchte Jacky sich und uns zu beruhigen. »Das hatte er schon mal.«

27

Türen knallten. Der chemische Wachsgeruch des Sekretärs, eine Armlänge von mir entfernt, holte mich zurück. Cipións Platz auf der silbergrauen Anzugjacke war leer. Ich sackte drei Grad tiefer in die Depression. In der Unbewusstheit träumerischer Ordnungswut war er zu mir zurückgekehrt.

Auch Barbara war nicht gekommen. Keine zärtlichen Hände

hatten mich geweckt und ins geistige Nirwana lüsternen Treibens entführt. Kein Abenteuer oder neues Leben.

Irgendwann nach Mitternacht hatte ich den Computer in Barbaras Büro heruntergefahren und war mit steifem Bein die Treppe hinaufgehumpelt. Irgendeine Intuition aus den Bereichen des limbischen Systems mit seinen unbewussten Geruchsrezeptoren hatte mich verführt, das Risiko gering einzuschätzen und eine Klinke hinunterzudrücken. Hustend vor Herzklopfen hatte ich Barbaras leeres Zimmer betreten und dabei gefürchtet und gehofft, ertappt zu werden und auf die Frage antworten zu dürfen: »Was suchst du hier?«

»Dich!«

Ein grüner Teppich hatte mir unter den Sohlen gebrannt. Zum Bett hatte ich kaum hinüberzublicken gewagt. Es war single-schmal. Eine grün-weiß gestreifte Tagesdecke wellte sich über den Federn. Grün auch die Vorhänge am Fenster. Dort stand ein abgewetzter Ledersessel mit einem Tischchen daneben, auf dem eine Lesebrille und *Das Handbuch der Klosterheilkunde* lagen. Im Bücherregal reihten sich zwei Dutzend Bücher über Pflanzenkunde, Kräuter, Kräuterheilkunde, Naturheilkunde und Naturmedizin. Früher, als ich bei der *Amazone* den feministischen Journalismus erlernte und im Frauencafé *Sarah* in der Johannesstraße meinen vernarbten Charme testete, hatten wir solche Frauen Weiße Hexen genannt. Dass ich einmal eine kennenlernen würde, hatte ich nicht zu träumen gewagt, dass sie mich sich einzuverleiben drohen würde, noch weniger, und dass ich es mit einer mein ganzes bisheriges Leben schwärzenden Begierde wollen würde, schon gar nicht.

Jenseits der Müdigkeit war ich im Kabäuschen aufs Lager gefallen, und noch eine ganze Weile hatten Suchbegriffe in meinem Kopf gegoogelt.

Wermut hieß das Kraut, das auch in unseren Breiten wuchs, und Vermouth nannte sich das Gesöff, das eigentlich nur ein gewürzter Wein war und Absinth hieß, wenn es zur Hälfte aus

Alkohol bestand. Das Gift der Wermutpflanze hieß Thujon, ein Nervengift, das in geringen Dosen, beispielsweise im Absinth, belebend und anregend wirkte und früher gegen Bandwürmer und zur Abtreibung eingesetzt wurde, denn es erzeugte Leibkrämpfe. Reichlich Thujon befand sich auch in Lebensbäumen, die schon so hießen: Thuja. Der Name kam aus dem Griechischen von *thyein*, opfern, weil die Griechen das wohlriechende Holz für ihre Brandopfer benutzten. Die Symptome einer Vergiftung beim Menschen: Übelkeit, Durchfall, epileptische Krämpfe, erhöhter Blutdruck, Herzrasen, Fieber, Atemnot, Leberversagen, Lähmung, Atemstillstand.

Ich sah nicht nur Vicky vor mir, wie er sich quittengelb am Boden krümmte, sondern auch die prächtige Leiche von Martinus, den mächtigen Brustkorb, den gewölbten Bauch, die fleischigen Hände mit dem gelblichen Unterton der Haut. Wenn an dieser Leiche für einen Laien eines erkennbar gewesen war, dann das Lebersterben, die gelbe Haut, das Wasser in den Gliedern. Und dieser Trottel von Zittel hatte vor lauter Eitelkeit und Selbstsicherheit die Zeichen falsch gedeutet: Säuferleber. Womöglich auch nicht falsch, womöglich hatte der Leberschaden Martinus' Giftsterben nur beschleunigt. Das weltweite Netz beantwortete mir allerdings nicht die Frage, wie schnell ein junger Mann wie Vicky nach dem Genuss einer unklaren Menge Thujon in Alkohol mit ersten Symptomen rechnen musste und ob und wie schnell er daran verendete. Aber ich hatte im Krankenhaus Balingen angerufen und so lange die Schwestern durch wochenend- und nachtleere Gänge gescheucht, bis ich Barbara am Ohr hatte, um ihr zu sagen, dass die Ärzte eine Thujonvergiftung erwägen mussten.

Im Licht des Sonntagmorgens schämte ich mich meines Rechercheaktionismus und seiner virtuellen Ergebnisse. Selten hatte ich mich überflüssiger, fremder und alberner gefühlt. Lisa Nerz, du wirst nie erwachsen. Du gehörst nicht in diese Welt. Sie ist zu kompliziert für dich.

Ich stand trotzdem auf. Was hätte ich auch sonst tun sollen? Der Verband hatte über Nacht etwas gelitten. Was darunter verschorft war, sperrte sich gegen jegliche Krümmung des Knies und riss, als ich es trotzdem versuchte. Engel sangen. Meine Gaspedalfüße, auf denen ich gestern so viel marschiert war, fühlten sich außerdem wie Knochenbrei an. Es war ein Scheißmorgen! Ich hätte gern auf Schnelldurchlauf gedrückt.

Wie lange würde ich brauchen, bis ich Cipións Morgenbegrüßung nicht mehr vermisste, seine despotische Art, Streicheleinheiten zu fordern, sein Gassidrängeln, seine großen Erwartungen an das Leben?

Jürgen saß am Küchentisch auf demselben Stuhl, auf dem er gestern gesessen hatte, und schmierte sich ein Honigbrot auf dem Brettchen von gestern, inmitten der Unordnung von Kaffeebechern, halber Paprika, Messern, Milchtüten, angebissenen Brötchen, alten Zeitungen, Kuhhalftern, Büchern und Krempel.

»Er lebt«, nuschelte er. »Und die Ärzte sind optimistisch. Zumindest sagen sie es. Meine Frau war die ganze Nacht bei ihm. Hat der Lärm Sie geweckt?«

Jürgens dunkle Knopfaugen hatten einen roten Rand. Seine grauen Haare standen wirr in alle Richtungen. Auch wenn das Gesicht des kampferprobten Lehrers und trinkfesten Lokalpolitikers wenig Feinmotorik für Gefühle aufwies, konnte ich mir nicht mehr vorstellen, wie er Schwulenwitze erzählte und mich mit dem Schwabenabitur aufs Glatteis führte.

»Wenn Sie meine Frau suchen ...« Er deutete hinter sich auf die Tür zum Waschküchengang.

Samanta stand an der Waschmaschine und machte eine lange Nase ins Badezimmer, in dem Barbara zugange war.

Am Kleiderbügel am Duschkopf hing kopfunter der Hase, den wir gestern geschossen hatten. Seine Hinterläufe waren in die Schlingen gehängt. Barbara hatte bereits mit einem kurzen Küchenmesser Haut und Fell in den Innenseiten der Hinterläufe aufgeschnitten. Jetzt ritzte sie die Leisten und trennte den Hautlappen des Unterbauchs von der Kloake ab.

»Hallo«, sagte sie kurz und knapp mit ihrer tiefen, immer etwas fragenden und ironischen Stimme, die mir mehr denn je Gänsehaut verursachte. »Was macht dein Bein?«

Sie ritzte den Bauch bis zum Brustbein auf. Fell und Haut teilten sich, die Bauchlappen platzten auseinander, der Darm quoll heraus. Barbara tauche Hand und Messer ins Gedärm und durchtrennte im Brustkorb den Dünndarmansatz vom Magen. Das Gekröse klatschte auf eine Zeitung, die auf dem Duschboden lag. Ein süßlicher Geruch breitete sich in dem Badezimmer aus. Barbara nahm die Zeitung mit dem Gedärm, trug sie an mir vorbei in den Gang und legte sie Samanta vor die Schnauze, die sofort anfing zu schlabbern.

In die Dusche zurückgekehrt, tauchte sie Hand und Messer noch einmal in den Brustkorb und operierte die Galle von der Leber. Dann packte sie mit zwei kräftigen Händen die Felllappen an den Hinterbacken, holte Luft und zog mit einem gewalttätigen Ratsch dem Hasen das Fell über die Ohren. Die links herum gedrehte Leibeshülle hing ihm überm Kopf wie ein nicht ganz ausgezogener Pullover. Auf den Schultern waren die Blutergüsse vom mörderischen Biss Samantas gut zu erkennen.

Barbara rieb sich kurz das vor nicht allzu langer Zeit gebrochene rechte Handgelenk. Dann begann sie, das Fell von den Schultern und Vorderläufen zu schälen. Knack, knack, und die beiden Vorderpfoten waren abgebrochen, abgetrennt und dem Hund ins aufgerissene Maul geworfen. Und wieder packten ihre kräftigen Hände zu. Mit einem Ruck drehte sie dem toten Hasen den Hals um. Das Rückenmark und die roten Stränge rutschten aus den Wirbeln. Das Fell samt Kopf fiel auf den Duschboden. Zum Schluss brach Barbara die Sprunggelenke der Hinterläufe in den Schlingen am Kleiderbügel und legte den nackten Hasen ins Waschbecken. Die Hasenpfoten – Glücksbringer – landeten in Samantas Rachen. Barbara klaubte das Fell mit dranhängendem Kopf aus der Dusche und warf es Samanta hin. Dann nahm sie den nackten Hasen, quetschte sich zwischen mir und dem Türrahmen hindurch, wobei sie streng darauf achtete, mich nicht zu berühren, und begab sich zur Küche.

»Wie geht es Vicky?«, hinkte ich hinterher.

»Sie haben ihm Diazepam gegen die Krämpfe und Atropin gegen die Koliken gegeben. Zweimal mussten sie ihn reanimieren. Wenn es wirklich Thujon ist, dann werden schwere Leberschäden zurückbleiben und Nervenschäden, Gehirnschäden, falls er überhaupt zurückkommt.«

In der Küche war Jürgen dabei, Geldbeutel, Zigaretten und Brieftasche in seiner Kordjacke unterzubringen. »Ich gehe jetzt zur Polizei. Damit werden die nicht durchkommen, damit nicht!«

Wer *die*?, fragte ich mich, traute mich aber nicht zu fragen in die bitteren Gesichter der Eltern hinein, deren Sohn entweder starb oder als blödsinnig erwachte. Das war eine Nummer zu groß für mich. Es war eine andere, eine uralte Geschichte, in der ich nichts verloren hatte, das Leichtgewicht aus der Stadt. Besser wär's wirklich gewesen, ich wäre gestern Abend in den Zug nach Stuttgart gestiegen und hätte mich zusammen mit Sally ins allgemeine Komatrinken einer Samstagnacht entlang der Theodor-Heuss-Straße gestürzt.

»Wo ist der Flachmann?«, fragte Jürgen.

Ich holte die Plastiktüte mit dem schweren Silberfläschchen aus der Innentasche meines Jacketts und legte sie in Jürgens ausgestreckte Pranke. Er steckte sie in sein Kordsakko und verließ mit jugendlich schlaksigem Schritt und altem Gesicht die Küche.

Barbara nahm aus einem Schrank eine gläserne Salatschüssel, krümmte den Hasen hinein und leerte einen ganzen Liter Milch über ihm aus. Die Schüssel stellte sie aufs Dach der Hängeschränke. Dann wusch sie sich die Hände, trocknete sie ab und wandte sich, weil keine Übersprungs- oder Verlegenheitshandlung mehr möglich war, endlich mir zu.

»Ich habe auf dich gewartet«, sagte ich und fragte mich, ob es mir erlaubt war, sie in den Arm zu nehmen.

»Ich weiß«, sagte sie. »Ich habe an dich gedacht. Ich habe überhaupt viel nachgedacht.«

»Nachdenken hilft selten«, behauptete ich.

»Sprüche auch nicht, Lisa. Schau dich um! Das ist mein Leben. Der Hexenhof im Zeitental, meine alte Mutter, Jacky, die sich immer zurückgesetzt fühlt, meine halb verrückte Henry und ihr Kipf, unser Traumschaf Maxi mit ihrem Zoo, die Rinder.«

Und die Küche mit Kuhhalfter, totem Hasen und springenden Punkten.

»Und Jürgen kann ich auch nicht einfach rausschmeißen. Hast du eine Ahnung, was du dir einhandeln würdest?«

»Wer sind *die?*«, fragte ich.

»Bitte?«

»Die, von denen Jürgen gesprochen hat. Die damit nicht durchkommen werden.«

Barbara blickte mich lange an. »Wer wohl! Von wem hat Victor denn diesen verdammten Flachmann bekommen?«

Von Richard, genau besehen.

»Barbara, ich glaube, du solltest wissen, dass Vicky was mit Jannik hatte. Er war mit ihm eine Woche auf Gran Canaria. Sonntag vor einer Woche sind sie zurückgekommen.«

Sie starrte mich an. »Und was bitte schön hat das damit zu tun, dass Victor im Hause Weber Gift verabreicht bekommen hat?«

»Warum denn überhaupt?«

»Das weiß ich nicht, Lisa. Ich weiß es nicht. Ich weiß es nicht! Ich verstehe es auch nicht!«

Mein Handy brummelte. Das Display meldete Richard. Ich ließ es weiterbrummeln, bis er aufgab. Fünf nach sieben an einem Sonntagmorgen war allerdings die falsche Zeit, um sich nur zu erkundigen, ob ich gut in Stuttgart angekommen sei.

»Ich habe sowieso nie verstanden«, brach es aus Barbara heraus, »warum die Weber'sche Sippe uns nicht in Ruhe lassen konnte. Heilandsack, was haben mich die Prozesse Geld gekostet, die Martinus gegen uns losgetreten hat! Wegen des Grundstücks, wegen Tierquälerei. Dabei hat er die Rinder selber angeschossen.«

Das grenzte langsam an Verfolgungswahn. »Warum hätte er das denn tun sollen, Barbara!«

»Ich weiß es nicht, Lisa. Ich habe schon lange aufgehört, mich zu fragen, was diesen alten Mann getrieben hat, seinen Mitmenschen das Leben schwer zu machen. Allein die Diskussionen! Was haben die mich Zeit gekostet! Dass die Kinderbibel die Hölle verniedlicht. Dass man Kinderpopos pudern muss, weil die Heiden sie ölen. Und immer sind die Mütter schuld, wenn die Kinder missraten. Ich sowieso, weil Jürgen ja nicht viel zu melden hat. Wenn die Kinder rauchen, dann war die christliche Erziehung nicht konsequent genug. Wenn die Tochter ein Heckenkind heimbringt, dann weil sie nicht in der Erkenntnis Gottes lebt und er sie der Bosheit, Habgier und Wollust überlässt. Und dieser Frischlin gibt ihm auch noch Schützenhilfe. Wenn ein Bengel homosexuelle Neigungen zeigt, dann nicht, weil er zu wenig gebetet hat, sondern weil die Mutter zu dominant ist. Da ergänzt die Psychologie ja wunderbar die Religion. Ich habe es satt, Lisa. Ich habe es gestrichen satt! Ich will mich nicht mehr fragen, was in den Köpfen der Herren der Schöpfung vorgeht!«

Ein Bild blitzte mir wieder durchs Hirn. »Übrigens war Vicky gestern Nachmittag noch woanders. Vom Bürofenster aus habe ich gesehen, wie er auf seiner Yamaha zum Fürsten hochgefahren ist. Vielleicht zum Pfarrhaus?«

Sie schaute mich an. Unsere Blicke verhedderten sich ineinander, aber die Suche nach einem Giftmörder, die in unserem Augenhintergrund ablief, verdarb jeden Flirt.

»Vicky wird es schaffen«, sagte ich.

»Dein Wort in Gottes Ohr!«, seufzte sie, blickte auf ihre klobige Herrenarmbanduhr, deren Größe den Vorteil hatte, dass man Ziffern und Zeiger ohne Lesebrille erkennen konnte, und wandte sich der Kaffeemaschine zu. »Die ersten Kunden kommen gleich!«

Mir war, als hätte ich bereits einen Wagen vorfahren hören.

»Ich muss die Mädchen wecken. Sie müssen den Laden heute alleine machen. Ich muss wieder ins Krankenhaus.«

Sie zog die Glaskanne aus der Maschine, schien aber im nächsten Moment nicht mehr zu wissen, was sie damit hatte anfangen wollen, und drehte sich um. »Lisa, eines solltest du wissen. Dein Freund Richard …«

»Dein Freund Rocky.«

»Das ist lange her. Inzwischen weiß ich, dass er auch nur ein Weber ist, ein Prinzipienreiter. Ich wollte es dir gestern nicht sagen, um dich nicht zu beeinflussen.« Sie lächelte traurig über ein längst obsoletes Problem von existenzieller Dimension. »Aber er war vorgestern Nachmittag hier, um mir zu sagen, dass es einen Prozess geben wird wegen meines Sonntagsverkaufs, auf den er leider – so behauptete er – keinen Einfluss nehmen könne. Die Summe, die der Staat bei mir einziehen will, sei auf 15 000 Euro festgelegt worden. Als ob ich auch nur tausend Euro übrig hätte! Das wird das Ende für die Herde sein, denke ich. Ich kann nicht mehr! Ich habe das Theater satt. All diese Kläger und Richter mit ihren Auflagen. Und wenn Victor nun nicht mehr …« Sie setzte die Glaskanne krachend auf der Arbeitsfläche ab.

Dass ihre Augen trocken blieben, schmerzte mehr als Tränen. Ich nahm ihr die Kaffeekanne aus der Hand und füllte sie unter dem Wasserhahn. Mit halbem Ohr hörte ich jemanden außen am Haus entlangtappen.

»Verdammt! Wenn man vom Teufel spricht …«, stieß Barbara aus, stürzte quer durch die Küche zur Tür, die zum Waschküchengang führte, und riss sie auf.

Gleichzeitig hörte ich die Außentür zum Wäschetrockenplatz scheppern. Ein überstürztes Trappeln von Krallen auf Beton scheuchte meinen Puls auf. Mit wehenden Ohren und steiler Rute bog Cipión um die Ecke, rutschte auf dem Küchenlinoleum aus, rappelt sich auf und stürzte auf mich zu. Ich stellte die Kanne ab und fiel, obgleich mein schmerzsteifes Knie es eigentlich nicht zuließ, auf die Knie. Cipión wedelte sich in meine Hände und warf sich beseligt auf den Rücken.

»Du traust dich was, Richard!«, hörte ich Barbara mit angelegtem Kinn sagen.

28

Er hatte nach einer weitgehend schlaflosen Nacht gegen sechs Uhr aufgegeben, war im Bademantel in die Küche hinuntergegangen und hatte die Kaffeemaschine befüllt. Seine Gedanken hatten automatisch um eine Zigarette und die Frage zu kreisen begonnen, ob er nicht langsam anfangen sollte, vor Lungenkrebs Angst zu haben. Aber lieber schnell gelebt als lang gestorben. Außerdem, was hielt das Leben denn noch für ihn bereit, außer einer Karriere von einem Sessel in den nächsten und privater Einsamkeit. Die Zigarettenschachtel lag auf seines Vaters Tisch im Arbeitszimmer. Auf nackten Sohlen war er das warme Parkett entlanggetappt, hatte eine Zigarette aus der Schachtel gezogen, sie sich angezündet, im Salon die Tür zur Terrasse aufgemacht und zusammen mit Nikotin und Teer die frische Morgenluft in die Lungen gesogen.

Plötzlich hatte es geraschelt, und Cipión kam um die Ecke gedackelt, strubbelig mit vom Morgentau feuchtem Fell.

»Wo kommst du denn her?«, hatte Richard ihn gefragt und wie üblich keine Antwort erhalten. »Du hast doch nicht die ganze Nacht hier vor der Tür gelegen? Ja, hättest du doch Laut gegeben, du Dummbart. Hast du Hunger? Na, dann komm rein. Mein Gott, du bist ja ganz kalt!«

In einem Anfall von unerklärlichem Glücksgefühl hatte Richard seine Zigarette in einen Oleandertopf geschnippt, war in die Küche zurückgekehrt und hatte Cipión mit einem Geschirrhandtuch trocken gerubbelt, was in ein kleines Kampfspiel um den Lappen ausartete, die einzige Gelegenheit, bei dem Cipión Töne von sich gab, nämlich ein mit einem Fiepen gemischtes Knurren, wie im Stimmbruch. Dann hatte er Cipión ein Leberwurstbrot geschmiert, mehr Wurst als Brot, aber irgendeinen Träger brauchte er halt, und es ihm in Stücken in den Rachen geworfen. Dabei war er ins Grübeln gekommen. Und da ihm jegliche Art von Grübelei Unbehagen bereitete, hatte er spontan zum Handy gegriffen und meine Mobilnummer aktiviert, um sich zu erkundigen, wieso Cipión nicht bei mir war. Aber ich nahm nicht ab. Schlagartig erinnerte er sich des Krankenwagens, der gestern Nacht mit Blaulicht und Martinshorn am Weber'schen Haus vorbei ins Zeitental gerast war.

»Ich habe sonst was gedacht, Lisa«, sagte Richard, gewohnt, das Schlimmste anzunehmen, wenn es um mich und meine Lebenspannen ging, mindestens aber meinen Tod. Er war sofort in den nächstbesten cognacfarbenen Anzug gesprungen und ins Auto gestiegen. Nicht einmal rasiert hatte er sich.

»Der Krankenwagen hat Victor geholt«, erklärte Barbara mit sehr dunkler Stimme. »Er liegt im Koma. Und ob er je wieder aufwacht, steht in den Sternen. Er fiel gestern Abend plötzlich vom Tisch, nachdem er aus dem Flachmann getrunken hatte, den er bei euch bekommen hatte.«

Richard wurde blass. Auch für eine Krawatte hatte er sich keine Zeit genommen.

»Die Ärzte behandeln ihn auf Thujonvergiftung.«

Er schüttelte fragend den Kopf.

»Thuja, Lebensbaum, Wermut«, erläuterte ich. »Wächst praktisch überall und ist, in Alkohol eingelegt, in bestimmter Menge tödlich.«

»Und da traust du dich noch her!«, sagte Barbara.

Jetzt war er da, der Moment, den Richard so sehr gefürchtet hatte. Unsere Blicke trafen sich. Meine Mutter?, fragte er stumm. Deine Mutter, nickte ich. Sie hat nicht nur deinen Vater vergiftet, sondern auch Barbaras Sohn. Zumindest sieht momentan alles danach aus.

»Du kannst von Glück sagen«, fuhr Barbara fort, »dass Jürgen schon weg ist. Zur Polizei übrigens, Anzeige erstatten. Nur mit Müh und Not konnte ich ihn heute Nacht davon abhalten, Kleinholz aus euch zu machen.«

»Aber es steht doch noch gar nicht fest«, wandte ich ein, »ob es Gift war und ob es in dem Flachmann steckte!«

»Vorsicht, Lisa!«, zischte Barbara. »Überleg dir, für wen du hier Partei ergreifst.«

»Für die Wahrheit!«

»Es gibt keine Wahrheit. Es gibt nur Menschen und ihre Wahrheiten, Lisa. Und du musst dich entscheiden!«

Richard verschanzte seine Mimik hinter absoluter Ausdruckslosigkeit, pflanzte seinen Blick kurz und schmerzhaft in mein Gesicht und sagte: »Dann bitte ich die Störung zu entschuldigen.« Er fand sofort die Klinke und war weg, ehe ich Piep sagen konnte.

Im selben Moment platzten durch die andere Tür Maxi und Jacky herein. Sie waren zwar angezogen, aber ihre Mähnen hingen wirr und in ihren Wimpern klebten Albträume.

»Ah, der Zippo ist wieder da!«, bemerkte Jacky. »Wie geht es Vicky?«

29

Es würde Regen geben. Dazu brauchte ich keinen Bauern, der skeptisch in den Himmel blickte. Die Schwalben flogen so knapp über dem Boden, dass die Stoppeln auf den Feldern ihnen das Bauchgefieder kämmten.

Ich versuchte, den Rhythmus zu halten, Schritt für Schritt. Dann war der Schmerz im Bein kontrollierbar. Cipión schrappte mit der bärtigen Nase am Wegrandgrün entlang und überschlug sich zuweilen fast, so abrupt musste er an einem guten Duft bremsen, um ihn eingehender zu inspizieren. Ich stapfte zügig und kochte.

Ich treffe keine Entscheidung, schon gar nicht mit der Pistole auf der Brust! Und nur um deinen Rocky zu ärgern, stehe ich nicht zu Verfügung, Barbara.

Von Anfang an habt ihr mich verarscht. Ist doch wahr! Wahrscheinlich lasst ihr die Herde selber raus, wenn euch auf euren Weiden das Futter ausgeht. So wie jetzt. Und dann stellt ihr es so hin, als seien alle gegen euch. Und mir erzählt ihr, es seien der Filserbauer und seine Söhne. Von Anfang an habt ihr mich belogen. Gut, warum mir trauen, ihr kanntet mich ja nicht. Aber wenn ihr den Spion aus dem Hause Weber nicht unter euch haben wolltet, hättet ihr es nur zu sagen brauchen. Kein Grund, eine Kuh auf mich zu hetzen und einen Skorpion in meinen Schuh zu legen oder auf mich zu schießen!

Oder geht es noch tiefer? Hätte ich mich heute Abend an einem vergifteten Messer geschnitten? Ich habe deine Bücher gesehen, Barbara: Giftpflanzen, Pflanzengifte. Ihr habt euer Arsenal von Anfang an im Anschlag gehabt. Denn ihr habt Martinus umgebracht. Ihr habt Gift in seinen Flachmann gefüllt, wahrscheinlich Jacky, als sie im Haus der Webers putzte. Leider habt ihr es dem frommen Vicky nicht gesagt. Und jetzt wollt ihr es Lotte anhängen. Oder Richard, wenn es nach dir ginge, Barbara. Weil er dich allein in deinem Zeitental zurückgelassen hat.

Jetzt verstehe ich auch, warum ihr alle so schockiert wart, als ich an seiner Seite auftauchte. Nein, es ging nicht um meinen zweifelhaften Ruf als Transclown. Maxi hat es ausgeplaudert. Wegen mir musste der Kultusminister zurücktreten. Ihr wusstet, Richard hatte eine Detektivin mitgebracht. Und weil man den Feind am besten besiegt, wenn man ihn in der Nähe hat, hast du mich auf euren Hof abgeschleppt. Und dann habt ihr begonnen mich einzuwickeln mit eurem Gerede von den Filserbuben, den Hundefickern, die eure Zäune aufmachen, weil der alte Josef Filser seine Kälber vaterlos stellen will. Alles Lüge. In Wahrheit seid ihr seit Omas Zeiten verbandelt. Josef hat dich heiraten wollen, Jannik hat Maxi Liebesbildchen ins Schulheft gesteckt, bevor er entdeckte, dass er sich eigentlich in Vicky verknallt hatte.

Doch auf einmal liegt Jannik tot im Fluss. Ein neues Ablenkungsmanöver beginnt. Nun ist es Martinus, der auf eure Rinder schießt und euch mit seinem biblischen Zorn verfolgt. Am Ende wird es heißen, er habe die Zäune aufgemacht und Jannik umgebracht. Dabei geht es eigentlich nur um ein Grundstück, das nicht verkauft werden durfte, wenn es nach dem alten Martinus gegangen wäre, aber unbedingt verkauft werden musste, weil du Geld brauchtest, Barbara. Ganz dringend. Denn was dem Vater nicht gelungen ist, das hat der Sohn geschafft: Du wirst den Prozess verlieren. Du musst zahlen. Und deshalb musste der Alte weg, damit es jetzt schnell geht mit dem Bebauungsplan für den Fürsten und du teuer verkaufen kannst.

Du hast es herausgefordert, Barbara. Du hast dir deinen Spaß mit Martinus gemacht. Fanatiker sind berechenbar. Eine Weile kann man über sie lachen. Doch plötzlich werden sie gefährlich. Dann kommt der Gerichtsvollzieher. Und die Ordnungshüter von Frommern sind immer stärker als die Hexen vom Zeitental. Wer das Patriarchat herausfordert, kommt darin um, Barbara. Es hat zweitausend Jahre Jurisdiktion und Moral auf seiner Seite. Es hat immer gewonnen. Die Hexe wird verbrannt!

Ich atmete aus.

Aber auch der fromme Vicky hat gelogen. Nicht nur Janniks Eltern und euch hat er belogen, um mit Jannik eine Woche lang auf Gran Canaria zu vögeln, sondern auch sich selbst. Pfarrer Frischlin hat ihm auch nicht helfen können mit seiner Psychologie von überstarken Müttern. Und Janniks Tod nützt ihm auch nichts. Es ist alles falsch. Die herrschsüchtigen alten Männer aus der Bibel haben Unrecht. Der innere Kampf ist überflüssig. Die Homosexualität ist tief in unseren Genen verankert. Wale balzen um männliche Wale, Giraffen besteigen Giraffenböcke, ein Homo-Paar Pinguine klaut ein Ei und zieht ein Küken groß, Äffinnen treiben es miteinander, einfach weil es Spaß macht. Die Natur braucht abweichendes Verhalten, damit die Gesellschaft in Bewegung bleibt und neuen Herausforderungen begegnen kann: Patchworkfamilien, Weiberhaushalte, Männerwirtschaften mit Adoptivkind. Nur in Stockenhausen, im Zeitental und auf der Frommerner Höhe hat man damit noch Schwierigkeiten. Auch du, Barbara!

Ich soll mich entscheiden! Es gibt nur deine Wahrheit. Ja, auch ein Matriarchat ist ein Arché, ein Prinzip. Kann es sein, dass dir mein Prinzip nicht gefällt oder das Vickys, das der Wechselgänger mit den wechselnden Verhältnissen? Träumst du von der ewigen Liebe? Soll ich dir den Mann ersetzen, mit dem du einmal alt werden wolltest? Letztlich deinen Rocky, auch so ein Grenzgänger. Nur dass er sich vor vielen Jahren entschieden hat. Ohne dich und gegen dich. Und dass du mich ihm abspenstig machen musst, das war der besondere Kick. Frauengeschäft: das Wegschnappen.

Ich hatte die Brücke über den Schalksbach erreicht und schwenkte in die Straße nach Frommern hinauf. Es waren doch immer dieselben Wege, die man auf dem Land ging.

Was seid ihr nur für Dummköpfe, Barbara. Was führt ihr hier für einen Krieg gegen Windmühlen und alte Patriarchen? Es gibt doch auch andere Weltkreise als das Zeitental. Du hast mich gefragt, ob ich mich auf dein Leben einlassen will, Barbara. Ich soll mich entscheiden. Und du? Wenn ich morgen mit zwei Flugtickets nach Argentinien vor dir stehe, und übermorgen ginge es los, kommst du dann mit? Das ist mein Leben, Herrgott noch mal!

Aber gesagt hatte ich das alles nicht.

30

Mit letzter Kraft humpelte ich durch den Vorgarten des alten Fabrikantenhauses. Die Trance, in die ich mich hineinmonologisiert hatte, brach zusammen. Alles Hirngespinste, Fieberfantasien, was weiß ich.

Lotte öffnete. »Gott, wie sehen Sie denn aus?«

In der Tat. Ich knetete eine zusammengerollte Anzughose mit Blutkruste in meinen Händen. Warum ich die mitgenommen hatte, weiß ich nicht. Ich trug Jeans, die mir zu eng waren, und ein silbergraues Leinenjackett, das aussah wie früher mein nach Gebrauch glatt gestrichenes Butterbrotpapier.

»Was sagen Sie? Jacky hat auf Sie geschossen. Was machen Sie nur für Sachen. Kommen Sie rein. Ich schau mir das mal an.«

Sie führte mich in den Salon und kam mit einer Schüssel Wasser und einem Erste-Hilfe-Kasten wieder.

»Die Hosen sollten Sie aber schon ausziehen«, sagte sie mit dem Glitzern frommer Frivolität in den Äuglein. »Sonst kann ich Ihnen nicht helfen.« Resolut schob sie Deckchen, Beileidskärtchen und -gebinde und eine Vase mit weißen Lilien ans andere Ende des Couchtischs. »Legen Sie das Bein da drauf, oder wollen Sie es mir besonders unbequem machen?«

Ich streckte mein Bein über die Tischecke. Sie zog einen Sessel heran und begann den Verband zu lösen. »Oh, das sieht böse aus. Mit so einer Wunde dürfen Sie aber nicht draußen herumrennen. Das muss doch wehtun.«

»Hm.«

Sie tunkte den Lappen ins Wasser. »Was für Muskeln Sie haben!« Ihr Blick wanderte meine Schenkel hinauf bis in den Zwickel meines Slips. Mit knochiger Hand, dennoch leicht wie ein Blütenblatt strich sie mir über den Oberschenkel. »Sie treiben wohl viel Sport. Als junges Mädchen war ich eine gute Schnellläuferin. Die hundert Meter waren meine Spezialität. Heute darf man das ja gar nicht mehr sagen, aber es war nicht alles schlecht, was der Hitler gemacht hat. Ein gesunder Geist in einem gesunden Körper. Na ja, so gesund war der Geist ja dann auch wieder nicht, gell? War natürlich Schluss im Krieg. Und danach hatten wir andere Sorgen. Außerdem hätte Martinus niemals zugelassen, dass scine Frau draußen umeinanderspringt und Rennen gewinnt. Aber was rede ich? Tut's weh?«

»Sie machen das wunderbar, Frau Weber!«

Die Alte lächelte und entblößte kleine, überraschend weiße Mäusezähnchen. »Es wird dauern, bis das verheilt ist. Machen kann man da nicht viel. Aber wenn Sie wollen, kann Richard Sie nachher ins Krankenhaus fahren, wenn er wieder zurück ist.«

»Wo ist er denn?«

»Er wollte sich mit jemandem treffen. Er hat mir das von Victor erzählt. Schlimm! Arme Barbara. Das kann nur eine Mutter nachfühlen, was sie gerade durchmacht. Da lernt man beten! Aber Victor ist jung, er ist stark. Er kommt schon wieder in Ordnung. Was ist denn genau passiert?« Das Tupftuch verhielt. Ihre kleinen graublauen Augen knispelten mein Gesicht ab. Sie hatte auf altmodische Art blauen Lidschatten und Rouge aufgelegt.

»Es sieht nach einer Vergiftung aus«, sagte ich.

»Eine Vergiftung? Wie das?«

»Es ist alles sehr rätselhaft.«

Lotte legte den Lappen in die Wasserschüssel und nahm ein

Wundspray. »Das brennt jetzt ein bisschen, aber Sie sind ja nicht wehleidig, gell?« Sie schüttelte das Spray und sprühte. Es brannte höllisch.

»Hatte Martinus den Flachmann eigentlich immer bei sich?«, ächzte ich.

»Behauptet Barbara etwa, da sei Gift drin gewesen? Die hat's nötig! Sie selbst hat das Zeug Martinus doch empfohlen. Gut für die Galle. Alles, was bitter ist. Und jetzt behauptet sie, es sei Gift?« Lotte schüttelte den Kopf. »Immer sucht sie die Schuld bei anderen. Wir sind an allem schuld, was bei ihr schiefgegangen ist. Dass Maxi sitzen geblieben ist, daran sei Martinus schuld. Er hätte sie verstört! Aber haben Sie gesehen, was Maxi für Gifttiere in ihrem Zimmer züchtet! Wie leicht ist da was passiert! Das sieht man ja jetzt. Und sollte Martinus stillschweigend zugucken, wenn kranke Tiere auf der Weide stehen. Das ist doch Tierquälerei! Und dann dieser Sonntagsverkauf. Damit schadet sie doch auch den anderen Biobauern, die wo so was nicht machen.«

Sie kramte einen Wundverband aus dem Erste-Hilfe-Kasten.

»Und nun ist er tot, unser Martinus, und da wollen sie ihm wieder so was anhängen? Wo er sich nicht mehr wehren kann. Was meinen Sie, ist das Spray trocken?«

Sie blies über meine Wunde und fuhr mit der knochigen Hand meinen Schenkel entlang. Dann legte sie das sterile Viereck über die Löcher und begann den Mull zu wickeln.

»Sie haben sich sicher erschrocken, wie Sie Victor so sahen? Das ist immer erschreckend, das erste Mal, wenn man Menschen an der Schwelle zum Tod sieht. Es ist, als würde man dem Teufel in seine Fratze schauen. Mein Martinus hat sich ja gefeit geglaubt. Sein Sterben, das hatte er sich so vorgestellt, mit Krawatte vor Gott treten, Vergebung empfangen, die Augen schließen. Aber der Tod ist nie würdevoll. Es war weiß Gott kein schöner Anblick, das können Sie mir glauben, all das Erbrochene, da denkt man …«

»Er hat sich erbrochen?«

Lotte hob ihre kleinen Äuglein und blinzelte mich an.

»Das hatten Sie vorgestern Abend nicht erwähnt«, sagte ich.

»Ach, Fräulein Nerz. Ich wollte Richard nicht schockieren mit diesen Details. Er ist so empfindlich! Er hat zu viel Einbildungskraft, hat ein Lehrer mir einmal gesagt. Das Kind war mir immer ein Rätsel. Wieso hat er sich so wenig leiden können? Vielleicht konnte er deshalb auch seinen Vater nicht leiden. Manchmal habe ich gedacht, er hat ihn gehasst, dann wieder, er hat ihn abgöttisch geliebt. Nur zurechtgekommen sind die beiden miteinander nie. Sie müssen sagen, wenn es zu fest ist, ja?«

»Perfekt.«

»Heute weiß man so viel über Kinder, Legasthenie, ADS und all das. Früher hat's Ohrfeigen gesetzt. Damals hat man auch keinen fragen können, was mit unserem Kind los war. Diese Gewalttätigkeit gegen sich selbst! Einmal ist er den Felsen am Altort hochgeklettert und abgestürzt, und wir dachten, das Kind wacht gar nicht mehr auf. Da habe ich gewusst, es muss weg. Sonst passiert noch was Schlimmes. Wir haben … nun ja, Richard dann auf eine Schule nach Stuttgart gesteckt. Erst vor ein paar Jahren hat Victor mir in einer stillen Stunde erklärt, was mit dem Kind los war. Und verstehen tue ich es immer noch nicht richtig. Die falsche Seele im falschen Körper! Verstehen Sie das?«

»Nicht wirklich.«

»Es war eine Prüfung Gottes, denke ich heute, und wir haben sie nicht bestanden.« Sie hob den Kopf und legte ihn schief, wie Cipión, wenn er Mäuse im Gras rascheln hörte. »Ah, da kommt er schon. Jetzt müssen wir uns aber beeilen, gell?« Sie kicherte. »Sonst sieht er Sie in der Unterwäsche.«

Auch Cipión hatte das Auto erkannt, das hinters Haus rollte. Er rannte aufgeregt in den Flur. Lotte verknotete den Verband. Man hörte einen Schlüssel sich in der Haustür drehen und Cipións Krallentanz auf dem Schmuckparkett.

»Momentle noch, Richard!«, rief Lotte über ihre Schulter. »Wir sind gleich fertig.«

Die Schritte von Ledersohlen auf Parkett stockten nur kurz. Ich zupfte mein T-Shirt über meine Scham. Richard erschien in der Türfüllung. Cipión hatte ihm zwar meine Gegenwart gemeldet, und dann rechnete er gewöhnlich mit allem. Doch offensichtlich hatte er nicht damit gerechnet, dass seine Mutter meine muskulösen Beine verarztete und meine Unschuld verteidigte.

»Jetzt wart halt«, rief sie, entrüstet aufspringend, »bis die junge Dame angezogen ist!«

Er kam herein, runzelte die Stirn und fragte: »Was ist passiert?«

»Nichts«, sagte ich.

»Die Kinder haben scheint's nicht aufgepasst mit dem Luftgewehr, aber es ist nur ein Kratzer«, sagte Lotte. »Und nun sei so gut, dreh dich wenigstens um. Du machst das Fräulein noch ganz verlegen.«

»Mama!«

Ich biss mir auf die Lippen. Es war auch gar zu hübsch anzusehen, wie die gebeugte alte Dame mit wackelndem Dutt ihren breitbrüstigen Prachtkerl von Sohn aus dem Salon zu drängen versuchte, und wie er sich behauptete, ohne sich direkt gegen sie zu stellen. Er hätte nur unbedingt vermeiden müssen, mir dabei einen Blick zuzuwerfen in der Tonlage zwischen »Komm du mir heim!« und »Heile, heile Segen!« Denn in meiner Anstrengung, meine Scham zu bedecken und meine Mimik einzutrüben, sah ich wohl derartig schwachsinnig aus, dass er laut herauslachte. Und da ein Schwabe schon verschmerzt hat, was auf dem Tisch steht, teilte er ordentlich aus und lachte, bis ihm die Tränen kamen.

»Wenn wir noch zum Gottesdienst zurechtkommen wollen«, sagte Lotte, »dann müssen wir aber los.«

31

Pfarrer Frischlin liebte Talar und Beffchen. Auch einer, der sich gern verkleidete. Wie er die Hände hob und Gottes Segen auf seine Gemeinde herabflehte, verkörperte er nicht ohne Gefälligkeit den spirituellen Abenteurer, der das Risiko, sich in Gottes Hände zu begeben, für kalkulierbar hielt.

Da unterschieden er und ich uns diametral.

»Gott hat seinen eigenen Sohn geopfert«, predigte er. »Und wie alle Söhne, hat auch Jesus das zunächst nicht verstanden. ›Mein Gott, mein Gott, warum hast du mich verlassen‹, ruft er in den Evangelien des Matthäus und Markus in der Stunde seines Todes. Was ist das auch für ein Vater, der seinen Sohn für seine Sache einsetzt? Möchten wir nicht unser eigenes Leben leben, selbst entscheiden, für wen oder welche Sache wir uns einsetzen, für wen wir unsere Lebenszeit opfern, für unsere Frau, unsere Kinder oder unsere Karriere?«

In den Bänken der Kirche, die dem Schwabenmissionar im Bistum Konstanz, dem Heiligen Gallus, gewidmet war, saßen deutlich mehr Männer als Frauen. Auch der gezähmte Mann mit den gelöcherten Sommerschuhen hatte uns aus seiner Bank heraus beflissen zugenickt.

»Das Neue Testament«, sagte Frischlin, »erzählt von einem alltäglichen und dabei so dramatischen Vater-Sohn-Konflikt. Alles, was er ist und kann, hat Jesus von seinem Vater. Aber gibt das seinem Vater das Recht, ihn einzuspannen für seine Sache und seinen Tod zu beschließen?«

Lotte hat den Kopf schief gelegt und den Blick in die sinnentleerte Ferne gerichtet. Wie viele Predigten, die der Pfarrer nicht für sie hielt, hatte sie wohl schon über sich ergehen lassen? Was in Richard vorging, konnte ich nicht einmal ahnen, denn er saß auf der anderen Seite neben seiner Mutter.

»Wo ist der Flachmann?«, hatte er sich wispernd bei mir erkundigt, als wir in der Halle des Weber'schen Hauses auf

Lotte warteten, die ihre Handtasche holte und den Sitz ihres Dutts überprüfte.

»Jürgen hat ihn zur Polizei gebracht«, hatte ich geflüstert. »Aber Vicky war gestern Nachtmittag womöglich auch noch bei Frischlin.«

»Die geistig-seelische Entwicklung«, sprach der Pfarrer, »die Jesus in diesem Konflikt durchgemacht hat, offenbaren uns die vier Evangelien. Während Jesus sich bei Matthäus und Markus am Kreuze ...«

Man beachte das Dativ-E, das heute nur noch in meinen alten Karl-May-Ausgaben aus dem Antiquariat und in hochtrabenden Reden vorkam.

»... vom Vater verlassen vorkam, so schickt er sich im Lukas-Evangelium bereits vertrauensvoll in sein Schicksal: ›Vater, ich befehle meinen Geist in deine Hände!‹ Doch erst im Johannes-Evangelium sieht er sein Werk im Einklang mit dem seines Vaters: ›Es ist vollbracht!‹ Wir mögen einwenden, es seien vier verschiedene Autoren, und Jesus könne am Kreuze nicht diese drei Dinge zugleich gesagt haben. Ich halte dagegen, dass die Autoren der Evangelien von *einem* Geist inspiriert wurden. Der Heilige Geist führt uns die drei Schritte der Reifung vor, welche der Sohn im Verhältnis zu seinem Vater durchmacht. Da ist zuerst der Vorwurf des jungen Mannes, der eigene Pläne mit seinem Leben hatte. Der reifere Mann erkennt, dass des Vaters Ziele so verkehrt nicht sein mögen, und schickt sich drein. Der gereifte Mann schließlich schließt Frieden mit dem Vater und erlebt sich als geistiger Erbe, der das Werk seines Vaters vollendet.«

Unter den Männern in den Kirchenbänken saßen nun allerdings weder jugendliche Heißsporne noch solche, die danach aussahen, als müssten sie ein Werk von christlicher Welterrettung vollbringen.

»Unter uns befindet sich heute«, beendete Frischlin seinen Gottesdienst, »ein Sohn, der gerade seinen Vater verloren hat.

Ihm gehören unsere Gebete. Mit ihm gedenken wir Martinus Webers, der am Freitag von uns gegangen ist, in Trauer und Dankbarkeit. Amen.«

Danach das Vaterunser und der Segen. Vor der Kirche das Händeschütteln, wobei die an Richard und Lotte vorbeiziehende Gemeinde nicht so recht wusste, ob auch mir ein Beileidsgemurmel zustand. Endlich trat Frischlin wallend aus der Kirche, um hier und dort ein paar Worte zu wechseln und sich für seine Predigt loben zu lassen.

»Gehen wir!«, sagte Richard, mit dem Autoschlüssel bewaffnet. »Wir sollten noch kurz zur Polizeidirektion.«

»Zur Polizei?«, wunderte sich Lotte.

»Nur eine Formalität. Die Polizei braucht auch deine Aussage, weil Victor den Flachmann von uns hat.« Er nahm seine Mutter am Ellbogen.

»Moment«, sagte ich. Aber Richard führte seine Mutter mit solcher Geschwindigkeit zum Tor hinaus und zu seinem Wagen ab, dass ich befürchten musste, er werde mich stehen lassen.

»Herr Dr. Weber!« Frischlin kam uns mit wehendem Talar hinterhergelaufen.

Richard schlug die Tür zum Beifahrersitz zu, auf den er seine Mutter verfrachtet hatte, und blieb am Heck seiner Nobelkarosse stehen.

»Sie haben mir noch keine Gelegenheit gegeben«, sagte der Pfarrer, »ein persönliches Wort an Sie zu richten, wo Sie nun schon zusammen mit …«, er musterte mich besorgt, »… Ihrer Freundin den Weg in unser bescheidenes Gotteshaus gefunden haben.«

»Der Protestantismus kennt kein Gotteshaus«, bemerkte Richard. »Sonst hieße Ihr Gottesdienst ja Götzendienst.«

Frischlin schluckte, legte einen neuen Satz unerschütterliches Glänzen in seine Augen und zwang sich zu einem Lachen. »Ja, wie der Vater, so der Sohn. Ihrem Vater konnte keiner von uns, auch ich nicht, das Wasser reichen in der Herzenskenntnis der

Schrift und unserer essenziellen Glaubensgrundsätze. Ich habe es einmal so ausgedrückt: Ihr Vater hatte einen Peilsender im Herzen, der ihn stets und überall auf dem richtigen Weg hielt. Nie hat er gezweifelt, nie ließ er sich beirren, und so manches Mal hat er auch mich beschämt mit seiner größeren Konsequenz in Glaubensfragen, als ein Pfarrer sie oftmals zeigen kann. Wir müssen leider zu viele Kompromisse machen, um unsere jungen Klienten nicht zu verprellen. Und zuweilen müssen wir auch unkonventionelle Wege gehen. Wir haben jede Menge Frauenarbeit gemacht in der Kirche, jetzt ist die Zeit gekommen, dass wir die Gedanken von der anderen Seite her neu formulieren und den Männern ihre Rechte zurückgeben.«

»Die sie nie verloren haben«, bemerkte ich.

Die Herren ignorierten meinen Einwurf, denn es galt das Wort von Paulus: »Es steht der Frau schlecht an, in der Gemeinde zu reden.«

»Auch Männer haben eine Spiritualität, sie müssen sie nur wiederentdecken und leben«, erklärte Frischlin. »Ich habe lange über meine heutige Predigt nachgedacht, Herr Dr. Weber. Als Ihre Mutter, Sie und ich gestern Abend zusammensaßen, um den Trauergottesdienst zu besprechen, hatte ich den Eindruck, dass da bei Ihnen noch ein Groll gegen Ihren Vater ist. Das habe ich oft erlebt, wenn sich Vater und Sohn zu ähnlich sind und wenn der Sohn dann Front macht. In dem Glauben, den Geist des Vaters negieren zu müssen, negiert er dann auch einen Teil des eigenen Wesens. Unfrieden und Unzufriedenheit sind die Folge.«

»Das haben Sie in Ihrer Predigt ja unmissverständlich ausgedrückt.« Tückisch gewährte Richard dem Pfarrer das Lob, das der gefordert hatte, und als Frischlin zufrieden lächelte, kam der Nachschlag. »Allerdings will mir scheinen, dass die Rolle von Gott weder auf meinen Vater noch die Rolle von Jesus auf mich passt.«

Die Schluckpause Frischlins kam wiederum mir gut zupass.

»Herr Frischlin, wissen Sie schon, dass Victor Binder im Krankenhaus liegt?«

»Oh! Nein. Ist es was Schlimmes?«

»Gift. Er war heute Nacht schon zwei Mal tot!«

»Um Gottes willen!« Mit den Händen griff er sich in den Talar, als wolle er sich die albern gewordene Verkleidung vom Leib reißen. »Das ist ja eine fürchterliche Nachricht. Ich muss sofort … wo liegt er denn? Wird er überleben?«

»Vermutlich.«

»Sie sagten: Gift. Was für ein Gift?«

»Das steht noch gar nicht fest!«, mahnte Richard. »Die Ärzte erwägen auch eine Sepsis. Ein Insektenstich hat sich entzündet.«

»O Gott!«

»Herr Frischlin«, mischte ich mich wieder ein. »Victor war doch gestern Nachmittag bei Ihnen.«

Frischlins Blick eierte. »Ja. Aber …«

»Worum ging es? Um Janniks Tod?«

»Das kann und darf ich mit Ihnen nicht erörtern.«

»Aber dem Beichtgeheimnis unterliegen Sie nicht!«

»Nein, aber …«

»Herr Frischlin«, griff Richard im Amtston ein, »wenn Sie etwas wissen, das zur Aufklärung der tragischen Ereignisse beitragen könnte, dann bitte ich Sie: Gehen Sie umgehend zur Polizei. Die werden Ihre Einlassungen mit absoluter Diskretion behandeln.«

Frischlin nickte vor sich hin. »Sie haben Recht.«

»Herr Frischlin, wie ist denn Ihr Verhältnis zu Victor?«, fragte ich journaillenwüst. »Sind Sie auch schwul?«

»Das, mit Verlaub, ist eine Frage, die ich nicht einmal meinem Arbeitgeber beantworten muss!«

»Es würde aber weiterhelfen!«, insistierte ich.

»Ich wüsste nicht, inwiefern«, antwortete Frischlin. »Ich kann Ihnen nur so viel sagen: Die Bibel verurteilt homosexuelle Neigungen nicht ausdrücklich. Jesus sagt gar nichts dazu. Ich vertrete die Ansicht, dass in den fraglichen Passagen in den Briefen von Paulus die gleichgeschlechtliche Sexualität nur als eine unter vielen Lastern erwähnt wird, denen ein von Gott abgefallenes und verdammtes Volk verfallen ist. Hier geht es nicht um Liebe, die auf Partnerschaftlichkeit und Dauer angelegt ist, sondern um die Verfallenheit des Menschen an die Sünde im Allgemeinen, aus der ihn nur Gott erretten kann und aus der nur errettet wird, wer in Gott lebt und ehrlichen Herzens die Gerechtigkeit sucht.«

»Wissen Sie, was Victor dazu denkt?«, erkundigte ich mich.

»Er glaubt, dass Homosexualität in der Natur haufenweise vorkommt und mithin natürlich ist. In tierischen Gesellschaften, hat er mir einmal erklärt, wird abweichendes Verhalten stets toleriert, solange es nicht den Gesamtfrieden stört.«

»Und wie stehen Sie dazu?«

»Die biologischen Aspekte kann ich nicht beurteilen. Aber die Überlegung ist erlaubt, ob wir die Bibel in jedem Fall wörtlich nehmen müssen. Aus wissenschaftlicher Sicht ist die Erde nicht so entstanden wie in der Schöpfungsgeschichte beschrieben. Deshalb kann man die Ansicht vertreten, dass die Aussagen in der Bibel über die Widernatürlichkeit gleichgeschlechtlicher Verhältnisse ebenfalls nicht wörtlich genommen werden müssen. Da waren die Autoren Kinder ihrer Zeit.«

»Und der Heilige Geist hat gerade mal Pause beim Diktieren gemacht«, konnte ich mir nicht verkneifen.

»Das mögen Sie spaßig finden, Frau Nerz, aber …«

»Nein, gar nicht, wenn einer wie Vicky an dem Widerspruch von Biologie und Bibel zerbricht!«

»Das ist keineswegs der Fall. Dafür lebt Victor zu tief im Glauben. Er fühlte sich nur durch die kompromisslose Rigorosität seines Großonkels Martinus in diesen Fragen zeitweise verunsichert. Deshalb hat er – vor drei Jahren schon, als ich gerade hier anfing – das Gespräch mit mir gesucht. Übrigens hat auch

Ihr Herr Vater«, wandte sich Frischlin an Richard, »mich nach meinem Standpunkt gefragt. Wobei er sich durchaus offen zeigte für mein Argument, dass die Kirche und ich als ihr Vertreter niemanden ausgrenzen dürfen, sondern dass wir die Türen öffnen müssen für jeden, der Gottes Nähe sucht. Beantwortet das Ihre Fragen?«

»Nicht im Geringsten«, erwiderte Richard, der gar keine Frage gestellt hatte, ausgesucht höflich. »Aber Sie haben natürlich völlig Recht, dass Sie uns keinerlei Fragen beantworten müssen. Die Polizei wird sich umgehend mit Ihnen in Verbindung setzen.«

»Nur weil Victor mich gestern Nachmittag besucht hat? Mein Gott, wir haben über den Tod gesprochen, über Verlust und Trauer! Das ist doch völlig normal.«

»Haben Sie mit ihm auch über Jannik gesprochen?«, fragte ich stehaufmännchengleich.

»Himmel, ja. Jannik war unter meinen ersten Konfirmanden hier in dieser Gemeinde. Ein hochsensibler Junge. Dass er unter so schrecklichen Umständen ums Leben gekommen sein soll, ist erschütternd und bestürzend.«

»Victor hat eine Woche auf Gran Canaria mit Jannik verbracht. Wussten Sie das?«

»Sie unterziehen mich ja hier einem regelrechten Polizeiverhör!«

»Die Polizei verhört nicht, sie befragt oder vernimmt«, sagte Richard.

»Egal, wie Sie das nennen …«

Richard zog die Brauen hoch. »Na, Sie als Mann des Wortes sollten den feinen Unterschied aber hören!«

Frischlin war aus der Spur und schnaufte. Das aggressive Glitzern in Richards Augen erlosch.

»Danke für die Aufklärung«, unterwarf sich Frischlin steif. »Wenn Sie mich entschuldigen würden.« Er flüchtete mit wehendem Talar und bog zum Pfarrhaus ab.

»Sehr verdächtig!«, sagte ich zu Richard. »Gestern Nachmittag wusste noch niemand, dass der Tote höchstwahrscheinlich Jannik ist. Wenn Vicky und Frischlin darüber gesprochen haben, dann weil einer von beiden es wusste. Weißt du, was ich glaube: Frischlin hat sich in Vicky verguckt und Jannik umgebracht, damit er bei Vicky freie Bahn hat. Dass Vicky sich daraufhin das Leben nimmt, das hat ihn jetzt völlig aus der Bahn geworfen.«

»So 'n Schafscheiß, Lisa!« Richard wandte sich ungehalten seinem Wagen zu.

»He!«

»Nein!«

»Hör mal, Richard, nur weil Barbara erklärt, ich müsste eine Entscheidung treffen, heißt das noch lange nicht, dass ich das auch meine.«

»Ich weiß, Lisa. Du wirst keine Entscheidung treffen. Du nimmst einfach mit, was du kriegen kannst. Und genau das wird dir Barbara nicht so leicht machen. Ich bitte dich nur«, er bohrte seinen asymmetrischen Blick in meinen, »sei so nett und halte mich aus deinem Malefizspielchen heraus!«

»Ich spiele keine Spielchen.«

»Unentwegt, Lisa. Vor allem mit mir.«

»Das ist eine Grundsatzfrage meines Lebenswandels.«

»Die ich mit dir jetzt nicht diskutieren werde. Es hätte ja doch keinen Sinn! Mir reicht es vollauf, wenn du mich zu gegebener Zeit vom Ergebnis in Kenntnis setzt.«

Mir stockte der Atem auf halber Strecke. Für einen kurzen Moment drohte der Speichel in meine Luftröhre zu kippen, aber ich konnte noch rechtzeitig loshusten, bevor ich mich an meiner eigenen Spucke verschluckte.

32

Die Polizeidirektion Balingen steckte in den hohen Räumen eines renovierten Jugendstilkleinods, das an einer großen Kreuzung wachte, auf der am Sonntag die Ampeln für nichts und niemanden auf Grün, Gelb und Rot und wieder Gelb und Grün sprangen. Die Eingangstür war mit gusseisernem Gedrechsel bewehrt, die Türlaibung mit einem Kassettenfries und Ovarien verziert, die Säulen an den Erkern in den oberen Stockwerken waren geschuppt wie Tannenzapfen. »Aus dem Architektenbüro von Richard Böklen und Carl Feil aus Stuttgart«, murmelte Richard. »1907 erbaut. Die Lutherkirche in Cannstatt ist auch von denen und die Villa Haux in Albstadt. Nach dem Krieg war hier das Gouvernement Militaire untergebracht.«

»Geht es dir nicht gut? So wie du mit Zahlen und Namen um dich schmeißt.«

»Mir geht es blendend!«

Ich bin sicher, dass er bereits wusste, dass er seine Mutter nicht wieder würde mitnehmen dürfen, als Staatsanwalt Kromppein uns seine verschwitzte Hand entgegenstreckte und »Eine scheußlich Sache, das« murmelte. Es tue ihm leid, uns Unannehmlichkeiten zu bereiten, und er könne uns nicht zwingen, da wir keine Beschuldigten seien, aber es wäre sehr hilfreich, wenn wir uns Fingerabdrücke abnehmen lassen würden.

Aber klar doch.

Eine vom Sonntagsfrühstück zusammengetrommelte Truppe von Kriminalbeamten befragte uns einzeln, wer wann was gesehen hatte, in Bezug auf den Flachmann, dessen Inhalt und das Umkippen des Geschädigten, Victor Binder. Während Lotte, Richard und ich danach beieinandersaßen, unsere geschwärzten Finger abwischten und mir der Magen knurrte, gingen plötzlich alle Beamten hinaus. Nach einer Weile kam Kromppein wieder herein. Folgendes Problem hatte sich ergeben. Der Flachmann aus dem Besitz von Martinus Weber war abgewischt worden.

Auf seinen Flächen befanden sich Abdrücke von lediglich zwei Personen, von Richard und einer weiteren Person, die man zunächst einmal dem Geschädigten, Victor Binder, zuordnete.

Logisch. Oder doch nicht?

»Herr Dr. Weber«, raunte Kromppein, »könnten wir mal kurz draußen ... Frau Nerz, am besten, Sie kommen auch gleich mit.«

Am Fenster zur Kreuzung, auf der ein schwülweißer Mittag lastete und ein launischer Wind Staub aufwirbelte, erläuterte uns Kromppein formlos, weil unter Kollegen, das Problem.

»Eigentlich müsste ich Sie festnehmen lassen, Herr Dr. Weber. Sie sind nach einhelligen Aussagen Ihrer Mutter, von Frau Nerz und Ihnen selbst derjenige, der dem Geschädigten das silberne Schnapsfläschchen ausgehändigt hat. Wenn auch auf Verlangen Ihrer Mutter. Der Geschädigte, Victor Binder, hat einen Schluck daraus getrunken und es eingesteckt. Als Victor Binder in Gegenwart seiner Mutter, seines Vaters, seiner drei Schwestern und von Frau Nerz ein wiederholtes Mal daraus trank und wenige Sekunden darauf umkippte, hat Frau Nerz mit lobenswertem kriminalistischem Gespür das Fläschchen, ohne es zu berühren, samt Deckel und den Resten des Inhalts in eine Plastiktüte gesteckt und heute Morgen an Herrn Jürgen Binder übergeben, der es den Kollegen aushändigte. Die darin verbliebene Flüssigkeit enthält, einer ersten, noch sehr oberflächlichen chemischen Analyse zufolge, Alkohol und zu einem hohen Prozentsatz die beiden Thujon-Isomere Alpha und Beta, wobei das Betathujon in einer weitaus größeren Konzentration vorliegt, was, wie mir meine Fachleute erklären, auf seine Herkunft aus der Pflanze Artemisia absinthium hindeutet.«

»Wermut«, bemerkte ich.

»Sehr richtig, Frau Nerz. Ihrem Gespür verdanken die Ärzte auch den hoffentlich lebensrettenden sehr frühen Hinweis auf die Möglichkeit einer Vergiftung mit Thujon.«

Ich lächelte den Hechinger Staatsanwalt schnurrend an.

»Allerdings ist das Verhältnis von Alpha- und Betathujon wiederum so geartet, dass man davon ausgehen muss, dass auch andere Pflanzen für den Extrakt verwendet wurden, beispielsweise Thuja occidentalis, auch Abendländischer Lebensbaum genannt. Kurzum: Der Inhalt des Fläschchens ist wahrscheinlich hochgiftig. Ein Schluck muss nicht tödlich wirken, mehrere aber schon.«

»Hm.« Richard machte Miene, als sei es lediglich eine Frage der Höflichkeit, dass er dem Kollegen sein Ohr lieh. Allein das musste Kromppein gegen den Kotzbrocken aus Stuttgart aufbringen. Und er genoss es.

»Das für sich allein genommen, wäre noch nicht aussagekräftig«, fuhr der Hechinger Staatsanwalt in seinen Sommerjeans und dem gestreiften Poloshirt fort. »Aber nachdem gestern Nacht Dr. Zittel …«

»Der Gerichtsmediziner?«, vergewisserte ich mich.

»Nachdem Dr. Zittel mich gestern Nacht angerufen und eine Überstellung der Leiche des am Freitag verstorbenen Martinus Weber in die Gerichtsmedizin empfohlen hat …«

»Warum das denn auf einmal?«, fragte ich.

»Nun, er hat ja, wie Sie vermutlich wissen, die Leichenschau vorgenommen. Allerdings, wie er einräumte, wohl etwas zu eilig und mit zu großem Vertrauen in den Augenschein der Todesumstände. Überdies sei er bestürzt gewesen über den plötzlichen Tod seines, wie er sich ausdrückte, väterlichen Freundes und wohl zu sehr in Gedanken schon bei der Buchpräsentation, die nun ohne Martinus Weber stattfinden würde, und bei der traurigen Mitteilung, die er direkt vom Sterbebett kommend den im Zollernschlössle Versammelten überbringen würde. Kurzum: Ihm sind nachträglich Zweifel gekommen. Und zu Recht. Bei Ihrem Vater, Herr Dr. Weber, lässt sich eine akute Porphyrie nachweisen, ein Anstieg von Porphyrinen im Körper, einer Vorstufe des Hämoglobins. Aber fragen Sie mich bitte nicht weiter. Ich habe nur verstanden, dass das ein Hinweis auf eine Vergiftung mit Thujon ist. Mithin besteht der dringende Verdacht, dass Ihr Vater und Ihr Neffe, Herr Dr. Weber, denselben Giftcocktail bekommen haben. Und was soll ich jetzt tun? Es bleibt mir doch keine andere Wahl, nicht wahr? Ich muss Ihre Mutter vorläufig festnehmen.«

Richard zog die linke Braue hoch. »Unter welchem Vorwurf?«

»Mord und Mordversuch.«

»Aber die Fingerabdrücke meiner Mutter sind doch nun eben gerade *nicht* auf dem Flachmann.«

»Wie ich schon sagte, das Fläschchen wurde abgewischt, bevor Sie und der Geschädigte es in die Finger bekamen. Anders ist das Fehlen von weiteren Fingerabdrücken, etwa denen Ihres Vaters, nicht zu erklären. Und wer sollte das getan haben, wenn nicht der- oder diejenige, der seine eigenen Fingerabdrücke beseitigen wollte. Und Sie werden mir sicherlich nicht erklären wollen, Ihre Mutter wüsste nichts über Fingerabdrücke.«

»Aber das heißt noch nicht, dass meine Mutter Zugang zu diesem Gift hatte.«

»Zu diesen Giften hat jeder Zugang, der eine Lebensbaumhecke im Garten oder in der Nachbarschaft hat oder weiß, wie eine Wermutpflanze aussieht. Es ist übrigens auch in Beifuß und Salbei drin.«

Und Lottes Garten bestand praktisch nur aus Giftpflanzen! Womöglich hatte ich den Wermut nur nicht erkannt. Außerdem war zwei Häuser weiter der Garten von Witwe Mauthe von Thujahecken umschlossen. Ich hatte sie gesehen, als ich vom Gartenhäuschen heraufkam.

»Und Ihr Vater ist ja nun tatsächlich ziemlich unerwartet gestorben. Jedenfalls haben Sie sich am Freitagabend in der *Wielandshöhe* dahingehend geäußert. Weshalb Sie übrigens, wenn ich mir die Feststellung erlauben darf, ein Alibi haben, Herr Dr. Weber.«

»Nein«, antwortete Richard. »Ich war am Freitagnachmittag

hier in Balingen. Ich hätte sehr gut meinem Vater Gift einflößen können. Ich nehme mal an, der Tod tritt nicht unmittelbar nach Einnahme von Thujon ein. Zum Zeitpunkt seines Todes wäre ich, hätte ich das so geplant, wieder in Stuttgart gewesen, wo ich mich vom Anruf meiner Mutter mit der Todesnachricht im Restaurant hätte überraschen lassen können, so wie es ja auch tatsächlich geschehen ist.«

Kromppein lächelte. »Nebenbei bemerkt, warum haben Sie mich und die anderen eigentlich eingeladen?«

»Um mit Ihnen über die Beschwerden beim Generalstaatsanwalt und die drohenden Klageerzwingungsverfahren zu reden. Zusammen mit Staatsanwältin Meisner und Hauptkommissar Weininger hoffte ich Ihnen bei den Ermittlungen im Falle dreier ungeklärter Todesfälle aus den Jahren 1997 und 2001 und 2005 weiterhelfen zu können.« Ein feiner Ausdruck für: in den Arsch treten.

Kromppein machte ein Gesicht wie ein Pennäler, der sich aus taktischen Gründen nicht erinnern mochte.

»Die Toten im Hochleistungshäcksler, im Gülletank und im Siloballen«, half ich ihm auf die Sprünge.

»Frau Nerz hat«, fuhr Richard fort, »über diese und andere Fälle im vergangenen Jahr einen Artikel veröffentlicht, deshalb hatte ich sie dazugebeten. Der Artikel war für einige der Eltern der verstorbenen Jugendlichen Anlass, noch einmal auf Ermittlungen zu drängen. Und es war mein Vater, der sie dabei unterstützt hat. Er kannte die Jungen aus seinem Bibelkreis.«

Kromppein lächelte vage. »Und ich dachte, es hätte um Ihre Cousine Barbara Binder und diesen blödsinnigen Anzeigekrieg gehen sollen, den Ihr Vater geführt hat.«

»Und solange Sie nicht wussten, auf welcher Seite ich stehe, auf der meiner Cousine oder der meines Vaters, wollten Sie die Verwandtschaftsverhältnisse nicht kennen. Das kann man Ihnen nicht verdenken. Ich gehe davon aus, dass meine Cousine im Verlauf des Prozesses keine Veranlassung sieht, ihren Vorwurf zu wiederholen, sie habe Ihrer Frau nennenswerte Rabatte eingeräumt. Was nun meine Mutter betrifft, Herr Kollege, so ist es völlig ausgeschlossen, dass Sie irgendetwas mit dem Tod meines Vaters zu tun hat. Das können Sie mir glauben.«

»Mit Verlaub, Herr Kollege: Zum Glauben gehe ich in die Kirche«, antwortete Kromppein, völlig unbeeindruckt von der versteckten Drohung.

»Sie sind sich Ihrer Sache ja sehr sicher, Herr Kromppein.« Richard entschwäbelte den Namen zu Krummbein. »Das ist lobenswert. Aber nur mal angenommen … rein hypothetisch …«

Kromppein nickte.

»Nur mal angenommen, meine Mutter hätte tatsächlich meinen Vater … wobei wir noch nicht einmal über ein mögliches Motiv gesprochen haben. Aber gut. Angenommen, sie hätte meinen Vater …« Er brachte es nicht heraus und übersprang den Teil. »Warum hätte sie dann auf Victor ebenfalls einen Anschlag verüben sollen?«

»Ihm könnte ein Verdacht gekommen sein. Er ist immerhin Biologe. In den Augen Ihrer Mutter könnte er ein gefährlicher Zeuge gewesen sein.«

»Victor Binder war zur fraglichen Zeit in München. Er ist erst gestern Mittag in Frommern eingetroffen.«

»Nein, Richard«, widersprach ich. »Er ist von einer Bremse gestochen worden.«

Beide blickten mich konsterniert an.

»In München fliegen keine Bremsen herum. Sie finden sich bei Pferden und Rindern auf dem Land. Als ich Vicky Samstagvormittag zu Gesicht bekam, angeblich direkt aus München kommend, war der Stich bereits über zwölf Stunden alt. Er muss schon Freitagnachmittag hier gewesen sein, falls er jemals in München war. Ich kenne mich aus mit Bremsenstichen! Entweder ich sterbe gleich daran oder sie schwellen innerhalb von drei Tagen zu Pestbeulen, so wie bei Vicky.«

»Das werden wir alles klären«, machte sich Kromppein genüsslich breit. »Und damit Sie, Herr Dr. Weber, mir nicht wieder vorwerfen, ich würde nachlässig ermitteln, bleibt mir nichts anderes übrig, als Ihre Mutter vorläufig festzunehmen und Haftbefehl zu beantragen.«

»Es besteht weder Verdunklungs- noch Fluchtgefahr! Dafür verbürge ich mich.«

»Aber, Herr Kollege! Sie wissen doch selbst, bei Verdacht auf ein Tötungsdelikt gibt es keine Haftverschonung. Ja Himmel, wie könnte ich es denn verantworten, Ihnen eine mutmaßliche Giftmörderin wieder mitzugeben. Wer garantiert mir denn, dass sie nicht Ihnen oder Ihrer hübschen jungen Freundin Gift ins Getränk mischt?«

»Nicht in diesem Ton, Herr Kromppein!«

»Ganz ruhig! Selbstverständlich werden wir weiterhin mit aller Energie in alle weiteren Richtungen ermitteln. Aber momentan kann ich nicht anders handeln.«

»Hören Sie, meine Mutter ist neunundsiebzig. Die U-Haft überlebt sie nicht. Und Sie werden Ihres Lebens nicht mehr froh werden, das garantiere ich Ihnen! Außerdem wird Ihre Entscheidung keinen Bestand haben. Jeder halbwegs gute Anwalt zerbröselt Ihre Argumentation schon bei der ersten Haftprüfung. Und das gibt keine gute Presse, Herr Kollege. Das sollten Sie sich ersparen, vor allem aber meiner Mutter.«

Ich hätte Richard gern knapp über dem Hosenbund in die Seite gezwickt, damit er von seinem hohen Ross fiel. Sein knitzes Mütterchen hatte ihm anscheinend die Zurechnungsfähigkeit geraubt, sonst hätte er sich nicht derartig vergaloppiert. Glücklicherweise neigte Richard nicht dazu herumzuballern. Er redete sich nur um Anstand und Würde.

»Ich weiß, Sie tun nur Ihre Arbeit, Herr Kromppein. Ohne Ansehen der Person und so weiter. Niemand weiß das mehr zu schätzen als ich. Aber Sie haben ja auch einen Ermessensspielraum. Unangemessene Härten sind zu vermeiden. Darum fordere ich Sie auf, noch zu warten. Wenigstens bis nach der Beerdigung meines Vaters.«

Kromppein warf mir einen Hilfe suchenden Blick zu.

»Und wenn ich Sie darum bitte, Herr Kromppein?«, fuhr Richard blindlings fort. »Ich bitte Sie! Warten Sie bis nach der Beerdigung. Ich bitte Sie inständig!«

Ich machte auf meiner von Richard abgewandten Seite eine scheuchende Geste. Kromppein verstand, griff nach seinem Handy, sagte: »Moment, bin gleich wieder da«, und eilte geschäftig um die Ecke.

Richard drehte sich zum Fenster und starrte auf die autofreie Riesenkreuzung. Die Sonne war im milchhellen Dunst verschwunden. Aber das sah er nicht, auch nicht das bekennende Kreuz auf der Wand eines flachen Gebäudes gegenüber neben einer gelben Endlosigkeit, die sich als Post outete, weder die Tauben auf dem Fußweg noch die Mutter mit dem Kind, die darauf wartete, dass ihre Ampel aufs grüne Männchen sprang. Er sah nichts, obgleich seine Augäpfel zuckten beim Abrastern der Häuser, aufgefädelt entlang der Eyach, und der Bäume, in denen sich Böen verfingen, während er hinter seiner Stirn vergeblich seine Möglichkeiten erwog. Nach einer Weile fuhr er sich übers Gesicht, drückte Daumen und Zeigefinger in die Augen und schaute mich an. »Ich fürchte, ich habe mich unmöglich benommen. Was muss Kromppein von mir denken!«

»Dass ein Sohn Angst um seine Mutter hat. Endlich bekommst du für ihn ein menschliches Gesicht.«

Richard senkte die Lider und nickte vor sich hin.

»Und wenn du kannst«, sagte ich, »dann entschuldige dich jetzt nicht bei Kromppein auf deine eisig korrekte Art. Lass es einfach so stehen, ja?«

Er blickte mich verwundert an. »So schlimm?«

»Viel schlimmer!«

33

Leises Donnergrollen weckte mich. Die Luft war grün und knisterte. Ich lag auf einem Bett. Ein Schrank und ein Schreibtisch drohten rotschwarz ins Zimmer. An der Wand klebten beigefarbene Schlafanzugstreifen auf Papier. Der Teppich war kackbraun und unter den Beinen des Schreibtischstuhls bis auf die Gummierung abgeschabt. Ein aus dunkelbraun gestrichenen Brettern zusammengenageltes Bücherregal hatte an der Wand überlebt, seit einer Jugendzeit vor Jahrzehnten vergessen und seiner Bücher beraubt, bis auf eine Bibel mit Einband aus Lederimitat und ein Gesangbuch. Wenn man den Fehler beging, den Lichtschalter zu betätigen, dann wurden die Mühen der Glühbirne von einem vergilbten Stoffschirm mit braunem Kordelbesatz erstickt.

Der vergleichsweise fröhliche dunkelgraue Hartschalenkoffer eines geübten Dienstreisenden, den Richard auf dem Schreibtisch abgelegt hatte, war das Einzige, was mich vom Spontanselbstmord abhielt. In diesem perfekten Mangel an Lebenslust war der Bub jeden Morgen aufgewacht. Mir gebet nix, mir kaufet nix, mir lachet net, mir schaffet nur und bete den mer, dass ma uns nix nimmt.

Ich hatte zwei Stunden komatös geschlafen.

Richard saß in seines Vaters Arbeitszimmer auf dem Boden inmitten von Aktenordnern. Cipión lag unter dem Schreibtisch, hatte den Kopf auf seine Stummelpfoten gelegt und betrachtete besorgt das wachsende Chaos.

»Wie geht es Vicky? Hast du mit Barbara telefoniert?«

Richard schüttelte den Kopf.

»Was machst du da?«

»Ich muss irgendwas tun.«

»Du solltest dein Verhältnis zu deiner Mutter überdenken. Was hat sie schon für dich getan?«

»Sie hat mich vor meinem Vater gerettet. Sie hat dafür gesorgt, dass ich nach Stuttgart kam, und als ich die Unterschrift meines Vaters fürs Gymnasium fälschte, hat sie mich gedeckt.«

»Leider hat sie etwas lange damit gewartet, deinen Vater zu vergiften! Ein Tyrannenmord nach sechzig Jahren Sklaverei taugt schlecht, um sich auf Notwehr rauszureden.«

»Lisa!«

»Ganz ruhig! Ein paar Asse haben wir doch auch noch im Ärmel.«

Es war eine der sehr seltenen Gelegenheiten, wo er mich hoffnungsvoll anblickte.

»Zum Beispiel Barbara. Sie beschäftigt sich seit Jahrzehnten mit Naturheilverfahren. Das geht nicht ohne Giftpflanzen und Pflanzengifte, die man auch ätherische Öle nennt. Mit einem Tropfen Pfefferminzöl kann man beispielsweise ein Baby umbringen. Alles ist Gift, allein die Dosis …«

»Alle Dinge sind Gift«, unterbrach er mich, um korrekt zu zitieren, »und nichts ist ohne Gift, allein die Dosis macht, dass ein Ding kein Gift ist. Paracelsus.«

»Na siehst du, es geht doch!«

»Aber Barbara würde wohl kaum ihren eigenen Sohn vergiften.«

»Eine Panne. Sie wusste nicht, dass Vicky den noch gefüllten Flachmann bekommen würde.«

»Sie hätte ihn leeren können, als sie Freitagabend meiner Mutter half. Das hätte sie sogar tun müssen, wenn das Gift von ihr stammte. Es wäre der Hauptzweck ihres Anrufs bei meiner Mutter und ihres Erscheinens im Todeshaus gewesen.«

»Okay, du Rechthaber«, sagte ich. »Aber wenn du jetzt etwas wirklich Sinnvolles tun willst, wie wäre es mit kochen? Ich habe, wenn ich es recht bedenke, seit dem Gulasch gestern Mittag nichts mehr gegessen. Und das war grässlich, denn ich hatte es gekocht.«

Richard stand folgsam auf, blickte aber mit Trennungsschmerz auf die Ordner am Boden.

»Und wenn du in der Küche bist«, sagte ich, »kannst du auch gleich alle Fläschchen mit Grünzeug in Alkohol beseitigen, wenn Kromppein schon so blöd ist, deine Mutter einzukasteln, bevor ihm ein Richter den Durchsuchungsbeschluss unterschreibt.«

Richard knurrte unwillig, schaute auf die Uhr – es war kurz vor halb sechs – und stolperte. Beim Versuch, sich abzufangen, rutsche er auf dem nächsten Ordner aus, der mit hässlichem Ratschen zwei Ordner ineinander und unter den Schreibtisch schob. Cipión sprang senkrecht in die Höhe und knallte mit dem Kopf gegen die Mittelschublade des Schreibtischs. Richard krallte sich in den Schreibtischstuhl, der wegrollte, und klammerte sich mit der anderen Hand an mich. Ich hielt.

Dieser Mann brauchte wirklich nichts mehr, um einzusehen, dass er die Kontrolle über sich und sein Leben verloren hatte.

»Entschuldige«, sagte er, sich aufrichtend, und zuckte zusammen. »Ach so ja, ich soll mich ja nicht entschuldigen. Ich wusste gar nicht, dass meine Entschuldigungen so eisig klingen.«

»Sie setzen praktisch den ins Unrecht, bei dem du dich entschuldigst.«

»Aber so ist das nicht gemeint, Lisa.« Er versuchte zu lächeln. »Es tut mir leid … nein, entschuldige …« Er lachte hilflos. »Weißt du, die Familie hält Prüfungen für uns bereit, auf die wir uns nicht vorbereiten können. Wir denken uns unsere Eltern unveränderlich. Und auf einmal stirbt einer. Aber es ist nicht der Tod, es ist die Art und Weise, wie er kommt, so ganz anders, als wir ihn uns vorgestellt haben. Schneller, gewalttätiger und chaotischer. Und dann kramen wir in Aktenordnern und finden Naziorden, Ariernachweise und Listen geretteter Juden. Und hätten wir davon gewusst, dann hätten wir unsere Väter zu Lebzeiten vielleicht weniger verachtet.«

»Deine Mutter ist keine Giftmörderin!«, sagte ich.

»Ich weiß.« Er fuhr sich durch die Haare. »Hoffentlich haben sie ihr nicht den Gürtel abgenommen. Sie ist so dünn. Sie würde ihren Rock verlieren.«

»Bitte geh was kochen. Bitte!«

Er nickte und fand beim zweiten Versuch unfallfrei aus dem Arbeitszimmer. Cipión folgte ihm hoffnungsfroh.

Ich stellte den Computer an. Während er routete und bootete, sammelte ich die Aktenordner vom Boden auf und stellte sie aufs Sideboard. Martinus hatte eigentlich nicht viel archiviert für ein so langes Leben. Ein gutes Dutzend Ordner. Versicherungen, Krankenkasse, Steuererklärungen, Handwerkerrechnungen, Nebenkostenabrechnungen für ein vermietetes Haus, Kontoauszüge. Auf seinem Konto standen 3467 Euro. Wenig. Sein Sparbuch belief sich auf kümmerliche 34 000 Euro. Viel war nicht übrig geblieben. Eine Lebensversicherung zahlte ihm 2100 Euro Rente. 900 Euro waren als Mieteinnahmen von Frau Mauthe verbucht. Eine zweite Lebensversicherung belief sich auf 150 000 Euro im Todesfall. Immerhin war damit Lottes Zahlungsfähigkeit gesichert.

In zwei Ordnern hatte Martinus Zeitungsartikel gesammelt. Vor allem Artikel über ihn und seine Firma. Es war immer wieder dasselbe Foto, das die Redaktionen in die Spalten geflickt hatten, das Bild eines Mannes von Mitte sechzig mit gefurchter Stirn und glattrasierten kräftigen Kiefern. Sein Blick war dem Richards in keiner Weise ähnlich, weder karriereaggressiv noch besonders wach oder intelligent. Die Falten um seine Augen schufen die Gloriole partriarchaler Würde und Unanfechtbarkeit. Ein Moses ohne Bart.

In zwei Ordnern hatte Martinus seine Gerichtsprozesse dokumentiert und Zeitungsartikel darüber gesammelt. Prozesse gegen den Ortsrat, den Gemeinderat, gegen Straßen, Brücken, Spielplätze. Die meisten hatte er verloren.

Die Zeitungsausschnitte hatte er der Einfachheit halber stets auf DIN-A4-Format zurechtgeschnitten, gelocht und abgeheftet. Manchmal musste ich regelrecht suchen, bis ich auf den Fünfzeiler stieß, den er hatte aufheben wollen. »Ortsrat von Frommern plant Bebauung des Fürsten«. Daneben der Polizeibericht über den grausigen Fund einer in Gülle aufgelösten Leiche in Roßwangen vor fünf Jahren. Ein Foto zeigte einen lächelnden Jungen namens Marvin S. mit blonden Haaren und hellen Augen.

Warum war Martinus eigentlich der Meinung gewesen, dass dieser Junge, genauso wie der im Häcksler und im Siloballen, ermordet worden war? Hatte er konkrete Hinweise besessen, gar einen Täter gekannt und deshalb die Eltern überredet, an den Generalstaatsanwalt zu schreiben? Und wieso dachte ich jetzt an Vicky? 1997, beim Häckslermord, wäre er schätzungsweise vierzehn Jahre alt gewesen. Vielleicht sollte ich Barbara wünschen, dass er starb. Gegen Tote wurde nicht ermittelt, schon gar nicht, wenn der Ankläger fehlte, nämlich Martinus.

Auf dem Bildschirm war inzwischen die Passwortmaske aufgezogen. Ich tippte Moses ein. Falsches Passwort. Ich versuchte es mit den Namen Victor, Barbara, Maximiliane, Jacqueline, Jürgen und Richard, wenn auch ohne jegliche Hoffnung. Ich machte die vier Evangelisten durch und tippte Paulus und Saulus, Hiob, sämtliche Erzengel, die mir einfielen, sogar Maria und Josef. Rocky und Bullwinkle verwarf ich im Voraus, versuchte sie aber trotzdem.

In der Messingschale des altmodischen Tinten- und Federsets lagen herrenlose Schlüssel. Ich tippte Schlüssel und Schloss, auch in alter Schreibweise, Schloß. Die Neigungswaage mit dem alten Pfund vor der Umskalierung fiel mir ins Auge. Aber das Alte und Neue Testament und Philipp Matthäus Hahn ergaben auch nichts.

Gut, dass Richard endlich zum Essen rief.

Er hatte Putengeschnetzeltes mit Wacholdersahnesoße und Pfifferlingen gemacht. Dazu Reis. Gedeckt hatte er auf dem lackglänzenden Nussbaumtisch im Esszimmer mit dem Schuppenmuster aus der Ludwigsburger Porzellanmanufaktur, auf dessen schneeweißem Riffelrelief die Lichter des Kronleuchters das große Ballett tanzten. Dazu das schwere Silberbesteck mit dem geometrisch gestuften Stielzuschnitt aus den Vierzigern.

»Hm! Lecker«, sagte ich.

Richard stocherte nur.

Ich musterte die Bilder an den Wänden. »Das Jüngste Gericht zum Essen. Da kann einem der Appetit schon vergehen!«

Richard blickte etwas verwundert hoch.

»Hinter dir.«

Er drehte sich um. »Ja, das ist vom Meister von Meßkirch, Joseph Weiß, auch Maler von Balingen genannt. Renaissance. Eine sehr schöne Kopie. In der Mitte der Erzengel Michael mit der Seelenwaage. Rechts die Hölle, links der Himmel. Auf der linken Waagschale liegen die guten Taten, rechts die bösen, und wenn die bösen mehr wiegen, verfällt der Mensch der Hölle.«

Daneben hing das Abbild eines ägyptischen Hieroglyphenfrieses.

»Das Totengericht. Den Vorsitz führt der schakalköpfige Anubis mit seiner Balkenwaage. Links liegt das Menschenherz, rechts die Feder von Ma'at, der Göttin der Rechtspflege. Das Herz muss leichter sein als die Feder, um dem Rachen der krokodilköpfigen Bestie zu entgehen.«

Sein Blick sprang an die Wand hinter mich.

Ich drehte mich um. Hinter mir hing ein Kunstdruck des Ölschinkens von Rembrandt mit dem Menetekel.

»Das Gastmahl des Belsazar«, sagte er und senkte den Blick auf sein zerstochertes Essen. »Gewogen und zu leicht befunden.«

»Was?«

»Das hat mein Vater immer gesagt, wenn er mich während des Essens zur Strafe für ein Vergehen dort in die Ecke stellte.«

»Wo ist die nächste Bibel?«

Richard blickte mich gequält an.

Ich ließ das Besteck aufs Schuppenmuster klirren, lief nach

oben und nahm die seit Jahrzehnten nicht mehr bewegte Bibel aus dem Regal in Richards Selbstmordzimmer. Vermutlich lag auf ihr ein Fluch und ich hatte jetzt tödliche Fallbeilmechanismen ausgelöst. Doch unbehelligt gelangte ich zurück ins Esszimmer.

Im Kopf ratterte ich die Eselsbrücke herunter und blätterte dabei. »In des alten Bundes Schriften merke an der ersten Stell: Mose, Josua und Richter, Ruth und zwei von Samuel. Zwei der Könige, Chronik, Esra, Nehemia, Ester mit. Hiob, Psalter, dann die Sprüche, Prediger und Hoheslied. Drauf Jesaja, Jeremia und Hesekiel, Daniel …« Da war's.

König Nebukadnezar hatte einen Traum von einem Baum, der zerstört wurde. Er rief den Propheten Daniel zur Traumdeutung herbei und erfuhr, dass sein Königreich ihm wie der Baum zerstört werden und er sieben Jahre lang wie ein Tier leben würde, bis er endlich Gottes unumstrittene Macht anerkannte. Dann feierte sein Sohn Belsazar sein Gastmahl. Plötzlich erschien eine Hand und schrieb Unleserliches, aber Bedrohliches an die Wand.

Rembrandt hatte dafür hebräische Buchstaben genommen.

Und wieder wurde Daniel geholt, damit er das Ereignis erklärte. Daniel berichtete dem Sohn vom Vater Nebukadnezar und was ihm zugestoßen war: »Als sich aber sein Herz überhob und er stolz und hochmütig wurde, da wurde er vom königlichen Thron gestoßen und verlor seine Ehre. Und sein Herz wurde gleich dem Tier, und er musste bei dem Wild hausen und fraß Gras wie die Rinder …«

»Tja«, sagte Richard. »In der Bibel steht immer schon alles. Sie kommt uns immer zuvor.«

»›Aber du, Belsazar, sein Sohn‹«, las ich weiter vor, »›hast dein Herz nicht gedemütigt, obwohl du das alles wusstest. Darum wurde diese Hand gesandt und diese Schrift geschrieben: *Mene mene tekel u-parsin. Mene*, das ist, Gott hat dein Königtum gezählt und beendet. *Tekel*, das ist, man hat dich auf der Waage gewogen und zu leicht befunden. *Peres*, das ist, dein Reich wird geteilt.‹«

Richard schob den Teller weg und zündete sich eine Zigarette an. »Wenn Frischlin meinen Vater wirklich gekannt hätte, hätte er heute über Nebukadnezar gepredigt. Wie Nebukadnezar hat mein Vater eine goldene Statue von sich erbauen und jeden töten lassen, der nicht davor niederkniete. Mich zumindest hat er jeden Tag getötet. Erst zu Pfingsten hat er mir in einem Anfall von Rührseligkeit erklärt, er habe gleich Nebukadnezar für seinen Hochmut gebüßt und sieben Jahre lang Gras gefressen mit den Rindern. Er bezog sich damit, so habe ich ihn verstanden, auf die Krise der Firma in den Achtzigern, aus der er sie nicht hat herausführen können. Übrigens, die Urbedeutung von *Mene tekel u-parsin* ist unklar. Daniel hat einfach ähnlich klingende aramäische Wörter interpretiert: Gezählt, gewogen, geteilt.«

»Weißt du was?« Ich stand auf. »Dann ist Nebukadnezar das Passwort für den Computer deines Vaters!«

Richard folgte mir ins Arbeitszimmer. Ich tippte die Maus an, und der Computerbildschirm erwachte wieder zum Leben. Aber es war Richard, der den Stuhl ergatterte. Er klemmte die Zigarette in den Aschenbecher und tippte »Nebukadnezar« in die Passwortzeile.

Der Bildschirm nahm Farbe an, Ikons bauten sich auf. Richard klickte zuerst das E-Mail-Programm an. Es offenbarte einen umfangreichen Briefwechsel mit Zeitungen, Pfarrern, Gemeindemitgliedern und dem Redakteur des Gemeindeblatts. Von Freitagvormittag bis jetzt, Sonntagabend, hatten sich außerdem gut dreißig Spams angehäuft. »All popular drugs available«, »we can improve your bedroom life and spice up your marriage«.

In den Favoriten des Internetexplorers fiel mir dann die Adresse eines Anbieters von Postkarten mit Texten nach eigenem Wunsch auf. »Dein Vater hat Postkarten mit Bibelzitaten hergestellt und in Briefkästen geworfen, wusstest du das?«

»Das hat er schon gemacht, als ich noch ein kleines Kind war, damals noch mit Schreibmaschine. Mahnkärtchen. Wir haben Sonntagsspaziergänge gemacht und sie sündigen Gemeindemitgliedern in die Briefkästen gesteckt. Wenn ich brav gewesen war, durfte ich die Karten einwerfen.«

»Dein Vater hatte doch wirklich einen Schuss!«

Richard zuckte mit den Achseln. »Er wollte halt die Welt sündenfrei kriegen.«

»Und Punkte sammeln.«

»Nein, Lisa, ihr Katholiken könnt Punkte sammeln, indem ihr Ablasskärtchen kauft. Uns Protestanten nützen alle guten Taten nichts. Gut werden wir nur durch Gottes Gnade. Und die erfährst du, wenn du ernsthaft und angstvoll, wenn du wahrhaft entsetzt über dich selbst um Vergebung deiner Sünden bittest. Im Grunde hängt alles von deinem Gottvertrauen ab. Eine sich selbst erfüllende Prophezeiung.«

»Dann hat dein Vater von seinem Gott wohl seine Gnade bekommen.«

»Von *seinem* sicher. Was hoffst du übrigens auf diesem Computer zu finden?« Richard klickte sich kursorisch durch die Word-Dateien. Erbauungstexte, Exegesen, Bibelmeditationen fürs Gemeindeblatt. Briefe an Ämter, Gerichte und Staatsanwaltschaften. »Das dauert Tage, bis man das halbwegs gesichtet hat.«

Immer auf der Suche nach der bequemeren Lösung, schickte ich meinen Blick zu den Schlüsseln in der Messingschale des Schreib- und Tintensets neben dem Bildschirm. »Unten im Tal steht ein Gartenhäuschen, das würde ich mir gern mal ansehen. Es hat ein neues Vorhängeschloss am geölten Riegel. Es gehört der Witwe Mauthe, und die zahlt, wie ich vorhin im Ordner gesehen habe, an deinen Vater Miete.«

Richard nickte. »Soviel ich weiß, hat sie nur das Haus, nicht aber das Hanggrundstück mit dem Gartenhäuschen gemietet.«

»Was meinst du, ist die Schlüsselsammlung hier komplett?«

»Es sind alle, die ich in den Schubladen im Arbeitszimmer gefunden habe. Hosen und Jacken habe ich allerdings noch nicht durchsucht.«

»Ja, wenn ein Mensch stirbt, lebt er noch lange in seinen Kleidern fort. Ein Schlüssel, ein Streichholzbrief mit der Telefonnummer eines Bordells …«

Richard quälte sich ein Lächeln ab. »Lisa. Mach dir keine falschen Hoffnungen.«

»Na gut.« Ich stand auf. »Dann los!«

»Was?«

»Zum Gartenhaus. Mit allen Schlüsseln, die wir finden können. Und zwar, bevor das Gewitter losgeht.«

34

Cipión wehte es beim ersten Tritt vors Haus in eine Konifere. Sein haselnussbrauner Blick war so vorwurfsvoll, dass man das Weiße sah. In den Falten der Alb stauten sich von Westen her grüne Wolken. Sie schienen nicht recht vorwärtszukommen, schickten aber schon mal den Wind, der in Stößen Plastikflaschen und Tüten über den Fußweg fegte. Ich rettete Cipión aus dem Busch und nahm ihn auf den Arm.

»Moment«, sagte Richard und kehrte um. Er kam wieder mit einem hellblauen Popelinemantel seiner Mutter, den er mir reichte. »Nimm schon, es kann jeden Augenblick losgehen!«

»Ach was, eine Stunde haben wir noch.«

Er selbst schlüpfte in eine braune Lederjacke, die ich schon an der Garderobe hatte hängen sehen. Eine Jacke vom abgetragenen schulterbetonten Schick der frühen Neunziger, die Richard etwas zu groß war, obgleich er nicht gerade zu den Schmalbrüstigen gehörte. Richards Seelenlage musste ziemlich aus dem Gleichgewicht geraten sein, wenn er sich mit den

Häuten seines Vaters ausstattete. Im Reflex, mit dem wir uns versichern, dass wir alles dabeihaben, klopfte er auf die Taschen der Jacke, die ihm nicht gehörte, runzelte die Stirn und fasste nach.

»Ist was?«

Er winkte ab.

Sogar der schwere Mercedes wackelte unter den Windstößen, die ebenso plötzlich ihre Attacken einstellten, wie sie sie begannen. Hinter dem alten Fabrikgebäude bog Richard scharf links in den steilen Hangweg ein und fuhr hinunter bis zum Elektrozaun. Ab hier mussten wir zu Fuß weiter hinein in das vom Sturm bedrohte Tal, in dem man kein Haus mehr sah. Die Äste der Pappeln knallten im Wind. Cipións Schlappohren standen waagrecht.

Keiner der Schlüssel aus der Sammlung von Martinus passte in das Hängeschloss an dem stabilen, gut geölten Riegel. Cipión schnüffelte wie ein Staubsauger am Türritz. Seine fransige Rute hatte er gesenkt.

»Was erwartest du da drin?«, fragte Richard.

»Das Liebesnest von Vicky und Jannik. Irgendwo müssen sie sich getroffen haben. Irgendwo muss Jannik die letzte Woche gesteckt haben. Irgendwo muss er gestorben sein. Und von hier zum Leichenfundort sind es nur fünfhundert Meter. Vielleicht hat dein Vater auf seinem letzten Spaziergang zufällig Vicky beobachtet, wie er die Leiche zum Fluss trug, und deshalb musste er sterben.«

»Ich kann mir Victor nicht als kaltblütigen Mörder vorstellen.«

»Wieso kaltblütig? Immerhin hätte er sich dann anschließend selbst zu töten versucht.«

»Und woher hätte er wissen sollen, dass der Flachmann meines Vaters Gift enthält?«

»Weil er es selbst hineingetan hat, Richard, um damit deinen Vater umzubringen, wohl wissend, dass er das Fläschchen erben werde. Und hätte deine Mutter sich dessen nicht erinnert, so hätte er vermutlich selbst die Rede darauf gebracht.«

»Sehr riskant!«

»Du wirst dich an den Gedanken gewöhnen müssen, dass es jemand war, den wir kennen«, sagte ich. »Anders können wir deine Mutter nicht entlasten.«

Er blickte mich an wie ein waidwunder Eber. »Ich werde mich nie daran gewöhnen!«

Dennoch hatte ich das Gefühl, dass er es ausnahmsweise einmal gutheißen würde, wenn ich einen Einbruch versuchte. Irgendwo in diesem ratlosen Muttersöhnchen von Frommern musste ja noch Rocky stecken, der Pistolenschütze, der zusammen mit Bullwinkle die Welt vor den pottsylvanischen Schurken bewahrt hatte.

Ich nahm aus meinem Etui Spanner und Haken, auch Dietriche oder Pickwerkzeug genannt. Während ich im Schloss nach den Stiften stocherte und sie runterdrückte, versuchte Richard sich unter der Jacke eine Zigarette anzuzünden.

»Wo ist eigentlich die Armeepistole deines Vaters abgeblieben?«, fragte ich.

»Hier«, sagte er, griff sich in die Tasche, oder vielmehr in die Tasche seines Vaters. In seiner Hand wirkte die schwere eisenfarbene Parabellum mit dem dünnen Rohr und dem mit Holz beschlagenen Kolben leicht.

Mir fiel der Spanner aus dem Schloss. Die Stifte klackten hoch. »Was … was willst du denn damit?«

»Nichts. Ich habe vorhin erst bemerkt, dass sie sich in der Tasche befindet.«

»Soll das heißen, dass dein Vater mit einer Pistole in der Jackentasche durch die Gegend gelaufen ist?«

Richard zuckte mit den Schultern. »Jetzt im Sommer wohl eher nicht.«

»Und das sagst du so leicht dahin?«

»Wie soll ich es denn sonst sagen? Vermutlich gibt es eine ganz einfache Erklärung dafür. Er kann sie uns nur nicht mehr geben. Vielleicht hatte er sie reinigen lassen und dann vergessen, einfach weil er die Jacke seit Wochen nicht mehr angezogen hat.«

Ich erlaubte mir ein ungläubiges Lachen. »Ist sie geladen?«

Richard ließ das Magazin aus der Sperrung schnappen und stieß es zurück. »Ja.« Er ging sehr vertrauensselig mit der Waffe um. Sämtliche geprellten Rippen und angeschossenen Glieder meldeten sich mit schrillen Alarmtönen in meinem Kopf. Zugegeben, meine Nerven waren derzeit nicht die besten. Ich beschloss, mich auf das Schloss zu konzentrieren. Richard steckte die Pistole in die Jackentasche zurück, in die rechte, denn Martinus war Rechtshänder gewesen, und Richard war es auch, und versuchte erneut, sich eine Zigarette anzuzünden, vergeblich.

Und wie das so ist, wenn man in Schlössern herumstocherte und schon die Hoffnung aufgegeben hatte, plötzlich gab der Spanner nach und der Bügel sprang aus dem Schlosskörper. »Offen!«

Aber Richard versagte mir die Bewunderung. »Da kommt jemand.« Er schlitzte die Augen. »Es ist Barbara.«

Über Balingen ging ein Blitz nieder. Der Donner brauchte noch etliche Sekunden, aber die ersten Tropfen fielen. Barbara stieg über den Elektrozaun und kam leicht außer Atem bei uns an. »Ich komme gerade aus dem Krankenhaus und habe euch gesehen, wie ihr abgebogen seid«, erklärte sie. »Was macht ihr hier?«

»Wie geht es Vicky?«, fragte ich.

»Sie haben ihn sediert. Und mich haben sie heimgeschickt. Ihr habt das Schloss aufbekommen.«

Vom Fürsten her raste ein unheimliches Rauschen auf uns zu. Plötzlich war der Regen da. Tropfen hüpften auf den eben noch trockenen Platten. Blätter und Gräser nickten unterm Bombardement von oben.

Barbara huschte ins Häuschen, Cipión witschte hinterher, ich folgte, und Richard zog die Tür zu. Da prasselten auch schon die ersten Hagelkörner aufs Dach.

Die beiden winzigen Fenster und der Weltuntergang gönnten uns nicht viel Licht. Aber es reichte, um ein Bett mit eisernem Gestell zu erkennen. Darauf eine alte gestreifte Matratze und zwei graue Wolldecken, die an Bundeswehr und Polizeigewahrsam erinnerten. Davor ein zerschlissener Webteppich. Ein alter Stuhl komplettierte die trostlose Gemütlichkeit. Auf der anderen, der fensterlosen Hangseite, stand ein Werkzeugregal mit allem darin, was man in einem Gartenhäuschen am Fuß eines Abhangs erwarten durfte: Heckenschere, Gartenschere, Hacke, Kleinwerkzeug, Kanister und Flaschen mit Öl und Benzin für Rasenmäher oder Kettensäge, Gartenhandschuhe, Blumendraht, Stricke, Nägel, Hammer, Klebeband, Lappen, Säcke mit Zement und Blumenerde.

»Sogar ein Campingklo gibt es«, bemerkte Barbara, eine blaue Mülltüte wegziehend. »Das ist ja ein ganz reizendes Liebesnest. Allerdings etwas zu versifft für meinen Geschmack. Aber für so was bin ich wohl zu alt.« Sie lachte und strich mir mit ihrem Blick über den Hintern. Die Flammen, die ich mühsam in mir ausgetreten hatte, loderten wieder auf.

Ich wischte bei den Säcken mit Zement und Blumenerde über den Betonboden. Eine Ameise floh meinen Arm herauf. Und etwas blitzte am eisernen Bettgestell zwischen Matratze und Wand in meine Augen. Ich ging hin. Es waren Handschellen. Die eine Seite hing im Gestell, die andere war offen.

»Na«, sagte Barbara, »das würde man jetzt schon gern wissen, wer die sind, die hier ihre Spielchen spielen.«

»Es waren Vicky und Jannik.«

»Was du nicht sagst. Und woran siehst du das?«

Richard war wieder mal keine große Hilfe. Er hatte sich abgewandt und starrte aus dem Fenster in den Schleier von Regen und Hagel. Auch Cipión stand ziemlich bedröppelt herum, mit hängenden Ohren und hängendem Schwanz, den Tod in der Nase.

»Die Kriminaltechnik wird das mühelos nachweisen können«, sagte ich. »Jannik ist hier gestorben. Wir sollten nichts weiter anfassen und verschwinden.«

In Sturzbächen prasselte der Regen aufs Dach und spülte die Hagelkörner in die Dachrinne, das Fallrohr gurgelte.

Barbara zog die Brauen hoch. »Was soll das heißen, Jannik ist hier gestorben? Ich dachte, es waren unsere Rinder.«

»Er war schon tot, als die Herde über ihn hinwegging. Das hat der Gerichtsmediziner festgestellt. Er ist in einem geschlossenen Raum gestorben, in dem es Ameisen gibt. Es war kein Unfall, Barbara. Oder eine andere Art von Unfall. Etwas ist außer Kontrolle geraten.«

Müdigkeit knitterte plötzlich in ihrem Gesicht. »Victor ist nicht so einer.«

»Das weiß man nie.«

»Was hast du nur für eine kaputte Fantasie, Lisa! Jacky hat mir erzählt, dass du sie und Maxi verdächtigt hast, sie hätten dich umbringen wollen. Was für eine ungeheure Angst vor den Menschen muss in dir stecken!«

Ihre Augen fluppten kurz zu Richards Rücken hinüber.

»Und wie viel Hass! Hass auf deine Mutter, auf dich selbst, auf das weibliche Geschlecht, auf deine beste Freundin, weil sie hübscher ist, auf mich, weil ich Kinder habe. Es ist kein größerer Hass auf der Welt als der von Frauen auf Frauen. Du hast nicht den blassesten Schimmer von Liebe, Lisa! Du kannst uns nur für einen kurzen Moment missbrauchen, in dem du dich wie ein Bursche fühlst. Und für dich falsches Ripp hätte ich fast meinen Jürgen aus dem Haus gejagt und den Respekt meiner Kinder riskiert.«

Richard drehte sich um. »Es reicht, Barbara!«

»Was?«

»Es wäre mir lieb, wenn du deine Geschichten mit Lisa woanders klären würdest.«

»Ach so? Und ich dachte schon, du wolltest sie in Schutz nehmen. Dabei hat sie dich betrogen! Und das geht dich ja wohl auch was an.«

»Was mich was angeht, bestimme ich selbst.«

Sie lachte auf. »So spricht der Weber!«

»Tut mir leid«, antwortete er kühl.

»Mir auch!«, erwiderte Barbara. »Geh zum Teufel!«

»Aber eines«, sagte Richard auf seine gefährlich ruhige Art, »eines hätte ich vorher gerne gewusst, Barbara.«

Sie nickte mit dem mir so vertrauten Ausdruck skeptischer Neugierde im Gesicht, mit vorgeschobenen Lippen und einem prüfenden Blick unter den Brauen hervor, die Schultern dabei gerade rückend.

»Hast du«, fragte Richard, »meinen Vater umgebracht?«

»Traust du mir das zu?«

Richard senkte die Hand in die Jackentasche seines Vaters und zog sie mit der Wehrmachtspistole wieder heraus.

»Und was soll das jetzt werden, Rocky? Willst du uns erschießen? Nur mich? Oder auch Lisa?«

Jetzt nicht lachen!

»Das macht ihr Männer ja so gerne«, setzte Barbara mit Lust zum großen Drama drauf, »das töten, was ihr nicht haben könnt. Das tut kein Tier, das tut keine Frau. So etwas machen nur Männer!«

Ich tastete in meiner Jackentasche nach dem Handy und überlegte, ob ich blind die 112 tippen können würde.

»Ich will nur wissen«, sagte Richard, »ob du meinen Vater umgebracht hast, Barbara. Meine Mutter sitzt nämlich in Untersuchungshaft, weil mein Vater offenbar vergiftet wurde.«

»Ach!« Sie schmunzelte böse. »Kann deine Justiz sich so irren? Und warum hätte ich deinen Vater töten sollen?«

»Für Mord ist kein Grund wirklich gut genug!«

»Und trotzdem kommt gerade Mord immer wieder vor. Wahrscheinlich wollte deine Mutter auch mal was von dem Geld haben, das dein Vater gespart hat, während sie zu Pfingsten in der kalten Bude schlottern musste. Vielleicht hat der alte Bock auch einer Sprechstundenhilfe schöne Augen gemacht und gedroht, sie zu verlassen! Irgendein Tropfen wird das Fass zum Überlaufen gebracht haben. Kein Grund zur Panik, Rocky. So was kommt in den besten Familien vor. Du wirst es überleben. Und deine Mutter wird nur noch ein paar Jahre im Knast sitzen, falls sie ihr nicht gleich Haftverschonung gewähren. Sechzig Jahre lang hat sie den Tyrannen ertragen, das war vermutlich schlimmer.«

»Er wäre sowieso in absehbarer Zeit gestorben. Warum hätte sie es jetzt tun sollen?«

»Genau darum! Weil er krank war, endlich schwächer als sie selbst. Und dass sie es erst jetzt gewagt hat, heißt nicht, dass sie es im Laufe der Ehe nicht Hunderte Mal erwogen hat. Womöglich hat sie es seit zehn oder zwanzig Jahren geplant. Sechzig Jahre lang hat er über ihr Leben bestimmt, wann sie aufsteht, wann sie isst, wann sie zu Bett geht, wen sie besucht und wen nicht. Da hat sie vielleicht einfach nur seine Todesstunde festlegen wollen. Nicht mehr und nicht weniger. Und jetzt kann sie sich sogar noch darauf hinausreden, dass sie ihm Leid ersparen wollte. Doch all das, all diese kleinen Gefühle voller Widersprüche und Unlogik, die sind dir natürlich völlig fremd. Und jetzt steck endlich diese alberne Pistole weg.«

Richard lächelte auf die Waffe in seiner Hand hinab. »Traust du mir zu, dass ich schieße, Bullwinkle?«

Sie schlitzte die Augen. »Ich weiß, dass du es kannst. Und was ist tödlicher als dieser vermaledeite kalte Gerechtigkeitssinn der Webers? Himmel, was hat dein Vater mich verfolgt! Und nun kommst du daher, mein alter Freund Rocky, im feinen Tuch. Ein Staatsherrgöttle bist du geworden und glaubst dich im Recht, wenn du – zur Buße! – bei mir abkassierst.«

»Ich habe die Gesetze nicht gemacht«, sagte Richard. »Ich vertrete sie nur. Und ich kassiere auch kein Geld. Die Entscheidung lag bei dir. Warnungen gab es genug.«

Barbara lachte böse. »Ja, die Entscheidung liegt immer bei uns armen Sündern. Kehrt um, und der Herr wird seine Gnade walten lassen. Wenn ich aber keine Gnade will, Rocky? Wenn ich mir mein Glück verdienen will! Auge um Auge, Zahn um Zahn! Cent für Cent.«

»Ich habe dir schon mal gesagt: Du musst deinen Verkauf über einen Biovertrieb organisieren.«

»Und wer soll in den Bioläden unser teures Archerind kaufen? Es liegt so lange in den Kühlregalen, bis es kurz vorm Verfallsdatum zu Sonderpreisen verschleudert werden muss. Da bestellt kein Bioladen nach. So läuft das nämlich. Und jetzt du!«

Richard schwieg.

»Ja! Hauptsache Recht haben! Aber ob andere mit eurem Recht leben können, interessiert euch nicht. Da habt ihr euch längst vornehm absentiert. Du hast keine Kinder großziehen müssen, die heulend nach Hause kamen, weil der Religionslehrer den Zeitentalhof vor versammelter Klasse als Beispiel für Sodom und Gomorra bezeichnet hat. Dein Sohn musste nicht wie unser Vicky jeden Sonntag beim Gottesdienst erscheinen, damit er überhaupt zum Konfirmationsunterricht zugelassen wurde. Einfach weil dein Vater es so wollte. Nein, dafür kannst du nichts, ich weiß. Du hattest dich ja längst verdünnisiert.«

»Du wirfst mir vor, dass ich vor vierzig Jahren auf eine Stuttgarter Schule gewechselt bin?«

»Nein! Aber dass du mehr als dreißig Jahre gebraucht hast, um dich wieder blicken zu lassen.«

»Weil ich mich seit vierzig Jahren frage, ob du mich damals verraten hast, Barbara.«

Sie blickte ihn perplex an. »Verraten?«

Richard streckte ihr die Pistole auf der offenen Hand hin, nicht mit dem Lauf, sondern mit dem Kolben. »Dieses Ding habe ich einen ganzen Winter, ein Frühjahr und einen Sommer lang jede Nacht unter meinem Kopfkissen liegen gehabt.« In seiner Stimme flackerte eine seltsame Angst. »Und zwar, um mich damit zu erschießen, sobald mein Vater sein endgültiges Nein über meinen Wunsch sprechen würde, in ein Internat zu gehen. Mich oder … oder ihn!«

»Du wolltest deinen Vater umbringen?« In Barbaras Stimme schwang eine gewisse Belustigung.

»Ich habe es aber nicht getan!«

Das Licht eines Blitzes flackerte durch den kleinen Raum. Der Donner grollte gemächlich hinterher.

»Hättest du mal, Rocky! Dann hättest du deiner Mutter jetzt U-Haft und Prozess erspart. Und noch vieles andere.«

»Das entscheiden wir nicht, Barbara. Und dazu brauchen wir nicht einmal die Zehn Gebote. Keine Gesellschaft duldet es, dass irgendwelche Mitglieder andere Mitglieder töten, ganz gleich, wie viel Gutes sie dabei im Sinn haben oder wie viel Böses sie verhindern wollen. Und wenn es doch einmal sein muss, dann haben wir das wichtigste Ritual einer jeglichen Gesellschaft: die Gerichtsbarkeit mit ihren langwierigen Verfahren. Und es ist niemals Rache!«

»Ja, eure Urteile mit kaltem Verstand! Was ist nur aus dir geworden? Wir hatten Blutsbruderschaft getrunken, Rocky. Erinnerst du dich?«

»Und als ich dir sagte, dass ich weggehen würde, da hast du mir gedroht, du würdest deiner Mutter sagen, sie solle meinem Vater erzählen, dass sie uns am Fluss erwischt hätte, beim … beim Doktorspielen.«

Ich musste lachen. Ganz verkehrt!

»Und jemand hat es ihm erzählt, Barbara! Mein Vater sprach eine biblische Strafe über mich: sieben Tage Wasser und Brot auf meinem Zimmer. Sieben Mittagessen und sieben Abendessen mit dem Gesicht zur Wand in der Ecke des Esszimmers unter dem Menetekel. Und natürlich widerrief er seine Erlaubnis fürs Internat.«

»Aber schließlich hat er dich doch gelassen.«

»Ja, weil meine Mutter ihre Ehe infrage gestellt hat, falls mir was passiert. Ich glaube, sie hatte wirklich Angst vor dem, wozu sie mich fähig glaubte. Vielleicht zu Recht.«

»Du hättest nur zu uns auf den Zeitentalhof ziehen müssen, Rocky. Zu deiner geliebten Tante Anna und zu deiner Freundin Bullwinkle, der du ewige Treue geschworen hattest.«

»Es wäre nicht gegangen, Barbara. Mit uns, das war ein … ein Kindertraum. Du weißt doch, ich … ich war mir selbst zu sehr Feind. Irgendwann hätten wir uns den Tatsachen stellen müssen.«

»Danke, dass du mir das jetzt endlich mal erklärt hast. Vielen herzlichen Dank. Ein Kindertraum! Ich dummes kleines Mädchen!«

»Moment! Halt! Stopp mal!«, rief ich dazwischen. »Schaut euch doch mal diesen Raum an, das Bett, die Handschellen, das Klo, die Plastiksäcke vom größten Kaliber, das Regal mit dem Blumendraht, Klebeband und die Flaschen, hier die klare Flüssigkeit, vielleicht Alkohol, dort das gelbliche Zeug.«

Zwei Blitze erhellten die Gesichter, der Donner brach gleich darauf über uns herein.

»Wisst ihr, wie mir das vorkommt? Wie ein Gefängnis. Jannik war nicht freiwillig hier. Er war mit Blumendraht und Handschellen gefesselt und mit Klebeband geknebelt. Und die Rinder sollten alle Spuren seiner Misshandlung verwischen.«

Barbara zog das Kinn an.

»Und es gibt nur einen«, sagte Richard, die Pistole auf diese vertrauensselige Art in den Händen drehend, die ich etwas entnervend fand, »der momentan dafür in Frage kommt: Victor.«

»Das höre ich mir nicht länger an!« Barbara ging zur Tür.

»Es hat keinen Sinn davonzulaufen, Barbara!«, rief ich. Zumal der Sturm Regen und Hagel in höllischen Kaskaden gegen die Tür trieb. »Du bist nicht schuld daran! Niemand weiß, wie es kommt, dass sich in einem Hirn diese Besessenheit mit dem Sexualtrieb verbindet. Ein rein männliches Phänomen, der Serienmord …«

»Keineswegs«, korrigierte mich Richard. »Bei Krankenschwestern oder Altenpflegerinnen gibt es das auch.«

»... unter sexuellen Vorzeichen«, beharrte ich. »Es ist eine Besessenheit, die sich selbst verstärkt und immer tiefer in die Neuronen gräbt, je mehr einer sich wehrt und folglich darüber nachdenkt. Immer wieder, bis er unter Zwang steht, es zu tun. Vicky hat sich intensiv mit diesem Thema befasst: Abartiges Verhalten ist im genetischen Pool einer jeden Gesellschaft angelegt, damit sie für noch nicht absehbare Notsituationen gerüstet ist. Ameisenstaaten dulden sogar Exemplare, die die eigene Art töten.«

»Hör auf!«, schrie Barbara. »Hört auf! Das hätte ich gemerkt!«

»Wenn Jannik sein erster Mord war in einer Reihe künftiger im Kampf gegen seine eigene Homosexualität – töten, was man begehrt –, dann musst du nichts gemerkt haben.«

Richard hustete und fuhr sich mit der Hand, in der er die Pistole hielt, über die Stirn. Mir wurde schwindelig vor Angst. In was für einen Irrsinn war ich da geraten?

»Der Tote im Häcksler!« Richard hustete angestrengt. Schweiß perlte ihm auf der Stirn, und ich hoffte inständig, dass er das nächste Mal die andere Hand nahm. »Victor und er wurden zusammen konfirmiert. Als ich zu Pfingsten hier war, hat mir Victor von dem Jungen erzählt. Er hieß Florian. Er war als schwul verschrien. Victor hat mir erzählt, dass er damals Abscheu und Angst empfunden habe und dass er irgendwie froh gewesen sei, als der Junge tot war, und dass er sich deshalb schwere Vorwürfe mache und täglich für den Jungen und um Vergebung für sich selbst bete.«

Und das fiel Richard erst jetzt ein?

»Fast ein Geständnis«, bemerkte ich.

»Ich muss sofort hier raus!«, sagte Barbara.

Die Gewalt von Wind, Hagel und Wasser drückte sie gegen die Hauswand. Richard warf ihr die Jacke seines Vaters über.

Ich hatte Lottes hellblauen Popelinemantel im Auto gelassen. Er hätte ohnehin nicht viel genützt. Ich wäre in zehn Sekunden durchnässt gewesen, so war ich es in zwei Sekunden. Während Richard und Barbara den Trampelpfad entlang zum Elektrozaun mehr wankten als rannten, die Arme schützend gegen die Wassermassen erhoben, schob ich den Riegel zu, hängte das Schloss ein und ließ es zuschnappen. Eigentlich schade, es hatte mich so viel Mühe gekostet, es aufzubringen.

Richard und Barbara erreichten den Elektrozaun und stiegen darüber. Cipión klebte, dünn vor Nässe, an Richards Fersen. Die Wiese war weiß von Hagelkörnern. Ich dachte Diverses. Ich dachte mich meiner Zeit voraus: Cipión hochnehmen, den beiden hinterherlaufen, vom Regen geschoben zu den Autos rennen, das Wasser in den Kragen und die Beine hinabrinnen fühlen.

Da schlug der Blitz ein.

Ich sah es, obgleich ich es nicht hätte sehen dürfen, denn ich wollte gerade das Bein über den Elektrostrick schwingen. Aber ich sah, wie der Blitz – ein gewaltiger Blitz – herabfuhr, sich in drei oder vier Stränge teilte, in die Tanne hinterm Haus schlug und sie spaltete, sich in den Giebel der Gartenlaube pflanzte und neben mir in den Boden fuhr. Die Tanne kippte und durchbrach das Dach. Der Elektrostrick verschnurzelte unter mir. Feuer sauste den Zaun entlang.

Dann verglühten mir ein paar Sekunden.

Ich fand mich auf dem Boden wieder, ein triefendes Gesicht über mir, die Haare in Strähnen in der Stirn. »Lisa!«, flüsterte Richard. »Lisa, bist du in Ordnung? Antworte! Mein Gott, Lisa! Bitte!«

Keine Ahnung, ob ich antwortete. Ich weiß nicht einmal, ob ich die Augen offen hatte und sah, was ich mich deutlich erinnere gesehen zu haben. Ein rötlicher Höllenschein lag auf Richards zerrissenem Gesicht. Ein unheimliches Krachen und Prasseln war um uns herum.

»Steht auf!«, hörte ich Barbara schreien. »Kommt! Schnell! Weg da!«

Ich kam auf die Beine. »Cipión? Wo ist Cipión.«

»Lass den Hund jetzt!«, schrie Barbara. »Kommt, weg hier! Schnell!«

Das Gartenhaus brannte. Es brannte lichterloh. Die umgeknickte Tanne speiste die Flammen. Der Regen verdampfte zischend, die Hitze trieb uns hinaus in die hagelweiße Wiese. Eine Exlosion jagte eine Stichflamme aus dem Fenster. Das Benzin!

»Wo ist Cipión?«

»Komm«, sagte Richard und legte den Arm um mich.

»Nein, Cipión!«

»Da ist er doch!« Tropfen sprühten von Barbaras Nase. Sie wirkte klein und verloren in der Jacke von Richards Vater.

»Wo?«

»Da!« Sie deutete hinter mich.

Cipión hatte sich ins Gras geduckt und schnappte wütend nach den Hagelkörnern, die ihn umsprangen. Er schnappte sogar nach Barbara, die sich nach ihm bückte.

Richard zog seinen Arm von mir, damit ich den nassen Dackel hochnehmen konnte. Gern hätte ich mich dann in Richards Schutz zurückbegeben, aber er hatte befunden, dass ich wieder auf eigenen Beinen stehen konnte, und sich in seinen strengen Respekt vor meiner Eigenständigkeit zurückgezogen, den er für den größten Beweis seiner Liebe hielt.

Barbara sprang in die Lücke und hängte mir die regenschwere Lederjacke um, unter der es wenigstens warm war. »Hast du mir einen Schreck eingejagt!«, raunte sie.

Richards Augen wurden schmal. Er drehte sich plötzlich um und lief zurück. Direkt ins Feuer!

»He!«, rief ich.

Aber Barbara hielt mich fest, und mit dem Hund im Arm konnte ich keinen Judogriff ansetzen. »Richard!«

Als ich mich endlich losgerissen hatte, war er an der Stelle angelangt, wo der Blitz mich umgehauen hatte. Er bückte sich, hob etwas auf und wich zurück. Auf der Spur, die wir in die Hagelschicht gezogen hatten, kam er wieder zu uns, die alte dünnläufige Parabellum in der Hand. Das Poloshirt klebte dunkelgrün an seinem Leib, die Hosen pappten, die handgemachten italienischen Slipper würden nie wieder dieselben werden.

»Los!«, sagte er und nahm mir Cipión ab. »Wir müssen unsere Autos von der Zufahrt schaffen, sonst kommt die Feuerwehr nicht ran.«

»Die Feuerwehr kann eh nichts mehr tun«, sagte Barbara. »Da brennen sie weg, eure angeblichen Beweise!«

»Es ändert nur nichts, Barbara«, sagte Richard. »Es ändert nichts an der Untat!«

Das war wohl der Moment, in dem Barbara begriff, dass Vicky, wenn er überlebte, auf der Krankenstation einer Justizvollzugsanstalt aufwachen würde. Mit einem Schlag schnappte sie Richard die Pistole aus der Hand. Sie war einfach schneller als er, und dass jemand schneller war als Richard, kam selten vor. Er griff ins Leere beim Versuch, die Pistole zurückzuholen, sah sich mit der Mündung und dem kecken Korn konfrontiert und richtete sich auf. Selbstverständlich wich er keinen Schritt zurück.

Nicht lachen!

Auch wenn mein Zippo gar zu tropftrübe dreinschaute mit seinem vom Regen gescheitelten Haupthaar und dem triefenden Bart. Er nieste und blickte mit seinen Haselnussaugen abwechselnd auf die Pistole und auf Barbara.

»Und nun?«, fragte Richard.

»Du wirst niemandem sagen, was wir in der Laube gesehen haben!«, fuchtelte Barbara. »Versprich es mir!«

»Versprochen«, antwortete Richard.

»Du würdest doch jetzt alles versprechen, du Feigling!«

»Ja!«

»Von wegen niemals Rache! Dein Vater hat die Religion benutzt, um sich zu rächen, und du tust es amtlich mit Polizei und Haftbefehl. Du willst mich vernichten, weil ich dich an die Zeit erinnere, wo du noch Träume hattest, wo du Musiker werden wolltest, wo du mutig und freiheitsliebend warst. Als wir zusammen jagen waren und die Gesetze gebrochen haben.«

»Du wirst mir wohl nie verzeihen«, sagte Richard, »dass ich nicht in Frommern geblieben bin.«

»Davongelaufen bist du!«

»Du hättest doch mitkommen können aufs Internat nach Stuttgart und hinaus in die Welt, wo wir so sein durften, wie wir sind. Aber du meintest, du müsstest deiner Mutter auf dem Hof helfen. Du hattest Angst, Bullwinkle. In Wahrheit hast du dich nie rausgetraut aus deinem Tal. Und weißt du, warum? Weil du dich hier nach deinen eigenen Regeln durchmogeln kannst. Jürgen richtet's im Ortsrat und mit seinen Skatbeziehungen zur Polizei und zur Zeitung, und der Frau des Staatsanwalts gibt man Rabatt. Das hat euch immer von uns Webers unterschieden: Um Recht und Ordnung habt ihr euch einen Dreck geschert, Hauptsache, ihr hattet euren Spaß.«

»Wir haben wenigstens Spaß, Rocky.«

»Ach ja? Lisa ist angeschossen, Victor ringt mit dem Tod, meine Mutter sitzt im Knast, mein Vater ist tot. Ist es das, was du unter Spaß verstehst?«

Sie fixierten sich, sie mit der Pistole auf seiner Brust, er mit dem Hund unterm Arm. Der Regen rann ihnen in die Augen, die Tropfen sprangen von Schultern und Armen, hin und wieder hüpfte ein Hagelkorn von ihren Köpfen, der rote Schein der brennenden Hütte umloderte sie.

»Ich habe deinen Vater nicht umgebracht, Rocky. Und Victor hat Jannik nicht umgebracht. Maxi hat Lisa keinen Skorpion in den Schuh gesetzt, und Jacky hat nicht absichtlich auf sie geschossen. Wir töten nicht. Das haben wir nicht nötig.«

»Und warum setzt du mir dann die Pistole auf die Brust? Gib

acht, Bullwinkle. Ein Schuss könnte sich lösen! Und dann wäre wieder einer tot. Was für ein Spaß!«

Ich überlegte, wie nah ich an Barbara heranmüsste, um ihr die Pistole aus der Hand zu kicken, und ob ich den Kick überhaupt hinkriegen würde mit meinem angeschossenen Bein.

»Auch wenn du es noch so gerne hättest, Rocky«, rätzte Barbara über Kimme und Korn hinweg, »dass wir Hexen vom Zeitental auf dem Scheiterhaufen brennen, du wirst es nicht schaffen. Das hat auch dein Vater nicht geschafft, obwohl er sich nicht entblödet hat, Luther zu zitieren!«

»Hexen sind zu töten«, antwortete Richard. »Das sagt Luther fünf Mal in seiner Predigt vom 6. Mai 1526.«

»Und als Maxi zehn Jahre alt war, hat dein Vater ihr von der Hexenwaage erzählt, nur weil sie den sauren Träubleskuchen von Lotte nicht essen wollte. Wenn sie nicht äße, dann wäre sie zu leicht für die Hexenwaage und käme auf den Scheiterhaufen.«

Gewogen und zu leicht befunden!, flatterte mir durch den Kopf. Das galt nicht nur für die Söhne von Nebukadnezar, sondern auch für Hexen.

»Und jetzt willst du mir weismachen, dass Victor ein Mörder ist!« Sie stieß ihm die Pistolenmündung ins Brustbein.

»Und deshalb willst du mich erschießen? Ach, Bullwinkle, du kannst dir die Welt nicht immer selber stricken.«

Mein Herz zuckte. Gleich hatte Richard sie dort, wo er sie haben wollte. Wenn Barbara nicht sehr aufpasste, dann würde sie abdrücken!

»Aber damit kannst du Victor nicht retten«, sagte er beinahe lächelnd. »Wenn du mich abknallst, dann kommt ein anderer und macht weiter. Webers gibt es zu Tausenden. Und wir haben alle keinen Spaß daran, dass jemand die Gesetze übertritt.«

»Unser Held!«, flötete Barbara spöttisch. »Opfert sich für Recht und Ordnung. Aber pass auf! Wenn ich abdrücke, dann bist du tot und kein anderer.«

Richard hob das Kinn und lächelte spöttisch. »Quod erat demonstrandum.«

Ich kickte.

Die Waffe flog in hohem Bogen durch den Regen, der mittlerweile senkrecht herunterrauschte, purzelte ins Gras, sprang hoch und verschwand über die Uferböschung in der gurgelnden Eyach.

Barbara schrie auf und hielt sich das Handgelenk. Das einst gebrochene, wie mir einfiel.

Richard stand einen Augenblick verblüfft da, dann strich er sich die Haare aus dem Gesicht und überreichte mir Cipión mit der Bemerkung: »Ich hoffe, Barbara wird es dir danken. Und … und hoffentlich behandelt sie dich gut!«

Damit wandte er sich ab und marschierte davon.

Ich griff in die Jackentaschen. Das Magazin der Parabellum befand sich in der linken.

35

Niemals wäre Richard so verantwortungslos gewesen, jemanden in Gefahr zu bringen, dass er einen Menschen tötete. Er hatte das Magazin bei seinem nervenaufreibenden Spiel mit der Waffe im Gartenhäuschen aus dem Kolben gezogen. Er hatte es darauf angelegt, dass Barbara ihm die Waffe wegschnappte. Er hatte es wissen wollen: ob seine alte Freundin Bullwinkle einen Totschlag im Affekt an ihm begehen würde. Ob sie töten konnte.

Nur, dass ich das nicht hatte sehen wollen.

Und jetzt rannten wir über die Weide, denn das Blaulicht der Feuerwehr blinkte schon übers Tal hinweg. Wir schlitterten durch zentimeterdicke Hagelschichten und patschten durch Teiche. Ein Feuerwehrmann erwartete uns an den Autos, die sich hintereinander vorm Weidentor reihten. Der Feuerwehrwagen stand oben an der Abfahrt.

»Ich fürchte, ich kann nicht fahren«, sagte Barbara, sich das Handgelenk reibend. Es war ohnehin ausgemacht. Ich hatte mich ja eben für sie entschieden. Ich drückte ihr Cipión auf den Schoß und setzte mich hinters Steuer des Sprinters. Im Rückwärtsgang schlingerten wir durch Hagelhaufen, Schlamm und Wasser, das in Bächen die Fahrspuren herabkam. Ich hatte, um die Spur zu halten, nur die Rückspiegel links und rechts, in denen sich das Blaulicht der Feuerwehr in Hunderten von Regentropfen brach.

»Sag, hast du wirklich geglaubt, ich würde schießen?«, fragte Barbara, als wir endlich auf Asphalt rollten. »Ich hätte dich für cooler gehalten. Die Waffe war doch gar nicht geladen.«

»Ja, ich weiß!«, bäffte ich. »Aber ich wollte halt auch ein bisschen was beisteuern!« Eine Tanne hatte sich halb über die Zeitentalstraße gelegt. Ich kurvte durch den Matsch des durchweichten Straßenrands. »Außerdem warst du im Begriff, dich selbst zu widerlegen. Richard ist ein Meister darin, jemanden dazu zu bringen, dass er sich in Widersprüche verwickelt. Und wenn du abgedrückt hättest, hättest du zugegeben, dass auch du zu Mord und Totschlag fähig bist, und sei es nur, um deinen Sohn zu retten.«

Sie lachte kurz. »Dann hast du eigentlich mich retten wollen? Nicht sehr schmeichelhaft.«

So viel zum Dank.

»Denkst du etwa auch, ich hätte Martinus vergiftet?«

»Das habe ich, ehrlich gesagt, von Anfang an gedacht. Dass du die Kenntnisse dazu hast, ist unabweisbar.«

Mein Handy brummte in der Jackentasche. Ich fischte es aus der Nässe. Es war nicht Richard. Es war eine Nummer, die mir bekannt vorkam. Ich klappte es auf.

»Zittel hier«, meldete sich der Leichenfledderer von Balingen. »Frau Scherz?«

Der Schalksbach floss in Kaskaden über die Straße hinweg statt unter ihr hindurch. Ich musste das Lenkrad mit der einen Hand, die ich zur Verfügung hatte, tierisch festhalten. »Was gibt's, Herr Professor?«

»Doktor reicht. Ich wollte mich nur erkundigen, wie weit Sie mit Ihrem Artikel über mein Buch sind und ob Sie noch Fragen haben.«

»Nein.«

»Haben Sie schon angefangen?«

»Nein, noch nicht.« Das Wasser riss den Lenker nach links. Ich bremste. »Kann ich Sie später zurückrufen?«

»Aber selbstverständlich. Rufen Sie an, wann immer es Ihnen passt.«

Als ich hinter der Brücke Richtung Zeitentalhof abbog, hörte der Regen plötzlich auf. Die Sonne blitzte unter dem Wolkenrand hervor. Ein feierliches Glitzern spannte sich über Büsche, Weg, Bäume und Gras und sprühte aus Myriaden von Tröpfchen, die der Wind aus den Pappeln schüttelte. Auf den Wiesen schillerten Pfützen. Das Blaulicht der Feuerwehr blitzte durch die Baumstämme jenseits des rollenden Flusses und brach sich in einer öligen Qualmwolke.

Während Barbara sich umziehen ging, bot Jacky mir trockene Wäsche, einen Sweater und eine alte Kargohose an, die ich mir im blutbefleckten Badezimmer anziehen ging. Maxi rubbelte Cipión trocken. Samanta knurrte in ihrem Korb, war aber zu faul aufzustehen. Cipión blickte taktvoll weg. Armer Kerl. Was der alles ausstehen musste!

Jacky hatte ein Bügelbrett aufgestellt und war dabei, die Taschen meiner nassen Anzugjacke auszuräumen: Handy, Pickset, Geldbeutel, eine durchweichte Schachtel Zigaretten und ein gefaltetes dünnes, aber hartes Papier, das aus einer Packung Paracetamol stammte. Ich war drauf und dran, es zusammen mit der nikotindurchtränkten Zigarettenschachtel im Mülleimer zu versenken, als mir einfiel, dass es den Dreck von Martinus' Fingernägeln enthielt. Ich steckte es ins Picksetetui.

»Du kannst dir eine drehen, wenn du das kannst«, sagte Jacky mit ihrem Diskantcharme und deutete auf ihren Beutel Feinschnitt.

Jemand, vermutlich sie, hatte den Küchentisch aufgeräumt. Ich setzte mich auf meinen Stammplatz neben der Tür, wo die Zeitung und Zittels Buch lagen, und drehte Tabak ins Blättchen. Unter dem Bügeleisen zischte mein Jackett, der Geruch nach angesengtem Stoff füllte die Küche. Müdigkeit sank mir in die Glieder.

Einen Moment noch, dachte ich, nur einen Moment dazugehören, eine Familie haben, geborgen sein in der Sitzordnung am Küchentisch, den immer gleichen Streitereien. Glücklich sein! Jacky bügelte meine Jacke. Maxi spielte mit dem Tischstaubsauger. Eine Fliege kreiste um die Deckenlampe. Auf dem Tisch das Kuhhalfter, in der Schüssel auf dem Schrank der Hase in der Milchbeize. Morgen oder übermorgen würde man ihn in Butter braten. Ein einfacher Tageslauf. Die Rinder, der Laden, das Gelächter.

Das Gleichgewicht der Welt mit der Hahn'schen Neigungswaage auf dem Deckel fiel mir ins Auge. Ich befeuerte meine Zigarette, klappte mein Handy auf, suchte die Nummer und rief Zittel an.

»Ich wollte Sie natürlich nicht drängen«, entschuldigte er sich. »Man ist halt ein wenig eitel, wenn man so ein Buch geschrieben hat. Es ist wie ein eigenes Kind, verstehen Sie. Und dem möchte man zu einem guten Start verhelfen. Ich wollte Ihnen vorschlagen, dass wir uns dieser Tage mal im Waagenmuseum treffen. Ich könnte Ihnen ein bisschen was erklären und Fragen beantworten. Wie wäre es morgen um zehn?«

»Wie ich höre, haben Sie nun doch Zweifel bekommen am natürlichen Tod von Martinus Weber.«

Maxi hob den Kopf. Jackys Bügeleisen verhielt.

»Oh!«, sagte Zittel. »Das wissen Sie schon? Sie sollen ja eine ganz ausgefuchste Journalistin sein. Wegen Ihnen musste seinerzeit der Kultusminister zurücktreten. Da staunen Sie, was ich alles weiß! Allerdings hatte ich gestern Abend noch keine Ahnung, welche Prominenz mir gegenübersitzt. Ich hatte nur den Verdacht, dass es Ihnen eigentlich nicht so sehr um mein Buch ging, so wie Sie mich über die Landmaschinenunfälle ausgefragt haben.«

»Ich habe Sie nicht ausgefragt!«, versuchte ich richtigzustellen. Aber Zittel war nicht der Mann, der sich von Gesprächspartnern beirren ließ.

»Natürlich haben wir von allen Leichen Material aufgehoben. Deutsche Gründlichkeit. Man weiß ja nie, ob man mit neuen Analysemethoden noch etwas herausfinden kann. Derzeit können wir Dutzende von Tötungsdelikten aufklären, weil wir das Genmaterial mutmaßlichen Tätern zuordnen können, und das auch noch nach zwanzig Jahren. Ein paar Hautschuppen genügen.«

»In drei der Fälle«, sprang ich dazwischen, »sind Klageerzwingungsverfahren anhängig. Dahinter steckte Ihr väterlicher Freund, Martinus Weber.«

»Stimmt. Vor einem Jahr ist in unserer Sonntagsbeilage ein Artikel über vier ähnlich gelagerte Fälle erschienen, und daraufhin wollte Martinus von mir wissen, ob irgendetwas auf ein Gewaltverbrechen hindeute. Er hatte die jungen Männer ja gekannt. Aber wenn Sie mich nach Gemeinsamkeiten fragen, nach dem, was diese Todesfälle verbindet, im Mähdrescher, in der Stotzinger Mühle, im Häcksler, im Gülletank …«

»Und im Siloballen letztes Jahr. Und jetzt den in der Eyach mit den Rindern!«

»Wenn Sie mich nach Gemeinsamkeiten fragen, kann ich nur sagen: keine, Frau Sterz! Das habe ich auch Martinus gesagt. Was willst du, habe ich zu ihm gesagt, fünf tragische Todesfälle, bei denen vermutlich Alkohol im Spiel war, in fünf Jahrzehnten, das ist nicht einmal statistisch gesehen besonders auffällig. Im Autoverkehr sind in derselben Zeit wesentlich mehr junge Männer ums Leben gekommen.«

»Es sind genau genommen sechs«, bemerkte ich. Aber Zittel hätte man die Füße in Eimern einbetonieren können, er hätte sich nicht beirren lassen.

»Natürlich könnte man noch ein paar Analysen machen, habe ich Martinus erklärt, das Material ist ja noch da. Wenn ein Staatsanwalt einen Antrag stellte und die Ermittlungen wieder aufnähme, dann fände man das eine oder andere noch heraus, Betäubungsmittelkonsum, Krankheiten, Genschäden, dass einer der Jungs gute Aussichten hatte, an Alzheimer zu sterben, und so weiter. Aber eine Tötungsabsicht, nein. Das Ergebnis neuer Untersuchungen wäre nur, dass sich die Eltern der unglücklichen Buben weiter quälen. Eltern neigen dazu, Fremdverschulden anzunehmen, wenn ihre Kinder sich umgebracht haben.«

Ich sah, wie Jacky eine schöne lange Falte in den Ärmel bügelte, und machte wilde Gesten. Sie erschrak, strich den Stoff glatt und bügelte die Falte aus.

»Bei der Häckslergeschichte, 1997, da hätte ich damals auch gern mehr gewusst, das können Sie mir glauben, Frau Herz. Wie betrunken muss ein junger Mann eigentlich sein, damit er in einen Häcksler kriecht? Da stellen sich schon Fragen. Und da gab es diese Kärtchen mit bedrohlichen Bibelsprüchen.«

»Was?« Ich fuhr senkrecht aus meinem Tran. »Mahnkärtchen?«

»Aber mein Sohn hat auch schon solche Kärtchen bekommen und erfreut sich dennoch bester Gesundheit.«

Barbara betrat die Küche und übernahm die Regie über meine Sinne. Mit einem Blick erfasste sie die Lage: Jackys Eifer, etwas wieder gutzumachen, Maxis Wartestand, meine Gefangenschaft am Telefon.

»Wissen Sie«, posaunte Zittel in mein Ohr, »ich habe damals

durchaus gedacht, der Junge könnte in Selbsttötungsabsicht gehandelt haben. Junge Männer neigen zu hochsymbolischen Handlungen. Und er hatte wohl ein paar Schwierigkeiten mit sich. Die Eltern haben ihn als gläubigen Jungen beschreiben, Bibelkreis, Sonntagsschule, Kirche, Stunden. Er könnte sich als sündig und schmutzig empfunden haben. Vielleicht wollte er seinen Körper vollständig zerstören.«

Von welchem der Jungen redete er eigentlich? Von dem im Gülletank?

»Der Brand im Hüttchen ist gelöscht«, bemerkte Barbara.

»Herr Doktor!«, sagte ich ins Telefon.

»Was die jungen Männer sich nie klarmachen, ist, in welcher Verzweiflung sie ihre Angehörigen zurücklassen. Die Eltern werden schier verrückt über der Frage, was sie falsch gemacht haben.«

»Herr Doktor! Hören Sie! Ich muss Schluss machen. Wir sehen uns morgen im Waagenmuseum.«

»Ach so, ja, gut! Und grüßen Sie mir Herrn Weber. Richten Sie ihm doch bitte aus, dass es mir leidtut. Sie haben seine Mutter festgenommen, habe ich gehört. Aber ich hatte leider keine andere Wahl, ich musste den Staatsanwalt anrufen, dazu bin ich als Arzt verpflichtet, wenn es nur die geringsten Unklarheiten gibt.« Auch einer, der sich an dem arroganten Weber-Sohn ein bisschen hatte rächen wollen.

»Herr Dr. Zittel«, sagte ich. »Ich muss wirklich. Und Gruß an Ihren Sohn. Ich werde mal was schreiben über die Vereinbarkeit seiner Spermienforschung mit dem christlichen Schöpfungsgedanken.«

»Was? Wie meinen Sie das? Mein Sohn …«

Ich klappte ihn zu.

»Zittel? Ja, der schwätzt dem Teufel ein Ohr ab!«, bemerkte Barbara und hielt mir eine elastische Binde hin. »Kannst du mal?«

Sie setzte sich auf Jürgens Stuhl, schob den Ärmel ihres hellvioletten Baumwollpullovers hoch und hielt mir das Handgelenk hin. Ich nahm den letzten Zug aus der Zigarette, löschte sie im Aschenbecher und wandte mich ihr zu.

Eine kleine, kurze Strähne stand über ihrem Ohr aus dem Haar. Jacky sagte irgendetwas über das Wetter und dass wieder alles überflutet sein werde. Maxi saß, das Kinn in die Hand gestützt, und guckte. Cipión streckte sich an der Spülmaschine aus und grunzte zufrieden.

Nichts sprach dagegen, dass ich einfach blieb.

Ich hakte die Klammern in die Bandage, hielt Barbaras Hand fest und streckte meine andere Hand aus, um ihr die abstehende Strähne hinters Ohr zu streichen. Sie zuckte zurück.

Jacky guckte, Maxi auch.

»Tja!«, sagte ich, ließ ihre Hand fahren und sammelte meine Gegenstände ein, Buch, Handy, Pickset, Geldbeutel. »Ich muss dann wohl auch mal los.«

»Kommst du wieder?«, fragte Maxi.

»Fünf Minuten noch«, sagte Jacky. »Dann kannst du deinen Kittel wieder anziehen.«

»Komm bitte mal mit«, sagte Barbara und stand auf.

Wir gingen hinüber ins Büro. Es war, da seine Fenster nach Westen zeigten, voll goldener Abendsonne.

»Was willst du?«, fragte sie. »Was willst du, Lisa? Was willst du wirklich?«

»Wie hattest du es dir denn vorgestellt? Dass ich am Tag im Laden verkaufe, Maxi bei den Hausaufgaben helfe, für Henrys Kipf Breichen rühre und nachts meine Leidenschaften entfalte? In aller Heimlichkeit. Glaubst du, die Kinder würden es nicht merken? Und Jürgen? Was machst du mit dem?«

»Natürlich müssten wir es ihnen sagen.«

Ich zog sie an mich. »Wann?«

Bis zum Schambein spürte ich ihren Atem, den sie tief in den Unterleib zog. Endlich konnte ich ihr die abstehende Strähne hinters Ohr streichen. Mit einem Schlag hatte sie erneut mein

Geheimnis entschlüsselt. Ich weiß nicht, wie sie es machte, war es die Art, wie sie mich anfasste, mich küsste, mit dieser Macht der Reife, dieser Schamlosigkeit, als kennte sie mich schon Jahre? Nur ich hatte sie aus irgendeinem Grund bislang noch nicht kennengelernt.

»Wann?«, fragte ich. »Wann?«

»Solange Victor im Krankenhaus liegt …«

Ich befreite mich. »Es würde ohnehin nicht gehen. Niemand würde es verstehen. Deine Kinder nicht und auch sonst niemand hier in der Gegend. Ich wäre immer das perverse Ripp, das eine Familie zerstört hat.«

»Auf das Geschwätz der Leute habe ich noch nie was gegeben. Und du siehst auch nicht so aus.«

»Das ist was anderes. Wenn ich im Anzug herumlaufe, dann weiß ich genau, was die Leute insgeheim über mich denken. Das habe ich in der Hand. Aber …«

»Aber ein Leben mit mir, hier auf unserem Weiberhof, das hättest du nicht unter Kontrolle? Wolltest du das sagen? Da magst du Recht haben. Denn das Leben kann man nicht kontrollieren. Man muss es leben, wie es kommt.«

»Ich bin schon drei Mal tot gewesen, Barbara«, versuchte ich zu trumpfen. »Da nimmt man das Leben, wie es kommt.«

»Soso. Aber ein bisschen Angst vor dem Leben bleibt immer zurück.«

»Es muss auch solche geben wie mich. Für das Überleben unserer Art. Du weißt schon. Zu irgendwas ist es immer nütze. Auch wenn ich nicht weiß, wozu. Wenn du es herausfinden willst, dann … dann komm mit mir. Meine Bude ist groß genug. Und wenn nicht, suchen wir uns eine andere.«

Da stand sie vor mir und rieb sich das bandagierte Handgelenk. Der Alltag übernahm wieder die Macht. Müde sah sie aus. Eine Mutter in Sorge um ihren Sohn, eine Gefangene ihres Lebens, das sie einmal vor fünfundzwanzig Jahren in genau diese Richtung gelenkt hatte. Die Grundlinie stimmte, gelegentliche Abenteuer nicht ausgeschlossen. Tröste dich, Barbara, ich bin auch gefangen.

Mit meinen zivilisatorischen Überlebenshelfern Handy, Pickset und Geldbeutel in den Taschen der Kargohose, dem von Jacky warm gebügelten, aber doch nicht trockenen Jackett überm Arm und Zittels Buch in der Hand verließ ich den Hof in quietschnassen Golfschuhen und Jackys Sweater.

Barbara stand in der Tür zum Waschküchengang und korrigierte mit einem Schulterruck die Aufrichtung ihrer Wirbelsäule. Vielleicht irgendwann einmal. Wenn alles vorbei war und neu anfing.

Die allzu offensichtliche Gemeinsamkeit der Landmaschinentoten, die Zittel nicht sehen wollte, war ihre komplette Zerstörung. Wenn ein einziger tötender Geist dahintersteckte, dann war er seit gut vierzig Jahren tätig. Dann war es eine ganz alte Geschichte, und Barbaras Sohn war das Opfer, nicht der Täter.

Der Abendwind fegte Tropfen aus der Blautanne, die hier nicht hergehörte. Cipión fuhr unter die Zwerghühner, die flatternd auseinanderstoben.

Im Weber'schen Haus brannte nirgendwo Licht. Die Hauswand war grau in der grauen Dämmerung. Zwischen den Koniferen häufelte Hagel und dünstete eine unsommerliche Kälte aus. Cipión fußelte zielstrebig um das Haus herum. Ich folgte ihm. Der Geruch nach durchnässter Asche und verbrannten Balken kratzte in der Luft. Die Terrassentür stand offen, die Gardine bauschte sich in den dunklen Raum hinein. Cipión flutschte unter ihr hindurch. Ich musste erst das Ende erhaschen und beiseiteschieben. Er wedelte zum Strecktulpensofa hinüber, auf dem regungslos Richard lag. Sein Arm hing herab, die Hand berührte fast den Boden.

Als Cipións kalte Nase gegen den Handrücken stupste, zuckten die Finger kurz. Richards Atem veränderte sich für zwei Züge, dann fiel er wieder in einen flachen Schlafrhythmus. Ich schloss die Terrassentür. Auch das weckte ihn nicht. Ich entfaltete das Plaid, das auf dem Pianoschemel lag, und breitete es über ihn. Sein Atem wurde tiefer.

In der Küche fütterte ich Cipión mit den von Soße befreiten Resten der Pute. Dann faltete ich mich in einen Sessel im Arbeitszimmer und schlug Zittels Buch über die Geschichte der Waagenindustrie von Balingen auf.

»Martinus Weber war unter den Unternehmerpersönlichkeiten Deutschlands eine Ausnahmeerscheinung. Ein Ingenieur im Geiste Luthers.«

Rülpset und furzet …

»Über sechs Jahrzehnte hat er nicht nur das wirtschaftliche, sondern auch das geistige Leben von Balingen geprägt. Auf ihn trifft das Bibelwort zu ›Lasset die Kindlein zu mir kommen, dass ich sie segne‹. Bis ins hohe Alter fand Martinus Weber Zeit und Muße, Stunden zu halten und junge Menschen an das tiefere Verständnis der Bibel heranzuführen …«

Cipión hob den Kopf, mein Spion für alle, die hinter mir durch Türen traten. Ich drehte mich um.

Richard lehnte in der Türfüllung und harkte die Finger durch seine Haare. Er trug einen dunkelblauen Kaschmirpullover mit V-Ausschnitt. Sein Gesicht war verquollen vom Schlaf, und er blinzelte ins Lampenlicht.

Ich klappte das Buch zu und sprang auf. »Ah, du bist wach! Könntest du mich dann jetzt nach Balingen fahren? Zum Bahnhof. Ich verschwinde.«

Er stieß sich von der Türfüllung ab, kam herein, nahm mir das *Gleichgewicht der Welt* aus der Hand, warf es auf den Tisch und zog mich an sich. Den Pullover trug er auf der bloßen Haut, wie ich feststellen konnte. Seine Muskeln waren heiß und hart, seine Lippen weich, sein Affe drängelte vor Lust, mich in seinem Elternhaus zu erkennen, gleich hier, auf dem Teppich im Arbeitszimmer seines Vaters. So säuisch wie möglich.

36

Im Haus klingelte ein Telefon. Ich hörte Richard unten abnehmen. Kaffeeduft zog durchs Haus.

Ich schwang die Beine aus dem Knabenbett. Die Streifschusswunde meldete sich erst jetzt mit einem kurzen Biss. Ein gutes Zeichen.

Außerdem war endlich Montag. Neues Leben. Sonntage waren mir immer schon ein Gräuel gewesen. Erst Gottesdienst, dann ruhelose Untätigkeit. Jeder Sonntag ein Jüngstes Gericht. Die Mutter erzog, der Vater strafte, die Eltern stritten, das Kind onanierte im Kinderzimmer und wartete auf den Montag: Schule, Freiheit.

Gestern Abend hatte ich noch geglaubt, ich hätte Richard endlich verstanden und müsste dringend weg oder aber ihm den von ihm so gefürchteten Schlag versetzen. Aber an einem Montagmorgen zerbröselten solche Vorsätze. Lotte würde auch so freikommen. Wenn Staatsanwalt und Polizei nicht mehr anführen konnten als eine Giftflasche ohne ihre Fingerabdrücke und die Überzeugung, dass Tötungsdelikte fast immer von Intimpartnern begangen wurden, dann würde der Ermittlungsrichter den Kopf schütteln. Bis zur Beerdigung am Freitag würde sie raus sein. Inzwischen hatte sich die Welt etliche Runden weitergedreht, und schon bald krähte kein Hahn mehr nach Martinus Weber.

Ich versuchte zu duschen, ohne dass der Verband nass wurde, und stieg in Jackys Kargohose. Aus Richards mit Sorgfalt gepacktem Koffer nahm ich mir ein cremefarbenes Oberhemd, auch wenn es mir zu weit war.

Er stand in der Küche mit einer Kaffeetasse in der Hand. Auch er war im Montag angekommen und trug einen cognacfarbenen Dreiteiler mit Schlips. Seine Miene war ernst. »Jürgen hat eben angerufen«, sagte er. »Victor ist tot.«

Ich musste mich auf den Küchenschemel setzen und Cipións Morgenbegrüßung dämpfen.

»Er ist heute früh gegen vier Uhr gestorben, ohne noch einmal das Bewusstsein erlangt zu haben. Barbara war bei ihm.«

»Und jetzt?«

»Jetzt ist es ein Tötungsdelikt. Sie werden meine Mutter wohl nicht so schnell wieder rauslassen.«

»Aber sie war es nicht.«

Richards Augen glitzerten ausgesprochen schräg. »Kann ich mir da wirklich sicher sein?«

Die Sachlage hatte sich schneller geändert, als ich mit meinem Verstand hinterherkam. »Ich habe jetzt einen Termin mit Dr. Zittel im Waagenmuseum«, teilte ich mit, weil mir nichts anderes zu sagen einfiel.

»Ich werde mich heute Mittag mit dem Anwalt meiner Mutter in Hechingen treffen. Der Termin beim Haftrichter ist am frühen Nachmittag.« Er nahm einen Schluck Kaffee. »Wenn du nichts dagegen hast, dann würde ich mitkommen ins Waagenmuseum. Ich weiß gar nicht, wann ich zuletzt dort war. In meiner Erinnerung ist es eine wahre Rumpelkammer.«

Dr. Zittel wartete an der Tür des Zollernschlössles. Sein weißer Haarkranz schwebte auf dem frischen Lüftchen, das von der mächtig rauschenden Eyach herüberstrich. Er hatte einen Schlüssel, denn offiziell machte das Museum erst um zwei für zwei Stunden auf, und geizte nicht mit Erklärungen, wie er ihn organisiert hatte. Wir stiegen in den ersten Stock hinauf.

Richards Erinnerung an eine Rumpelkammer war nicht völlig verkehrt. Fünfhundert Exponate und die gesamte Geschichte des Waagenbaus in einem mittelalterlichen Saal und einem Nebenraum, da mussten Ratswaagen, Bäckerwaagen, Chemikerwaagen, Butter- und Metzgerwaagen, Haushaltswaagen, Apothekerwaagen, Gewürz- und Teewaagen, Münz- und Goldwaagen, Analysewaagen, Dezimalwaagen, Personenwaagen, Laden- und Industriewaagen mit den Gewichten aus Stein, Eisen, Messing und Johannisbrotbaumsamen in den dicht an dicht stehenden Vitrinen eng zusammenrücken.

»Waagen sind so alt wie die Menschheit«, dozierte Zittel. »Sehen Sie hier, die römische Schnellwaage. Wer die erfand, musste die Hebelgesetze kennen! Genial einfach. Aber drauf kommen muss man halt, gell. Laufgewichtswaage nennt sich das. Kennen Sie sicherlich noch von Ihrem Kinderarzt. Dieses Ding mit dem Balken, wo er die Gewichte hin und her schob. Und Sie haben sich immer gefragt, woher er das weiß, wie viel Sie wiegen.«

Richard stellte sich auf die alte Bahnhofswaage neben einem blau gekachelten Kamin und suchte in seinem Portemonnaie klimpernd nach einer geeigneten Münze für den Einwurf.

Die urtümliche Wandneidungswaage von David Hahn aus Balingens Ostdorf, ein verschnörkeltes Stück Eisen, hing hinten neben den Fenstern zur Eyach. Die ausgeklügelte Neigungswaage seines Bruders, des Mechanikerpfarrers Philipp Matthäus Hahn, befand sich dagegen gleich neben dem Eingang in einer Vitrine mit Erklärtext.

»Man sollte gar nicht denken, dass es eine Kopie ist«, bemerkte ich.

»Was?«, entfuhr es Zittel.

»Ja«, rief Richard von der Bahnhofswaage herüber, »das Original hängt im Arbeitszimmer meines Vaters. Das hier ist ein Gesellenstück.«

»Ich glaube, Sie irren sich, Herr Weber. Martinus hat mir das Gesellenstück gezeigt. Das hier ist das Original, da bin ich absolut sicher.«

»Gewogen und zu leicht befunden«, murmelte ich.

»Wie?« Das hatte Zittel ausnahmsweise mal gehört.

»Ich meinte nur: Das Pfund auf dieser Waage wiegt nur 467 Gramm, 33 Gramm weniger als unseres.«

»Ja, die Zahl für das Alte und das Neue Testament«, sagte Zittel erfreut lächelnd. »Sie haben schon ein bisschen in meinem

Buch gelesen, gell? Martinus hat mich darauf aufmerksam gemacht. Das Wort alt hat 3 Buchstaben. Das Wort neu auch. 33 ist also das Alte und das Neue Testament.«

Ich erlitt ein Déjà-vu. Bei Richard, der mir erst gestern denselben Zahlenzinnober erzählt hatte, schien der Flashback allerdings eher einem Mescalintrip zu gleichen. Er war aschfahl geworden.

»Und die Zahl der Bücher des Alten Testaments, 39, und die des Neuen, 27, subtrahiert, ergibt 12«, rechnete Zittel begeistert weiter. »Wie die zwölf Apostel, die zwölf Monate des Jahres ... Ist Ihnen nicht gut, Herr Weber?«

Richard hustete. »Ent... entschul... entschuldigen Sie. Ich muss ... ich muss mal kurz raus.«

»Ja, der Wetterumschwung«, bemerkte Zittel in der Blüte seines Alters. »Das verträgt nicht jeder.« Er eilte längs durch den Saal und öffnete eine verglaste Tür. Richard stolperte hinaus auf die hölzerne Verbindungsbrücke zum Wasserturm und klammerte sich an das Geländer.

Ich zog die Tür von außen vor Zittels Nase zu.

Tief unten staute sich mehlig grün die flutvolle Eyach am Wehr, entließ einen Teil des Wassers in den Mühlbach entlang der Stadtmauer und rauschte einen Meter hinunter ins schäumende Flussbett. Die Terrasse von *Klein Venedig* war menschenleer, die Stühle hielten, gegen die Tische gekippt, Montagsruhe.

»Was ist los?«, erkundigte ich mich.

»Nichts.« Schweiß trielte aus Richards Schläfenhaar die peinlich rasierte Wange hinunter. Er riss sich den Kragenknopf auf und lockerte den Krawattenknoten. So ähnlich hatte auch Vicky ausgesehen, kurz bevor er sich in Krämpfen wand. Hastig ging ich unsere Nahrungsaufnahme durch. »Hast du was getrunken?«

»Ich trinke nicht!«

»Das meine ich nicht. Hast du heute Morgen im Haus deines Vaters irgendeine Flüssigkeit außer Kaffee zu dir genommen?«

»Hör auf, Lisa!« Er schlug die Hände vors Gesicht. »Mein Gott!«

»Was ist es dann?«

Er wankte.

»Gut, dann hole ich jetzt Dr. Zittel. Er ist Arzt.«

»Bloß nicht!« Er ließ die Hände sinken und gab sich Mühe, etwas weniger irre auszusehen. »Halt mir bloß diesen Zittel vom Leib.« Er blickte sich in Panik um. Der Doktor stand genau hinter der Tür und glubschte durchs Glas.

»Ich bin … ich bin schon okay. Ich … ich bin … okay. Es ist nur … gnade uns Gott!«

Ich machte Zittel ein munteres Zeichen der Beruhigung und zog Richard ein Stück zum Rundturm hinüber. Er hustete und würgte fürchterlich an den Gräten der Erinnerung.

37

»Ich hab's nicht gewusst! Ich habe es nicht gewusst, bis eben. Wirklich. Glaub mir, Lisa. Ich habe immer den Kopf geschüttelt über das mit der Verdrängung. Das kann doch nicht sein, dass man etwas Gravierendes vollständig vergisst. Aber ich … ich habe es nicht wissen dürfen, wenn ich weiterleben wollte, wenn ich überleben wollte im Haus meines Vaters.«

Er blickte mich unendlich verwundert an.

»Drei Dinge sind damals passiert, Lisa. Drei Dinge. Ich erinnere mich an alle drei einzeln, aber ich habe sie nie miteinander in Verbindung gebracht.«

Er holte Atem wie auf einem Achttausender im Himalaja.

»Das eine, woran ich mich erinnere, ist, wie ich ins Arbeitszimmer meines Vaters trat. Ich war vierzehn Jahre alt. Es war nach dem Mittagessen. Ich erinnere mich an meine Gefühle: trotziger Mut, Verachtung und Angst … immer diese Angst. Ich trat ein, um mir meine Strafe abzuholen, aber mir fällt nicht ein, wofür er mich bestrafen wollte. Mein Vater pflegte nicht im Zorn zu strafen. Er bestellte mich ein, oft erst am anderen Tag, um mir sein Urteil zu verkünden. Manchmal durfte ich auch selbst eine Strafe vorschlagen. Fünf Seiten aus der Bibel auswendig lernen, eine Stunde in der Hocke in einer Ecke sitzen. Ich erinnere mich, dass mein Vater auf mich herabblickte, traurig und ernst, wie er stets auf mich herabzublicken pflegte. Er hängte seine Hand mit Daumen und Zeigefinger in die Uhrentasche seiner Weste ein, trat an die Waage von Philipp Matthäus Hahn und erläuterte mir das Geheimnis der Zahl 33. Er sprach vom Wiegen und Wägen, von Justitia mit der Augenbinde, die ohne Ansehen der Person urteilt, vom Jüngsten Gericht und der Seelenwaage, auf welcher der gute Teil des Menschen schwerer wiegen müsse als der böse, und von der Hexenwaage, welche die Hexe durch ihr Leichtgewicht entlarvt, weil sie ihre Seele an den Teufel verloren hat. Er erzählte mir, wie schwer es sei, gerecht zu sein und in gottloser Zeit Gottes Willen zu erkennen, und dass er hoffe, dass sich, wenn er dermaleinst die Waage besteigen müsse, die Schale ein klein wenig zu seinen Gunsten neigen werde.

Zum ersten Mal in meinem Leben zweifelte ich daran.

Dabei führte mein Vater ein Leben, wie ich es mir als Kind gottgefälliger nicht vorstellen konnte. Er betete, er las mit uns die Bibel, er veranstaltete Stunden und Bibelkreise, er hielt die Sonntagsschule. Mein Vater war beredt, ein eleganter, wenn auch unnachgiebiger Prediger, bezwingend und überzeugend. Und so mancher beneidete meine Mutter um die Gesellschaft dieses brillanten, gerechten und gütigen Mannes. Und mir strich man über den Kopf und lobte das Glück, dass ich so einen Vater hätte.

Er verlangte nicht viel, wie er meinte, nur Gehorsam, pünktlich das Essen, Ruhe im Haus und sparsames Wirtschaften. Die Regeln waren klar, nur ich habe sie nie herausgefunden.

Redete ich bei Tisch, konnte er es als undiszipliniert sanktionieren, sagte ich nichts, wertete er es als Verstocktheit. Half ich der Witwe Mauthe, die Tasche tragen, so wäre das gut gewesen, hätte ich mir nicht nachher fünf Pfennige geben lassen. Ungefähr so kompliziert, wie für mich die Regeln meines Vaters waren, erschien mir das, womit er sich sein Leben lang beschäftigt hat: wie man Gottes Gnade erringt. Mein Vater und Gott waren ein und dasselbe.

An jenem Nachmittag, als ich bei ihm eintrat und er mir vom Wiegen und Wägen erzählte, wirkte er traurig und erschöpft, aber zugleich heiter und abgeklärt. Solche Seelenzustände habe ich später im Lauf meines Berufslebens immer wieder beobachtet, wenn ein Kollege einen schwierigen Prozess gewonnen hatte oder wenn ein Verbrecher nach einem langen Prozess endlich sein Urteil hörte.

An diesem Tag habe ich aufgehört, die Regeln meines Vaters entschlüsseln zu wollen. Ich habe ihn aus meinem Denken gestrichen. Er fand in meinem Kopf nicht mehr statt. Ob er zürnte, mich bestrafte oder lobte, ich nahm es nicht mehr wahr. Es geschah meinem Körper, nicht mir, einer unbedeutenden Hülle, die nichts mit mir zu tun hatte. Ich wollte nur noch eines: weg!«

Richard unterbrach sich und schluckte.

»Das zweite Ereignis hat mit der Schule zu tun. Schule war für mich immer Urlaub aus einer Art Isolationshaft gewesen. Dreißig Kinder aus allen Schichten jeden Tag. Ich habe die Schule geliebt, auch wenn ich nicht wirklich dazugehörte. Mehr Spott als ich musste der junge Paul Filser ertragen, der kleine Bruder von Josef, dem Vater von Jannik. Paul spielte Blockflöte wie ein Engel und redete lieber mit den Mädchen.

Eines Tages blieb sein Stuhl leer. Die Klassenlehrerin teilte uns mit, dass er tot sei. Man munkelte, er sei betrunken gewesen und habe sich selbst das Leben genommen, indem er in einen Mähdrescher hineingekrochen sei. Ich weiß noch, dass ich mich fragte, warum alle so erschrocken und zugleich so erleichtert waren. Mein Vater sprach in der Bibelstunde von einem warnenden Beispiel. Aber das Entscheidende sprach niemand aus, das, was man damals nur flüsternd mit Siebzehnter Mai umschrieb. Eine Anspielung auf § 175 StGB, der von 1871 bis 1994 sexuelle Handlungen zwischen Personen männlichen Geschlechts unter Strafe stellte. Ich habe es damals nicht wirklich begriffen. Den Tod Pauls nahm ich hin wie viele andere Unerklärlichkeiten in meiner Kindheit, die ich mir auch später nicht zu erklären versucht habe.«

Er rüttelte am Balken. Die Pfosten und ihre Verbindungen knirschten. Erst als er sich dergestalt vergewissert hatte, dass er das Geländer im Prinzip aus den Verankerungen reißen konnte, lockerte er seine Hände.

»Ja, und dann … dann waren da noch der Zeitentalhof und Bullwinkle und das Guckloch zur Freiheit. Eine unfassbare und banale Freiheit. Die Freiheit, sich aus der Speisekammer eine Tomate zu holen, im Heu zu toben, über ein Missgeschick der Nachbarn zu lachen. Barbaras Mutter, meine Tante Anna, war ein Wesen, wie ich es nie wieder erlebt habe. Jeden Morgen hat sie sich am Wasserhahn in der Küche rasiert. Sie furzte, sie kokettierte mit den Knechten, sie war gewaltig und freundlich, laut und sanft. Und sie konnte lachen. Ich war süchtig nach diesem Hof und diesem Leben, und eines Nachts riskierte ich alles, stieg aus dem Fenster und lief hinüber und warf Steinchen an Bullwinkles Fenster, damit sie herunterkam. So begannen unsere nächtlichen Steifzüge. Und mein Vater ist mir nie draufgekommen. Er war also doch nicht allwissend und nicht allmächtig. Irgendwann nahm ich seine alte Parabellum mit. Wir schossen Hasen und Rebhühner. Über die Eyach legten wir ein Brett, sodass ich in fünf Minuten drüben und wieder hüben war. Eines Nachts …«

Er hustete, hob die Augen und suchte die Höhenzüge jenseits der Eyach und der Häuser von Balingen ab.

»Der Turm versperrt die Sicht«, stellte er fest. »Da drüben, hinter Frommern und Weilstetten, liegt das Hörnle. Dort im Wald sind wir oft gewesen, Bullwinkle und ich. Eines Nachts – die Getreideernte hatte gerade begonnen – waren wir wieder dort. Es war die Nacht auf Sonntag. Wir hatten nichts geschossen und waren auf dem Heimweg. Der Mond war schon weg. Wir kamen gerade aus dem Wald heraus. Da waren die Felder. Auf einem stand ein Mähdrescher. Weiter unten die ersten Häuser von Weilstetten. Kaum Licht. Aber ein Auto kam den Feldweg herauf. Die Scheinwerfer kamen direkt auf uns zu. Wir duckten uns ins Unterholz. Der Wagen hielt nur ein paar Meter von uns entfernt. Die Scheinwerfer gingen aus. Es war ein dunkler Mercedes. Alle Bauern hatten solche in den Sechzigern und die Metzger. Mein Vater auch. Mit diesen runden Scheinwerfern, dem hochgezogenen Kühlergrill und dem Blinker oben auf dem Kotflügel. Ich hatte die Parabellum in der Hand, entschlossen, mein Leben und das von Bullwinkle zu verteidigen. Es war ein Mann, der ausstieg. Wir dachten, er wolle nur mal austreten. Aber er machte den Kofferraum auf und lud sich etwas auf die Schulter. Es war ein Paket, ein längliches Paket, ein bisschen steif. Packpapier raschelte. Er trug es über das Feld davon. Kaum war er ein Stück fort, rannten Bullwinkle und ich los, geduckt am Auto vorbei und dann nichts wie weg. Wir rannten, bis wir die ersten Häuser von Weilstetten erreicht hatten.«

»Ihr habt ihn also gesehen! Den Mörder von Paul.«

»Bullwinkle meinte, wir dürften es niemandem erzählen, sonst würde er uns auch ermorden. Und ich … ich habe … ich habe ihr nie gesagt, dass …« Er ächzte. »… dass ich sogar das Autokennzeichen gesehen hatte. Ich habe es niemandem gesagt. Ich habe es sogar völlig vergessen. Bis eben. Und jetzt weiß ich auch wieder, warum ich an jenem Tag, einem Montag, wirklich ins Zimmer meines Vaters getreten bin. Ich wollte ihn zur Rede stellen. Ich hatte tatsächlich das Gefühl, ich könnte meinen Vater fragen: Warst du das Samstagnacht am Hörnle? Ich habe unser

Auto erkannt. Warst du das? Ich kam nicht dazu. Ich fand keinen Anfang. Denn er redete übers Wägen und die Zahl 33. Vielleicht merkte er, dass er in diesem Moment jegliche moralische Macht über mich verlor. Von diesem Tag an habe ich, wie ich jetzt weiß, mit der Pistole unter meinem Kopfkissen geschlafen, einen Herbst, einen Winter und den ganzen Sommer hindurch. Falls er auch mich holen käme!«

Er holte tief Luft und blickte mich verwundert an.

»Aber kann das wirklich sein, Lisa? Ist so etwas möglich? Oder werfe ich nur drei Ereignisse zusammen, die nichts miteinander zu tun haben? Sehe ich Gespenster? Bin ich verrückt? Mein Vater ist doch kein Mörder. Nicht wirklich! Warum sollte er den armen Paul denn umgebracht haben?«

»Weil Paul schwul war«, sagte ich sanft. »Oder weil dein Vater glaubte, er sei es. Weil er etwas Mädchenhaftes an sich hatte, blaue Augen, Engelshaar, diesen gewissen Blick, einen naiven, bewundernden Blick vielleicht nur, der allein deinem Vater kokett vorkam. Vielleicht hat Paul ihn nur angebetet als Prediger und Bändiger des biblischen Grauens. Vielleicht hat er deinen Vater auch geliebt als Moses, Jesus oder Gott. Doch dein Vater hat sich angemacht gefühlt. Es hat sich etwas geregt bei ihm, was sich nicht regen durfte.«

Ein böses Lachen schüttelte Richard.

»Der zweite Mord geschah 1975.«

»Nein! Nein!«

»Der kokette Engel landete in einer Mühle wie bei Max und Moritz. In den Achtzigern hat dein Vater ums Überleben seiner Firma gekämpft und weniger Zeit für Bibelstunden und das Überprüfen seiner Jünger auf Herz und schwule Neigungen. Dann musste er verkaufen und hatte wieder Zeit. 1997 stirbt Florian aus Erzingen und landet im Hochleistungshäcksler. Vor fünf Jahren trifft es Marvin aus Roßwangen. Er endet im Gülletank. Dein Vater hat den Zeitungsartikel aufgehoben, ein Bub mit Engelsgesichtchen. Letztes Jahr im Herbst vermodert wieder einer in einem Siloballen. Und jetzt Jannik. Er passt ins Schema. Ich habe ein Foto von ihm gesehen. Ein hübscher Bursche, dessen Körper vollständig zerstört werden musste. Praktischerweise wurden damit auch alle Spuren vorangegangener Misshandlungen verwischt.«

»Nein! Das ist unmöglich, unvereinbar …«

»Dein Vater hat sich die Hinrichtungen sicherlich nicht leicht gemacht, Richard. Er hat gewarnt – auch mit Mahnkärtchen –, gepredigt, ermahnt, ins Gewissen geredet, da bin ich sicher.«

»Nein!« Richard schüttelte den Kopf. »Warum hätte er«, stammelte er, den rettenden Gedanken beim Reden verfertigend, »warum hätte er … warum hätte er denn, wenn das stimmen würde, die Eltern von diesen Buben ermuntern sollen, an den Generalstaatsanwalt zu schreiben, damit die Ermittlungen wieder aufgenommen werden? Warum denn?«

Eine gute Frage. Eine sehr gute Frage. »Vielleicht war er sich sicher, dass ihm nie jemand draufkommen würde, zumindest nicht zu Lebzeiten«, schlug ich vor. »Und er wusste, dass er bald sterben würde, noch bevor die Wiederaufnahme der Ermittlungen per Gerichtsbeschluss durchgesetzt worden wäre. Zittel hat mir erzählt, dass dein Vater mit ihm nach Erscheinen meines Artikels über die Landmaschinentoten gesprochen hat. Er hat sich erkundigt, ob Fremdverschulden heute noch nachweisbar wäre. Zittel hat ihn da beruhigt. Also konnte dein Vater gefahrlos die Familien in ihrem Bestreben unterstützen, den Tod ihrer Söhne klären zu lassen. Die Flucht nach vorne nennt man das auch. So würde er nicht in Verdacht geraten.«

Richard schüttelte den Kopf. »Alles reine Spekulation.«

»Und vielleicht«, setzte ich nach, »drängte es deinen Vater am Ende seines Lebens sogar nach Entdeckung. Mit so einem Geheimnis stirbt es sich nicht leicht. Ihr habt keine Beichte. Aber irgendwo müsst auch ihr hin mit eurer Schuld. Irgendwer muss euch Absolution erteilen. Mit Gesten und Worten. Und das kann Gott nicht, denn er spricht nicht.«

Ein schräges Glitzern sprang quer durch Richards asymmetrische Augen. Er richtete sich plötzlich auf, ließ das Geländer los, drehte sich um, war mit drei Schritten an der Tür zum Museumssaal und stieß sie auf. Mit langen Schritten durchmaß er den Gang zwischen den Vitrinen, angefüllt mit zweitausend Jahren Geschichte des Wiegens, packte Zittel am Arm und zerrte ihn zur Hahn'schen Neigungswaage. »Machen Sie die Vitrine auf!«

Zittel stutzte. »Bitte?«

»Schnell! Ich muss etwas nachschauen.«

»Das kann ich nicht. Ich ... Was wollen Sie denn?«

Ehe Zittel sich zwischen Nein und Neugier entschieden hatte, hatte Richard die nächstbeste römische Schnellwaage aus der Halterung gerissen, eine massive Eisenstange mit Haken, Gegengewicht und Waagschale an einer Kette. Ohne weitere Umstände und mit Wucht hieb er sie in die Vitrine. Das Glas zersprang, der Holzsockel zersplitterte, die Seitenwand kippte, die filigrane Hahn'sche Neigungswaage schepperte zu Boden. Hoffentlich war es wirklich nur die Kopie!

»Was tun Sie?«

Richard fegte Scherben und Trümmer von der Waage, hob sie hoch, wackelte am Skalenblech, schlug den eisernen Arm gegen einen der Holzpfeiler, welche die Decke trugen, und probierte, ob sich das Gewicht auseinanderschrauben ließ. »Nichts!«

»Sind Sie wahnsinnig?«

Richard ließ das kostbare Stück fallen wie eine zerlegte Kinderpuppe und schaute sich um. »Irgendwo muss er sie versteckt haben, seine Beichte. Sie muss hier sein, falls sie existiert. Hier irgendwo.« Er rannte in den Nebenraum. »Du hast Recht, Lisa, wenn er das alles getan hat, dann muss er eine Lebensbeichte niedergelegt haben, nicht nur vor sich und vor Gott, sondern auch vor uns. Er muss!«

»Und du meinst, dieses Schriftstück hat er in einer der Waagen versteckt, die er dem Museum überlassen hat, damit es irgendwann mal irgendwer findet?« Eine überflüssige Frage.

»Da ist sie ja«, sagte Richard.

Auf dem Tisch vor dem Fenster stand eine prächtige alte Kaufladenwaage mit den beiden ineinander verrankten Ws und dem altmodischen Schriftzug von vor 1921, weil nur mit einem a geschrieben: »Weber Wage«.

»Die hat immer auf dem Sideboard im Zimmer meines Vaters gestanden.«

Die berühmte Neigungsschaltgewichtswaage, die Richards Großvater erfunden hatte. Der Wiegemechanismus war gänzlich im Eisengehäuse unter der Wiegeplatte verborgen, aber er funktionierte vermutlich wie bei der Neigungswaage, also mit festen Gewichten. Auf der verglasten Skala konnte man die Grammwerte ablesen, und vorn war ein Drehschalter, mit dem man auf ein oder zwei oder mehr Kilos umstellen konnte.

Richard packte das massive Gerät, hob es hoch, als wöge es nichts, und ließ es auf den Boden fallen. Das eiserne Gehäuse schlug eine Macke in die Diele, das Glas der Skala splitterte, die Wiegeplatte sprang ab, die Gewichte rasselten.

»Hören Sie auf! Was machen Sie da?«, schrie Zittel. »Ich hole die Polizei!«

»Sie gehört immer noch mir!«, antwortete Richard kühl. »Mein Vater hat seine Waagen dem Museum nicht geschenkt, nur überlassen.« Er ging aufs Knie, packte das Gehäuse, drehte es um und schüttelte die Mechanik durch. Staub und Schräubchen fielen heraus, aber kein Papier.

Und schon schwang sich Richards Sinn weiter. Eine feine Apothekerwaage fiel dem heiligen Zorn zum Opfer. Der Holzkasten, auf dem sie aufgeschraubt war, zerplatzte. Wieder nichts. Richard fegte eine Justitia zu Boden, wo sie geköpft liegen blieb. Ihr Leib war hohl und leer.

Entrüstung zitterte sich in Zittels Kiefern nach vorn. »Sie sind ja wahnsinnig!«

»Ich bezahle den Schaden.«

Eine Laufgewichtswaage, wie ich sie von meinem Kinderarzt kannte, kippte und zerknallte. Richard donnerte ein gusseisernes Fünfkilogewicht auf den Sockel, dass die Platte absprang, auf die einst Kinder zitternd ihre nackten Füße nebeneinandergestellt hatten.

»Das sind unbezahlbare Werte!«, heulte Zittel.

»Ah!«, rief Richard. »Die kenne ich doch auch. Sie stand immer bei uns in der Küche.«

Es war eine Marktwaage mit zwei Messingschalen über einem Korpus aus Eisen in Gestalt einer Jugendstilfassade mit Frauenköpfen, Adlerflügeln, Kränzen, Beschlagwerk, Kassetten und Ovarienfries. Sie klapperte in Richards schüttelnden Händen und zerfiel auf den Dielen in ihre Einzelteile. Die Messingschalen schepperten über den Boden davon. Danach zerschlug er noch ein paar kleinere mechanische Kostbarkeiten aus bürgerlichen Haushalten der Jahrhundertwende. Aber das schriftliche Sündenzeugnis seines Vaters fand sich nicht.

»Damit wäre das auch geklärt«, sagte der Sohn. »Schicken Sie mir die Rechnung.« Er überstieg die Trümmer seiner letzten Tat, durchquerte auf knarrenden Dielen den Saal und ging hinaus.

»Wenn Sie mich entschuldigen würden, Herr Dr. Zittel«, sagte ich. »Es war alles hochinteressant. Ich melde mich, wenn ich noch Fragen zu Ihrem Buch habe.«

Das »Aber!« des Doktors, dessen Welt aus dem Gleichgewicht geraten war, flatterte mir hinterher.

Richard schwebte leichtfüßig die Treppe hinunter. Sich die Hände reibend trat er an die Sonne. In der Tat, er war wahnsinnig geworden.

38

»Auf Dauer kannst du nicht davonlaufen, Richard!«

Er blieb an der Zehntscheuer stehen und wandte sich mir mit hochgezogenen Brauen zu. »Muss ich auch nicht. Es gibt keinen Beweis. Wer weiß, was ich als Kind am Hörnle wirklich gesehen und was ich mir hernach in meinem Hass auf den bösen Mann, der mein Vater war, zurechtfantasiert habe. Die Erinnerung ist instabil. In dem Augenblick, wo man sie hervorholt, verändert man sie unwiderruflich in die Richtung, die einem der Staatsanwalt oder Richter suggeriert, der einen befragt. Ein altes Zeugenproblem.«

»He, wach auf! Es gibt fünf, mit Jannik sechs ungeklärte Todesfälle hier in Balingen, die gemeinsam haben, dass sie an Max und Moritz erinnern.«

»Hör mir auf mit Max und Moritz. Das fand ich als Kind schon nicht lustig.«

»Welches Kind findet das schon lustig! Denn wir haben alle verstanden, dass Max und Moritz sterben mussten, weil sie Kinder waren, lebenslustig, neugierig und risikofreudig. Die Strafe dafür bestand in ihrer totalen Vernichtung. Max und Moritz wurden physisch zerlegt, uns zerlegte man psychisch. Du hast mir deinen Vater als genau so einen Müller beschrieben, Richard.«

»Deine Fähigkeit in Ehren, Lisa, Verbindungen zu sehen, die sonst niemand sieht, aber solange das Max-und-Moritz-Prinzip das einzig verbindende Element ist ...«

»Das verbindende Element ist dein Vater!«

»Nein. Die Todesfälle fallen nur zufällig in seine lange Lebenszeit. Und nur weil er jetzt gestorben ist und du zufällig seine Leiche gesehen hast, knüpfst du eine Verbindung zu irgendwelchen Todesfällen, über die du zufällig einmal geschrieben hast.«

»Aber du weißt es doch, Richard. Tief in dir drinnen weißt du es. Warum sonst die Pistole unterm Kopfkissen, die Flucht nach Stuttgart, die Flucht in den Alkohol.«

»Das hatte andere Gründe, und das weißt du auch, Lisa.«

»Dann lass die Polizei ermitteln. Bei Jannik wird man nicht nur Alkohol im Blut feststellen, sondern auch, wenn man gezielt danach sucht, Gift. Und zwar dasselbe, mit dem Vicky vergiftet wurde und an dem dein Vater gestorben ist. Und vielleicht findet man ein Haar oder Hautschuppen von deinem Vater an der Leiche. Man muss nur suchen und die DNS vergleichen. Auch in der Asche des Gartenhäuschens wird man, wenn man weiß, wonach man suchen muss, noch Hinweise darauf finden, dass Jannik dort von deinem Vater gefangen gehalten wurde.«

Richard schüttelte den Kopf. »Wie sollte mein Vater Jannik denn umgebracht haben?«

»Er hat ihn sich geschnappt, irgendwann letzte Woche. Mit vorgehaltener Pistole vermutlich. Die Pistole hatte er in seiner Jackentasche für alle Fälle. Er hat den Jungen ins Gartenhäuschen verfrachtet und mit Handschellen ans Bett gekettet. Dann hat er ihn abgefüllt mit Alkohol und Gift. Vermutlich hat er das Zeug vor Ort gemischt. Irgendwann war Jannik tot. Dein Vater hat ihn in die Eyach geworfen und den Zaun zerstört, damit die Rinder über die Leiche hinwegtrampeln. Die kleinen Wunden an seiner Hand könnten durchaus von einem Elektrostrick und Zaunpfählen herrühren.«

»Am Freitagnachmittag ist mein Vater beim Mittagsschlaf in seinem Bett gestorben, du erinnerst dich?«

»Dafür gibt es keinen Beweis. Deine Mutter glaubt, dass dein Vater Mittagsschlaf gehalten hat, aber sie war ja nicht zu Hause. Sie war wie jeden Freitag bei Heidegisela im Pflegeheim. In dieser Zeit kann dein Vater die Leiche aus der Hütte geholt und über die Weide zur Flussbiegung getragen haben. Eine ziemliche Anstrengung für den kranken alten Mann. Daher auch die beschleunigte Leichenstarre.

Er hatte alles sorgfältig geplant. Er hat schon Monate vorher angefangen zu probieren, wie man die Herde am besten in Marsch setzt. Zunächst hat er mit dem Beschuss der Rinder experimentiert. Aber ein Schuss versetzt die Herde eben nicht in Panik. Dann hat er festgestellt, dass es genügt, den Zaun aufzumachen. Vor allem, wenn die Weide nahezu abgegrast ist. Er konnte so gut wie sicher sein, dass die Herde Janniks Leiche zertrampelt, irgendwann im Lauf der Nacht. Und wenn nicht, so wäre es egal gewesen, denn es sollte seine letzte Tat sein.«

Richard sagte demonstrativ nichts. Wir standen an der Ecke eines kleinen Buchladens, in dessen Schaufenster in Bestsellermanier ein Dutzend Mal das *Gleichgewicht der Welt* pendelte.

»Und zwar, weil er nicht mehr lange zu leben hatte und weil er wusste, dass Vicky ihm auf den Fersen war. Dieser Spekulation können wir leicht Realität verschaffen, indem wir Janniks Eltern fragen. Vicky muss bei ihnen letzte Woche angerufen und nach Jannik gefragt haben. Himmel, er hat eine Woche mit Jannik am Playa del Inglés verpimpert, ihn Sonntag vor einer Woche hier in der Gegend abgesetzt und dann keinen Mucks mehr von ihm gehört. Er hat ihm Dutzende SMS geschickt. Wo bist du? Melde dich. Nicht nur Vickys Handy, auch Janniks Simkarte wird das offenbaren. Sein Handy muss immer wieder Töne von sich gegeben haben, und dein Vater hat auf dem Display gesehen, wer ihn suchte. Sein Großneffe Victor. Vielleicht hat Jannik ihm auch gestanden oder damit gedroht, dass Vicky ihn finden wird, solange er noch bei Sinnen war. Und Vicky muss in heller Aufregung gewesen sein. Aber er musste heimlich suchen. Erstens war Jannik minderjährig, zweitens dürfte Jannik selbst auf Geheimhaltung gedrängt haben. Vermutlich wird man bei ihm im Zimmer Mahnkarten finden, auf denen furchtbare Strafen für Lüstlinge und Knabenschänder angedroht werden. Er hatte Angst. Auch Vicky hatte Angst, er war verwirrt und verstört. Jedenfalls hat er es auf seiner Tagung in München nicht mehr ausgehalten, auch das wird sich nachprüfen lassen, und ist nach Frommern gekommen. Am Freitag war er hier. Vermutlich war er auf der Weide bei seinen Rindern, denn er wurde von einer Bremse gestochen. Womöglich hat er deinen Vater sogar gesehen, wie er zum Gartenhäuschen ging, wie er die Leiche zum Fluss schleppte, wie er sie hineinwarf und den Zaun öffnete. Und er ist zu Tode erschrocken. Die wenigsten Leute gehen hin, wenn sie einen anderen mit einer Leiche sehen. Nachdem dein Vater verschwunden war, hat er nachgesehen, wer der Tote ist. Er war fassungslos, zornig, verängstigt. Was tun? Vielleicht hat er stundenlang am Ufer gesessen. Die Dämmerung fiel. Die ersten abenteuerlustigen Stiere überquerten den Fluss. Seine Leitkuh Alice verstand ihn falsch und führte die ganze Herde hinüber. Später hat Alice ihm gezeigt, dass sie es ihm übelnimmt, dass er sie in die Sackgasse vom Altort hat laufen lassen.

Verschreckt, beschämt und verwirrt suchte Vicky auf seinem Motorrad das Weite. Ich habe, als ich die Leiche deines Vaters untersuchte, in der Stille ein Motorrad bullern hören. Dazu das ferne Gemuhe der Kühe.

Irgendwann entdeckte Vicky dann auf seinem Handy die Nachricht, dass sein Großonkel Martinus, der Mörder von Jannik, tot ist. Unmöglich, ihn nachträglich zu beschuldigen. Wer würde ihm glauben, dass der allseits geachtete Fabrikant und Stündler Martinus Weber einen jungen Burschen getötet hat. Und warum? Über Tote nichts Schlechtes! Wer auf einen Mordvorwurf nichts mehr erwidern kann, kann sich auch nicht in Widersprüche verwickeln. Außerdem hätte Vicky offenbaren müssen, dass er mit einem Minderjährigen ohne Einwilligung der Eltern nach Gran Canaria geflogen war. Vielleicht fühlte er sich sogar schuldig, zumindest sündig. Womöglich fürchtete er, selbst des Mordes angeklagt zu werden. Schließlich passte er ins bekannte Raster der jungen Männer, die aus sexuellen Motiven Buben oder Mädchen töten. Ich vermute, er wollte erst einmal nachdenken. Auf mich hat er tatsächlich ziemlich bedrückt gewirkt, irgendwie abwesend. Als ich ihn nach

Martinus' Schuld fragte, hat er sich hinter Bibelsprüchen verschanzt. Auf seinem Konto werden sich die Abbuchungen für die Flüge und das Hotel übrigens nachweisen lassen, und wenn wir Glück haben, hat er sich seinen Schwestern gegenüber deutlicher geäußert.«

»Glück?« Richard schnaubte.

»Sie wirkten so verstockt am Samstagvormittag. Aber vielleicht haben sie sich gegenseitig, unterstützt von Victor, auch nur klargemacht, dass es Jannik Filser ist, den Maxi entdeckt hatte. Die Bikerstiefel. Und das hat sie bestürzt.

Zurück zu deinem Vater. Er ist nach Hause zurückgekehrt, womöglich sogar kurz bevor du an der Haustür geklingelt hast. Aber er wollte sich niemandem zeigen. Oder er war tatsächlich noch nicht wieder zu Hause, denn er musste noch etwas Ordnung in der Gartenlaube machen.

Alle anderen Angelegenheiten hatte er seit geraumer Zeit geordnet. Die Waagen befanden sich im Museum. Vielleicht hatte er ursprünglich noch vor, zu Zittels Buchpräsentation zu gehen. Wer weiß. Vielleicht hatte er aber auch Sorge, dass Janniks Leiche entdeckt würde, bevor die Rinder über sie hinweggingen, und damit er selbst als sein Mörder. Seit mein Artikel erschienen war, hielt er Entdeckung für nicht mehr ausgeschlossen. Wer solche Verbrechen begeht, ist notgedrungen Egozentriker. Er muss die allerkleinsten Zeichen auf sich beziehen. Vielleicht hatte er sogar Victor gesehen und glaubte sich kurz vor der Entdeckung. Ein paar Schlucke aus seinem Flachmann genügten. Er ging nach oben und legte sich ins Bett und wartete auf den Tod. Der kam böser, schmerzhafter und erbarmungsloser, als er es sich vorgestellt hatte. Er krümmte sich, übergab sich, schnappte nach Luft, kam nicht mehr zum Beten. Aber er hatte Glück, dass es schnell ging, weil sein Herz versagte.«

»Mein Vater hätte niemals Selbstmord begangen.«

»Die Bibel verbietet Selbstmord nicht ausdrücklich.«

»›Kein Mensch hat Macht über den Tag des Todes!‹, heißt es

im Prediger. Und: ›Meine Zeit steht in deinen Händen‹, Psalm 31. Judas hat sich umgebracht. Es hätte dem Geist der Bibel widersprochen, Lisa.«

»›Ich habe mein Herz vor dem Herrn ausgeschüttet‹, so lautete die Losung am Freitag und: ›Jesus sprach zu Bartimäus: Geh hin, dein Glaube hat dir geholfen. Und sogleich wurde er sehend und folgte ihm nach auf dem Wege‹«, sagte ich. »Ein guter Tag zum Sterben.«

Wir hatten uns vom Buchladen gelöst und gingen wieder, ich weiß gar nicht, wohin.

»Deine Mutter fand ihn, war erschrocken über das Bild der Agonie, machte sauber und rief Barbara an. Wen auch sonst: die einzige Frau in der Familie, die keine Schrecksekunde kennt.«

»Aber …«

»Ja, ich weiß. Deine Mutter hat behauptet, Barbara habe sie angerufen. Und Barbara hat es bestätigt mit der etwas windigen Erklärung, sie habe Lotte die Putzdienste Jackys aufkündigen wollen, nachdem du ihr klargemacht hattest, dass sie den Laden nur noch unter der Woche wird aufmachen können. Vielleicht stimmt es sogar. Letztlich ist es gleichgültig. Barbara kam und half Lotte, die Leiche herzurichten, die – das musste Barbara erkennen – deutliche Symptome einer Vergiftung aufwies. Als er endlich nett im Schlafanzug im Bett lag, riefen sie mit anderthalb Stunden Verspätung Dr. Zittel an. Der war in Eile und sich einig mit den Damen, dass der große Unternehmer im lutherischen Geiste in Würde verabschiedet werden sollte, und stellte den Totenschein aus. An Mord dachte er nicht, bestenfalls an Selbstmord.

Dann aber tauchte ich auf, das Zirkustier aus der Großstadt, die exzentrische Freundin des Staatsanwalts, die Reporterin, die den Kultusminister zu Fall gebracht hat. Kaum hatte Zittel erfahren, wer ich bin, bekam er Schiss und entschloss sich, dem zuständigen Staatsanwalt seine Zweifel am natürlichen Tod von Martinus Weber mitzuteilen.«

Richard schwieg wieder.

»So oder so ähnlich könnte es gewesen sein. Es sind fast perfekte Morde. Es ist deinem Vater sogar gelungen, den einzigen Zeugen posthum zu beseitigen. Warum war Lotte so präsent, dass Vicky den Flachmann kriegen sollte? Vermutlich nur, weil Martinus es in den Tagen zuvor extra erwähnt hat, während Jannik gleichzeitig im Gartenhäuschen an dem Gift aus dieser Flasche starb. Deine Mutter wird sich an diese Bemerkung erinnern, wenn wir sie fragen.«

Wir hatten plötzlich das Auto erreicht. Richard hielt den Schlüssel in der Hand, aber ohne die Schließanlage zu wecken, was Cipión zu einem Tanz auf den Polstern verführt hätte.

»So könnte es gewesen sein«, sagte er, »aber so war es nicht. Denn es fehlt der Schlüssel, Lisa. Mein Vater müsste einen Schlüssel für das Schloss an der Tür der Gartenlaube gehabt haben. Nach der Überraschung mit der Pistole in seiner Jackentasche habe ich gestern noch all seine Kleider untersucht. Einen Schlüssel habe ich dabei nicht gefunden.«

»Er könnte ihn weggeworfen haben.«

»Warum denn, wenn er ohnehin vorhatte, sich das Leben zu nehmen.«

»Genau deshalb. Denn andernfalls hätte er meinen können, dass er ihn noch braucht. Dein Vater hatte mit allem abgeschlossen.«

»Nein! Er wäre nicht vor seinen Richter getreten, ohne ein Bekenntnis abzulegen. Und so ein Sündenbekenntnis ist niemals nur eine Sache zwischen dir und Gott. Es erfordert irgendeine Form der Veröffentlichung, einen Zeugen gewissermaßen. Da hast du Recht, Lisa. Denn nur in der Mimik eines Menschen oder in der Mimik eines Lesers, den wir uns vorstellen, erleben wir die Schmerzen und das Entsetzen über unsere Taten. So wie wir auch Vergebung nur erfahren, wenn sie von einem Menschen ausgesprochen wird. Er muss ein schriftliches Bekenntnis hinterlassen haben, und zwar so, dass ich … ich es …« Richards

Blick ging an mir vorbei und verlor sich zwischen Himmel und Hölle. »Dass ich es auch finde.«

Er feuerte elektromagnetische Wellen auf die Schließanlage seines Wagens.

»Richard, du opferst deine Mutter für die Unversehrtheit deines Vaterbildes!«

»Unsinn!« Er lachte auf. »Mein Vaterbild könnte schlechter kaum sein.«

»Vertrau deinem Gefühl, Richard. Du weißt es doch!«

»Nichts weiß ich. Unsere Gefühle färben unseren Blick. Depressive sehen schwarz, verliebte rosig. Ja, ich habe meinen Vater gehasst. Wie praktisch, wenn ich jetzt meine unchristliche Abscheu damit rechtfertigen könnte, dass sie sich gegen einen mehrfachen Mörder richtete, ohne dass ich dafür irgendeinen Beweis habe. Dann wäre ich im Nachhinein der Held, nicht der engherzige Sohn, der sich mit seinem Vater nicht hat aussöhnen können. Es wäre zu leicht, Lisa!«

Leicht?

Warum sollte es denn nicht ausnahmsweise mal leicht sein? Und er machte es sich doch leicht. Scharfsinnig diskutierte er weg, worüber er verrückt geworden wäre oder bereits geworden war, der Rechtschaffene, der Diskrete, der im Grunde seines Herzens unfähig war, den Menschen die Bösartigkeiten zuzutrauen, wegen deren er sie anklagte.

»Würdest du mich dann jetzt bitte am Bahnhof absetzen?«, sagte ich.

39

Oma Scheible empfing mich im Treppenhaus des Altbaus mit den gelben Klinkern in der Neckarstraße gegenüber dem Bunker der Staatsanwaltschaft. »So, hen Sie a Reisle gmacht?«

»Ein überraschender Todesfall«, erklärte ich und raffte meine Spampost aus dem Briefkasten an der Wand hinter der klapprigen Haustür.

Oma Scheibles Äuglein schillerten wie fettige Aalsuppe. Sie liebte Todesfälle jeder Art, am meisten aber solche, welche die Folge eines längeren Siechtums waren, beispielsweise verschuldet von Parasiten, die man sich auf einer Reise eingefangen hatte. »I hen scho ghört, der Vadder von Ihrem Dr. Weber isch gschtorbe. Anner Vergiftung. Und die Mudder hense verhaftet. So ein feiner Mann und denn so eine Mudder. Wer hätt au des denkt.«

»Wer sagt denn so was?«

Oma Scheible kicherte und erzählte, dass sie am Mittag im Bioladen nebenan angestanden sei – »die send ja immer so lahmarschig an der Kass« – und gehört habe, wie eine aus der Staatsanwaltschaft zu einer anderen gesagt habe, der Weber habe die Woche Urlaub genommen, weil sein Vater verstorben sei. Und jetzt hätte man seine Mutter wegen Giftmordes verhaftet.

»Ich verrate Ihnen ein Geheimnis, Frau Scheible.«

Die schiefe Alte nickte gierig.

»Webers Mutter ist unschuldig.«

Das fand sie sichtlich enttäuschend. Oma Scheible war in meinem Haus der Drachen, der die Mülltrennung und nach der Kehrwoche die »gewissen Eckle« im Keller und meinen Lebenswandel kontrollierte. Ich hatte mich mit ihr darauf geeinigt, Cipión als den Hund von Staatsanwalt Weber zu betrachten, der tagsüber, wenn er im Amt war, und bei Dienstreisen auch mehrere Tage lang bei mir blieb.

»I hen noch Kässpätzle vom Mittag, die kennet Sie mit nuffnemme und uffwärme. Sie solltet sich übrigens endlich mal a Mikrowell aschaffe.«

Ich schob die Spatzen in den Ofen und rief Sally an, um mich zu einem Spaziergang mit den Hunden zu verabreden. Sie wohnte zusammen mit drei Katzen und einer altersschwachen Schäferhündin in der Urbanstraße an der Friedenskirche gleich um die Ecke und hatte mich vor Jahren adoptiert, nachdem sie mir, als ich nach meinem Unfall im Krankenhaus unter einem Medikamentenschock ins Jenseits zu driften drohte, das Leben gerettet hatte. Natürlich musste ich ihr alles erzählen. Und sie merkte sofort, dass ich nicht alles sagte.

»Ich gehe davon aus«, hatte Richard am Bahnhof von Balingen gesagt, »dass du deine Theorie weder aus eigenem Antrieb noch bei nächster Gelegenheit mit Staatsanwalt Kromppein oder sonst irgendeinem Menschen besprichst.«

»Irgendwann kommt es doch raus, Richard! Und dann gnade dir Gott! Sie werden dich durchs Fegefeuer jagen, wenn sie erfahren, dass du es wusstest oder hättest wissen können. Und wenn es nicht herauskommt, wirst du dir selbst deine Hölle schaffen, Richard. Und in der muss ich nicht auch schmoren.«

»Ist das dein letztes Wort?«, hatte er mich ernst gefragt.

Deshalb erzählte ich es Sally nicht und niemandem.

»Aber worüber habt ihr euch denn nun genau gestritten?«, bohrte sie nach. »Dass du entdeckt hast, dass er ein Muttersöhnchen ist, kann's doch nicht sein. Deshalb macht man doch nicht Schluss mit Schlüsselzurückgeben und allem.«

Es war eine umwegige Reise gewesen von Balingen in die Neckarstraße. Vom Stuttgarter Bahnhof war ich erst einmal mit dem Taxi nach Degerloch hinaufgefahren, wo an der Haigstkirche noch hochzeitsweiß meine Brontë stand, eine gebürtige Porsche. In Richards Wohnung in der Kauzenhecke hatte ich alles eingesammelt, was sich von mir dort ausgebreitet hatte – Duschgel, Mascara, Schlüpfer für den Morgen danach, Cipións

Näpfchen –, und im Gegenzug meinen Haustürschlüssel auf die spiegelschwarze Fläche des Bechsteinflügels gelegt. Dann hatte ich Brontë die Alte Weinsteige hinunterrollen lassen, an der Schranke vorbei, die nachmittags den Schleichverkehr stoppen, aber Taxis noch durchlassen sollte, und hinein in die zehn Meter Einbahnstraße in Gegenrichtung, die unterbinden sollte, aber nicht konnte, dass die Degerlocher Arzt-, Anwalts- oder Unternehmerschickeria mit ihren SLK, Cayennes oder Crossfires Zeit sparte.

»Und was ist, wenn er im *Tauben Spitz* auftaucht?«, fragte Sally besorgt. »Oder kommst du jetzt auch nicht mehr?«

»Er wird nicht mehr kommen, Sally. Du weißt doch, wie taktvoll er ist.«

Sally seufzte schwer.

Der Dienstag regnete sich ins Land, und ich quälte mich mit einem Artikel über die Waagenindustrie auf der Zollernalb, um dem furchtbaren Wochenende einen Sinn zu geben. Ich dachte an Barbara und das Unglück. Sie hatte doch ein Recht zu erfahren, dass Martinus Weber ihren Sohn auf dem Gewissen hatte! Oder irrte ich mich? Mir war, als hätte ich irgendetwas übersehen, zumindest aber in meinem Kopf verräumt zwischen Vickys und vormals Rockys Flügelhorn, Maxis Klimperschmuck, einem Skorpion und den Marmorkrebsen, Zittels urologischer Praxis und Claudia Murschels Aktstudien.

Am Mittwoch bestach ich den Zufall und traf Staatsanwältin Meisner im Bioladen gegenüber der Staatsanwaltschaft, wo sie sich mit Datteln und süßen Dinkelvollkornstückle eindeckte, um den Obsttag zu überstehen, den sie sich jeden Morgen verordnete.

»Dieser Kromppein«, sagte sie, »ist ja ein ziemlicher Ochs. Jetzt hat er Herrn Webers Mutter doch wieder laufen lassen. Fahren Sie zur Beerdigung am Freitag? Ich weiß noch nicht, ob ich kann. Elf Uhr ist etwas ungeschickt. Aber der General, der fährt, habe ich gehört.«

Bei Nieselregen und Temperaturen von zwölf Grad ging ich Schaftstiefel für den Winter einkaufen, der in diesem Jahr nicht kommen würde. Aber das ahnte Ende August noch niemand. Es war insgesamt ein guter Tag, um die Verlagerung des Lebensmittelpunkts nach Berlin, Hamburg oder Madrid zu erwägen.

Am Donnerstagabend führte ich die neuen Stiefel zusammen mit gestreiften Strümpfen, kariertem Minirock, Paisleybluse und pelzbesetzter rosa Weste aus. Der *Taube Spitz*, in dem Sally kellnerte, lag im Bohnenviertel, wo sich im Schutz des Pulverturms zwischen Stadtautobahn, Ausfallstraße und Bordellen die Herren in Anzügen und die Boutiquentüten mit Verlagsleuten und Viertelesschlotzern trafen.

»Bist du unter die Papageien gegangen?«, fragte Sally pikiert. Ein Herr stierte ziemlich ungebremst über die Schulter seiner Gattin hinweg, deren Rückenfett sich unter einem hellblauen Pullover um den BH herumwellte. Vermutlich meinte er Sallys blonde Lockenpracht.

»Das trägt man jetzt in Berlin«, behauptete ich.

Sally stellte mir ein Pils auf den Tresen. »Wenn du möchtest, dann komme ich morgen mit zur Beerdigung.«

»Wenn du da hinwillst, wirst du alleine fahren müssen«, antwortete ich. »Und es wird sicher nicht vergnügungssteuerpflichtig. All die verlogenen Reden! Martinus Weber war ein geachtetes und gefürchtetes Mitglied der Gemeinde und hat jeden mit seiner Engherzigkeit verfolgt. Aber keiner sagt es. Und damit auf keinen Fall ein schiefer Ton reinkommt, hat Martinus sogar seine eigene Grabrede geschrieben.«

»Echt?« Sally lachte und feudelte im Spülbecken herum. »Was schreibt er denn?«

»Keine Ahnung, er hat … Heilandsack!« Mir rutschte zügig das Blut in den Rock und meine Knie begannen zu eiern. Ich musste meinen Plisseefaltenhintern schleunigst auf den nächsten Barhocker schieben.

»Ist was?«

»Nein. Mir ist nur ... egal. Richard würde auch gar nicht wollen, dass ich da auftauche!« Doch sobald Sally mit dem Tablett in den Gastraum abmarschiert war, tippte ich die 7 in mein Handy. Richards Mobilfunkanbieter ließ ihn entschuldigen. Ich klickte mich zur Handynummer von Staatsanwalt Kromppein weiter.

»Ach ja, Frau Nerz«, seufzte er. »Das ist jetzt ein bissle schlecht, wir haben Gäste. Nur so viel: Der verstorbene Herr Ingenieur Weber hätte halt auch eine natürliche Störung der Hämsynthese mit einer Neigung zur Porphyrie haben können. Das muss nicht vom Thujon kommen. Es sei denn, er hätte es in Form von Absinth über einen längeren Zeitraum zu sich genommen. Zusätzlich könnte sich der selige Martinus Weber sein Magenbitter noch ein bisschen aufgepeppt haben. Absinthtrinker wissen, wie man so was macht, sagen mir die Fachleute. Sie wollten sich auch nicht festlegen, ob die Flüssigkeit im Flachmann genug Thujon enthält, um einen Menschen zu töten, wenn er nur ein oder zwei Schlucke davon trinkt. Auch das Fehlen der Fingerabdrücke von Lotte Weber auf dem Flachmann hat sich geklärt. Die Großnichte, Jacqueline Binder, hat angegeben, am Vortag, dem Donnerstag, im Zuge ihrer regulären Tätigkeit als Putzhilfe im Hause Weber auch die Gegenstände auf Herrn Webers Schreibtisch abgestaubt zu haben, darunter besagten Flachmann. Mithin ließ sich der Anfangsverdacht gegen Lotte Weber nicht erhärten und die Beschuldigte war freizulassen. Ich war wohl ein bisschen voreilig, aber wissen Sie, der Herr Dr. Weber hat mich halt auch ganz narret gemacht mit diesen drohenden Klageerzwingungsverfahren. Man lässt sich ja nun auch nicht gerne Faulheit vorwerfen, gell. Und jetzt muss ich ...«

»Und Victor Binder«, fragte ich schnell. »Woran ist der gestorben?«

»Nach jetzigem Stand der Ermittlungen an einer akuten Sepsis infolge eines entzündeten Insektenstichs in Kombination mit der Aufnahme eines thujonhaltigen alkoholischen Getränks in nicht zuträglich hoher Dosis. Er muss fast den ganzen Flachmann ausgetrunken haben. So, Frau Nerz, die Gäste warten … Wir sehen uns morgen auf der Beerdigung?«

Es war also alles nur wieder ein riesengroßes Hirngespinst à la Lisa Nerz. Das wahre Leben bestand aus Bremsenstichen und Sepsis, aus Säuferlebern, kleinen Sünden und dummen Zufällen. Staatsanwältin Meisner hatte Recht. Das perfekte Verbrechen war nicht Frucht böser Intelligenz und genauer Planung, sondern Ergebnis von Zufall und Schlamperei der Ermittlungsbehörden.

40

Um sieben in der Frühe stand ich senkrecht im Bett. Und wenn es kein Hirngespinst war? Ich sprang in etwas Beerdigungsschwarzes, packte Cipión, weckte Brontë aus ihren Träumen und heizte sie aus der Stadt hinaus in den Morgen, der sich zwischen Wolken und Sonne zu entscheiden versuchte. Kräne wachten über den Messebauten am Flughafen, Tübingen blinzelte verschlafen, die Burg Hohenzollern saß auf ihrem Kegelberg wie eine Fregatte unter Segeln, die alte Fassade von Bizerba leuchtete an der Stadtautobahn.

Ich rollte nach Frommern hinein, stellte meine weiße Porschedame hinter Richards diplomatendunklem Herrenwagen ab und klingelte.

Er steckte bereits beerdigungsfein in einem schwarzen Dreiteiler. Wortlos begrüßte er Cipión, der seine Krallen vertrauensselig über die edlen Hosen harkte.

»Ich bin gekommen«, erklärte ich unterm Jugendstiltürsturz, »um dich um deiner Mutter willen zu warnen.«

Er sagte nichts.

»Hast du die Grabrede deines Vaters gelesen?«

Schweigen.

»Dann lies sie bitte.«

»Darf ich dich daran erinnern, was auf dem Umschlag stand? ›An Pfarrer Frischlin. An meinem Grabe zu öffnen und vorzutragen.‹«

»Wo hast du sie?«

»Pfarrer Frischlin hat sie.«

»Oh, du heilige Einfalt!«

»Ist gut, Lisa. Ich weiß, dass du mich für einfältig und feige hältst. Ich war vorgestern in Stuttgart. Du hast mir deinen Schlüssel auf den Flügel gelegt.«

»Vergiss das jetzt mal, Richard. Du musst die Grabrede deines Vaters von Frischlin zurückfordern.«

Er bohrte seinen Blick in meinen und schwieg.

Ich bohrte zurück. »Weißt du, Richard, ich kann mich auch nachher neben den Generalstaatsanwalt oder zwischen den Bürgermeister und Dr. Zittel stellen und die Show gemütlich anschauen. Oder ich fahre wieder heim und lasse mir das Ganze morgen zum Frühstück von der Zeitung erzählen.«

Seine Lider flatterten.

»Komm«, sagte ich leise. »Ich fahre deine Mutter dann zur Trauerfeier, falls es dir nicht mehr reicht, sie zu holen.«

Er senkte den Blick.

»Sie muss es nicht am offenen Grab erfahren. Ich kann mich irren, aber willst du das Risiko eingehen, dass ich mich nicht irre?«

Schweigen.

»Also gut. Ich hab's versucht!«

»Wir stören ihn wahrscheinlich beim Frühstück«, knurrte Richard, aber er nahm seinen Autoschlüssel von der Kommode. Cipión umwedelte uns gassifröhlich. Weil meine Brontë seinem Hugo die Ausfahrt versperrte, fuhren wir mit ihr. Ich fuhr.

Pfarrer Frischlin öffnete sein Pfarrhäuschen zwischen Galluskirche und Metzgereibetrieb mit verstrubbeltem Haar und in Boxershorts unter einem weißen Frotteemantel und schaute auf die Uhr.

»Entschuldigen Sie«, sagte Richard. »Aber es hat sich etwas ergeben, was es unumgänglich macht, dass ich Sie bitten muss, mir den Umschlag mit der mutmaßlichen Grabrede meines Vaters wiederzugeben.«

Irgendwo im Haus schlug eine Tür. Ein feiner Geruch nach Steinwachs, feuchten Regenschirmen und Roibuschtee hing in der Luft. Der Flur war vom Wohnbereich durch eine Holzwand mit Oberlichtern getrennt. Links und rechts geschlossene Türen. Frischlin strich sich über den Bart und öffnete die Tür gleich links. Wir betraten ein Sprechzimmer mit hellem Tisch und etlichen Stühlen.

»Habe ich Sie richtig verstanden?«, fragte Frischlin, nachdem er die Tür hinter sich zugezogen hatte. »Sie wollen den Brief Ihres Vaters haben, der an mich adressiert ist?«

»Haben Sie ihn gelesen?«, fragte ich.

Er würdigte mich kaum eines Blickes.

»Vermutlich«, sagte Richard, »war sich mein Vater nicht sicher, ob ich bei seiner Beerdigung zugegen sein würde. Deshalb hat er den Umschlag, der vermutlich seine Grabrede enthält, an Sie adressiert. Sie wissen doch, mein Verhältnis zu meinem Vater war bis zum Schluss nicht von jenem Vertrauen geprägt, das zwischen Vater und Sohn herrschen sollte.«

Frischlin nicke dem Sünder aufmunternd zu.

Auch wenn Richard noch immer nicht einsehen mochte, warum er den Vertrauensbruch an einem Toten verlangen sollte, so beflügelte ihn doch das Bedürfnis, dem jungen Pfarrer die seelsorgerischen Indiskretionen endlich heimzuzahlen.

»Ich habe mir noch einmal«, sagte er, »Ihre Predigt vom vergangenen Sonntag durch den Kopf gehen lassen. Es hat mir imponiert, mit welcher Chuzpe Sie die biblischen Geschichten für Antworten auf moderne Fragen nutzbar machen. Da spricht der Geist des großen Nikodemus Frischlin.«

Er deutete auf die Wand neben der Tür, wo nicht nur ein Bildnis des Reformators Luther hing, sondern auch die Kopie eines Holzschnitts mit einem rauschebärtigen Renaissancepoeten.

»Frischlin war ein hitziger Querdenker«, schüttelte Richard locker aus dem Ärmel. »Leider hat er sich durch sein satirisches Temperament viele Feinde gemacht. Und so wurde er schließlich auf der Festung Hohenurach eingekerkert, wo er sich bei einem Fluchtversuch das Genick brach. Es sind doch immer die besten Köpfe, die der Neid der andern und ihr eigener Dünkel zu Fall bringen.«

Frischlin der Jüngste war einen Moment desorientiert.

»Und davon«, fuhr Richard harmlos fort, »kann ich mich leider selbst nicht ganz freisprechen. Ich habe mich den Plänen, die mein Vater mit mir hatte, nie gebeugt. Deshalb möchte ich jetzt alles richtig machen. Nach sorgfältiger Prüfung aller Umstände bin ich überzeugt, im Sinne meines Vaters zu handeln, wenn ich an seinem Grab seine Rede verlese.«

Frischlins Bart kräuselte sich schlau. »Gut. Dann werde ich, wie von Ihrem Vater verlangt, den Umschlag am Grab öffnen und den Inhalt an Sie weitergeben.«

»Sie haben mich falsch verstanden, Herr Pfarrer. Ich fordere Sie auf, mir den Umschlag unverzüglich auszuhändigen.«

Frischlin lächelte. »Ich hoffe, Sie schlagen hier nicht auch alles kurz und klein so wie im Waagenmuseum, wenn ich Ihrer Forderung nicht nachkomme.«

»Ich bin zuversichtlich, dass das nicht nötig sein wird.«

»Entschuldigen Sie«, unterbrach ich den Hahnenkampf, »dürfte ich wohl mal die Toilette benutzen.«

»Erste Tür im Gang links«, antwortete Frischlin.

Hinter der Tür auf der anderen Seite des Flurs lag, wie erwartet, Frischlins Arbeitszimmer, ein schmaler Raum, bedrängt von

Büchern. Am Fenster stand ein Stehpult mit aufgeschlagener Bibel. Auf dem Schreibtisch hatten Kreuz und Computerbildschirm zueinandergefunden. Die Unterlagen für Trauerfeier und Beerdigung hatte Frischlin schon hingerichtet: Bibel, Gesangbuch, Predigt. Unten lag der Briefumschlag mit der krakeligen Sütterlinbeschriftung. Ich steckte ihn in die Innentasche meiner schwarzen Jacke, kehrte in den Flur zurück und öffnete die Tür in der Trennwand zum Wohnbereich. Eine Frau stand in einer hellen Küche und goss Tee ab.

»Oh, Entschuldigung, ich suche die Toilette.«

»Draußen, gleich rechts.« Sie war jung und rundlich, hatte das glatte mausblonde Haar nach hinten gesteckt und trug einen naturgefärbten violetten Strickrock und eine malvenfarbene Jacke mit Holzknopf. Unter ihrem Lächeln lag ein unfroher Lebensernst.

»Guten Morgen, Lisa Nerz ist mein Name.«

»Ich bin die Inka«, antwortete sie mit von vielfacher Gemeindeneugierde erzwungener Freigebigkeit. »Ich kann leider nicht zur Beerdigung kommen. Ich muss gleich los nach Tübingen. Ich bin Repetitorin am Stift. Wenn ich mit meiner Diss fertig bin, werden Mario und ich heiraten und uns eine gemeinsame Pfarrstelle suchen.«

»Ah ja. Schön haben Sie es hier. Entschuldigen Sie die Störung.« Ich begab mich auf die Toilette, presste ein paar Tropfen aus meiner Blase, zog die Spülung und klinkte mich ins Gemeindezimmer zurück.

»Sie vertrauen Ihrem Vater immer noch nicht«, stellte Frischlin gerade fest. »Warum sonst sollten Sie seine letzten Worte vorher lesen wollen?«

»Das ist eine Sache zwischen meinem Vater und mir. Und wenn Sie den fraglichen Umschlag nicht augenblicklich rausrücken, dann hole ich ihn mir, auch ohne richterlichen Beschluss.«

»Nicht nötig«, sagte ich. »Ich habe ihn schon.«

Frischlin fuhr herum.

»Und jetzt sollten wir deine Mutter holen«, wandte ich mich an Richard.

»Fahr zum Friedhof«, sagte er, als wir im Auto saßen.

Ich lenkte Brontë um den Fronhof herum, wo am Todestag von Martinus die Rinder des Nachts Kruppe an Kruppe und Gehörn an Gehörn gestanden hatten, hinten und an den Flanken bewacht von Stieren und vorn geblockt von einer beleidigten Leitkuh, die erst wieder Vertrauen fasste, als Richard das alte Flügelhorn aus seinen Kindertagen ansetzte und spielte. Wie verspielt waren wir da noch gewesen! Maxi mit ihren Beobachteraugen, Jacky mit ihrer Eifersucht auf mich von Anfang an, Jürgen, der Lehrer und Lokalpolitiker mit seinen Witzen, der froschbeinige Vicky, wie er mir das Netzwerk der Bullen erklärt hatte, die milchbusige Henry und ihr Kipf, Bullwinkle und Rocky.

Kuhdungstille umfing uns, als wir auf dem Parkplatz am Friedhof ausstiegen. Die Stoppeläcker buckelten hinunter zum Wäldchen, das den Fürsten vom Zeitental trennte. Dort schlug die Eyach durchs Tal ihren Bogen, in dem der tote Jannik gelegen hatte. Der Regen der letzten Tage hatte die Spuren verwischt, die die Rinder hier herauf gezogen hatten. Ein Reiher stand auf der Lauer. Die ersten Herbstkrähen pickten sich die Stoppeln entlang. Die Wolken zogen weiter.

Auf dem Friedhof wartete das Grab für Martinus schon. Bretter lagen an den Grabkanten, die Seile kringelten sich, auf denen der Sarg hinuntergelassen werden würde. Der Ständer mit der Schale mit Erde und Schaufel war aufgestellt. Nur die Schale mit Weihwasser fehlte. Sie gehörte nicht in diese Veranstaltung.

»Gib her«, sagte Richard und nahm mir den Umschlag aus der Hand. »An meinem Grabe zu öffnen und vorzutragen«, las er grimmig lächelnd vor. Der Gedanke war eines jesuitischen Schlaubergers würdig. Denn in der Tat stand da nicht geschrieben, dass der Verfasser auch schon im Grab liegen musste. Richard machte sich.

Er schob den Zeigefinger unter die Klappe, ratschte den Umschlag auf und zog zwei Blätter hervor, die mit Maschine, also Computer, beschrieben waren. Etwas blitzte dabei zu Boden, sprang von Richards schwarzer Schuhspitze ab und blieb an der Kante des Grabschachts liegen. Ich bückte mich. Es war ein Schlüssel für ein Abus-Hängeschloss. »Da ist er, der Schlüssel für das Gartenhäuschen.«

Die Blätter in Richards Händen begannen zu zittern. Er räusperte sich angestrengt.

»Denn Gott hat selbst Engel, die gesündigt haben, nicht verschont, sondern hat sie in Ketten in die Finsternis der Hölle gestoßen und übergeben, damit sie für das Gericht festgehalten werden; und hat die frühere Welt nicht verschont, sondern bewahrte allein Noah, den Prediger der Gerechtigkeit …«

»Aus Petrus?«

»… und hat die Städte Sodom und Gomorra zu Schutt und Asche gemacht und zum Untergang verurteilt und den gerechten Lot errettet, dem die schändlichen Leute viel Leid antaten mit ihrem ausschweifenden Leben. Denn der Gerechte, der unter ihnen wohnte, musste alles mit ansehen und anhören und seine gerechte Seele von Tag zu Tag quälen lassen durch ihre bösen Werke. Der Herr weiß die Frommen aus der Versuchung zu erretten, die Ungerechten aber festzuhalten für den Tag des Gerichts, um sie zu strafen, am meisten aber die, die nach dem Fleisch leben in unreiner Begierde und jede Herrschaft verachten. Frech und eigensinnig schrecken sie nicht davor zurück, himmlische Mächte zu lästern. Sie sind wie die unvernünftigen Tiere, die von Natur dazu geboren sind, dass sie gefangen und geschlachtet werden.«

Richard hustete und riss am Krawattenknoten.

»Dies ist die … die Lebensbeichte von Martinus Weber«, las er weiter, »abgelegt an seinem Todestag, am 25. August im Jahre des Herrn …«

»Also hat er sich selbst das Leben genommen!«

»Unterbrich mich nicht! Sonst kriege ich das nie zu Ende. … abgelegt vor Gott und an meinem Grabe vorgetragen vor aller Welt von einem gottesfürchtigen Mann, damit keine familiäre Rücksicht und falsche Scham die Offenbarung verhindere.« Richard ließ die Blätter sinken.

Ich zupfte ihm das Papier aus den verkrampften Fingern.

»Bald werde ich vor meinem Richter stehen, vor dem kein Mensch, und sei er noch so rechtschaffen gewesen, aus eigener Kraft würde bestehen können. Aber Gott ist viel größer als nur gerecht.«

Mann! Komm zum Punkt!

»Da aber in der Welt nur Gottes Gnade ist, nicht aber Gerechtigkeit, so müssen wir Menschen uns zu Richtern untereinander machen. Und auch ihr werdet euch zum Richter erheben über mich, denn ich habe mit eigenen Händen und bei klarem Verstand sechs Verworfene getötet …«

Richard stöhnte.

»… die all meinen Bemühungen zur Umkehr trotzten, leichten Sinnes dem Götzen der Sodomiter huldigten und am Tag ihrer Konfirmation dem Glaubensbekenntnis spotteten, indem sie umherlächelten und jedermann, auch mir, schöne Augen machten. Ja, ich war schwach, dass ich sie nicht in ihr Leben in Sünde ziehen lassen konnte, sondern zu erretten suchte, bevor der Teufel ihr Herz gänzlich verderben konnte. Ich war geblendet durch die engelsgleiche Unschuld in ihren Fratzen, aus denen mich der Teufel anlächelte. Verführt haben sie mich mit ihrer koketten Vertrauensseligkeit, ihnen die Gnade zu verschaffen, die sie in ihrem Leben, hätten sie es gelebt, gänzlich verspielt hätten. So habe ich im Jahre 1964 …«

»Gib her!« Richards milchkaffeebraune Augen waren sehr asymmetrisch geschlitzt. Er nahm mir die Blätter wieder weg, griff sich dabei ins Jackett, öffnete, ehe ich es richtig begriff, sein Zippo und hielt die Benzinflamme an die Ecken der beiden Blätter. Der Wind scheuchte die Flammen empor.

»He!«

Ehe ich zufassen konnte, hatte er die Blätter losgelassen. Die vom Feuer erzeugte Thermik riss sie hoch und ließ sie erst als Aschefetzen ins Grab sinken.

»Dein Vater hat gewollt, dass man es verliest«, schrie ich, »dass man nichts vertuscht aus falscher Scham. Er hat gewollt, dass alle …«

»Ich mache mich doch nicht zum Handlanger meines Vaters, Lisa!«, sagte Richard. »Und solange meine Mutter lebt …«

Ich sprang ins Grab und haschte nach der Asche. Als ich wieder hochschaute, war Richard aus meinem Blickfeld verschwunden. Die Flammen hatten von Martinus' Geständnis nicht mehr übrig gelassen als ein zu einem Gedicht zusammengesunkenes Buchstabenoval.

…ottlosen soll
en Toten und
r Gerechten
höhn…

Als Beweis blieb nur noch der Schlüssel zur Gartenlaube, die ebenfalls in Schutt und Asche lag.

»He! Richard!«, brüllte ich aus meinem Grab heraus. »Hallo! Hilfe!« Um ans Brett oben an der Kante zu kommen, musste ich mich strecken. Die Grube war ihre vollen zwei Meter vierzig tief, damit Lotte, wenn ihr Tag kam, über ihrem Gatten beerdigt werden konnte. Die Totengräber hatten die Wände mit einer grünen Plane verkleidet, die unter den Brettern hervorrutschte, sobald ich mich in sie klammerte. Ja, zum Teufel! Ich war doch sonst nicht so ungeschickt!

»He, hallo! Hilfe!«, rief ich. »Hilft mir denn keiner?«

Ein schiefes Männchen in blauen Arbeitshosen blickte über den Rand. »Ja, was machet jetz au Sie do?« Er brachte dann eine Leiter.

41

Ich half der abenteuerlustig vor sich hin kichernden Lotte, die Falten ihres schwarzen Kleids auf dem tiefliegenden nuttenroten Ledersitz Brontës zu glätten.

»Richard kommt dann direkt zur Kirche. Er hat noch kurz was zu erledigen«, hatte ich behauptet, als ich sie durch den Vorgarten führte. Dabei hatte ich keine Ahnung, wo er steckte, ob wir ihn je wiedersehen würden und ob ich, falls ich ihn wiedersah, jemals wieder hinsehen würde. Seine Mutter hatte er gerettet vor einem unvorstellbar beschämenden Pranger. Sich selbst auch. Ich hatte ihm dabei geholfen und mich verraten und Barbara auch, die um ihren Sohn trauerte, und den alten Josef Filser, der vor fünfzig Jahren seinen kleinen Bruder und vor einer Woche seinen Sohn durch dieselbe Hand verloren hatte, und die Eltern der anderen toten Buben, die sich bis an ihr Lebensende fragten: Warum?

»Aber wie kommt er denn zur Stadtkirche?«, fragte Lotte, als ich am Lenker saß. »Sein Auto steht doch hier?«

Ach du meine Güte! »Der Trauergottesdienst ist in der Balinger Stadtkirche?«, erkundigte ich mich entsetzt.

»St. Gallus wäre doch viel zu klein gewesen!«

Dann aber hurtig! Ich ließ den historischen Motor röhren. Bizerba, Altstadt, Friedrichstraße, keine Parkplätze.

Ich lud Lotte an der Fußgängerzone aus und schickte Brontë suchen. Sie war in solchen Dingen geschickter als ich. Dann wollte Cipión mit dem eigenartigen Gespür der Tiere für unsere Unentschlossenheiten nicht einsehen, dass er im Auto bleiben sollte. Ich setzte mich durch und rannte durch die Gassen.

Der oktogonale Turm mit der Sonnenuhr von Philipp Matthäus Hahn saß auf dem Chor, der Eingang war hinten herum. Unter dem weißen Netzgewölbe der vorreformatorischen Stadtkirche mit dem lebensgroßen Kruzifix überm Altar waren die Bänke schwarz vor Menschen. Sie füllten das

Mittelschiff, sie reihten sich auf seitlichen Bänken und drängten sich auf den Emporen, die in die Seitenschiffe gezogen waren. Es waren Hunderte. Die Orgel setzte gerade ein.

Ich beugte das Knie und bekreuzigte mich, wie es sich gehörte, im Angesicht der Muttergottes mit dem Kind, die an der vorreformatorischen Kanzel rechts vorn zwischen den abendländischen Kirchenlehrern prangte. Auf dem nachreformatorischen Kanzeldeckel stand der Heiland mit dem Lamm auf der Schulter im Kreis musizierender Putten und der vier Evangelisten. Ich schwenkte ins rechte Seitenschiff.

Dr. Zittel winkte mir zu und gestikulierte tonlose Worte aus der Bank. Neben ihm saß sein Sohn mit glänzenden Backenschwarten Schulter an Schulter mit seiner mandeläugigen Sprechstundenhilfe Claudia Murschel, die mit akademisch schattierten Adonishintern die Kundschaft der urologischen Praxis an verlorene Freuden erinnerte. Auch der gezähmte Mann mit den gelöcherten Sommerschuhen machte sich durch sein Genicke unübersehbar. Neben ihm Hermine mit den großen blauen Augen. Kromppein wiederum hatte zum Generalstaatsanwalt gefunden und strahlte im zu kleinen Schwarzen vom Zuschnitt eines Konfirmandenanzugs. Der Geschäftsführer von Bizerba, der Bürgermeister, der Ortsrat von Frommern und die Vorsitzenden von Schützen-, Schwäbische-Alb- und Gewerbevereinen betasteten ihre Brusttaschen und gingen im Geiste die Reden durch, die sie nachher halten würden. Am Sarg, der ein wenig hinter der Kanzel verschwand, lehnten Kränze mit beschrifteten Bändern. Kerzen flackerten. Ein Posaunenchor hatte sich auf der Orgelempore eingerichtet. Das ganz große Besteck!

In der ersten Reihe erkannte ich Lottes weißen Dutt. Daneben das Silberdrahthaar Barbaras, die Büschel Jürgens und die rotblonden Mähnen der drei Bindertöchter Jacky, Maxi und Henry mit ihrem Kipf auf dem Schoß, das bereits die Ärmchen streckte und sich aufpumpte, um das Ihre zur Totenruhe beizutragen. Auch Oma Anna hatte es sich nicht nehmen lassen, den alten

Martinus für alle sichtbar zu überleben. Der Platz links neben Lotte war frei. Aber nicht für mich.

Da schritt auch schon Pfarrer Frischlin aus den Kulissen herein und trat ans Pult links neben dem Altar. Ich drückte mich an einen der oktogonalen Pfeiler, der auf Kapitelhöhe eine gnomenhaft angemalte Büste des Königs Salomo beherbergte.

»Wir haben uns hier im Namen Gottes und Jesu Christi versammelt, um Martinus Weber die letzte Ehre zu erweisen«, schallte Frischlins beachtlich tiefe Stimme aus den Lautsprechern. Die Orgel schleppte ein Kirchenlied durchs Schiff. Die Posaunen erschallten.

»In deine Hände befehle ich meinen Geist«, las Frischlin aus den Psalmen Davids. »Du hast mich erlöst, Herr, du treuer Gott. Die Gottlosen sollen zuschanden werden und hinabfahren zu den Toten und schweigen.«

Nein!, dachte ich. Aber solange ich keine Beweise hatte …

»Verstummen sollen die Lügenmäuler, die da reden wider den Gerechten frech, stolz und höhnisch.«

Ein Knarren tönte durch die Kirche. Rumpelnd fiel das Portal ins Schloss. Schritte hallten durchs Gesäul. Das Gestühl begann zu ächzen, denn Köpfe und Körper drehten sich nach der Erscheinung um. Unter der barocken Orgelempore mit dem David an der Harfe, geflankt von zwei Engeln, stand Richard, das Gesicht wie leergefegt von allen weltlichen Zweifeln, glatt und ausdruckslos.

Er wandte sich ins linke Seitenschiff. Langsam schritt er nach vorn, zunächst unsicher und etwas außer Atem wie einer, der gerannt und schneller angekommen war als sein Mut, dann zunehmend sicherer und schließlich mit der unverschämten Gelassenheit, die ihn auszeichnete, immer etwas zu bedächtig, um nicht denjenigen zum Wahnsinn zu treiben, der sich ohnehin in die Enge getrieben sah. Gewisper begleitete den nicht eben großen, aber eleganten Mann mit dem herausfordernd erhobenen Kinn. Er hatte den Blick nach vorn gerichtet, auf den

Taufstein, den Altar, den Sarg mit den Kränzen und Kerzen und auf den weißen Körper Jesu am Kreuz im Gegenlicht des tiefen dreifenstrigen Chors. Die italienischen Ledersohlen knisterten an den mit Trauergästen vollgestopften Bänken entlang. Die Köpfe folgten ihm, Bankreihe um Bankreihe rutschte wieder herum und setzte sich erneut zurecht.

Von meinem Pfeiler aus sah ich Lotte zu ihrem Sohn aufschauen. Auch Barbara, Jürgen, Jacky, Maxi und Henry hatten ihm ihre Gesichter zugedreht. Aber er setzte sich nicht auf den Platz, den seine Mutter für ihn freigehalten hatte. Er ging weiter. Er trat zu Pfarrer Frischlin, der sich das Beffchen strich und nicht verhindern konnte, dass sich, was er dachte, in einem Kopfschütteln manifestierte. Dennoch musste er schweigen. Richard trat vor den Altar und wandte sich, um eine Stufe erhöht, den zum Abschied Versammelten zu.

Es war so still, dass man hörte, wie die Sonne sich in der Jugendstilverglasung überm Seitenportal verfing.

»Es tut mir leid«, sagte er ohne das geringste Mitgefühl in der Stimme, »aber die Trauerfeier muss an dieser Stelle abgebrochen werden. Meine Mutter und ich, wir danken Ihnen für Ihr zahlreiches Erscheinen. Sie sind im guten Glauben gekommen, einen Mann aus Ihrer Mitte zu verabschieden, der Ihrer Freundschaft und Liebe wert war.«

Gemurmel.

In aller Ruhe langte Richard sich unters Jackett und zog mehrere gefaltete weiße Blatt Papier hervor.

»Aber wir alle haben uns geirrt. Bevor Pfarrer Frischlin den Gottesdienst fortsetzen kann, muss ich ihn sowie Polizei und Staatsanwaltschaft über einen neuen Sachverhalt unterrichten, der auch die Beisetzung, die im Anschluss an diesen Trauergottesdienst auf dem Friedhof von Frommern geplant war, infrage stellen dürfte.«

Die Unruhe in den Bänken überstieg den Pegel eines Gemurmels. Kromppein lupfte es förmlich aus seiner Bank. Aber er saß eingepfercht zwischen lokalpolitischen Schwergewichten und dem General.

»Mein Sohn«, orgelte Frischlin mit Mikroverstärkung, »Sie befinden sich hier in einem Gotteshaus …«

Ein Lächeln flog Richard an, und er wandte sich halb dem Pfarrer zu.

»Äh … in einer Kirche. Hier schweigen Staatsmacht und Polizei. Jede Menschenseele, und sei sie noch so beladen und sündenbehaftet, hat ein Anrecht auf eine würdevolle und …«

Richard entfaltete nur die Blätter in seinen Händen. Und wieder war es mucksmäuschenstill.

»Ich habe schon vermutet, dass Sie mir keine Wahl lassen, Herr Pfarrer.« Er hob die Blätter an. »Ich habe hier die Grabrede, die mein Vater eigenhändig verfasst hat. Ursprünglich hätte Pfarrer Frischlin sie vorlesen sollen. Sie befand sich in einem verschlossenen Umschlag, den er erst am Grab hätte öffnen dürfen. Diesen Umschlag habe ich mir vor einer Stunde gegen seinen Widerstand angeeignet. Ich habe ihn geöffnet, die Grabrede gelesen und … und in einem Anfall von Entsetzen verbrannt.«

Frischlin gab einen Ton von sich, den die Lautsprecher in die Kirche seufzten.

»Nun hat mein Vater seine Grabrede allerdings auf seinem Computer geschrieben. Anschließend hat er die Datei gelöscht. Ihm ist jedoch offenbar nicht klar gewesen, dass er seine Festplatte hätte überschreiben lassen müssen, um das Dokument nachhaltig zu vernichten. Es war auch für einen Computerlaien wie mich nicht schwierig, fraglichen Text im Papierkorb auf seiner Festplatte wieder aufzufinden. Ich habe die Datei vor einer halben Stunde kopiert, sodass ihr ursprüngliches letztes Änderungsdatum erhalten geblieben ist, und ausgedruckt.«

Er hustete, wie ich ihn jedes Mal hatte husten hören, wenn sein Vater ihn strangulierte. »Die infame Einleitung will ich Ihnen ersparen.« Er hustete noch einmal und wandte sich der Bankreihe zu seiner Linken zu.

»Mutter, es tut mir leid, dir jetzt und hier vor allen Leuten solche Schmerzen bereiten zu müssen. Barbara, Jürgen …« Seine Augen wanderten zu den drei Schönheiten hinüber. »Jacqueline, Maximiliane, Henriette, ich muss euch mitteilen, dass euer Sohn und Bruder Victor durch die Hand meines … meines Vaters gestorben ist.«

Die Sprachlosigkeit hatte viele Töne: das Knarren des Gestühls, laute Seufzer, Ächzen, Schluckauf. In der Empore flog ein Notenständer um. Frischlins Mikro krachte, weil er sich etwas fahrig ans Beffchen fasste.

»Er hat ihm seine silberne Flasche mit giftigem Inhalt als Erbstück zukommen lassen.«

»Und warum?«, tönte Barbaras Frage so klar und sonor, dass es mir den Rücken hinunterschlotterte.

»Weil Victor schwul war. Schwul wie Jannik Filser, den mein Vater zuvor entführte, vergiftete und in den Fluss legte, damit deine Rinder über ihn hinweggehen. Und wie davor Felix Pflücklin, der im vergangenen Jahr in einem Siloballen endete, und …«, er senkte den Blick auf seine Papiere, »wie Marvin Speitel, den man 2001 in einem Gülletank fand, wie Florian Staudenmeyer, der 1997 von einem Hochleistungshäcksler zerfetzt wurde, wie Andreas Kinner, dessen Leichnam im Jahr 1975 die Stotzinger Mühle zum Stillstand brachte, und wie Paul Filser, der Janniks Onkel hätte werden sollen, der aber keine fünfzehn Jahre alt wurde, weil mein Vater ihn unter Alkohol gesetzt, vergiftet und dann in einen Mähdrescher gesteckt hat. Am Hörnle war das, auf einem Feld in einer Samstagnacht im Sommer 1964.«

Barbara legte die Hand vor den Mund.

»Was reden Sie denn da?«, brüllte Dr. Zittel senior aus der Mitte der Gemeinde. »Das müssen Sie erst mal beweisen!«

Richards asymmetrischer Blick suchte und fand den Gerichtsmediziner. »Sie haben diese Leichen seziert. Sie haben aber auch bei meinem Vater die Leichenschau vorgenommen und nicht erkannt, dass er sich selbst vergiftet hat. Ich habe momentan keinen unwiderleglichen Beweis, dass mein Vater die Taten, deren er sich schriftlich bezichtigt, auch begangen hat. Aber es gibt Indizien. So enthält die Rede eine Erklärung, dass die Daten, Fakten und Beweise der Taten in einer Schublade in einem Werkzeugschrank in einer in seinem Besitz befindlichen Gartenlaube hinterlegt sind. Der Schlüssel für das Vorhängeschloss an der Tür lag in dem Umschlag, der für Pfarrer Frischlin bestimmt war.«

Ich machte in meiner Jackentasche eine Faust um den Schlüssel.

»Leider ist besagtes Gartenhäuschen letzten Sonntag infolge eines Blitzschlags abgebrannt. Doch wenn die Behörden die Ermittlungsverfahren wieder aufnehmen, so werden sich Indizien finden lassen.«

Und ein Beweisstück gab es doch schon! Fast hätte ich es nach vorn gerufen. Ich trug es seit vergangenem Freitag mit mir herum, eingefaltet in den Beipackzettel aus einer Schachtel Paracetamol aus Lottes Nachttischschublade: den Dreck von Martinus' Fingernägeln. Er musste Hautpartikel von Jannik enthalten und Splitter der Zaunpfähle und Fasern der Elektroseile.

»Außerdem gibt es wenigstens zwei Zeugen, die meinen Vater gesehen haben, wie er die Leiche von Paul Filser auf das Feld trug, wo der Mähdrescher stand. Und einer davon bin ich selbst.«

»Dann war es also doch dein Vater, den wir gesehen haben!«, brach es aus Barbara hervor. »Mir war damals so. Aber weil du nichts gesagt hast … Ich dachte, ich hätte mich geirrt.«

Ein böses Knarren ging durch die Reihen, das Stöhnen nahm Lynchtendenz an.

»Ich selbst«, wandte sich Richard an die Gemeinde, »habe erst vor kurzem, vor vier Tagen genauer gesagt, gelernt, meine Erinnerung an etwas, was ich als vierzehnjähriger Junge gesehen hatte, richtig zu deuten. Und zwar dank des unerbittlichen

Scharfsinns meiner ... meiner bisherigen Lebensgefährtin, der Journalistin Lisa Nerz.«

Seine Augen blitzten. Er musste mich schon lange an meinem Salomopfeiler ausgemacht haben und schaute mich jetzt sekundenkurz an.

»Zu diesem Zeitpunkt dachte ich noch, dass sich das notwendige Geständnis meines Vaters in einer der Waagen versteckt befinden müsse, die er dem Waagenmuseum überlassen hatte.«

»Darum!«, brach es aus Zittel hervor.

»Meine eigenen Gefühle sind irrelevant und überflüssig angesichts des unermesslichen Leids, das mein Vater über so viele Familien gebracht hat. Ich vermochte ihn der Taten nicht zu bezichtigen, solange ich keinen Beweis dafür hatte. Aber erlauben Sie mir, Ihnen zu versichern, dass ich diese vier Tage in unaussprechlichem Entsetzen verbracht habe, zwischen Angst und Scham und verzweifelter Hoffnung, dass ich mich irre, bis ich heute Morgen dann dieses Geständnis in den Händen hielt, wiederum dank der Unerbittlichkeit von Frau Nerz. Sie hat mich gezwungen, der Wahrheit ins Auge zu sehen. Als einzige Entschuldigung für mein Zögern kann ich anführen, dass ich meiner Mutter ...«, seine Stimme brach kurz, »die Hölle ersparen wollte, durch die sie jetzt – völlig schuldlos, wie ich glaube – gehen wird.«

Nie war ein Ort auf der Welt stiller gewesen als diese Kirche.

»Mein Vater hat sieben junge Männer ermordet. In seinem Größenwahn hat er damit auch den Glauben eines jeden aufrichtigen Christenmenschen verhöhnt. Seine Schamlosigkeit ging so weit, dass er eine unserer wichtigsten religiösen Handlungen, unsere Fürbitte für die Toten, für seine unerträglich mit Bibelzitaten unterfütterte Selbstrechtfertigung missbrauchen wollte. Noch ein zweites Mal wollte er Leid über die Familien seiner Opfer bringen, indem er sie an seinem Grabe von unserem arglosen Herrn Pfarrer Frischlin namentlich hätte als Sünder nennen lassen, die er, mein Vater, gerichtet hat. Er hat sogar auf eine Wiederaufnahme der Ermittlungen gedrängt, nur damit den Familien der Opfer bewusst wird, dass ihre Söhne sterben mussten, weil sie homosexuelle Neigungen zeigten, die mein Vater bedrohlich fand und für die er den Eltern eine Mitschuld gab.«

Eine Bank knarzte. Barbara war aufgestanden.

Sie war die Erste, die gefolgt von Jürgen, Oma Anna und ihren drei Töchtern die Stadtkirche verließ. Der Blick, den sie über die mit schwarzen Anzügen gefüllten Bankreihen zu mir herüberschickte, war spöttisch und trostlos zugleich. Da ging sie hin in ihre Einsamkeit und ließ mich zurück in meiner.

Nach und nach leerte sich die Kirche, rasch und schweigend. Zurück blieben die Staatsanwälte, Pfarrer Frischlin, Lotte und ich und ein Journalist vom *ZAK*. Es wurde ein sehr, sehr langer Tag, den wir hauptsächlich in der Staatsanwaltschaft Hechingen in der Heiligkreuzstraße zubrachten.

42

Meine Türklingel überwand ihren Wackelkontakt und schrillte. Ich wartete auf das Geräusch des Schlüssels, den Oma Scheible nach kurzer Schamfrist in meine Tür zu stecken pflegte, um in meine Räume einzudringen, immer mit der Entschuldigung, es habe brenzlig gerochen. Aber es kam nicht. Stattdessen tappte Cipión zur Tür, die flurlos in mein Zimmer führte, und schnüffelte mit steiler Rute am Ritz.

Ich nahm die Füße vom Tisch, stellte den Fernseher leiser und öffnete.

Zwei riesenhafte Männer, ein alter und ein junger, in grauen Mänteln mit grauen Haaren und grauen Gesichtern verdunkelten den Treppenabsatz. Die Backen des älteren flatterten, die Augen ploppten ihm vor Blickkontaktsuche fast aus den Höhlen. In seinen fleischigen Händen, mit denen er mich leicht hätte erwürgen können, hielt er ein fresszettelkleines Kärtchen in den unverkennbar orangegelbgrünlichen Farben eines Erbauungsbildchens.

»Wissen Sie, wer Jesus Christus ist?«

»Der wohnt einen Stock höher«, antwortete ich.

»Ich spreche von Jesus Christus, unserem Heiland.«

»Ach so!«, lächelte ich. »Der kommt erst in einer Stunde. Kommen Sie doch solange rein.«

Die Türsteher Jesu traten mit schweren Schritten in meine Bude. Ich dirigierte Cipión hinaus ins Treppenhaus, schnappte meine Jacke, schloss von außen zu und treppelte hinunter. Oma Scheible würde die Herren bald erretten, allerdings nicht erlösen.

Die Neckarstraße lungerte sonntagsmüde zwischen vergitterter Staatsanwaltschaft, leeren Hochbahnsteigen und der Häuserzeile mit Schnellbäckerei, Reinigung und türkischem Krimskrams.

Es war Zeit, um Vergebung zu bitten. Die ersten Herbstblätter sammelten sich schon in den Rinnsteinen. Auf den Fußwegen irrten die Heimatlosen ins Unglück. Brontë schnurrte wie eine missmutige Katze durchs Lehenviertel die Alte Weinsteige hinauf.

Mein Plastikkärtchen genügte. Die historische Haustür der Kauzenhecke 6 B hielt unlauteren Absichten kaum dreißig Sekunden stand. Vom vertrauten Kachelfries begleitet, stiegen Cipión und ich treppauf. Jugendstil bis ins Aluminiumgeländer, dessen Pfosten trompetenförmig ausschwangen. Geschnitzte Perlenschnüre rahmten die mit Tiffanyglas geschmückten Holztüren. In Messingschalen kugelten wie eine Klitoris die Klingelknöpfe. Ich hätte auch Spanner und Haken nehmen können, oder auch nur das Kärtchen. Aber es kam darauf an, dass ich klingelte.

Schon befürchtete und hoffte ich, es sei vergeblich. Ich Feigling. Ich Närrin! Was erwartete ich denn? Womöglich war er bei seiner Mutter in Balingen.

Doch die Tür öffnete sich.

Cipión dackelte hinein, bedachte den Hausherrn mit einem kurzen Schwanzwedeln und bog wie immer zielstrebig in die Küche ab. Ich wischte mir die schweißige Hand am Gesäß ab. Wie begrüßte man einen beleidigten Staatsanwalt? Mit einem frigiden Handschlag?

Richard schwieg. Nichts, was Männer ausschweigen können, war ihm zu billig, es in seinem Gefrierschrank zu verschließen.

»Störe ich?«

Im Dämmerlicht seines Flurs waren Gefühlsregungen schlecht zu erkennen. Aber er gab den Eintritt frei. Das Linoleum floh in Romben und Streifen in die Tiefe. Cipión bummelte mit steiler Rute quer durch den Korridor ins Wohnzimmer. Dort standen, wie ich wusste, knöcheltief im schweren roten Teppich zwei Clubsessel und ein Schiefertischchen.

Richard bewachte mein Eintreten, als ob jeder weitere Schritt meinerseits die Intimsphäre seiner Wohnung auf unverzeihliche Weise verletzen würde. Nichts würde ihn verführen, eine Frau anzusprechen, ehe sie ihm nicht signalisiert hatte, dass sie angesprochen werden wollte. Da war er altmodisch.

»Wie geht es deiner Mutter?«

»Sie hat sich auf große Kreuzfahrt begeben. Rotes Meer, Heiliges Land. Sie wird wohl das Haus in Balingen verkaufen und woandershin ziehen.«

Dass es ihm nicht gut ging, hatte ich zwischen den Zeilen in der Zeitung lesen können. Denn sein Name war gefallen als Sohn eines Massenmörders. Vom Versagen der Justiz war die Rede gewesen. Und wie ich Richard kannte, hatte er es sich selbst zum Vorwurf gemacht. Auch von seinem Rücktrittsangebot war berichtet worden. Doch der Generalstaatsanwalt hatte es abgelehnt. Er konnte ja nichts für die Untaten seines Vaters. Was die Journaille aber nicht davon abgehalten hatte, ihm die

Fragen vorzuschreiben, die er sich stellen musste: Wie konnte es sein, dass ein angesehener Fabrikant und Bibelstündler vierzig Jahre lang unbehelligt über schwule Knaben hatte Jüngstes Gericht halten und das Urteil vollstrecken können, ohne dass irgendjemand, nicht einmal die engsten Familienmitglieder, etwas gemerkt hatte?

»Hättest du einen Kaffee für mich? In meiner Wohnung sitzen zwei Zeugen Jehovas und warten auf Jesus.«

Die Küche war von spartanischer Funktionalität und aufgeräumt. In der Ecke am Fenster stand der Kaffeeautomat mit einer Vielzahl von Knöpfchen. Ich wählte eines aus. Das Blinklicht verkündete, dass er sich für mich erst aufwärmen musste.

Richard lehnte in der Türfüllung.

»Hör mal«, sagte ich. »Ich weiß, ich hätte dir mehr Zeit geben müssen. Ich hätte nicht daran zweifeln dürfen, dass du letztlich … äh … Sag doch was!«

Er zog die Brauen hoch.

»Ich hätte von Anfang an mehr Rücksicht auf deine Gefühle nehmen müssen! Aber es wäre ein Fehler gewesen, wenn ich heimgefahren wäre, so wie du es von mir verlangt hast! Das musst du doch zugeben!«

Er drehte sich um und verschwand im Flur. Ich versuchte mich zwischen der Bereitschaft des Automaten, mir jetzt einen Kaffee zu gewähren, und der Ungnädigkeit des Hausherrn zu entscheiden.

»Herrgottsack!«

Im Salon duckte sich Cipión schuldbewusst in einem der Clubsessel. Ich übersah ihn gnädig.

Richard stand im nächsten Zimmer hinter dem schwarzen Ungetüm seines Konzertflügels am Fenster und blickte auf die Häuser hinab, die von den Wald- und Weinbergen ins Tal hinunterrutschten und die Türme der Stiftskirche, des Rathauses und des Bahnhofs mit seinem Mercedesstern unten ineinandergeschoben.

Auf dem spiegelnden Lack des Flügels lag immer noch mein Hausschlüssel, so wie ich ihn vor gut vier Wochen hingelegt hatte.

Ich hüstelte mich ins Zimmer. »Also, pass auf! Ich muss … nein, ich will mich bei dir in aller Form entschuldigen.«

Er drehte sich um. »Nach einem Monat?«

»Scham braucht halt Zeit, Richard.«

»Dann hast du das jetzt auch verstanden«, sagte er und kam langsam um den Flügel herum. »Auch mir tut es … Ach nein! Ich darf mich bei dir ja nicht entschuldigen. Außerdem warst du mal dran!« Mit zwei Fingern schob er seinen Haustürschlüssel zu mir hin. »Sei so gut. Dann kann ich den Flügel zum Spielen endlich wieder aufklappen.«

Kriminelle Heimat

Ariadne bringt tolle subversive Krimis von deutschen Autorinnen

»Christine Lehmann schreibt mit Herz und, eine Rarität im D-Krimi, (Wort-)Witz.« Tobias Gohlis, *Die Zeit*

»Lehmann ist den meisten deutschen Krimischreibern stilistisch haushoch überlegen. Man kann sich diesen Sound nicht antrainieren. Bei Lehmann beruht er auf Menschenkenntnis, Lebenserfahrung, Selbstironie und Belesenheit.« *Perlentaucher*

»Einsam, aufsässig und notorisch respektlos – ein klarer Fall von hardboiled woman.« *Konkret*

Christine Lehmann
Harte Schule

Ariadne Krimi 1157 · ISBN 978-3-88619-887-0

Lisa Nerz, Zeitungsreporterin mit beträchtlicher Erfahrung und guten Verbindungen, trägt gern Männerkleidung und genießt es, ihre arrogante blonde Volontärin zu triezen. Als die Meldung hereinkommt, dass auf einem Stuttgarter Schulhof ein ermordeter Lehrer liegt, nimmt die narbengesichtige Journalistin die Fährte auf und folgt ihr bis in allerhöchste Kreise, wobei sie Kopf und Kragen riskiert …

Ein knallharter Whodunnit, der zynisch und treffsicher das Lebensgefühl heutiger Jugendlicher auf den Punkt bringt.

Höhlenangst

Ariadne Krimi 1161 · ISBN 978-3-88619-891-7

Tief und dunkel sind die berühmten Höhlen der Schwäbischen Alb. Doch das kann eine Journalistin vom Kaliber der narbengesichtigen Lisa Nerz nicht schrecken – wenn Gerüchte von Mord und Korruption umgehen, steckt sie ihre Nase auch ins finsterste Fledermausnest. Auf der Suche nach einem Staatsanwalt, einer Leiche, die eben noch da war, und ein bisschen Liebe nimmt Lisa Nerz waghalsige Klettertouren auf sich und entreißt dem unterirdischen Labyrinth die Wahrheit.

Kriminelle Heimat

Ariadne bringt tolle subversive Krimis von deutschen Autorinnen

»Ein üppiger Genreroman, der alles hat, was des Krimilesers Herz begehrt: Action, Intelligenz, Wortwitz, Situationskomik, Liebe, Verzweiflung, Leidenschaft, Kampf, Korruption, Bedrohung, Aufbegehren, Abschied, Erkenntnis, Aufklärung. Respekt!.« Ulrich Noller im *WDR*

»So beherzt wie überzeugend … Merle Krögers Krimi ist auf der Höhe der Zeit, ihre Figuren sind so rund und bunt wie das Leben.« Sylvia Staudte in der *Frankfurter Rundschau*

Merle Kröger
Cut!

Ariadne Krimi 1146 · ISBN 978-3-88619-876-4

Ein Programmkino gibt seine letzte Vorstellung vor dem Abriss. Für Madita Junghans, die Norddeutsche mit den indischen Genen, endet eine Ära. Sie lässt sich überreden, in einem sehr privaten Fall Ermittlungen anzustellen, und verstrickt sich in den losen Fäden eines dunklen Kapitels deutsch-indischer Geschichte. Und dann gibt es Tote …

Mitreißend und erfrischend inszeniert Filmemacherin Merle Kröger Widersprüche und Brücken zwischen Kino und wirklichem Leben, Vergangenheit und Gegenwart – und lässt Hamburger Alltag und Bombays Traumfabrik »Bollywood« fulminant aufeinanderprallen.

Kyai!

Ariadne Krimi 1166 · ISBN 978-3-88619-896-2

In Berlin wird das erste Bollywood-Musical geprobt! Regisseur Cal Mukherjee reist aus Bombay an, und Mattie Junghans besorgt das filmische Begleitprogramm. Parallel kommt es zu dramatischen Ereignissen am Ostseestrand: Eine Politikerin legt sich mit der Bundeswehr an, und Mattie deckt eine düstere Realität hinter blühendem Raps und Windenergie auf … Am Ende ist die Nord-Idylle um eine Illusion ärmer, aber das Musical tritt zur Premiere an. Dazwischen Kung-Fu, geheimnisvolle Tote, ein norddeutsches Watergate, Filmschnipsel, Liebe und Songs.